Copyright© 2021 by Literare Books International
Todos os direitos desta edição são reservados à Literare Books International.

Presidente:
Mauricio Sita

Vice-presidente:
Alessandra Ksenhuck

Diretora de projetos:
Gleide Santos

Diretora executiva:
Julyana Rosa

Relacionamento com o cliente:
Claudia Pires

Capa:
Bianca T. Markus

Diagramação e projeto gráfico:
Gabriel Uchima

Revisão:
Rodrigo Rainho

Impressão:
Impressul

Dados Internacionais de Catalogação na Publicação (CIP)
(eDOC BRASIL, Belo Horizonte/MG)

M867u Moro, Lucia F.
          Um / Lucia F. Moro. – São Paulo, SP: Literare Books International, 2021.
          14 x 21 cm

          ISBN 978-65-5922-090-8

          1. Ficção brasileira. 2. Literatura brasileira – Romance. I. Título.
                                                                                CDD B869.3

Elaborado por Maurício Amormino Júnior – CRB6/2422

Literare Books International.
Rua Antônio Augusto Covello, 472 – Vila Mariana – São Paulo, SP.
CEP 01550-060
Fone: +55 (0**11) 2659-0968
site: www.literarebooks.com.br
e-mail: literare@literarebooks.com.br

Agradecimentos

Eu mal posso acreditar que chegou o momento de escrever os agradecimentos às pessoas que de alguma maneira colaboraram para o "nascimento" do meu primeiro livro.

Em primeiríssimo lugar quero dizer "obrigada" ao meu marido. Obrigada por me proporcionar condições de me dedicar a este sonho, por me ouvir, por me incentivar, por me questionar, por me responder... Por me amar! Você é o meu Infinito! Eu amo você!

Meus filhos, Matheus e Giovana, vocês me deram muito mais do que podem imaginar e ser feliz é minha forma de agradecê-los por tamanha bênção. A publicação deste livro faz parte da minha melhor versão de mãe. Amo vocês por todas as vidas.

Lana e Julio, obrigada por revisarem *Um* comigo e por terem rido comigo (risadas até demais, né, Lana?). Foram meses muito, muito felizes.

Elisa, foi você quem me disse que isso era "factível", foi você quem me deu um livro sobre como escrever um livro, foi você quem me apresentou a revolucionária psicologia positiva. *There are people who say what you wanna hear... And there are people who say what they really mean*. Obrigada por tanto!

Lívia... 33 anos de amizade. Palavras desnecessárias, incentivos infinitos, filhos apadrinhados, sonhos realizados. "Friendship Never Ends". Obrigada pelo apoio incondicional e por ter me dado aquele livro que mudou tudo!

Bianca, obrigada por não apenas ter feito a maravilhosa capa de *Um*, mas por ter entendido o que ela significa para mim. 20 anos de amizade resultando em uma leitura perfeita das minhas emoções. Amei!

Mari e minha mãe, grandes colaboradoras desta, e das outras capas da *Trilogia Infinito*, obrigada por dividirem seu senso estético, colaborando muito para o perfeito resultado final deste livro.

Ric, obrigada por ter guardado este segredo e por ser, além de irmão, meu melhor amigo.

Tereza e Beth, obrigada pela leitura e pelas dicas e críticas.

Rhanna, minha "alma gêmea literária". Obrigada por ter lido meus livros, obrigada por ter entrado na história comigo, obrigada por amar tanto a Nat e o Luke quanto eu amo. Você fez muita diferença em todo este processo. Você faz muita diferença para mim.

Ana Paula, que bom que você mudou de profissão! Obrigada por tanta sabedoria e sensibilidade. Obrigada por me ajudar neste caminho do autoconhecimento. Sem você, eu não teria tirado este livro da gaveta!

Obrigada a todos da Literare Books, por tornarem este sonho algo real.

E, por fim, mais um agradecimento especial, que representa muito para este livro, porque representa a mudança a partir daqui.

Você!

Você que não faz a menor ideia de quem eu seja e que não tem motivo para ler esta história, apenas vontade porque algo despertou seu interesse. Eu não me importo se você é uma pessoa ou um milhão de pessoas. Meu agradecimento é individual. Eu escrevi este romance porque precisava passar por esta jornada pessoal e espero que você se entrose tanto com os personagens quanto eu me entrosei ao criá-los. Espero transportá-lo para um mundo de adrenalina, conquistas, traições e paixão. Muita paixão!

Quando os olhos encontram o amor, o coração reconhece.

Aproveite a leitura!

Lucia F. Moro

Prefácio

A leitura deste romance me absorveu por algumas semanas. Começou despretensiosa e tranquila, mas foi ganhando intensidade conforme a história tomava corpo e se tornava mais profunda.

Foi um privilégio ter acesso a estas páginas que há muito estavam guardadas pela autora com todo cuidado, a salvo dos olhos e julgamentos de todos.

Talvez, por ter sido escrito de forma tão espontânea, em um momento muito especial de sua vida. Talvez, por ser um talento ainda não explorado, mas que nasceu forte e potente.

Não importa o real motivo, o que importa é que, quando tive a oportunidade de conhecer a história de Natalie e Luke, sintonizei com sensações e experiências que me fizeram apaixonar pelo seu enredo e desejar, com muita sinceridade, que mais pessoas pudessem ter acesso a eles também.

Ler essa história me fez despertar novamente para os detalhes que a rotina insiste em apagar. Fez ressurgir o interesse pelo inusitado, pelo que faz acender a parceria de um casal. Fez conectar com as nuances femininas, com a virilidade masculina, com as diferenças que podem ser assustadoras ao primeiro olhar, mas que terminam por transformar um homem e uma mulher em grandes parceiros.

Foi uma delícia ser absorvida por esse romance que, para mim, foi o mais real de todos que li. Não existem mocinhas ingênuas e puritanas, nem príncipes encantados, nem bruxa má para atrapalhar a vida perfeita do casal.

Ao contrário disso, eu interagi com uma mulher real, independente, com experiência de vida, como todas nós somos, e com um cara muito bacana, imaturo, mas firme e consistente em seus sentimentos e todos os meandros que a vida moderna pode apresentar.

Este romance consegue ser quente e inteligente para nos fazer lembrar o quanto a sexualidade precisa ser reconhecida e apreciada na construção da vida a dois. É um romance para mulheres adultas se conectarem e se aventurarem a colocar em pauta seus desejos, vontades e prazeres. Definitivamente, é tempo de falarmos sobre isso.

Ana Paula Gularte
Terapeuta Sistêmica - atuante no projeto deste livro como colaboradora na construção e realização de um sonho.

A você, que acredita no amor.

Prólogo

(LUKE BARUM)

Quanto mais eu tentava me convencer que estava fazendo a coisa certa, mais eu parecia distante do que sempre esperei para o meu futuro. Não que eu não quisesse me casar, ter uma família, chegar em casa depois de uma viagem e encontrar minha esposa me esperando com as crianças correndo em volta. Sempre quis ser um pai do tipo que busca os filhos na escola, ajuda na lição de casa e prepara o jantar, assim como sempre sonhei conhecer tão intimamente minha mulher como se ela fosse uma extensão de mim mesmo.

Eu queria tudo isso. Queria pra caralho! Queria tanto quanto ser campeão e poder viver fazendo o que eu mais gosto: acelerar carros de corrida. Mas as coisas não estavam saindo como eu imaginava. Talvez eu devesse ter ficado mais tempo solteiro, apenas me divertindo sem compromissos, como vinha dando certo durante tanto tempo. Porra! Se ao menos eu não tivesse cedido à pressão...

Eu achava que quando encontrasse a mulher ideal eu simplesmente saberia. Que bastaria um olhar para perceber que ali havia algo novo, diferente de tudo, e que todos os esforços e todas as dificuldades que pudéssemos enfrentar no caminho valeriam a pena, mas com o passar dos anos acabei concluindo que era uma ideia romântica demais para alguém em pleno século XXI.

Aos trinta e um anos, eu nunca tinha sentido nada nem remotamente parecido com isso. Sempre tive todas as companhias femininas que desejei e nenhuma me despertou interesse além do superficial.

Eu gostava da caça, mas ela costumava acabar rápido demais, então eu acabava simplesmente deixando rolar e de alguma forma acabei entrando em um relacionamento sério com a Camille.

Eu estava sentado no chão da sala da casa da minha mãe, brincando com seus dois labradores, quando comuniquei minha decisão e a vi petrificar à minha frente, antes de conseguir voltar a falar.

— Luke querido, você não precisa abrir mão da sua felicidade em prol da felicidade de outra pessoa!

— Não vamos mais falar sobre isso. O que está feito está feito.

— Você está sendo imaturo, eu só espero que dê tempo de mudar de ideia antes que...

— Eu já vou indo. – levantei de supetão — Não quero me estressar com você.

Ela bufou e revirou os olhos daquela maneira que sempre faz quando está irritada comigo, mas sem querer se intrometer demais na minha vida. Eu precisava dar a ela os devidos créditos, porque apesar de sermos "só nós dois contra o mundo", minha mãe nunca foi intrometida demais nos meus assuntos e desde cedo me ensinou a pensar sozinho e arcar com as consequências das minhas escolhas, porém, como toda mãe, quando não concorda com algo que considera "totalmente relevante", ela me mostra seu ponto de vista incisivamente, e mesmo assim nós nunca ultrapassamos a linha do respeito e jamais terminamos em briga.

Aquela mulher fantástica abriu mão da própria vida e da própria felicidade para cuidar de mim, e nem que eu viva mil anos serei capaz de agradecer o suficiente por tudo que ela foi capaz de enfrentar. Dona Leonor é de fato uma guerreira, mas, desde que me tornei homem feito, passei a cuidar mais dela do que ela de mim, e assim é que deve ser, para sempre.

Philip, meu melhor amigo e empresário, também andava furioso comigo desde que lhe contei, dois dias antes, que havia decidido casar com Camille, mas eles não sabiam a verdade. Eles não poderiam saber. Tudo que eles viam era eu me prendendo a uma mulher que não tinha absolutamente nada compatível comigo e que nitidamente não me fazia feliz.

A preocupação das duas pessoas que eu mais amava na vida me comovia, mas eu não podia mudar minha resolução. Depois da infância difícil que tive, sempre senti necessidade de ajudar quem precisava de mim, e Camille definitivamente estava nessa lista. Eu não queria que ninguém sofresse. Eu conhecia o peso desse sentimento, e se coubesse a mim a felicidade de alguém, eu tentaria ajudar.

Saí da casa da minha mãe pensando no rumo que minha vida estava prestes a tomar, e me conformando com ele. Não que fosse um caminho sem volta, mas era um passo a mais em direção a minha "não felicidade".

Eu estava absorto em pensamentos, tamborilando nervosamente os dedos no volante do meu carro, olhando para aquela porra de aliança que fui obrigado a colocar no dedo, porque para Camille não bastou ser pedida em casamento, o mundo inteiro precisava de uma prova gigante de que eu estava tão comprometido quanto ela, e enquanto aguardava a luz verde acender no semáforo à minha frente, eu tentava me convencer de que havia tomado a decisão certa. Foi então que senti uma batida consideravelmente forte na traseira do meu carro, que se não fosse pelo cinto de segurança, teria me feito bater com a testa no vidro.

— Porra do caralho! – praguejei, dando socos no volante – Quem foi o filho da puta que não viu a luz vermelha gritante pedindo pra frear?

Eu sempre tento manter a calma sobre todas as situações. Aprendi com a vida que a raiva e o desespero só nos levam a decisões precipitadas, que geralmente nos fazem perder a capacidade de filtrar o que é verdadeiramente relevante, mas também não sou santo, e barbeiragem é uma coisa besta que realmente me irrita.

PRÓLOGO

Soltei o cinto e abri a porta, escancarando-a com força. Desci pronto para a guerra e fui a passos largos até a porta do motorista do Focus branco de vidros escuros que havia colidido com meu Aston Martin One-77.
Babaca!
A porta do carro se abriu e um par de lindas pernas se pôs para fora. Uma mulher, ok, vamos lá. Ela foi saindo sem levantar os olhos, me observando dos pés à cabeça, enquanto eu fazia o mesmo com ela. Sapatos de saltos muito elegantes, pernas torneadas e bronzeadas, vestido subindo nas coxas, corpo pequeno, seios empinados envoltos ao tecido justo da roupa, longos cabelos loiros caindo sobre os ombros e braços... A garota era de "acordar qualquer pau".
Eu já me sentia um pouco incomodado quando ela ergueu o rosto e eu pude ver seus lábios carnudos vermelhos tentadores e seus olhos... tristes e encantadoramente azuis.
Céu! Eu devia estar no céu! Ela era linda! A mulher mais linda, delicada e sensual que eu já tinha visto na vida! Mas não era só isso. Algo emanava de si e me atraía feito ímã. Como podia uma combinação assim? Meu coração acelerou e minha barriga congelou com um simples olhar. Aquilo era novidade para mim.
Porra! Então existe mesmo?

1

(NATALIE MOORE - DUAS HORAS ANTES)

O dia amanheceu quente e abafado, mas parecia que nem a inesperada onda de calor, digna de verão no início do mês de março, seria capaz de me aquecer. Entreguei as chaves do apartamento para o novo morador e saí sem olhar a porta que fechava atrás de mim. Sonhos estavam destruídos além daquele pedaço de madeira, contudo eu estava segura de que o caminho que decidira trilhar seria sem volta.

Um enorme vazio me tomava por dentro e precisei fazer muito esforço para assimilar que o final definitivo havia chegado. Meio trôpega, desci as escadas antigas do pequeno prédio de três andares que por um tempo foi meu lar na rua North Point, e com as mãos trêmulas envolvi o corrimão de ferro pintado de branco que me apararia até o hall, onde eu precisaria dar apenas alguns passos até chegar ao meu carro.

Lauren, minha irmã gêmea, que não se parecia em nada fisicamente comigo, estava me aguardando atrás do volante do meu Ford Focus branco estacionado junto ao meio-fio. Ela enrolava uma mecha de seu cabelo Long Bob castanho escuro nos dedos, enquanto seus olhos cor de mel estavam vidrados no velocímetro parado no zero, e eu podia ver, com a intensidade do sol batendo em seu rosto, que um vinco profundo de preocupação estava marcado entre suas sobrancelhas. A pele dela, apesar de mais clara que a minha, parecia mais colorida, talvez porque, apesar de estar sofrendo comigo, ela não tivesse perdido tantas horas de sono e estivesse ao menos se alimentando com quantidade suficiente de comida capaz de fazê-la sobreviver, já eu não sabia como ainda me aguentava em pé, tamanho era meu desânimo nos últimos dois meses. Eu andava pálida e com olheiras, meu cabelo loiro estava sem brilho e minha postura permanentemente curvada me fazia parecer ainda menor que meus poucos 1,65m, mas eu nem me importava, precisava viver meu luto, chorar até secar, para então virar a página.

Fazia sete anos que eu e Lauren havíamos saído da casa dos nossos pais em Carmel para estudar em São Francisco, e pela primeira vez eu desejava nunca ter ido embora de lá.

Sentei no banco do carona, porque não tinha a menor condição de dirigir, e fitei os olhos carinhosos que me estudavam. Quando casei com Steve, um ano antes, Lauren sabia que eu jamais imaginaria que as coisas terminariam daquela maneira. Fomos criadas para nos casarmos apenas uma vez e sermos "felizes para sempre", exatamente como nossos pais, mas eu acabara de entregar meu apartamento para seu novo proprietário e era hora de me sentar à frente de um juiz e assinar os papéis do meu divórcio.

— Vamos lá?

Lauren me conhecia como ninguém e, apesar de saber que eu não queria conversa, ela conseguiu me mostrar que estava ao meu lado com uma simples pergunta, com sua voz soando preocupada e seus olhos complacentes.
— Sim.
Percorremos o trajeto inteiro em um silêncio absoluto, enquanto mil coisas passavam pela minha cabeça.
Lembrei quando conheci o Steve nos meus primeiros dias na SFSU[1], quando eu almejava me formar em Direito e, se possível, me tornar uma advogada renomada.
Eu era uma garota recém-chegada de outra cidade e ele o capitão do time de futebol da universidade. Ficamos amigos rapidamente, e indo totalmente ao contrário dos planos que eu tinha de curtir minha independência, fazendo muitas amizades e conhecendo muitos carinhas na nova cidade, em um piscar de olhos eu já tinha engatado um namoro sério com o encantador garoto de cabelos claros e covinha irresistível.
Nosso pessoal achava que éramos o casal mais estável do campus, e na realidade eu também achava isso, até chegar em casa e encontrar meu marido na nossa cama com uma estagiária do escritório onde ele trabalhava. Que cena clichê!
Acabei descobrindo que a tal "Erin" não era sua única amante, e que a maioria dos nossos amigos sabia que Steve não tinha muita "vocação" para monogamia.
Vocação para monogamia! Dava raiva só de lembrar quando ele quis se justificar usando esse argumento. Nem parecia o advogado brilhante que é.
Cabisbaixa, subi sozinha as escadas da entrada do fórum, enquanto Lauren estacionava o carro, e deslizei uma mão pela lateral do meu vestido para secar o suor que o nervosismo me causava, enquanto com a outra segurava minha pequena bolsa preta.
Ao erguer os olhos, enxerguei Steve junto à entrada principal, como uma coluna cimentada no chão da qual as pessoas precisavam desviar. Ele tinha uma beleza que não podia ser ignorada, os cabelos loiros ondulados emolduravam seu rosto quadrado e os olhos verdes em harmonia com a pele clara lhe conferiam um toque angelical, que analisando sob outro prisma até parece piada. Ele estava usando o terno preto com camisa e gravata de mesma cor que lhe dei para uma audiência importante que teve poucos meses antes, e eu o odiei por isso, porque ele sabia que eu o achava maravilhoso naquele traje, e com isso ele conseguiu fazer com que meus pensamentos me traíssem e viajassem de volta para nossa vida juntos, até que percebi seu sorriso presunçoso expondo seus dentes pequenos e alinhados naqueles lábios finos que algum tempo atrás conseguiriam qualquer coisa de mim, então rapidamente me desfiz das memórias passadas, respirei fundo, dei uma leve arrumada no cabelo e continuei subindo os degraus.
Eu também não estava nada mal, usava um vestido preto de um ombro só que deixava um corte diagonal na altura do peito. Justo, na medida certa, ele modelava meu corpo sem chance de parecer vulgar e a cor básica combinava com meus scarpins, meus acessórios, que também tinham alguns tons de prata, e com minha bolsa Gucci, além de fechar em sintonia perfeita com meu humor.
— Oi, linda!
Linda? Ah, por favor!

---

[1] Universidade do Estado de São Francisco.

CAPÍTULO 1

— Steve.
Cumprimentei da maneira mais seca que fui capaz, ao alcançar o último degrau.
— Nat, vamos parar com isso. Você sabe que ainda há tempo de voltarmos atrás e começarmos uma nova vida. – enquanto ele falava, eu me encaminhava à porta, sem lhe dar atenção. Já estava quase entrando no prédio quando fui puxada pelo braço e forçada a olhar em seus olhos, em sua boca, na covinha que se formou na bochecha quando ele sorriu... — Nat, por favor! – ele implorou, com as duas mãos segurando meus braços, já se desfazendo do ar tranquilo de um segundo atrás ao perceber que eu não iria pular em seu pescoço e começar a beijá-lo – Não seja tão fria. Eu errei. Mas eu mudei! Assumi meus erros. Eu não sabia que seria tão horrível perder você. – a voz dele foi ficando mais baixa, quase parecendo sincera – Vamos conversar.
— Steve, o que eu posso dizer que eu já não tenha dito? – girei os ombros para que ele soltasse meus braços – Nossa história acabou! Fim! Tchau! Eu não quero mais. Eu tenho só vinte e cinco anos, não preciso gastar minha juventude preocupada com um marido que não tem vocação para monogamia!
Frisei bem a palavra "vocação", remetendo ao seu excelente argumento, e ele teve a decência de corar.
— Eu sei que você ainda me ama...
— Não amo, não! – afirmei rispidamente, interrompendo-o. Como ele ousava dizer aquilo? – O amor que eu sentia por você acabou no mesmo instante em que descobri que o Steve com quem me casei era uma pessoa que eu não conhecia.
— Você me conhece, sim, Nat! O que eu fiz... aquelas mulheres... não significavam nada! Foi com você que eu me casei, é com você que eu quero ficar para sempre! E não venha me dizer que tudo acabou, porque eu ainda sei ler o seu olhar e vi como você ficou quando me enxergou aqui.
Que raiva!
— Eu não deixei de achar você um homem bonito, e você sabe que eu gosto dessa roupa. – fiz um gesto com desdém de cima a baixo em sua direção – Mas até aí eu acho um milhão de homens bonitos e nem por isso quero me casar com eles! – a calma com que eu despejei aquelas palavras não correspondia aos gritos que eu dava por dentro – Fui clara?
Ele arregalou os olhos, e quando quis dizer mais alguma coisa, Lauren se posicionou ao meu lado, o cumprimentou com um aceno de cabeça e me puxou para dentro do prédio, pondo fim àquele diálogo estranho.
— O que foi aquilo?
Ela perguntou num misto de curiosidade e espanto, mas eu apenas dei de ombros, sem saber o que responder.
Não quis assumir para minha irmã, embora tenha certeza de que ela sabia, mas mexeu comigo ter aquela conversa com Steve, minutos antes de me tornar novamente uma pessoa solteira. Estávamos juntos há muito tempo e fazia apenas dois meses desde que eu havia descoberto quem ele realmente era e então decidido pedir o divórcio. Eu ainda estava abalada pela ideia de mudança geral que pairava com a chegada do "momento oficial".
Na sala de audiência, a postura séria de Steve advogando a seu favor tomou conta de si e seus olhos mal cruzavam os meus. Do meu lado era Lauren quem

estava me representando, porque eu simplesmente não teria condições de advogar em causa própria, e em menos de trinta minutos ficou decidido que o dinheiro do apartamento seria dividido em duas partes iguais, eu ficaria com o carro e ele com a mobília. Achei justo. Aparentemente, ele também.

Saímos da sala acompanhados pela assistente do juiz e antes de dar as costas e ir embora, meu ex-marido me entregou um envelope pardo, disse "até breve" e saiu a passos largos para se afastar rapidamente. Fiquei segurando o que quer que fosse que Steve tinha me dado, enquanto o observava caminhando depressa na direção oposta a mim, se embrenhando entre as pessoas e fazendo o vento deslocar as pontas de seu casaco desabotoado.

Meus olhos focados registravam meticulosamente aquele momento, como se o futuro se desenhasse diante de mim. Eu não teria mais aquele homem na minha história, não compartilharíamos mais nossos dias, nunca mais acordaríamos um ao lado do outro. Tivemos muitos bons momentos juntos, mas com a mesma facilidade com que entrou na minha vida, Steve parecia caminhar para fora dela, desviando facilmente de quem cruzasse seu caminho, sem precisar diminuir a velocidade, sem precisar prestar atenção no trajeto, porque parecia saber exatamente para onde iria.

Minha irmã falava alguma coisa que eu não estava escutando e depois fui entender que ela me explicava que teria duas audiências antes de poder ir embora comigo, então, apesar de sua relutância, resolvi ir dirigindo de volta para casa, porque não estava nem o mínimo disposta a passar horas sentada em uma cadeira incômoda enquanto ela trabalhava, e eu já me sentia mais calma e não precisava que ela ficasse se preocupando como se eu fosse sua filha, e assim, depois ela poderia ir embora com Michael, seu namorado juiz, e fazer um programa de casal sem a irmã carente na volta.

Sentei atrás do volante do meu carro, liguei o rádio e saí ainda afivelando o cinto de segurança. Os carros passavam apressados ao meu lado e eu nem me dava ao trabalho de ficar irritada quando um ou outro buzinava me pedindo para sair da frente. Eu estava em transe, e somente vários minutos depois de ter assumido o mundo caótico que o trânsito me parecia, é que criei coragem e conectei no som o pendrive que estava dentro do envelope que Steve me entregou. A faixa única gravada no dispositivo era "I'll Be There For You" do Bon Jovi, e eu, obediente, provoquei minha tristeza ao limite, fazendo minhas lágrimas antes reprimidas rolarem soltas pelo meu rosto, até eu estar chorando compulsivamente enquanto dirigia. Concluí que eu não estava tão calma e controlada quanto pensava, e as ruínas as quais minha vida havia se tornado pareciam zombar de mim, enquanto meu coração em frangalhos dizia que nunca mais se apaixonaria. Aquele músculo burro e desesperado batendo no meu peito me implorava que perdoasse meu ex-marido para que recomeçássemos nossa história e ele pudesse se sentir completo novamente para voltar à sua cadência tranquila.

Espasmos descontrolados me tomavam inteira enquanto eu tentava coordenar meus pensamentos para não imaginar Steve dizendo todas aquelas palavras bonitas da música para mim. O que eu sentia por ele tinha realmente minguado quando descobri suas traições, não tem como um amor não ser abalado por coisas desse gênero, mas a vontade de voltar ao passado e reescrever nossa história ainda persistia em meu âmago. Ele foi meu primeiro namorado, o único homem que me conheceu intimamente, e eu sofria por ter me deixado enganar daquela maneira, mais até que pelo término em si.

CAPÍTULO 1

Mal consegui pisar no freio quando percebi a luz vermelha no semáforo logo à frente, mas minha reação foi tardia. Bati na traseira do carro parado antes de mim com uma força que fez meu corpo todo se projetar para o volante, menos mal que estava usando cinto de segurança, mas outra desgraça naquele meu dia de merda era totalmente dispensável.

Levantei os olhos e percebi que havia conseguido a façanha de colidir com um divino Aston Martin One-77 vermelho, e meu primeiro pensamento foi o de que nem vendendo meu carro eu conseguiria pagar o conserto daquela máquina. Meu seguro precisaria cobrir meu erro, mas quem cuidava dessa parte era o Steve, eu nem sabia o que constava na apólice. No momento só me restava rezar que fosse bem ampla.

Tentando inutilmente controlar o pânico e as lágrimas, abri a porta devagar, torcendo mentalmente para que ninguém tivesse se machucado, para não piorar ainda mais a situação e facilitar que aquilo tudo acabasse o mais depressa possível, para que eu pudesse chegar logo em casa, deitar na minha cama e chorar por mais uns vinte dias ininterruptamente.

Somou-se à minha tristeza uma vergonha estrondosa em ter que encarar o outro condutor. Eu não sabia se era vergonha apenas pela batida ou também por estar chorando daquela maneira tão íntima. Fui tirando as pernas do carro enquanto limpava minhas lágrimas e percebi que um cara já estava parado ao lado da minha porta. Levantei os olhos devagar e enquanto no rádio Bon Jovi soltava o clássico grito agudo rouco da canção, meu olhar subiu da calça *jeans* clara do homem a minha frente, passou pela alva camiseta básica que marcava seu peitoral definido e acabou em seu rosto quando o refrão iniciou novamente, fazendo aquele momento todo parecer estar acontecendo em câmera lenta, como se fosse um filme.

Fiquei sem fôlego!

Nossos olhos se encontraram e nos encaramos em silêncio por um segundo ou dois. A vibração que emanava do corpo dele para o meu agitava meus nervos, e meus batimentos cardíacos ficaram ainda mais acelerados. Era como se uma força magnética me empurrasse na direção daquele cara desconhecido, e eu precisava lutar arduamente para não ceder àquele estranho chamado.

Meu Deus! Que homem é esse?

Moreno, pele dourada, devia ter dois ou três anos a mais que eu, media certamente mais de 1,80m, seus ombros eram largos como os de um nadador, os braços definidos como os de alguém que malha religiosamente e os cabelos uma perfeita bagunça com algumas mechas caindo sobre seus olhos profundamente marrons e de cílios fartos. A barba um pouco crescida sobre um maxilar anguloso me deixou com vontade de passar a mão para sentir a aspereza, e para finalizar, lábios carnudos, corados e convidativos.

Meu. Deus. Ele é sexy! Ele é muito sexy! E simplesmente lindo!

Devo ter ficado da cor de seu carro enquanto nos olhávamos nos olhos.

— Você está bem?

A voz combinava com aquela beleza toda, era aveludada e sedutora, mas soava apreensiva, certamente de pena pelo estado calamitoso em que eu me encontrava.

Fiquei parada por alguns instantes, travando uma batalha interna para que palavras saíssem da minha boca. Eu estava completamente envolta em um manto de sensações indistintas que a forte presença daquele homem provocou e mal conseguia raciocinar.

— Sim... Não... Desculpe, hoje meu dia está sendo... difícil. Foi o mais honesta que consegui ser.

Enxuguei novamente os olhos com a ponta dos dedos, mas algumas lágrimas ainda rolavam quando segui falando.

— Por favor, me desculpe. Eu vou acionar o seguro, precisamos chamar a polícia? Não sei bem o que fazer, eu nunca havia me envolvido em um acidente antes...

— Calma! – ele me interrompeu, parecendo mais tranquilo – Você está muito nervosa. Está tudo bem. Não se preocupe com o carro, o estrago nem foi tão grande. Venha.

Então ele sutilmente colocou a mão direita no alto das minhas costas, fazendo-a encostar metade no meu vestido e metade na minha pele, e eu senti o calor do seu toque, que mesmo sob um sol escaldante, que eu já percebia me aquecer, provocou um fogo ardente por todo meu corpo.

Fui conduzida até o Aston Martin, e enquanto eu tentava entender o que estava acontecendo, precisei entreabrir os lábios para inalar um pouco mais de ar para os pulmões e tentar oxigenar melhor meu cérebro para seguir na complexa tarefa de caminhar ao lado daquele homem.

Parei junto à porta do seu carro e o vi pegar lá de dentro uma garrafa de água que ainda estava lacrada e gelada. Ele a abriu, me alcançou e eu agradeci muito constrangida, mas como realmente precisava de um pouco de água, tomei alguns goles que logo pareceram me acalmar.

— Melhor?

— Sim – respondi, percebendo que finalmente as lágrimas haviam cessado – Obrigada.

— Lucas Barum, você é?

Ele perguntou, me estendendo a mão para cumprimentá-lo, e eu hesitei alguns segundos antes de levar minha mão ao encontro daqueles dedos compridos estendidos à minha frente.

— Natalie Moore.

Peguei sua mão e nos olhamos fixamente em silêncio. Seu calor parecia ter entrado feito pólvora, queimando dentro de mim, e até meu sangue ferveu.

— Muito prazer, *Natalie*. – quase me contorci ao ouvi-lo dizer meu nome – De minha parte, não precisamos nos preocupar com toda a burocracia que essa pequena colisão vai envolver – ele informou, ao soltarmos as mãos – Não foi grande coisa.

— Meu seguro certamente não vai pagar pelo conserto do seu carro se eu não apresentar algo como um boletim de ocorrência.

— Eu não pretendo cobrar por isso, *Natalie*.

Lá foi ele falar meu nome outra vez. Seu jeito de pronunciá-lo, como se saboreando cada letra, me deixava nervosa e agitada.

— De jeito nenhum! A culpa foi minha, eu preciso arcar com as consequências. Mas se pudermos resolver isso amanhã, seria uma gentileza enorme e eu aceitaria de bom grado, como disse, meu dia hoje está especialmente difícil.

Falei tudo muito rápido, parecendo uma daquelas adolescentes que falam desesperadamente por minutos a fio sem respirar, e já fui pegando meu cartão de visitas da carteira.

Ao aceitá-lo, nossos dedos se encostaram, provocando uma deliciosa e desconhecida sensação de choque, mas eu puxei a mão rápido demais e fingi ajeitar alguma coisa na bolsa para disfarçar. Quando o olhei novamente, seu olhar se fixou no meu, me

CAPÍTULO 1

deixando completamente desconcertada. Lucas mostrava uma capacidade ímpar de me fazer sentir nua. Passei uma mão pelos cabelos e dei um sorriso tímido, sem saber o que mais poderia fazer, até que ele, com a mesma segurança que não o abandonou por nem um mísero segundo, voltou a falar.

— Advogada? – seu sorriso era o mais encantador do mundo quando olhou para o meu cartão – Então, acho melhor não discutir com a senhorita.

Sorri de volta, me sentindo uma idiota. Por que o fato de ele ser o homem mais lindo que eu já vi na vida deixava meu cérebro congelado? Eu não estava há dois minutos sofrendo pelo... por quem mesmo?

— De qualquer forma, doutora, precisamos chamar alguém para levar seu carro ao seu destino. Acredito que você não esteja em condições de dirigir.

Aquilo significava que ele me levaria para casa?

— Eu moro aqui perto. Vou chegar bem.

Lucas ficou pensativo por alguns segundos e então sugeriu:

— Posso ao menos acompanhá-la com meu carro, para ter certeza de que chegou bem em casa?

Aquela pergunta soou cheia de significados e ele deu uma risadinha que me fez rir também, e então reparei melhor em sua boca e em como seus dentes graúdos e perfeitamente posicionados eram brancos. Nunca tinha visto dentes tão brancos assim, e foi impossível não direcionar meus pensamentos à ideia de ter aquela boca encostando na minha, a língua deslizando para dentro, me fazendo sentir seu sabor...

— Vamos lá.

Eu disse, sem disfarçar o bom humor que voltou ao meu ser, depois de dois meses de abandono sem aviso prévio.

Estacionei o carro na quase vazia quadra da rua Divisadero, bem em frente ao prédio em estilo vitoriano onde minha irmã morava, e por alguns instantes fiquei pensando que precisaria me acostumar a morar ali outra vez. Quando chegamos a São Francisco, sete anos antes, desfizemos as malas e nos atiramos no sofá branco do charmoso apartamento que nossos pais haviam comprado para não dependermos de dormitórios estudantis. Eles queriam que nós duas nos sentíssemos em casa longe de casa, e eu era o retrato da felicidade. Eu era muito jovem, morava apenas com minha irmã gêmea em uma cidade que não era a mesma dos nossos pais, e tínhamos um carro na garagem. Era tudo perfeito demais e eu fui feliz ali durante seis anos, mas quando fui morar com meu marido a intenção era nunca mais voltar, e de repente ter as coisas acontecendo fora do planejado me desestabilizava, e eu ainda precisava de tempo para me readaptar.

Desci do carro e Lucas fez a mesma coisa.

— Obrigada pela atenção. E mais uma vez, desculpe pelo seu carro. Juro que vou pagar pelo conserto.

— Você está bem mesmo? Confesso que nunca vi uma pessoa tão... nervosa ao volante. E olha que convivo com muitas pessoas nervosinhas guiando seus carros.

Ele sorriu sem mostrar os dentes e fez uma cara meio engraçada.

Não entendi o que ele quis dizer com aquilo, mas repeti que estava apenas tendo um dia difícil e que normalmente eu era... normal!

Ficamos em silêncio outra vez, até ele perceber que estava na hora de me deixar entrar no prédio.

— Então, acho melhor eu ir embora.

Ele mexeu no bolso de trás da calça, tirou de lá uma carteira preta Mont Blanc e me entregou seu cartão de visitas. Li "Luke Barum – piloto", e vi no canto superior uma logomarca da categoria *Pro Racing*.
Meu Deus! É o Luke piloto de corrida!
Ele era conhecido pelo apelido e de repente tudo ficou claro para mim; eu acabara de bater no que devia ser seu brinquedinho de luxo!
Merda! Merda! Merda!
Então entendi a brincadeira sobre "nervosinhos ao volante".
— Eu ligo para você amanhã.
Falei, novamente tomada pelo constrangimento, e ele sorriu, talvez percebendo o momento em que o reconheci.
— Vou esperar, *Natalie*.
Vai esperar?
Meu coração imbecil disparou. Claro que ele iria esperar, eu precisava acertar o conserto do seu carro. Fiquei irritada comigo mesma pelo rumo dos meus pensamentos e tentei coordenar meu cérebro para trabalhar com o que era real.
Lucas se aproximou, colocou a mão direita no meu ombro e sutilmente me puxou para mais perto para nos despedirmos. Seus dedos escorregaram pelas minhas costas e ele me beijou no rosto.
O que diabos ele tá fazendo?
Meus pensamentos me abandonaram quando inalei seu perfume... Um enorme frio na barriga me acometeu ao registrar seu cheiro delicioso. Era um aroma muito masculino e refinado. Graças a Deus, uma fragrância que Steve nunca havia usado. Senti sua barba roçar minha bochecha e aproveitei para tocá-lo no braço. Musculatura dura como pedra. Ele devia malhar muito! Não consegui evitar pensamentos íntimos, imaginando como ele seria debaixo daquela camiseta e sem aquela calça *jeans*.
Ele tem todo o jeito de fazer um sexo alucinante!
Quando nos afastamos, seus lábios curvados para cima tinham um ar misterioso. No que será que ele estava pensando? Será que seus devaneios foram tão longe quanto os meus?
Pela primeira vez em anos, eu esperava que sim. Desde que comecei a namorar o Steve, nunca mais me importei com o que algum homem pensava a meu respeito, só o que Steve pensava me interessava, mas depois de tanto tempo alheia ao mundo dos solteiros, fui pega me perguntando se aquele homem tão intenso parado à minha frente estaria desejando secretamente o mesmo que eu.
E naquele momento, apenas naquele momento, vi uma enorme aliança dourada reluzindo em sua mão.
Que merda é essa? Ele é comprometido?
Todo *frisson* que eu estava sentindo simplesmente desapareceu, dando lugar a uma raiva quente e pulsante. Conclusão: os homens eram realmente todos iguais! Duvidava que aquele cara estivesse sendo tão prestativo se eu me chamasse John e medisse o dobro de seu tamanho!
Fechei a cara para ele, que ficou com ar de quem não entendeu nada, dei as costas e entrei no prédio, ainda mais abalada pela trágica perspectiva de que talvez a monogamia fosse mesmo uma questão de vocação, e para poucos.

2

Quando Lauren chegou em casa, o sol já havia se posto e uma agradável brisa entrava pela janela da sala, fazendo a cortina voal branca dançar ao avançar para próximo do sofá, onde eu estava atirada com os cabelos ainda molhados do banho, após desempacotar a última caixa com os pertences que trouxe do meu antigo apartamento.

Usando um vestido curto e soltinho azul bebê, eu mais parecia uma adolescente veraneando do que uma mulher recém-divorciada, desiludida com a espécie masculina e curtindo uma fossa. Meus olhos estavam vidrados na televisão de maneira hipnótica, mas eu não sabia nem sobre o que tratava o programa que brilhava à minha frente, na verdade estava apenas vegetando para passar as horas da sexta-feira de folga que meu chefe me deu para tratar dos meus assuntos "pessoais e urgentes".

A sala do nosso apartamento era moderna e aconchegante. O piso de madeira rústica contrastava com os móveis brancos e combinava com o estilo contemporâneo da cozinha integrada ao cômodo. Os bancos altos ao redor do balcão onde ficava o fogão eram perfeitos para um bate-papo durante a preparação da comida e mesmo para uma refeição mais informal. Nosso único contraponto ao visual "clean" era um enorme lustre de cristal em estilo antigo acima da mesa de jantar, que, como o restante dos móveis, era branca, mas tinha nas cadeiras do conjunto um estofado azul e marrom que combinava com as almofadas do sofá e os nichos na parede ao lado da televisão.

— Oi.

Minha irmã estava parada de costas para a porta recém-fechada, me encarando inerte em um coma parcial, e apesar de eu adorar seu namorado, agradeci por ela ter ido sozinha para casa.

— Oi.

— Fiquei preocupada com você dirigindo por aí, e pelo que vi na frente do prédio, eu estava certa. O que houve com seu carro? Você está bem? Por que não colocou na garagem?

Tudo bem que ela estivesse apenas preocupada comigo, mas às vezes aquele excesso de zelo me irritava. Sentei com as pernas cruzadas sobre o sofá e a olhei com meu novo olhar vazio, antes de começar a responder seu interrogatório.

— Estou bem. Saí meio abalada da audiência e acabei batendo na traseira de um babaca. Não coloquei meu carro na garagem porque não tenho mais o controle.

— Você podia ter pedido para o zelador abrir. Pagamos uma fortuna para o Sr. Wilson ter casa de graça para praticamente apenas entregar a correspondência.

— Nem pensei nisso.

— Tudo bem, me dê a chave que eu guardo para você. Mas antes me conte sobre o acidente. Acionou o seguro? Ninguém se machucou?

— Lauren, eu bati na traseira de um Aston Martin! Se o seguro não pagar, eu vou falir para consertar aquele carro. Eu estava desatenta, querendo cortar os pulsos, o sinal estava fechado e quando freei já era tarde demais, mas graças a Deus ninguém sofreu um arranhão sequer.

— Hum... E o outro motorista? Deve ter ficado uma fera com você. Quem tem uma joia dessas não gosta nem de ver um cocô de passarinho no capô, imagine isso!

— Luke Barum, piloto da *Pro Racing*, conhece?

Ao mencionar seu nome, fiquei mais emburrada que triste. Lauren assentiu com a cabeça e não escondeu a surpresa no olhar, então sentou ao meu lado para eu seguir contando como tudo aconteceu, e quando acabei a narrativa, minha irmã ficou um tempo parada sem saber o que dizer, mas não importava, porque não tinha muito que pudesse ser dito. Depois de alguns instantes, ela se levantou, pegou a chave do meu carro e informou:

— Hoje nós vamos beber até cair! Afinal, amanhã é sábado!

E saiu porta afora.

Beber? É, talvez seja mesmo uma boa ideia.

No dia seguinte, acordei com uma tremenda dor de cabeça e vi que já passava do meio-dia. Levantei para preparar alguma coisa para comer e mal meu cérebro pegou no tranco e meus pensamentos já se dirigiram ao "Sr. Cafajeste Comprometido". Será mesmo que Lucas era tão cafajeste quanto eu estava pensando? Ou minha raiva toda era por tê-lo achado tão atraente e ter ficado desapontada com o fato de ele estar "fora do mercado"? Talvez ele estivesse apenas sendo um bom cidadão, me ajudando a chegar viva em casa, e eu fiquei interpretando suas ações da maneira que mais me convinha.

De qualquer forma, eu precisava pagar pelo conserto do carro dele, mas não queria falar ou encontrá-lo novamente, então pedi para meu cunhado fazer a enorme gentileza de cuidar disso no meu lugar, e como ser prestativo é uma das características mais marcantes de Michael, ele disse que faria o que eu pedi.

À tarde, Lauren e eu fomos encontrar nossas amigas nos verdes gramados de Crissy Field. O dia estava ensolarado, como todos os dias da semana tinham estado, mas o vento que nos lembrava que ainda não era verão deixava o passeio na rua simplesmente perfeito. Vesti uma calça de ginástica preta que seguia até abaixo do joelho, um top branco que deixava minha barriga exposta e prendi o cabelo em um rabo, antes de pegar meus fones de ouvido para conectar ao meu celular, que estava na capinha de borracha presa ao meu braço. Saí de casa para respirar um pouco de ar fresco com minha irmã, mas aproveitei para fazer meu *cooper* antes de me juntar ao grupo das fofocas femininas. Eu me programava para malhar cinco dias na semana, e como não tinha feito nada no dia em que oficialmente me divorciei, dei uma compensada tentando eliminar o que devia ter engordado com a quantidade de álcool que ingeri na festa que acabei indo com as meninas na noite anterior.

Uma hora mais tarde, sentei exausta ao lado de minhas amigas, bebi uma garrafinha inteira de água em praticamente um gole e fiquei escutando as histórias malucas que contavam, que, somadas à liberação de endorfina do esforço físico, até conseguiam me fazer rir.

CAPÍTULO 2

— Você vai ver, Nat, ser solteira é uma das melhores coisas dos vinte e poucos anos – Meg disse, me fazendo brindar com minha garrafa vazia contra sua Coca Light, e depois de dar mais um gole, ela jogou sua longa trança castanha para as costas e fizemos um "hi-five".

— Mal posso esperar!

Respondi ironicamente, porque eu não acreditava que poderia achar tão atraente assim ser solteira no século XXI. Minhas amigas viviam fazendo joguinhos com os homens, dizendo o que não pensavam enquanto eles fingiam o que não eram. Muita confusão para alguém que estava em um relacionamento fixo desde os dezoito anos de idade.

— Mas você tem que estar "aberta às oportunidades" – Carol me ensinou, gesticulando aspas com os dedos e arregalando bastante seus miúdos olhos verdes – Você se divertiu ontem à noite, não se divertiu?

— Foi bom, sim. Eu precisava mesmo desopilar um pouquinho. Só me deem um tempo, eu vou ficar bem. Tenho quase certeza de que não vou passar a eternidade desiludida com os homens. Talvez até me case outra vez.

— Quanto drama!

Carol levantou os braços e olhou para o céu em súplica, balançando sua franja loira para fora dos olhos, nitidamente não entendendo como eu não estava radiante por ter a excelente oportunidade de finalmente aproveitar a solteirice.

— Vocês sabiam que Patty foi atrás do Max na Austrália?

Meg mudou de assunto da maneira mais "Meg de ser", o que foi ótimo porque me tirou dos holofotes.

— Ela é doida! Eles ficaram só uma vez, e só porque ele é amigo dela no Instagram e curte uma ou outra foto que ela posta, a criatura se despencou até lá – Lauren repreendeu, como sempre repreendia qualquer atitude que fosse semelhante a mulheres correndo atrás de homens – Se ele está a fim dela, então por que a relação não evoluiu?

— Não começa, Lauren – Carol advertiu, e deu-se início ao blá-blá-blá – Pode ter algo a mais nessa história...

Eu, para não me meter naquela conversa sem fim, comecei a brincar com um cachorro lindo que veio até mim.

Eu já tinha chegado à conclusão de que ser criada em uma cidade minúscula e da maneira retrógrada como nossos pais fizeram praticamente transformou a mim e Lauren em dois "aliens" no mundo atual.

Nunca fomos contra o feminismo, nem contra a igualdade dos sexos, mas éramos incapazes de termos tanta atitude feminina a ponto de tomarmos iniciativa na hora da conquista.

O labrador chocolate de pelo macio e extremamente perfumado que não parava de roçar em mim era muito mais agradável do que aquele papo agudo que se desenrolava ao meu lado, e enquanto eu conversava bobagens com ele, fazendo uma voz estridente que eu não sei por que eu insistia em usar com animais e bebês, alguém se pôs na minha frente e eu percebi que o murmurinho da conversa das meninas havia cessado. Fui subindo o olhar devagar e assimilando o que via; tênis Nike de corrida, pernas fortes e bronzeadas cobertas a partir do joelho por uma bermuda preta, camiseta básica branca e aquele rosto!

Oh, porra!

— Ele também entende se você falar normalmente.

Lucas estava debochando de mim, com o sorriso mais largo do mundo tomando conta de seu rosto másculo, e eu afastei a mão do seu cachorro.

— Ah! Hum... Eu...

Engasguei feito uma idiota com a surpresa da pessoa parada a minha frente e do comentário sarcástico que me fez sentir além de imbecil.

— Achei que você fosse me ligar para tratarmos do conserto dos nossos carros.

Ele mudou de assunto, me encurralou verbalmente levantando as sobrancelhas e simplesmente seguiu ignorando o universo ao nosso redor, como se minha presença fosse a única coisa que ele enxergasse ou que lhe importasse naquele momento. O grau de tensão, gerado pela maneira ao mesmo tempo franca e enigmática como ele me olhava, me causou uma vibração interna tão profunda que tornava difícil para mim expandir os pulmões e respirar.

— Michael não ligou?

Perguntei apreensiva, achando que talvez meu cunhado tivesse esquecido e me feito parecer uma total sem educação por ter simplesmente ignorado o ocorrido.

— Ligou sim. Mas não era você.

Olhei para minhas amigas, que nos observavam atônitas, mas ao mesmo tempo parecendo prestes a me perguntar na frente dele de onde eu tinha tirado aquele exemplar masculino que cativava olhares por onde passava, e em seguida lancei um olhar à Lauren, que entendeu que eu adoraria um pouco de privacidade e levou todas as garotas dali.

— Lucas, eu não vejo qual seria a diferença entre eu ou Michael fazer essa ligação, mas tenho certeza de que a sua... hum... mulher – falei baixando o olhar para a aliança no dedo dele – vai preferir que você trate tudo com ele.

Pronto. Falei. Então ele já sabia o que estava me incomodando, e se fosse o mínimo inteligente, constataria que se isso me incomodou é porque ele havia me afetado de uma maneira mais do que amigável.

Péssimo, Natalie! Péssimo! Eu nunca deveria ter feito isso! Desde quando eu sou uma dessas mulheres que se entregam logo de cara?

Desde Luke Barum, provavelmente!

Argh!

— Eu disse ao Michael que não quero nada pelo carro. Já até mandei consertar.

Visivelmente constrangido, a nova postura que Lucas adquiriu até o fez parecer outra pessoa, e muito provavelmente ele tenha mudado qualquer tipo de plano que tivesse a meu respeito. Não vou negar que aquela esfriada me desanimou. Seu olhar perdeu o calor e a intensidade, que caíam muito bem sobre mim, mas se Lucas realmente tinha alguém em sua vida, eu não poderia permitir que nenhuma vibração estranha ficasse entre nós dois. O que é certo é sempre certo e ponto final.

— Bem, sendo assim, obrigada. Não vou ficar amolando com esse assunto. Eu falei mais de uma vez que gostaria de arcar com as consequências do meu descuido, e você mais de uma vez disse que não seria necessário. Se estamos conversados, eu peço licença, mas preciso voltar para casa.

Acariciei novamente seu cachorro e me botei em pé, olhando Lucas no fundo daqueles olhos castanhos e penetrantes, que pareciam me ler completamente. Piscando duas vezes, percebi como sua altura me fazia precisar erguer o rosto para encará-lo, e me senti deliciosamente rendida naquela posição, junto de seu corpo de ombros largos, braços definidos e peitoral forte, combinação que conseguia ser muito intimidante.

CAPÍTULO 2

Lucas entreabriu os lábios e me observou de cima a baixo. Dava para ter uma boa ideia de como era meu corpo usando o praticamente nada que eu estava vestindo, e eu percebi sua agitação quando usou a língua para umedecer os lábios ao mesmo tempo em que seu pulmão se expandiu mais que o normal quando ele inspirou. Fiquei satisfeita com aquela reação, depois me crucifiquei por ter gostado.

— Pole, aqui!

Ele bateu uma mão na perna chamando o Labrador para perto de si.

— Pole?

Perguntei com um sorriso curioso.

— Pole... De *pole position*.

Lucas respondeu dando de ombros, com um sorriso sem graça e quase infantil que foi desnecessário eu ter conhecido. Extremamente apaixonante.

— Muito apropriado.

Dei uma risadinha e fui andando para casa, sem nem ao menos nos despedirmos.

3

O domingo passou em uma calmaria angustiante, e não fosse por eu ter precisado explicar pela enésima vez às minhas amigas de onde eu conhecia o famoso Luke Barum, eu não teria feito nada além de comer e dormir.

Quando finalmente chegou segunda-feira, eu até me senti animada, porque finalmente voltaria a me ocupar. Meus processos e minhas audiências seriam minhas melhores distrações, e eu mal podia esperar para iniciar aquele dia que marcaria um recomeço na minha vida, com a confirmação legal de que eu havia mudado o rumo da minha história e iniciaria um novo capítulo. Natalie Moore, advogada, americana, residente em São Francisco CA, vinte e cinco anos, divorciada.

Depois de malhar com afinco às seis da manhã, me arrumei para ir trabalhar. Vesti uma saia lápis preta com *scarpins* da mesma cor, uma camisa justa de seda verde esmeralda, prendi os cabelos em um coque informal e acrescentei alguns acessórios dourados.

Assim que cruzei a soleira da porta de entrada do escritório, comecei a responder que eu estava bem e que não havia motivo para preocupação, e com um sorriso no rosto segui toda aquela baboseira de praxe em respostas prontas, para que quem questionasse se sentisse de consciência tranquila por ter perguntado, mesmo sabendo que minha resposta era automática e provavelmente mentirosa, porque, afinal, quem fica completamente bem dois dias depois de assinar seu divórcio?

Bem... eu, aparentemente.

Eu trabalhava desde a época da faculdade para um advogado brilhante, Dr. Willian Peternesco. Ele era proprietário de um escritório pequeno, nada dessas grandes sociedades que atuam em todo país e até no exterior, mas eu me sentia muito confortável ao seu lado e de seu filho, Theo Peternesco, que conheci nos corredores da universidade e acabou se tornando um bom amigo. Trabalhávamos juntos em uma bucólica e acolhedora casa no final da Lombard Street, e lá eu tinha um pequeno jardim de inverno com cascatinha que me permitia fugir do mundo judiciário quando o estresse ameaçava me enlouquecer.

Naquele dia depois do almoço, a secretária do Dr. Peternesco me avisou para ir direto à sua sala. Pareceu urgente, então passei rapidamente pelo banheiro para escovar os dentes e cruzei o grande corredor com aquarelas nas paredes e uma passadeira persa no chão, para me encaminhar até onde ele me aguardava.

Dei dois toques na porta entreaberta e quando entrei fui recebida pelo meu chefe exibindo um sorriso que ia de orelha a orelha. Dr. Willian Peternesco era um senhor grisalho de olhos castanhos, com aproximadamente uns sessenta anos, e apesar de não ser um homem muito bonito, se não estivesse acima do peso, seria sem dúvida um tanto atraente.

CAPÍTULO 3

— Nat querida, nesta manhã simplesmente conseguimos tirar da Timothy & Thompson um cliente que lhes levava duas empresas multinacionais e outras três companhias nacionais. Tem tudo para ser a grande chance do nosso escritório. Trabalho e notoriedade! E você será responsável por essa conta.
"Conseguimos tirar"? Eu nem sabia que estávamos tentando!
Timothy & Thompson era uma rede de escritórios que tinha sede em mais de vinte cidades ao redor dos Estados Unidos, além de uma filial em cada continente.
— Eu? – perguntei incrédula, espalmando uma mão contra o peito – Mas eu não tenho experiência para algo dessa magnitude... Digo... Eu posso, mas... – pisquei algumas vezes, tentando ver se as coisas clareavam de súbito no meu cérebro – Por que não o senhor?
— Vou lhe acompanhar de perto, mas o cliente exigiu que você fosse a responsável por todos os seus negócios, tanto os profissionais quanto os pessoais. Claro que você irá ganhar uma bonificação por tudo isso, mas sua agenda precisará ficar mais flexível. Ele é piloto de corrida e você terá que viajar com ele algumas vezes. Luke Barum, conhece?
Meu almoço quase voltou à garganta quando ouvi aquele nome e meu rosto deve ter ficado da cor das paredes alvas daquela sala.
— Há... O... Há... S-sim conheço.
Merda! Merda! Merda! Ele fez de propósito. Mas por quê? O que ele espera de mim? Eu não posso recusar esse cliente e prejudicar o escritório do Dr. Peternesco. Droga!
Eu precisava botar as ideias no lugar.
Saí da sala do meu chefe sabendo que no final do dia teríamos uma reunião com nosso novo cliente e fui direto ligar para Lauren, mas ela não conseguiu me acalmar o suficiente, talvez por eu ter excluído a parte em que eu estava balançada por aquele cara lindo, simpático e comprometido com alguém!
Eu não conseguia explicar nem a mim mesma o que apenas um pensamento dirigido a Lucas Barum era capaz de fazer com meus nervos e meus hormônios, então achei melhor abster minha irmã do turbilhão confuso de sensações que eu sentia a respeito daquele homem.
Um pouco antes das cinco da tarde, passei pelo banheiro para me arrumar e me encaminhei à sala de reuniões. Dez minutos depois, Lisa, a secretária do meu chefe, entrou ao lado do Lucas e de outro homem que eu não fazia ideia de quem fosse. Nosso novo cliente estava ainda mais lindo do que eu lembrava, com calça social cinza, um sapato de couro preto e uma camisa branca aberta no colarinho. As mangas estavam dobradas abaixo do cotovelo, deixando o antebraço largo à mostra, juntamente com um imponente Rolex prata no pulso esquerdo.
— Boa tarde, Dr. Peternesco. Agradeço por poder me atender ainda hoje. Este é Philip Carter, meu empresário.
Lucas começou o protocolo das apresentações enquanto Lisa colocava sobre a mesa uns copos de água e xícaras de café que tilintavam nervosamente sobre os pires. Eu já tinha visto minhas amigas perderem a fala e o senso de compostura, e eu própria me sentia estúpida na presença do Lucas, mas não imaginava ver Lisa tremendo feito vara verde ao fazer uma coisa tão simples, e que ela fazia dia sim, outro também.
Lucas era algum tipo de criptonita que enfraquecia as mulheres. Só podia ser isso.
Seu empresário, Philip, era um homem baixo que devia ter pouco mais de trinta anos, mas já apresentava uma quantidade considerável de cabelos brancos em meio aos fios escuros. Seus olhos eram verdes muito claros, ele era bem-apessoado e bastante

carismático. Eu diria que aquele era um homem com vocação para monogamia, ao contrário de seu chefe.

Assim que os cumprimentos foram feitos, Lucas voltou-se para mim, cravando seus inesquecíveis olhos escuros nos meus olhos azuis, me invadindo sem pedir licença, me tomando para si de uma forma que ninguém jamais foi capaz de fazer, e ele o fazia mesmo à distância, sem nem ao menos me tocar, sem nem precisar falar coisa alguma, bastava me olhar com aquela posse e aquele desejo, me comunicando o que queria e me reivindicando para si. Senti meu sangue esquentar, minha calcinha umedecer e minha boca secar. Se com um olhar Lucas conseguia me perturbar daquela forma, qualquer contato mais íntimo faria minha alma esfacelar.

— Boa tarde, *Natalie*. Seu desempenho como advogada foi muito bem recomendado, estou ansioso para começarmos a trabalhar juntos.

Ele estendeu a mão, e quando a aceitei para cumprimentá-lo, suavemente fui puxada para que ele me beijasse o rosto. Que mania! Completamente sem jeito, recebi o cumprimento inalando seu perfume sedutor e sentindo o calor e a firmeza de seu corpo contra o meu, mas logo me afastei para saudar Philip.

— Fico me perguntando onde o senhor pode ter ouvido falar de mim... – dirigi um olhar gélido ao Lucas, enquanto permanecíamos parados juntos à porta de entrada da sala, esperando Lisa passar e fechá-la atrás de si – Sou formada há pouco tempo, ainda não tenho notoriedade.

— Sua atuação na fusão da Lux &Co. e Maxim foi louvável, e sua participação na defensoria da construtora DTO após o cancelamento da entrega de um de seus empreendimentos foi decisiva no caso, isso além de você ter se formado e ido direto para o mestrado, tendo sua magnífica tese apresentada na França no final do ano passado. Foi o suficiente para mim. Preciso de uma advogada que tenha tempo de focar nos meus assuntos e que os faça com inteligência e perspicácia.

Fiquei completamente sem reação. Ele fez uma pesquisa sobre mim? Nem eu mesma já havia feito aquilo! Será que ele encontrou todas as informações que citou só digitando meu nome no Google?

Enquanto eu ficava parada no mesmo lugar, abismada com o pequeno relato das minhas habilidades profissionais, ouvia Dr. Peternesco concordando e me vendendo ainda mais. Me senti um gado num leilão. Ao término do momento constrangedor, nos sentamos todos ao redor da mesa de granito marfim que acomodava seis pessoas confortavelmente em poltronas da mesma cor, e eu tomei toda a água que estava ao lado da minha xícara de café.

A reunião transcorreu dentro do esperado, tratamos tudo com bastante profissionalismo e eu percebi que teria que trabalhar muito nas questões do nosso novo cliente, a começar por aquele final de semana, em que eu precisaria ir a Daytona, na Flórida, para a terceira etapa do ano do campeonato *Pro Racing*, especialmente para conversar com dois patrocinadores do Lucas. Ele queria trazer todos os seus apoiadores para o nosso escritório, e se isso acontecesse, começaríamos a nadar com os peixes grandes.

Na hora da despedida, Lucas novamente me cumprimentou com sua forma única, o que mais uma vez me deixou elétrica e irritada quando seu toque pareceu queimar minha pele, despertando em mim aquele novíssimo tipo de agitação interna, forte o suficiente para me deixar completamente excitada. Daquela forma seria impossível mantermos uma relação profissional, mas o choque maior me esperava na antessala do meu chefe.

CAPÍTULO 3

— Você?

Perguntei, parando na porta da sala de reuniões, bloqueando a passagem dos homens que vinham logo atrás de mim.

— Nat, eu... Boa tarde Dr. Peternesco. Senhores. — Steve educadamente cumprimentou a todos assim que os viu esperando para saírem e carinhosamente me puxou para o lado, envolvendo minha cintura com seu braço — Nat, agora que as coisas aconteceram como você quis, que você já pôde se vingar ou seja lá qual tenha sido sua intenção, vamos conversar? Vim em paz, só quero uma chance de conversarmos como sempre fizemos.

Olhei para o lado e vi Lucas nos observando com um olhar colérico. Sua mandíbula estava tensionada, salientando ainda mais o tendão grosso em seu pescoço e sua respiração parecia encurtada. Aquela atitude gritava possessão e desprezo ao mesmo tempo, e ele nem fazia questão de disfarçar que estava completamente alheio ao que Philip e Dr. Peternesco dialogavam. Eu não entendi a intensidade daquela reação. Ele queria sexo comigo, ok, isso eu tinha entendido, mas tudo aquilo ficou confuso demais... Embaraçada, voltei minha atenção ao Steve.

— Você está de carro?

— Sim.

— Pode me levar para casa? Meu carro está na oficina. Podemos conversar no caminho.

— Claro! Você já está liberada?

Ele perguntou com um enorme sorriso no rosto, expondo seus dentes que antes eu jurava serem os mais perfeitos do mundo e aquela covinha que um dia pensei ser sexy.

Maneei a cabeça e nos dirigimos aos três homens que seguiam a poucos metros de nós.

— Dr. Peternesco, se estiver tudo bem para o senhor, eu já vou indo.

— Claro, Nat. Até amanhã.

— Boa noite, senhores.

Lucas ficou apenas me olhando, mantendo a mesma expressão fria, e eu saí rapidamente, levando Steve logo atrás de mim.

Assim que entrei no carro do meu ex-marido, reconheci o cheiro de aromatizador de ambiente, a bagunça de cupons fiscais e panfletos de propaganda no console e a bola de basquete que morava aos pés do banco do passageiro. Já parecia fazer uma vida inteira desde a última vez que estive ali e que reclamei por ele ser incapaz de recolher os papéis.

Eu tive uma longa história com Steve, e uma parte de mim sempre lamentaria o ponto aonde chegamos, mas minha porção relevante sabia que nós nunca mais voltaríamos a ser um casal.

Percebi meu erro em pegar aquela carona assim que ele sentou atrás do volante e sorriu para mim. Apesar de tentar negar a mim mesma, eu sabia que só estava ali para provocar o "Sr. Cafajeste Comprometido", e mesmo meu ex-marido merecendo ser um pouco usado, eu consegui sentir uma parcela de pena dele, embora meu problema maior fosse o que martelava com afinco na minha cabeça: por que eu estava tentado provocar o Lucas?

Não obtive uma resposta que possa ser confessada sem me fazer parecer imoral.

Acabei de afivelar o cinto de segurança e olhei naqueles olhos verdes tão vazios, mas que costumavam sorrir e se iluminar pra mim aos domingos de manhã quando eu colocava "Love Generation" para acordá-lo. Lembrei de todas as vezes que Steve teve paciência de estudar uma matéria pela segunda vez só para me ajudar, e como foi cauteloso e nada egoísta quando tirou minha virgindade na casa de praia de seus pais em Malibu, depois do meu aniversário de dezenove anos.

— Eu mudei. De verdade. Eu juro.
Ele disse.
Eu não queria que ele mudasse. Era legal do jeito que era, mas ele estragou tudo. Definitivamente. A magia do primeiro amor estava desfeita. Eu sentia apenas um carinho pela nossa história e pelos bons momentos que vivemos juntos, mas aquela admiração, que eu sempre julguei ser necessária sentir pelo homem ao meu lado, eu já não sentia mais. Tudo foi desaparecendo dentro de mim nos dois meses desde que lhe pedi que saísse de casa até o dia de assinar o divórcio, e toda a tristeza que aquela ruptura me causava evaporou em um simples encontro com olhos castanhos e hipnotizantes.

— Steve, eu só aceitei esta carona para ter a oportunidade de dizer, de uma vez por todas, que a nossa relação afetiva acabou. Continuo disposta a ser sua amiga, gosto muito da sua família e não me agradaria ser privada de encontrá-los, mas nós não temos a menor chance de reatar o nosso casamento. Se eu o perdoasse, viveria desconfiada, e em qualquer briga jogaria na sua cara tudo que já aconteceu. Isso destruiria a nós dois. Eu sei que eu não consigo me livrar facilmente das minhas mágoas. Acabaríamos rompendo outra vez.

— Nat, me dá uma chance! - ele virou todo o corpo de frente ao meu, ainda sem ligar o carro, e segurou meu rosto em suas as mãos – Você não pode dizer que o Steve que eu sou hoje, depois de saber o que é o sofrimento por estar longe de você, é o mesmo de antes! Você vai voltar a confiar em mim porque você vai ver o quanto eu mudei. Eu preciso de você. Eu te amo!

Eu me afastei das mãos dele assim que percebi Lucas e Philip saindo pela porta principal do escritório, e como se soubesse que eu estava no Civic preto estacionado do outro lado da rua, o olhar do Lucas encontrou o meu e eu pedi que Steve me levasse dali antes de continuarmos nossa conversa.

— Steve, entenda que nós voltarmos é só perda de tempo. Eu já não sinto a mesma coisa, e... eu não sei se eu conseguira ter... hum... intimidade com você outra vez.

— Você está querendo me humilhar, é isso? A gente sempre se deu bem na cama. Isso nunca vai mudar.

Ficamos um tempo em silêncio, enquanto eu media as palavras que diria a seguir.

— Você foi o único homem com quem eu fiz sexo na vida. Não me leve a mal, acho que era bom, mas minha base de comparação é nula. Agora eu quero aproveitar mais, sair mais, conhecer pessoas... Até cogito morar fora do país outra vez. Preciso me redescobrir!

Com isso, ele ficou perigosamente calado, e quando Steve ficava calado daquela forma por mais de cinco segundos antes de rebater alguma colocação era porque iria responder berrando feito um condenado e nós teríamos uma briga gigantesca, ou porque acabaria a conversa justamente para que ele não se descontrolasse e nos levasse a uma briga de proporções épicas.

— Ok, Nat. - ele disse, após um longo suspiro – Vá lá, então. Encare o mundo, foda com mil caras diferentes, e quando você se der conta de que nós fomos feitos um para o outro, vai ser tarde demais!

Eu podia sentir sua ira descontrolada e também dei um longo suspiro, mantendo a calma para não brigar enquanto ele estacionava em frente ao meu prédio.

— Seja feliz, Steve.

Ele ficou com as mãos no volante, os olhos fixos à frente e não falou nada, então eu desci e desapareci dentro do edifício.

Por mais que a culpa pelo término do nosso casamento seja do Steve, eu não

CAPÍTULO 3

pude deixar de sentir um pouco de pena dele, de nós, quando bati a porta de seu carro. Aquela história estava resolvida e não tinha volta, mas nem por isso a situação deixava de ser triste.

Disse "olá" ao zelador Wilson, que sorridente varria o saguão e nem notou minha cara amarrada, depois esbarrei nas muletas da senhora Davies, que descia com dificuldade o último degrau da escada, e por fim deixei cair toda a tralha que eu carregava na bolsa quando me descoordenei para pegar as chaves do meu apartamento.

Destranquei a porta branca com o número trinta e um pregado no topo e fui invadida por um cheiro delicioso que bloqueou meu mau humor e me fez sorrir. Lauren e Michael estavam preparando o jantar, e sempre que os dois iam juntos para a cozinha, podia-se esperar por algo divino que animaria qualquer ser humano.

— Oi, Michael. Ainda não o agradeci por ter cuidado do assunto da batida do carro. Valeu! Salvou minha vida!

Enquanto ia falando, larguei a bolsa no sofá e fui até ele do outro lado do balcão da cozinha, para cumprimentá-lo com um abraço. Ao fazer aquilo, pensei no Lucas e na vontade que eu tinha de dizer a ele que, para abraçarmos e beijarmos uma pessoa, precisamos ter um certo nível de intimidade. Não se pode sair beijando os atendentes do supermercado, o lanterninha do cinema, um doido que bate no seu carro, nem seu advogado!

— Nat, não precisa agradecer. No que eu puder ajudar, estarei sempre à disposição.

Como eu adorava o Michael! Fazia pouco mais de três anos que ele e minha irmã namoravam, e eu apostava que sairia um casamento ali. O simpático prodígio intelectual era bem o tipo de cara que Lauren gostava, inteligente e carinhoso. Devia medir 1,75m, tinha cabelos e olhos castanhos, era magro sem ter o corpo malhado, e sua apaixonada namorada dizia que era porque ele preferia exercitar o cérebro, o que ele fazia muito bem até por sinal, porque aos trinta anos já era juiz. Michael era bem bonito para seu estilo e, o mais importante, combinava em tudo com minha irmã.

— E aí, advogada dos ricos e famosos, como foi a reunião?

Lauren nos interrompeu, batendo com seu quadril no meu ao passar para ir até a geladeira pegar dois ovos.

— Ai, nem me fala... – resmunguei, me sentando em um dos bancos altos que circundavam a bancada da cozinha – Aquele cara só pode ser maluco! Mas vou ter que trabalhar com ele. Não posso deixar Dr. Peternesco perder uma oportunidade como essa. Não importando o motivo que nos trouxe até aqui.

Apoiei os cotovelos no granito escuro e encaixei meu rosto entre as mãos depois de um longo suspiro resignado.

— Nat, faça o que tem que ser feito, porque no final vai ser uma grande oportunidade para você também. Janta conosco? – ela perguntou, pegando os pratos secos no escorredor de louças – A comida fica pronta em vinte minutos.

— Claro! Vá me servindo um vinho que eu só vou tomar uma ducha e já volto.

Eu sabia que aquela podia ser uma grande oportunidade na minha vida profissional, se eu conseguisse manter uma distância cautelar do Lucas.

Deixei a água morna do chuveiro cair sobre minhas costas e comecei a analisar tudo que aconteceu desde a última sexta-feira. Eu estava exausta e a loucura parecia ter apenas começado.

Vesti uma calça de moletom cinza, uma regata branca e fui me distrair jantando com minha irmã e meu cunhado, comendo um delicioso camarão frito e bebendo vinho. Relaxante.

Como era costume quando eles cozinhavam, eu acabei comendo mais do que a minha fome exigia e depois fiquei inerte na sala, mal conseguindo acompanhar as bobagens que eles falavam ao assistir um programa idiota na televisão. Michael sabia ser divertido quando tirava a capa profissional e voltava a ser o garoto jovem que não se permitia ser quando estava no modo trabalho. Ele implicava com nossos programas de televisão, mas bem que sabia opinar sobre todos eles e fazia piadas espirituosas, nos fazendo esquecer qualquer problema. Horas se passaram até que ele disse:

— Agora chega, preciso levar minha fêmea para a toca.

Encerrou ele, "sutilmente", nosso momento de confraternização, então eu também resolvi me recolher para ler pela milésima vez um dos meus livros favoritos de todos os tempos: *Love Story* de Erich Segal. Eu sempre tentava enxergar de uma nova maneira como o amor aconteceu entre Oliver e Jennifer. Eles pareciam tão diferentes e tão "não em busca do amor", mas, de repente, lá estavam os dois, em uma linda história de coragem e confiança que sempre me levava às lágrimas.

O sono custou a chegar naquela noite. Por algum motivo, eu estava totalmente alerta e com minha atenção constantemente desviada das linhas do livro já amarelado que um dia pertenceu à minha mãe, indo direto a Lucas Barum, sua beleza descomunal e o motivo de ele ter fixado em mim daquela maneira.

4

Meu despertador me acordou às seis da manhã e eu pulei da cama jogando o lençol floral de lado, junto ao travesseiro que estava no meio das minhas pernas, e me encaminhei descalça até a cozinha para preparar uma vitamina de banana e maçã reforçada com aveia. Servi minha caneca que dizia "irmã número 2", que Lauren tinha me dado séculos atrás, e deixei o liquidificador com água dentro, esperando para ser limpo quando eu retornasse da malhação. Voltei ao meu quarto, coloquei uma roupa de ginástica e desci para a academia improvisada que os vizinhos se mobilizaram para equipar na sala de depósito do prédio. Meu corpo reclamou pelo pouco sono, mas Sebastian, meu *personal trainer*, me esperava, e eu valorizava o dinheiro que produzia dissecando as leis americanas.

Às sete e meia, eu estava de volta ao apartamento, tomei um banho, me vesti, arrumei a bagunça que tinha deixado para trás e exatamente às oito e cinquenta e dois da manhã cheguei ao trabalho.

Eu estava bem-humorada depois da aula intensa daquela manhã, e então resolvi dar uma ousada no visual, colocando um vestido branco sem alças, justo até os joelhos, feito com um tecido que moldava meus seios, evidenciava minha cintura fina, meu bumbum avantajado e meu bronzeado. Nos pés calcei um *peep toe nude*, e para compor, vesti um blazer de mesma cor. Deixei os cabelos soltos, me adornei com acessórios dourados e pendurei no ombro minha bolsa gigante Louis Vuitton.

— Uau! Então é bem como dizem, a separação faz bem às mulheres?

A voz amiga era da recepcionista do escritório, Stephanie, uma moça graúda de pele bem clara, cabelos quase brancos e olhos de um azul inigualável, que um dia antes achava que eu estava precisando de um "ombro amigo" para lidar com a depressão do rompimento com Steve.

— Oi, Steph. – a cumprimentei com um piscar de olhos – Bom dia para você também!

E enquanto ambas sorríamos, me encaminhei à minha sala.

Uma hora depois, Dr. Peternesco me chamou ao seu escritório e passamos o resto da manhã elaborando estratégias e discutindo assuntos referentes ao Lucas, e daquela vez, Theo, seu filho mais velho e meu amigo desde a época da SFSU, estava conosco, então aproveitamos para lhe explicar todo o quadro do nosso novo cliente.

Theo era um homem muito atencioso, diria que até atencioso demais, o que fazia nunca me sentir totalmente confortável quando ficávamos sozinhos em algum lugar, mas seu coração enorme tornava impossível repudiá-lo, e eu gostava de poder contar com sua amizade. Ele era alto e levemente encorpado, seus cabelos castanhos eram mantidos em um corte tradicional bastante juvenil, combinando com as sardas nas bochechas logo abaixo de seus olhos azuis parecidos com os meus. Não o achava bonito nem feio, e nunca consegui aprofundar minha análise além desse ponto, porque só conseguia enxergá-lo como um irmão, e pensar nele efetivamente como homem sempre pareceu meio incestuoso.

Ao meio-dia em ponto, meu chefe se empurrou sobre as rodinhas de sua cadeira de couro marrom e se levantou, encerrando a reunião. Em trinta e cinco anos de casado, ele disse que nunca faltou a um almoço com sua esposa quando estavam na mesma cidade. Sorri ao pensar na Sra. Margarida Peternesco esperando o marido com a comida pronta no fogão e a mesa posta na sala. Ela era uma senhora muito simpática, bem-apessoada e parecia muito feliz no casamento.

— Vamos almoçar juntos, Nat?

Disparou Theo, antes que eu saísse da sala.

— Hum... sim, claro.

Apesar de adorá-lo, eu não tinha a menor vontade de almoçar sozinha com ele, e talvez meu álibi fosse quem encontrei sentado na sala de espera do Dr. Peternesco, assim que abrimos a porta.

— Luke! – exclamou meu chefe, com um sorriso surpreso no rosto – O que lhe trouxe até aqui? Podia ter nos interrompido.

Ele falava alegremente, mas com o olhar trucidava sua secretária ruiva, que ficou da cor de seus cabelos ao sentir aquela fúria mal contida vinda do Dr. Peternesco.

— Eu acabei de chegar e disse à Lisa para não os interromper.

Olhei novamente para a bela moça e ela estava sorrindo, toda derretida para o Lucas, com seu corpo praticamente atirado sobre a mesa onde trabalhava, deixando seus seios tão visíveis que até eu enxerguei o cristal que brilhava no fecho frontal de seu sutiã. Por algum motivo aquilo me incomodou, e quando percebi, eu estava de cara amarrada, como se houvesse razão para aquele mau humor.

Isso é ciúme? Não... Impossível!

Desfiz a carranca ao ouvir Lucas chamar meu nome e virei o rosto em sua direção.

— Oi.

Respondi seu chamado, sorrindo de uma maneira tão deslumbrada que depois eu quis me matar por ter feito.

Hipnose. Talvez ele também praticasse hipnose!

— Pensei que talvez pudéssemos almoçar juntos para irmos adiantando algumas coisas sobre os meus patrocinadores que estarão em Daytona neste final de semana. Você está disponível?

Disponível? Testei a palavra mentalmente dizendo "sim", mas quando recobrei a razão tive vontade de dizer que para ele eu nunca estaria disponível, mas não foi o que fiz.

— Eu acabo de aceitar o convite do Theo para almoçarmos juntos.

E, nesse momento, Dr. Peternesco nos interrompeu abruptamente, como se me visse cometer um erro imperdoável e estivesse disposto a fazer qualquer coisa para corrigi-lo.

— Tenho certeza de que Theo não vai se incomodar em conceder a mim e minha esposa a honra de almoçarmos com nossos dois filhos em plena terça-feira. Luke, permita-me apresentá-lo meu filho mais velho, Theo Peternesco, ele também é advogado e está incluído na equipe que cuidará dos seus assuntos.

— Muito prazer.

Lucas falou com uma voz gelada e seus lábios esboçaram um sorriso que não foi

CAPÍTULO 4

convincente. Ele estava com um olhar parecido com o que vi em seu rosto quando encontramos com Steve naquela mesma sala na tarde anterior, e eu não entendi o porquê.

— Muito prazer. – Theo respondeu, ao apertar a mão dele – Se precisar de alguma coisa, saiba que estamos todos prontos a atendê-lo. Sem restrição de horário. Eu sou um grande fã do seu trabalho e estou muito contente em tê-lo conosco. Vamos fazer de tudo para estabelecer uma parceria satisfatória para ambos.

— Obrigado. Mas no momento eu só preciso de um almoço com a Srta. Moore.

— Cla... Claro...

Theo gaguejou, notando que estava sendo posto de lado sem a menor cerimônia. Fechei os olhos e dei um suspiro.

Vamos lá Natalie, é melhor do que uma hora inteira de um almoço constrangedor com Theo. Ok, bem melhor.

Passei pela minha sala e peguei apenas a minha bolsa. Resolvi sair sem o casaco, deixando meu visual bem pouco profissional, e ao não conseguir achar uma justificativa aceitável para minha atitude, tentei não pensar a respeito e me esforcei para relaxar.

Enquanto esperávamos o fluxo do trânsito nos dar a vez de atravessar a rua, ficamos parados sob a sombra de uma árvore de uns mil anos, e eu observei meu acompanhante com o canto do olho. Lucas vestia uma calça *jeans* grafite, tênis de couro preto, uma camisa cinza aberta no colarinho e mantinha as mangas dobradas revelando seu enorme Rolex no pulso. O cabelo metodicamente despenteado balançava com a brisa fresca do final da manhã e, por um momento, pude sentir o perfume agradável que saía de sua pele para beijar a minha. A barba seguia crescida sensualmente e mais uma vez me peguei pensando em como ele era gostoso, e como apenas sua presença fazia meu corpo falar. Uma mistura perfeita de atributos físicos com educação e energia.

Atravessamos a rua e, dando mais alguns passos na calçada, chegamos ao Bobo's, um restaurante de carnes e frutos do mar que eu optava por frequentar porque era quase em frente ao meu trabalho, e assim eu nunca me atrasava para voltar ao escritório, mas naquele dia o ambiente já familiar não parecia tão aprazível tendo Lucas comigo. Caminhar ao seu lado até chegarmos à mesa me fez sentir estranhamente exposta, porque todas as mulheres do recinto voltaram suas atenções para o homem junto a mim, ao tempo que os homens o reparavam, muito provavelmente o reconhecendo. Sair com aquele cara exigia uma forte autoestima, porque mesmo que não fôssemos um casal, eram nítidos os olhares invejosos e questionadores das mulheres que se consideravam minhas "concorrentes", bem como suas perguntas veladas do gênero, "o que ela tem que eu não tenho?", vibrando feito o vento entre nós dois. Já os homens, depois de encarar Lucas, me devoravam com os olhos, provavelmente pensando que se Luke Barum saía comigo era porque eu devia ter algo muito bom a oferecer. Um pouco de fraqueza de minha parte e eu seria capaz de cair de joelhos no chão, tamanhas eram a negatividade e curiosidade direcionadas a mim.

Nós nos sentamos em confortáveis sofás em um reservado junto à janela, e em seguida um garçom sorridente veio pegar nossos pedidos, e os memorizou com uma facilidade notável. Pedi um peixe, uma salada e um chá gelado, e Lucas optou por um filé mignon, batata cozida e um suco de laranja. Engraçado... Ele não tinha cara de quem gostava de um prato tão "comum". Foi interessante vê-lo sob um ângulo diferente e tão "normal".

Como se homens ignorantemente lindos não pudessem ser "normais"!

Eu estava ficando cada vez mais patética.

— Parece que você nem percebe que todo mundo o observa quando passa. Mencionei, observando-o atentamente ao apoiar os braços sobre a mesa.

— Honestamente, não sendo paparazzi, eu nem percebo mais.

— Deve ser muito cansativo ter sua vida constantemente exposta em todos os lugares.

— Eis um dos motivos de eu morar em São Francisco. Aqui não tem muito desse apelo da mídia. As pessoas são mais desinteressadas dessas coisas "hollywoodianas", graças a Deus!

Rindo ao demonstrar como preservava sua privacidade, ele me fez sorrir. Naquele momento, Luke Barum era apenas Lucas. Um cara normal, levando uma vida normal, pedindo um suco para acompanhar o almoço. Por que a mídia transforma pessoas em objetos? É tão mais interessante deixá-las... humanas.

Engrenamos em um assunto de trabalho até nosso almoço ser servido, e eu me sentia em um terreno estável e seguro, podendo expressar minhas ideias e ouvir como as coisas funcionavam na vida pública do Lucas, mas assim que o garçom se afastou e nos vimos com nossos pratos ainda quentes à nossa frente, Lucas me olhou nos olhos e colocou suas mãos sobre as minhas, que descansavam ao lado dos talheres esperando para começar a comer.

Fiquei completamente surpresa com a ousadia e, antes mesmo que ele dissesse qualquer coisa, puxei meus braços e escondi as mãos debaixo da mesa.

— *Natalie* – pausa para olhares intensos – eu estou completamente encantado por você!

Ai, meu Deus!

Fiquei calada por alguns segundos, com os olhos tão fixos no homem à minha frente que mal conseguia respirar. Eu tinha perdido toda minha capacidade de raciocinar e minha habilidade de pronunciar as palavras. Senti meu peito comprimir e um mundo inteiro de borboletas baterem suas asas no meu estômago, enquanto eu tentava processar o que estava acontecendo e o porquê de aquilo me deixar numa mistura de excitação e medo. Nem percebi quando Steve apareceu ao nosso lado, visivelmente irritado com a cena que via, mas ao mesmo tempo adorando a oportunidade de estragar o momento. Mal ele sabia que uma intromissão era tudo que eu precisava antes de o meu corpo inteiro derreter, começando pelo meu cérebro.

— Oi, linda.

Ele disse, se curvando para me beijar no canto da boca.

Afastei um pouco o rosto, desprezando seu gesto, e olhei Lucas sentado à minha frente com os braços cruzados sobre o peito, e aquele mesmo olhar que eu já tinha visto em seu rosto dirigido àquela mesma pessoa.

— Steve, eu estou no meio de um assunto de trabalho. Se você não se importa, nós precisamos de um pouco de privacidade.

Esperava que o clima já tivesse se desfeito e que ele pudesse sair e nos deixar almoçar como qualquer advogado e cliente. Não queria aquele papo constrangedor, apesar de ter adorado ouvir Lucas dizer que estava encantado por mim, mas também não queria um momento ainda mais estranho com meu ex-marido se salientando para cima de mim na frente do Lucas.

— Linda, – Steve disse com a voz convicta o suficiente para que meu acompanhante percebesse que ele tinha liberdade de me chamar daquela forma, mas ele ainda tinha aquela liberdade? Enfim, ignorando meu pedido para sair, Steve sentou ao meu lado –

CAPÍTULO 4

nós precisamos conversar direito. Desculpa pelo que eu disse no carro. A verdade é que eu não consigo desistir de tudo que vivemos juntos.

Ele falava baixo e o restaurante estava repleto de pessoas e conversas misturadas ao nosso redor, mas pela expressão focada no rosto do Lucas, eu tinha certeza de que ele estava escutando tudo que meu ex-marido me dizia.

— Você não me escutou? Eu disse que estou no meio de um assunto importante. Por favor, nos dê licença.

Falei de forma mais enérgica, porque aquela situação não era nada concebível enquanto eu tratava de negócios com um cliente, mesmo que eu não estivesse mais tratando de negócios, Lucas ainda era apenas um cliente e aquilo era o fator relevante no momento.

— Eu sei que você ainda tem sentimentos por mim. Eu sei!

Talvez para não ouvir minha resposta, Lucas se intrometeu no assunto, mantendo a postura e o rosto sério:

— Com licença, você ouviu quando a Srta. Moore disse que estava no meio de um assunto profissional e que precisaria de um pouco de privacidade?

— Cara, na boa, eu estou falando com a minha mulher e...

— Ex-mulher, Steve. Agora, por favor, se você não sair, eu vou me levantar e ir embora, e se eu precisar fazer isso, vou ficar ainda mais irritada com você.

— Tudo bem, linda. Eu ligo para você mais tarde e a gente se encontra outra hora, em algum lugar mais calmo.

Ele esticava as palavras, as deixando com um toque propositalmente sensual, o que só o fazia perder ainda mais pontos comigo.

Steve tinha o poder de me irritar em menos de um minuto. Ninguém jamais será capaz de quebrar esse recorde!

— Ok. Tchau.

Ele deu outro beijo próximo demais da minha boca, mandou um olhar desafiador em direção ao Lucas e saiu de perto de nós.

— Desculpe. Eu nem sei o que dizer. A comida deve ter até esfriado.

— Você é casada? – Lucas perguntou, descruzando os braços e os apoiando na beirada da mesa – Quero dizer, pelo menos no papel? Porque vi que você disse que é ex-mulher dele, mas ele disse que você é...

— Divorciada.

Esclareci.

— Hum... – ele pareceu inquieto – Pelo jeito ele não está querendo continuar sendo "ex".

— Não, moramos juntos apenas há dois meses. É tudo muito recente. Ele queria conversar. Mas por que mesmo estamos falando sobre a minha vida pessoal?

Perguntei, balançando a cabeça, tentando dissipar a confusão por ter permitido que a conversa evoluísse tão rapidamente para terrenos íntimos demais.

— Porque estou querendo conhecer você. – Lucas respondeu, dando uma garfada forçadamente casual na comida – Mas... existe chance de ele não ser apenas um "ex"?

Além de comer "comida normal", descobri que aquela perfeição sentada à minha frente não era imune ao resto do mundo. Eu já sabia que ele era capaz de se irritar porque vi seu olhar frio, mas naquele momento descobri algo mais: Lucas queria saber sobre os meus sentimentos em relação ao meu ex-marido, aquilo poderia ser insegurança? Ele deixou transparecer uma forte tensão na voz que, confesso, massageou um pouco mais meu ego, mas eu não o conhecia o suficiente para decifrá-lo por completo.

— Não, ele não tem a menor chance de deixar de ser ex.

Suspirando, nitidamente aliviado, Lucas largou os talheres sobre o prato.

— *Natalie*, eu não quero parecer um lunático qualquer, mas a questão é que você mexe comigo...

— Sei... – eu disse, também pousando os talheres sobre o prato e apoiando os antebraços na beirada da mesa – E o que sua namorada, noiva, ou o que quer que seja, acha disso?

Inclinei levemente a cabeça e fiquei esperando a resposta. Nem Lucas e toda sua atração magnética me fariam cair naquele tipo de jogo.

— Eu entendo a sua indignação e até sua raiva, mas as coisas não são bem como parecem. Eu não costumo me expor dessa maneira. Na verdade, eu não me exponho dessa maneira, mas desde o dia em que nos vimos pela primeira vez, eu simplesmente não consegui parar de pensar em você!

Era uma melhor que a outra, uma seguida da outra. Onde aquele simples almoço iria acabar?

— Lucas, eu não sei nem o que dizer... Fico feliz que tenha confiado seus negócios ao nosso escritório, mas se você fez isso esperando alguma coisa em troca...

— Não! – ele me interrompeu, antes de apoiar os cotovelos na mesa e começar a estalar as juntas dos dedos – Eu realmente acredito que vocês sejam capazes de cuidar com mais atenção dos meus assuntos, porém, confesso que jamais teria procurado Dr. Peternesco se não tivesse conhecido você.

— Bem, neste caso, obrigada pela preferência.

Sorri inocentemente.

— Onde você conheceu seu ex-marido?

Oi? Quando foi que voltamos a este assunto?

— Hum... Ele é advogado. Nos conhecemos na faculdade. E a sua esposa, no que ela trabalha?

— Noiva. Camille é psicóloga.

Noiva! Droga! Já devem estar até com o casamento marcado!

— Hum... Interessante. Talvez você devesse marcar uma consulta. Você realmente está precisando de aconselhamentos.

Com isso, Lucas riu tão descontraidamente que eu acabei rindo também. A risada dele era gostosa, nada escandalosa e dava vontade de rir junto. Ele se atirou contra o encosto estofado do sofá e limpou os olhos que lacrimejavam enquanto ainda dava as últimas gargalhadas.

— Sério, você é ótima!

Ele disse, buscando por ar.

E, de repente, percebi como o clima era leve ao lado dele e como as coisas pareciam fluir naturalmente, como se já nos conhecêssemos há muito tempo. Se Lucas não fosse um cara comprometido, eu adoraria conhecê-lo verdadeiramente. A tal "Camille" era muito sortuda! Isso era fato! Mas eu bem que podia não me interessar por ele... Seria tão bom tê-lo por perto, mesmo que apenas como amigo.

Começamos a falar amenidades e quando olhei no relógio vi que faltavam apenas

CAPÍTULO 4

dez minutos para o meu intervalo de almoço acabar.
— Eu preciso ir.
Estendendo o braço, Lucas fez um sinal para o garçom, que entendeu se tratar da conta, e em menos de um minuto o senhor que nos atendeu se colocou ao lado da mesa com uma pasta de couro marrom contendo a descrição do que consumimos e quantos por cento ele esperava receber de cortesia. O valor nem foi checado e Lucas entregou um cartão de crédito daqueles que gritam ao universo que são de pessoas vips com saldos exorbitantes, e o homem que o aceitou sorriu enquanto eu pegava o meu cartão comum para pagar minha parte. O coloquei sobre a mesa, mas Lucas apenas cobriu minha mão com a sua, pressionando-a junto à toalha, e disse um convincente e determinado "não", me deixando sem espaço para argumentação.
— Mais uma vez, obrigada pelo almoço.
Agradeci quando paramos em frente ao escritório.
— Foi um prazer, *Natalie*. Apesar de não termos conseguido conversar muito.
— Não conseguimos conversar muito? Eu falei até sobre meu ex-marido e já sei inclusive que a sua noiva é psicóloga! Acho que conversamos bastante.
Sorri para ele, fazendo-o sorrir de volta.
— Eu nem tive a chance de dizer que você está ainda mais linda nesse vestido branco.
O sorriso amigo que estampava seu rosto tomou outra forma e adquiriu uma nuance maliciosa enquanto ele me olhava de cima a baixo sem disfarçar.
Fiquei completamente constrangida, passei a mão nos cabelos e olhei para os lados até me focar em uma senhora passeando com um cachorrinho branco, fofinho e saltitante.
— Você é tão linda!
Ele continuou, despertando ainda mais o forte desejo que crescia vorazmente dentro de mim, mas eu não baixei a guarda. Se Lucas estava esperando ter em mim sua amante, ele estava absolutamente enganado. Eu não iria fazer para uma pobre coitada o que já fizeram para mim. De jeito nenhum!
— Acho melhor eu ir entrando. Até mais, Lucas.
Assim que fiz menção em me virar e seguir para dentro do escritório, ele me puxou decididamente, cravando seus dedos com força no meu braço e fazendo nossos corpos se encostarem bem além do necessário, minhas curvas encaixando na firmeza das dele, meu coração acelerando, meu centro vibrando e encharcando minha calcinha. A respiração quente do Lucas atingiu meu rosto e eu não sei se gemi em voz alta ou se o som ficou preso na minha cabeça. Seus olhos me devoravam, sua força me possuía, mas mesmo com toda aquela atmosfera exigente nos envolvendo, ele apenas me deu o já tradicional beijo na bochecha, o que não foi capaz de aliviar minha ansiedade e meu estômago, que congelou com nossa excessiva proximidade, enquanto uma corrente elétrica me tomava por inteiro até se concentrar bem no meio das minhas pernas. Como Lucas conseguia me fazer sentir daquela maneira, mal encostando em mim?
— Adoro que você me chame de Lucas, não Luke, como todo mundo. – ele falava com o rosto tão próximo ao meu que me deu a chance de perceber um leve contorno esverdeado ao redor da íris castanha de seus olhos – Até breve, *Natalie*.
Eu não tinha percebido que todo mundo o chamava pelo apelido pelo qual ele era conhecido na mídia. Eu também não decidi chamá-lo de Lucas de caso pensado. Ele se apresentou como Lucas, então trocar para Luke não parecia fazer sentido. E ele tinha cara de Lucas para mim, não Luke.

5

Na sexta-feira, embarquei para Daytona acompanhada do Dr. Peternesco e Theo. Desde o almoço na terça-feira, eu estava secretamente ansiosa para reencontrar o Lucas, apesar de todos os dias eu tentar enganar a mim mesma, mentalizando um novo mantra que dizia que eu nem me importava com o sumiço dele, o que não convencia nem uma única molécula do meu ser, porque eu passava cada vez mais tempo com meu novo cliente na cabeça.

"Natalie, eu estou completamente encantado por você!", "Você é tão linda!".

O voo até o nosso destino foi tão tranquilo que eu dormi da decolagem até a aterrissagem, em um sono tão profundo que cheguei a sonhar com uma besteira qualquer que incluía bolo de chocolate e uma casa em construção. Acordei assustada quando, no meu inconsciente, caí de uma escada e a sensação atravessou o sonho, provocando um espasmo involuntário no meu corpo, me fazendo bater com a cabeça na janela do avião. Por sorte, Theo, que estava ao meu lado, dormia tão profundamente quanto eu e não me viu ter este pequeno ataque epilético.

O avião encontrou o solo em um baque de chacoalhar até os cérebros e em seguida as pessoas começaram a levantar apressadas, como se sair mais rápido da aeronave fosse fazê-las ganhar alguns minutos, e não apenas deixá-las mais tempo paradas ao lado da esteira à espera de suas malas, a menos que todo mundo que tem esse hábito viaje apenas com bagagem de mão e possa sair logo do aeroporto, o que eu duvido. Estiquei meus braços e girei os ombros para amolecer o corpo, depois coloquei um chiclete na boca e dei uma conferida no meu visual pelo minúsculo espelho que carregava na bolsa. Sem pressa, tirei o excesso de maquiagem que havia acumulado no canto dos olhos e reapliquei o batom.

Descemos calmamente do avião e mal precisamos esperar pelos nossos pertences no saguão, depois fomos direto ao hotel para fazer o *check-in* e nos prepararmos para um jantar de negócios com os empresários de uma das multinacionais que patrocinavam o Lucas.

Pontualmente às sete da noite, Theo bateu à porta do meu quarto, e antes de atendê-lo eu dei uma última olhada no espelho, conferindo o *gloss* que tinha acabado de aplicar nos lábios. Optei por usar um vestido preto na altura dos joelhos com mangas longas e botões forrados na extensão do antebraço. Não tinha decote algum na frente, mas as costas eram inteiras de fora em um profundo recorte quadrado. Prendi os cabelos em um coque displicente e coloquei acessórios dourados bem discretos. *Scarpins* e bolsa pretos completavam o visual chique, formal e levemente sexy.

— Nossa! – Theo não manteve a compostura quando o recepcionei – Você está linda!

CAPÍTULO 5

Eu não gostava muito da maneira como ele me olhava, passeando seus olhos azuis pelas curvas acentuadas do meu corpo, com um desejo aparente e extremamente enervante, mas então seu sorriso juvenil aparecia em seu rosto e eu voltava a enxergar meu amigo ali, aquele que faria bastante coisa por mim sem hesitar um segundo, e alguém que eu também sempre estaria pronta a ajudar.

— Obrigada, Theo. Você também está ótimo.

Ele vestia um terno preto com camisa branca e gravata bronze. Elegante.

Descemos para o *lobby* e eu logo vi Dr. Peternesco encostado a um balcão ao lado das recepcionistas, que se desdobravam para atender uma numerosa família italiana. Três crianças brincavam com uma bola que quicava descontroladamente, enquanto uma quarta estava jogada no chão, chorando desesperada. Os pais, coitados, não sabiam se atendiam o filho que se debatia no chão, se mandavam os outros três se comportarem ou se tentavam manter a calma para que a mistura de inglês com italiano que eles usavam como linguagem se fizesse entender pelas moças morenas apavoradas atrás do tampo de granito cinza.

Gente! Quatro filhos! Tem que ser muito maluco para ter quatro filhos atualmente! Eu vou ter um só, estou decidida.

Dr. Willian Peternesco conversava com Lucas e Philip, que se mantinham em pé a sua frente, de costas para o lado de onde vínhamos, e quando ele sorriu olhando além dos ombros de seus interlocutores, atiçou a atenção de ambos, que viraram sincronizadamente em nossa direção, mas eu perdi a reação de dois daqueles três homens que nos esperavam, porque meus olhos pousaram sobre o monumento masculino que se dizia "encantado por mim" e fui incapaz de desviar a atenção, mesmo que meu cérebro dissesse que eu estava sendo óbvia demais. Naquele momento, meus olhos ganharam vida própria e era compreensível que não quisessem focar em nada além do Lucas, porque ele estava simplesmente divino, vestindo *jeans* escuros com uma camisa branca levemente ajustada, mantida com uma das pontas para dentro da calça, expondo um cinto cinza. O colarinho estava desabotoado e as mangas enroladas no antebraço, expondo um Bvlgari preto no pulso largo com veias salientes e másculas. Os cabelos ainda estavam molhados do banho, o conferindo um toque mais selvagem, e acho que foi aquele "detalhe" que me deixou especialmente nervosa.

Lucas abriu um enorme sorriso, revelando seus dentes perfeitos e branquíssimos ao me ver.

— *Natalie.*

Oh, meu Deus!

Ele se aproximou para me beijar o rosto, sem encostar demais em mim, mas quando estava próximo o suficiente murmurou um "você está maravilhosa!" ao pé do meu ouvido, com uma voz grave e sensual que fez meu corpo inteiro amolecer e se arrepiar, enquanto eu ficava parada no mesmo lugar sem dizer nada, completamente sem controle sobre mim mesma até depois de ele já ter se afastado e cumprimentado Theo. Só então percebi que Philip tinha dito alguma coisa e lhe cumprimentei com um *delay* patético.

Quando o *valet* entregou o carro, Lucas se apressou em abrir a porta do carona.

— Senhores, acredito que devemos deixar a dama sentar-se confortavelmente no banco da frente.

Sorrindo para mim, ele fez um gesto exagerado com a mão para que eu me aco-

modasse no enorme assento de couro daquela camionete que ele devia ter alugado para não depender de táxi enquanto estivesse longe de casa.
Onde será que andava sua noiva naquele momento?
Agradeci gentilmente a honra e me virei para entrar no carro, oferecendo ao Lucas uma visão privilegiada do profundo decote nas costas do meu vestido, e sem perder a oportunidade, ele usou a desculpa de me conduzir para dentro para que seus dedos pudessem acariciar de leve minha pele à mostra. Aquele contato enviou ondas de calor pelo meu corpo inteiro e pareceu tão deliciosamente certo sobre mim que me fez sorrir, mas assim que me sentei, a conexão foi desfeita e nós nos encaramos por alguns segundos sem falarmos nada, mas comunicando muito. Seus olhos me exigiam, me roubavam completamente, e o efeito novamente me pegou lá embaixo.

Após contornar o carro, Lucas sentou-se ao volante e os três homens que nos acompanhavam se posicionaram no banco de trás. Nós nos infiltramos no trânsito noturno da cidade e em vez de observar as casas e o comércio local, eu observava como Lucas era sexy dirigindo, manuseando o carro com tranquilidade pelas ruas, mantendo um braço apoiado na lateral da porta e o outro esticado segurando o volante.

Por que até ele dirigir era algo tão atraente? Ou seria eu que via uma sensualidade descomunal em tudo que ele fazia? Por que, pelo amor de Deus, eu estava me perguntando tantas coisas sobre ele?

De vez em quando Lucas trocava a mão que conduzia o carro e deixava a direita apoiada casualmente na alavanca do câmbio, o que era o mais próximo que poderia chegar da minha perna, e por vários instantes eu a desejei deslizando pela minha coxa e entrando debaixo do meu vestido, até alcançar a renda da minha calcinha.

— Você concorda, doutora?

Fui pega de surpresa quando meus olhos estavam fixos nas veias grossas que desenhavam canais nos antebraços fortes e bronzeados do Lucas e dei um pulo quando sua voz sedutora me trouxe de volta à realidade.

Constrangidamente, levantei os olhos para perceber que ele sorria para mim, aparentemente satisfeito por ter sido o claro motivo do meu transe.

— Desculpa, eu... eu estava pensando em... outra coisa. – ele ampliou ainda mais o sorriso. Cretino! – O que vocês queriam saber?

Acho que além do motorista claramente satisfeito ao meu lado, ninguém percebeu qual era a "outra coisa" em que eu estava pensando, mas por garantia, depois daquele lapso, eu usei toda a minha concentração, tentando ficar lúcida o suficiente para participar coerentemente do assunto que imperava no carro: corrida.

No restaurante, Lucas tentou fazer com que sentássemos lado a lado, mas dei um jeito de escapar e me sentar à sua frente, ou não conseguiria prestar atenção em mais nada, tendo seu corpo me distraindo tão próximo ao meu, mas muito cedo percebi que ter seus olhos me encarando livremente também não era uma ideia muito inteligente.

Em algum momento entre a colisão dos nossos carros e aquele segundo, eu havia me tornado uma mulherzinha desesperada que se abala na presença de um cara ridiculamente bonito. Aonde andava meu cérebro quando eu mais precisava dele?

Apesar do meu nervosismo interno, minha aparência exterior era de calma e competência. Eu precisava me focar nos negócios e conversar de forma segura e cativante com os dois empresários que sentaram conosco ao redor da mesa retangular situada próxima às janelas do estabelecimento. Eles eram homens mais velhos, muito simpáticos

CAPÍTULO 5

e ambos estavam acompanhados das esposas, o que me deu um certo alívio, embora elas pouco tenham participado da conversa masculina e eu pouco tenha me inserido no diálogo feminino, mas apenas saber que elas estavam logo ao meu lado, conversando sobre decoração e cabelos, aliviava um pouco minha tensão.

— E Camille? Não vem à corrida, Luke?

Uma das senhoras perguntou, enquanto devorava um enorme creme brûlée de sobremesa.

— Ela preferiu ficar no hotel. Camille não sabia que as senhoras também viriam ao jantar.

Lucas respondeu tão calmamente que ninguém diria que aquele homem estava paquerando sua advogada longe das vistas de sua noiva, e durante os próximos minutos ele não olhou para mim, talvez esperando que eu esquecesse o pequeno "parêntese" na conversa, mas se era essa sua intenção, não adiantou, porque fiquei pensando que Camille já estava no hotel com ele, que estava no quarto enquanto ele tomava banho e, quem sabe, até tivessem tomando banho juntos, e a coitada nem imaginava que o cafajeste do seu noivo estava me provocando enquanto ela o esperava de volta.

Com muita dificuldade de concentração, consegui acabar de explicar como era nossa metodologia de trabalho e acho que os empresários gostaram da minha explanação, tanto quanto da conversa do Dr. Peternesco e Theo. Eu estava certa de termos causado uma ótima primeira impressão e fiquei com a sensação de "dever cumprido". Pelo menos o real objetivo da noite havia se concretizado.

Retornamos ao hotel, salientando os pontos positivos de toda a conversa, e começamos a desenvolver novas estratégias de abordagem. Assim que Lucas estacionou o carro em frente à bancada dos manobristas, Dr. Peternesco, Theo e Philip foram logo descendo e seguiram conversando sem nem perceberem que nos deixaram um pouco mais atrás, nos proporcionando o primeiro momento livres de seus olhares desde o almoço na terça-feira.

Seguimos pela trilha de basalto que dava acesso à porta do *lobby*, e Lucas, garantindo que não desperdiçaríamos aquele precioso momento de mínima privacidade, diminuiu os passos, me incitando a acompanhá-lo praticamente em câmera lenta, então iniciou uma conversa.

— Você está deliberadamente tentando me enlouquecer, ou é um efeito natural que provoca nos homens?

Pisquei duas vezes antes de responder, tentando dissipar um pequeno choque que me acometeu com aquela pergunta. Eu não parecia capaz de me acostumar com as frases diretas que Lucas largava a qualquer momento.

— Acho que colocaram alguma coisa no seu suco de laranja.

Eu disse, com um sorriso debochado, tentando não ser agressiva demais, mas também sem demonstrar receptividade, apesar de continuar me arrastando ao seu lado.

Ele riu e descaradamente passou uma mão inteira na pele das minhas costas, de uma maneira íntima demais para um mero cliente, e aquele toque inesperado me fez quase dar um pulo de susto em resposta à sua audácia.

— Queria tirar esse lindo vestido desse seu lindo corpo.

Congelei minha caminhada e fiquei literalmente boquiaberta. Aquela era uma grande investida e eu não esperava tanta "honestidade" com nossos acompanhantes nos esperando alguns metros à frente, mas Lucas não parecia se importar quando a intenção era me desestabilizar, e então a corrente elétrica, que já estava permanentemente instalada no meu ventre, se fez notar mais forte outra vez.

Uma parte de mim adorou o que ouviu, porque era exatamente assim que eu queria que aquele vestido saísse do meu corpo, mas meu lado racional, que costumava vencer, me mostrou que o absurdo daquela situação precisaria parar por ali. Fiquei estagnada no meio do caminho, esperando Lucas virar de frente a mim, e então larguei minhas cartas. O jogo precisaria acabar.

— Parou, Lucas. Eu não quero mais ouvir gracinhas vinda de você. Sou sua advogada e espero que você me respeite. Você é um homem comprometido e eu prezo muito qualquer tipo de aliança.

Ele pensou por uns dois segundos, e quando eu passei a língua de leve nos lábios para umedecê-los, seus olhos voaram para minha boca e ele entreabriu a sua para inspirar bruscamente.

— Nunca foi minha intenção parecer desrespeitoso. Desculpe por não estar agindo da maneira mais adequada. Me sinto como um adolescente na sua presença.

Baixei os olhos, balancei a cabeça e voltei a caminhar calmamente.

— Bem, então deixe-me dizê-lo que ser comprometido e paquerar outra mulher é uma falta de respeito com ambas. Com a primeira porque está sendo traída e com a segunda porque está mostrando que a tem como vagabunda.

— Nunca! - ele me puxou pelo braço, me fazendo girar e encará-lo novamente – Eu nunca tive a intenção de desrespeitar você! Pare com isso. Eu disse que as coisas não são bem como parecem ser... A situação é... difícil.

— Não me interessa o caminhar da sua vida conjugal. Você é adulto, faça o que quiser, mas esse jogo não funciona comigo.

Puxei meu braço e voltei a caminhar, apressando o passo até entrar no hotel.

Nossos três acompanhantes nos esperavam ao lado da porta principal e seguiam falando sobre o mesmo assunto que vínhamos tratando no carro. Subimos todos juntos no elevador, com Theo se colocando ao meu lado para brincar de me empurrar com o ombro, me deixando praticamente encurralada junto ao painel dos andares. Duas taças de vinho o deixaram claramente mais saliente.

— Ainda está cedo, e como nós não vamos guiar nenhum carro a uns 300km/h amanhã, pensei que talvez pudéssemos beber alguma coisa no bar do hotel, o que você acha, Nat?

Percebi Lucas se mexendo desconfortavelmente, seus olhos escurecendo, a testa franzindo e o maxilar permanecendo cerrado até eu responder ao convite.

— É uma ideia tentadora, Theo, mas estou exausta. Se eu não dormir cedo hoje, amanhã vou estar um caco, e temos outros empresários para cativar, não é mesmo?

Sorri como se me desculpasse.

O elevador soou avisando que havíamos chegado ao nosso andar e meu chefe usou uma mão para segurar a porta e a outra para sinalizar que eu saísse à sua frente, então passei pelo apito sonoro dizendo um doce "boa noite" ao Lucas e ele me respondeu com um "durma bem, *Natalie*" e deu um sorriso carinhoso, já livre daquela ansiedade inconveniente que segundos antes revestia seu rosto.

Todos estávamos no mesmo andar, menos ele, que apertou o último botão do elevador. Lucas estava hospedado na suíte presidencial e sua noiva estava lá a sua espera. A ideia me entristeceu.

6

Na manhã seguinte, acordei antes do despertador tocar, tomei um banho demorado, fiz minha maquiagem e arrumei meu cabelo com a maior calma do mundo. Eu provavelmente conheceria Camille e estava angustiada com o tipo de situação que teria que enfrentar. Vesti uma calça *jeans skinny* branca com rasgos estratégicos nas coxas e joelhos, uma camisa *jeans* azul-escuro, que foi mantida com as mangas dobradas no antebraço, sandálias anabela na cor da blusa, joias prateadas e meu relógio Tag Hauer prata. Deixei o cabelo solto com a franja esvoaçante jogada para um dos lados, pendurei minha bolsa Louis Vuitton no braço e passei meu perfume Burberry, para então descer com tempo de sobra para tomar um ótimo café da manhã.

Eram dez horas quando Dr. Peternesco, Theo e eu chegamos ao autódromo. Carros aceleravam na pista e o cheiro de gasolina parecia impregnado, mesmo nas áreas a céu aberto. A atmosfera era de adrenalina pura.

Devidamente credenciados, caminhamos em direção ao box da equipe do Lucas, estudando tudo que víamos ao nosso redor. Ele devia estar lá desde bem cedo, talvez até já tivesse treinado, mas eu esperava que não, porque estava louca para vê-lo "em ação".

Fui ficando cada vez mais animada, conforme íamos vendo vários carros bem de perto e suas equipes trabalhando freneticamente ao redor. Eu nunca tinha ido a um lugar como aquele e já estava adorando a experiência. Vi mecânicos correndo de um lado para o outro, carregando pneus e peças engraxadas, mulheres desfilando em saltos altíssimos e enormes óculos de sol, carros totalmente batidos e mil pessoas em volta tentando consertá-los.

— Olha o Luke ali!

Theo exclamou todo animado, apontando para frente, quase saindo correndo como se fosse um garoto encontrando seu ídolo.

Lucas estava em pé ao lado de um carro vermelho e prata, que era tão imponente quanto baixo. Eu nunca tinha assistido a uma prova da *Pro Racing*, mas imaginava que ele corria em carros tipo Fórmula 1, mas aqueles eram diferentes. Ainda tinham um *design* que nos lembra esporte automotivo, mas eram fechados e só enxergávamos o piloto pelos pequenos vidros laterais e frontal.

Vestindo um macacão vermelho com os logotipos de seus patrocinadores bordados no peito e nas costas, Lucas trabalhava a alguns metros de distância, me dando tempo de observá-lo com calma. A roupa mantida fechada até o pescoço primeiramente me fez pensar que ele devia estar morrendo de calor, mas em seguida mudei meus pensamentos para: sexy! Muito sexy!

Ele conversava concentrado com um homem que segurava um computador cheio de gráficos confusos e parecia não perceber movimento algum ao redor, mas com mais alguns passos nós entramos em seu box e, como se alguém tivesse avisado da nossa presença, ele virou o corpo e sorriu, abandonando a tarefa e seguindo em nossa direção.
— Bom dia!
Lucas me cumprimentou com seu tão singular beijo no rosto, em seguida apertou a mão do Dr. Peternesco e Theo.
— Luke, não queremos incomodar, onde podemos ficar para não atrapalhar?
Meu chefe perguntou, com toda sua educação extremamente polida, já se colocando de lado para um rapaz franzino passar por ele rolando um pneu.
— Vocês não atrapalham. – ele olhou para mim – Ali atrás tem uma sala onde vocês podem deixar suas coisas, se sentar, comer o que quiserem... Fiquem à vontade. Eu só vou terminar de analisar a telemetria e já vou dar atenção a vocês.
— Não se preocupe conosco.
Dr. Peternesco seguiu extremamente cerimonioso e deu um tapinha nas costas do Lucas ao passar por ele para irmos em fila indiana até o local mencionado.
Fiquei lá dentro por dois minutos e não aguentei, precisando sair para olhar os carros. Eles eram impressionantes e eu tentava enxergar o máximo de detalhes, mesmo estando um pouco distante. Foi então que Lucas percebeu minha curiosidade e se dirigiu a mim.
— Você gostaria que eu lhe mostrasse o carro?
— Oh! Eu... Eu não quero interromper o seu trabalho.
Respondi, abanando de leve a mão para enfatizar, mas a verdade era que eu adoraria que ele me mostrasse seu carro.
— Não está interrompendo.
Sorridente, me aproximei e ganhei uma verdadeira aula sobre posição de banco, câmbio, volante e campo de visão. Lucas pediu que eu me abaixasse um pouco para olhar dentro do *cockpit* e se posicionou atrás de mim, passando um braço por cima do meu ombro para apontar os botões do volante, e eu senti seu perfume invadindo todos meus sentidos. Eu quase implorei que ele me tocasse. Eu só não perdi completamente a atenção no que ele falava porque o som de sua voz era tão sedutor que me atraía ainda mais.
Depois do que pareceu uma eternidade envolvida em uma bolha onde existia apenas Lucas Barum e eu, nossa aula acabou porque alguém precisou conversar com ele, mas eu fiquei mais um tempo observando aquelas máquinas, que eram realmente sensacionais, e fiquei ainda mais entusiasmada esperando o momento de vê-lo guiar em alta velocidade.
Eu já estava de volta à sala junto ao Dr. Peternesco e ao Theo, sentada em um sofá de couro preto enquanto assistíamos a um programa sobre a vida de Elvis Presley na televisão presa na parede, quando Lucas entrou com um senhor de uns cinquenta anos ao lado e nós nos levantamos, todos ao mesmo tempo, para cumprimentá-lo.
— Este é o Sr. Antônio Ramáz, o novo gerente-geral de marketing da Rolling na Espanha. – Lucas introduziu o empresário da multinacional especializada em lubrificantes automotivos que o patrocinava – Ele está nos Estados Unidos para assistir a esta corrida e tratar de uns detalhes das campanhas publicitárias que temos no exterior. Daqui a pouco, o presidente da Rolling nacional também estará aqui. Vocês falam espanhol? Porque o Sr. Ramáz ainda não domina muito bem o nosso idioma.
Dr. Peternesco e Theo congelaram, então eu tratei das apresentações.
— *Placer en conocerte. Yo soy Natalie Moore, abogada de señor Lucas, y estos son el dueño*

de nuestra empresa, el señor Willian Peternesco y su hijo y sócio, el señor Theo Peternesco[2].

Um sorriso imbecil estampava o rosto do Lucas ao me ver falar com seu patrocinador, como se eu estivesse fazendo algo de outro mundo.

— Eu sabia que tinha contratado a pessoa certa.

Ele comentou mais para si mesmo do que para ser ouvido, e ainda mantendo aquele sorriso sereno, me puxou para um canto da sala, enquanto os três homens tratavam de se cumprimentar, desenferrujando imediatamente o espanhol difícil do Theo.

— Além de ter estudado espanhol minha vida inteira, eu morei um ano na Espanha.

Informei, respondendo à pergunta implícita nos olhos do meu cliente satisfeito quando chegamos próximos a uma sala conjugada, onde eu via os pertences dos pilotos pendurados em uma estante de ferro.

— Espanha? Eu adoro a Espanha! Onde você morou?

— Madri. Mas também ia muito à Barcelona.

— Eu quase morei em Barcelona quando corri na Europa, mas acabei ficando em Londres, porque minha equipe era de lá e não faria sentido eu ficar em qualquer outro país. Nós podíamos marcar uma viagem para a Espanha qualquer hora dessas...

Ah, sim. Certamente!

Dei um longo suspiro, contendo uma raiva angustiada que aflorava. Eu me perguntava se ele tinha escutado alguma coisa que eu disse na noite anterior. E quanto mais eu tentava evitar, mais parecia que eu caía na teia que aquele homem armava para mim.

— Claro! Só me dê um tempo de arranjar um namorado, aí podemos ir os quatro juntos, porque ir segurando vela para você e a Camille não é algo que me atraia. Falando nela, ela está por aqui?

Lucas riu. Mas riu do quê? Eu contei alguma piada?

— Eu gosto do seu jeito irônico. É muito divertido!

Divertido? Não era minha intenção. Eu tentei fazer com que ele ficasse irritado, para que quisesse se afastar de mim, para fazer seu jogo perder a graça. Lucas ainda iria me enlouquecer!

Fiquei séria olhando-o nos olhos e ele parou de rir.

— Hum... Não, Camille não está aqui. Ela não gosta de ficar neste barulho o dia inteiro, deve chegar depois do meio-dia, só para assistir à classificação.

"Não gosta de ficar neste barulho o dia inteiro?"

Eu nem a conhecia e já passei a odiá-la. Ela não estava em Daytona por causa da corrida? Então, que participasse da vida do noivo, ora bolas!

Um minuto depois, Lucas precisou se retirar e eu me juntei ao meu chefe e seu filho para passarmos o resto da manhã até o começo da tarde conversando com Sr. Antônio Ramáz e Sr. Marcel Swift, presidente da Rolling nos Estados Unidos, que chegou a tempo de almoçar conosco. Novamente me senti confiante com a maneira que conduzimos uma reunião informal e tinha quase certeza de que estávamos agradando bastante. Era bom trabalhar fora do ambiente de escritório porque podíamos ser pessoas "normais", com roupas comuns, posturas relaxadas e capazes de transformar

---

[2] *Prazer em conhecê-lo. Eu sou a Natalie Moore, advogada do Sr. Lucas, e esses são o proprietário do nosso escritório, Sr. Willian Peternesco, e seu filho e sócio, Sr. Theo Peternesco.*

uma conversa profissional em algo bastante amigável e intimista.

Depois de passearmos por todo o complexo de Daytona, voltamos ao box, porque faltavam uns vinte minutos para a classificação começar e estranhamente eu comecei a ficar nervosa e com uma quase incontrolável vontade de dar um abraço no Lucas e desejar sorte ao Gregory, o piloto que guiava o outro carro da equipe. Mas eu não tinha motivo algum para fazer nenhuma das duas coisas, era estranho, eu mal os conhecia, mas me sentia ligada àquele ambiente, como se aquela atmosfera de corrida já tivesse me penetrado pelos poros e me tomado por dentro.

Assim que abri a porta da sala em que estávamos antes, me deparei com uma morena toda sorridente sentada no colo do Lucas. Meu sangue gelou e ferveu ao mesmo tempo, enquanto Lucas me olhava em pânico, como se ter a própria noiva sentada em seu colo fosse algo errado, e em menos de um segundo ambos estavam em pé e a morena me olhava de cima a baixo.

— Dr. Willian Peternesco, esta é Camille Concas – Lucas fez um gesto em direção à noiva, mas não disse o que ela era dele – Camille, esse é o Dr. Peternesco, meu novo advogado.

Eles se cumprimentaram educadamente, mas eu desconfio que meu chefe "nem tão desligado assim" tenha percebido a agitação com que a apresentação foi feita.

— Estes são Theo Peternesco e Natalie Moore, também advogados. Theo, além de sócio, é filho do Dr. Peternesco.

E Natalie é uma advogada qualquer que implorou para vir junto na viagem! Argh!

Lucas estava nervoso e eu poderia ter tornado aquele momento muito mais constrangedor, mas tive consciência de sua angústia, do meu papel naquela história e de que ele estava prestes a entrar em uma máquina assassina que corre a uns 300km/h. Então resolvi deixá-lo tranquilo.

— Muito prazer, Camille. Luke – forcei para chamá-lo como o mundo inteiro fazia, aparentemente com exceção de mim – falou tão bem de você, que eu já estava ansiosa para conhecê-la.

Ela se aproximou dizendo gentilezas e estendendo a mão para nos cumprimentarmos.

A noiva dele era mais alta do que eu. Devia medir por volta de 1,70m, tinha os cabelos castanhos, lisos, acima dos ombros, olhos castanhos redondos e graúdos, rosto oval e os lábios finos. Ela tinha seios enormes e era um pouco extravagante na maneira de se vestir. Não a achei bonita e fiquei bastante confusa ao analisá-la, porque Lucas era tão discreto... Não pareceu um casal harmônico.

Camille vestia uma calça saruel de cetim preto e uma regata branca com paetês. Nos pés, um *peep toe* verde, contrastando com o tom rosa brilhante de suas unhas, e vi jogada no sofá uma gigante bolsa Fendi colorida que só podia ser dela. Sim, um exagero!

— Nós viemos aqui só para desejar boa sorte ao Luke. – expliquei – Descobrimos um lugar ótimo que dá para enxergar grande parte da pista. Não posso perder de ver os carros acelerando bem de pertinho.

Sorri tranquilizando-o e percebi que ele sorriu em agradecimento.

— Obrigado, Natalie. Entrem no site da categoria, que vocês poderão acompanhar os tempos ao vivo e ver quem está indo mais rápido.

— Obrigada. Faremos isso. Quer vir conosco, Camille?

Perguntei por pura educação, porque já imaginava a resposta.

— Ah, não. Eu prefiro ver aqui na TV e no ar-condicionado.

CAPÍTULO 6

Dei de ombros e saí acompanhada pelo Dr. Peternesco e Theo.
A classificação durava apenas vinte minutos e a adrenalina ficava no pico o tempo todo. Reconheci o carro número vinte do Lucas quando passou por onde estávamos e acompanhei os tempos na internet do meu celular, como Lucas sugeriu. Vi toda sua evolução na pista. No início ele estava em quinto lugar e depois ficou algumas voltas sem passar novamente enquanto aparecia a palavra "*box*" ao lado do seu nome na página do site. Morrendo de ansiedade, eu perguntava o que teria acontecido para ele estar tanto tempo parado, era angustiante não entender como as coisas funcionavam, e Theo e Dr. Peternesco diziam apenas que aquilo era "normal", mas não me explicavam nada.

De repente, Lucas estava na pista outra vez e na primeira volta já foi para a terceira posição. Pela internet, eu via que ele fazia os trechos mais rápidos da pista e, já na segunda volta, faltando uma miséria de tempo para acabar a classificação, ele apareceu em primeiro lugar e lá ficou até a bandeira quadriculada indicar o final do treino.

Pulamos e comemoramos como se ele fosse um velho amigo nosso, e só não corremos até o box porque meus sapatos não me permitiam e meus companheiros não quiseram me deixar para trás.

Quando chegamos de volta à equipe, o "nosso" *pole position* recém saía do carro e eu o vi tirar o capacete e uma proteção que usava por baixo, revelando seu rosto suado e avermelhado. Ele mal teve tempo de se botar em pé e balançar os cabelos entre os dedos e seu time inteiro já o cercava para abraçá-lo e parabenizá-lo, mas mesmo um pouco cansado, sua risada descontraída era de uma felicidade honesta e cativante enquanto dava tapinhas nas costas de seus mecânicos e aceitava apertos de mãos.

— Você é o cara! Você é o cara!

Um dos vários homens ao redor exclamava, entre comentários sobre o tempo absurdamente rápido que ele tinha completado a volta que lhe deixou na primeira posição.

— Eu disse que estava inspirado!

Lucas respondeu dando um leve soquinho no braço do cara uniformizado e seus olhos passaram a vascular o box até enxergarem Camille a poucos passos de distância, esperando com uma garrafa de água e uma toalha na mão, em seguida ele nos avistou mais atrás, observando tudo que estava acontecendo, e hesitou em se mover, mas sua noiva o fez e pulou em seu pescoço, grudando os lábios nos dele. O encontro foi breve, mas levou tempo suficiente para me deixar nauseada, e assim que ele interrompeu o contato, seus olhos curiosos me avaliaram e eu simplesmente dei as costas e entrei na sala para pegar minha bolsa.

Quando a porta deu um leve rangido ao ser aberta, virei em direção à saída e o vi entrar acompanhado pelo Dr. Peternesco e Theo.

— Lucas, parabéns! – eu disse, tentando não parecer incomodada com a cena que acabara de presenciar – Muito emocionante ver uma classificação ao vivo. Agora se vocês me dão licença, eu já vou indo para o hotel. Seus patrocinadores também já estão de saída, então imagino que não tenha problema se eu também me retirar.

— Hum... Não... Tudo bem... Pode ir. À noite vamos sair para jantar com alguns patrocinadores, nos encontramos às sete horas no *lobby* do hotel?

— Claro.

E, assim, passei pela porta raspando meu braço em seu tronco, que estava praticamente bloqueando a saída, e fui embora. Sem beijinho e sem me despedir de mais ninguém.

Por que eu estava fervendo de raiva?

7

Para o jantar, vesti uma calça social preta e um corpete bege sem alças com aplicação de renda da mesma cor, calcei sandálias combinando, deixei o cabelo solto, prendendo apenas a franja, e optei por poucos acessórios dourados.

Às sete horas, cheguei ao saguão do hotel e enxerguei Lucas sozinho, nos esperando encostado em uma coluna de mármore com os braços cruzados sobre o peito, salientando os músculos fortes de seus bíceps nas mangas arregaçadas da camisa xadrez de vermelho, branco e azul que usava com alguns botões fechados sobre uma camiseta branca. Cogitei voltar ao elevador e esperar mais um tempo no meu quarto, mas ele me enxergou antes que eu pudesse dar as costas e precisei seguir caminhando ao seu encontro, mesmo com medo, porque não tinha certeza se seria capaz de ter controle de minhas faculdades mentais ficando sozinha com ele.

Seus lábios se entreabriram enquanto seus olhos me analisavam demoradamente de cima a baixo, acho que ele nunca tinha tido tanto tempo para me observar livremente, e me aproveitando daquele momento de indiscrição, fiz o mesmo, reparando em seu *jeans* claro, nos tênis de couro marrom combinando com o cinto em couro desgastado que aparecia no lado em que uma das pontas da camisa estava levemente enfiada para dentro da calça, e perdi tempo demais em seu peitoral proeminente sob as roupas. Lindo! Continuando minha análise, pela primeira vez reparei em como seu pescoço largo era másculo com a carótida saliente o atravessando verticalmente de maneira grosseira, e salivei ao imaginar minha língua deslizando por aquela veia espessa. Por fim, cheguei ao rosto perfeito de barba crescida, dentes brilhantes e olhos intensos, que estavam focados na altura dos meus seios.

Jesus, me dê forças!

Ao me aproximar o suficiente para nos cumprimentarmos, Lucas disparou a falar.

— *Natalie*, desculpe. Eu sei que esta situação é bastante estranha... Constrangedora.

— Lucas, ou devo chamá-lo de Luke? Você não precisa se desculpar por estar com sua noiva.

— Você sabe que eu gosto que você me chame de Lucas. Não me chame como todo mundo, por favor. – ele acabou sussurrando e, em seguida, fez uma pausa até eu concordar com a cabeça – *Natalie*, eu não queria que fosse assim, essa situação... Mas foi a única maneira que encontrei.

— Única maneira que encontrou de quê?

Cruzei os braços abaixo dos seios e ele mais uma vez voou os olhos até meu peito, mas eu ignorei a olhada indiscreta, e o que ela me fez sentir, e segui esperando uma explicação.

— De ficar perto de você.

CAPÍTULO 7

Arregalei os olhos e devo ter deixado o queixo cair.
O que ele está querendo? Por que ele não pode me deixar em paz?
— Lucas... Se você estava tentando me enlouquecer, parabéns, você já conseguiu! Agora pare, por favor!
— Consegui?
Ele perguntou, erguendo as sobrancelhas ao dar um sorriso convencido e muito charmoso.
— Sim.
Optei pela sinceridade.
Quem eu havia me tornado? Quem? Se minha irmã me ouvisse, era capaz de sair me arrastando pelos cabelos e depois podia me bater até que eu voltasse a mim.
Aquele silêncio, de quando os olhos falam mais do que palavras, nos envolveu, e então escutamos a voz do Theo.
— Se os patrocinadores forem todos homens, com certeza tendo a Nat no nosso time vamos conquistar todos.
Meu amigo falou feito um estudante do ensino médio, e seu pai, que estava ao seu lado, revirou os olhos diante de comentário tão inoportuno.
— Espero que eles sejam mais profissionais que você, Theo.
Rebati, mostrando meu descontentamento com o comentário machista, e em seguida cumprimentei meu chefe.
Lucas fechou a cara e também cumprimentou Dr. Peternesco.
— Desculpe, foi mal. Esperava que você entendesse como um elogio.
— Obrigada pelo elogio torto, Theo.
Meu amigo piscou um olho para mim e, sorrindo, encarou Lucas.
— E sua esposa, ela não vem?
A pergunta soou estranha, parecendo que Theo queria provocar Lucas, usando um tom imperativo que não era o mesmo som doce e bajulador que costumava usar com nosso cliente.
— Eu não sou casado. Mas... Camille resolveu juntar-se a nós desta vez. Eu me pergunto o motivo.
Lucas completou, baixando o rosto e mal movendo os lábios para que só eu escutasse.
Camille certamente estava querendo marcar território. O que, aliás, estava certa em fazer. Minha noite prometia ser um verdadeiro martírio e eu precisava me preparar psicologicamente, se é que havia algum tipo de preparação para aquela loucura toda.
Esperamos mais cinco minutos por Philip e, enquanto esperávamos mais quinze por Camille, Lucas pediu que seu empresário fosse na nossa frente até o restaurante para recepcionar os patrocinadores que já deviam estar chegando ao local combinado.
Quando Camille finalmente surgiu no saguão do hotel, eu pisquei várias vezes para digerir seu visual. Ela usava um vestido de seda preto com bordados no peito, sandálias, carteira e batom em tons de rosa, e os cabelos soltos estavam mantidos atrás das orelhas, deixando bem visíveis um par de enormes diamantes.
Ela estava muito bem-vestida, o que me causou um pouco de ciúme.
— Boa noite a todos. Vamos indo? Já estamos atrasados.
Ela falava de uma maneira tão segura de si que fazia parecer que era ela quem estava esperando por nós durante todo aquele tempo. Lucas deu um suspiro baixo quando sua noiva se aproximou e eu vi algo estranho cruzar seu olhar. Tristeza? Decepção? Raiva?

Não consegui distinguir, mas não era nenhum sentimento bonito.

Entramos no carro, comigo acomodada no banco de trás entre Dr. Peternesco e Theo, e Lucas se sentou ao volante, com Camille ao seu lado, fazendo questão de mostrar seu propósito ao descansar a mão esquerda na perna dele, e eu cerrei os dentes, assistindo de camarote às carícias que ela fazia em sua coxa, desejando secretamente que fosse eu quem estivesse o tocando. Quando levantei os olhos, vi que Lucas estava me observando pelo espelho retrovisor, então rapidamente virei o rosto para fugir do contato visual e, nervosa, fiquei pensando se andávamos tão óbvios que sua noiva já tinha percebido alguma coisa estranha na nossa interação.

Era fato que ela me olhava de uma maneira estranha. Fiquei com muita raiva dela, e em seguida com raiva de mim, porque ela tinha todo direito de cuidar do que era seu e acompanhar seu noivo por onde bem entendesse, e se alguma de nós tivesse que ter raiva da outra, certamente esse alguém não era eu.

Assim que chegamos ao restaurante, Lucas dispensou o *maître* quando avistou a mesa com seus conhecidos, e nos guiou até lá com uma mão espalmada na base da coluna de sua noiva, e aquele gesto tão simples me pareceu tão íntimo que me fez sentir pequena por dentro por invejar a sorte daquela mulher. A mão dele a tocava com naturalidade e ela a recebia da mesma maneira, como devia receber todos seus toques, seus beijos, seus suspiros... Minha mente vagou a um lugar em que eu não queria ir, até que nos aproximamos da mesa onde o grupo de homens se levantou para nos cumprimentar, e de uma maneira forçadamente simpática, Camille saudou exageradamente um dos senhores que também havia sido um dos convidados do jantar na noite anterior, e eu tratei de trancar meus pensamentos no fundo da minha cabeça.

— Oi, meu querido! Que bom ver o senhor novamente! Espero que não tenhamos lhe feito esperar muito tempo, mas sabe como são as mulheres, não é? Não podemos sair menos que impecáveis!

Ela riu de forma afetada, colocando as mãos nos ombros do atônito empresário, segundos antes de Lucas cortar sua brincadeira.

— Algumas mulheres, porque Natalie foi a primeira do grupo a ficar pronta, e está impecável.

Meu Deus! Ele realmente acabou de dizer isso em voz alta? Será que se deu conta?

Senti os olhares de todos ao nosso redor caírem sobre mim, e tive quase certeza de que Camille estava prestes a avançar para arranhar meu rosto inteiro antes de arrancar todos os fios de cabelo da minha cabeça.

Completamente sem jeito, dei um sorriso amarelo e tentei apagar o incêndio que iniciava.

— Só me aprontei antes porque cheguei mais cedo ao hotel. Camille estava em desvantagem, não é justo.

O que eu disse foi uma grande mentira, porque eu sabia que ela fora embora do autódromo no máximo vinte minutos depois de mim, mas serviu para dissipar o assunto.

Apenas um dos senhores, que já estava há algum tempo conversando com Philip, levou a esposa consigo naquela noite, e quando nos aproximamos de onde ela estava sentada, Camille se acomodou à sua frente e engrenou um assunto qualquer, me livrando da necessidade de ser sociável com a senhora de rosto simpático e, principalmente, me livrou de precisar ficar conversando amenidades com a noiva do cara por quem eu estava me apaixonando.

CAPÍTULO 7

Me apaixonando? Eu realmente assumi esta posição?
Eu achava que estava a salvo quando, de forma muito simpática, Camille virou o rosto na minha direção e me tirou do papo que animava a conversa masculina.
— Então, Natalie, você tem namorado?
Ela foi direto ao ponto, atraindo a atenção da senhora sentada ao meu lado e do Lucas, que aproveitou que dois garotos se aproximaram para pedir autógrafos e fotos e, em vez de retornar à sua conversa na outra ponta da mesa, ficou dando atenção disfarçada ao nosso assunto.
— Não.
— Mas por que não? Você é tão linda, minha filha.
Completou imediatamente a esposa do empresário que estava sentado na outra extremidade da mesa, e que naquele momento dava uma gargalhada bastante alta.
— Obrigada. É muita gentileza sua...
— Gentileza, nada. Eu sou famosa pela honestidade escancarada. – ela sorriu e eu sorri de volta – Você deve ter vários admiradores aos seus pés.
— Hum... Não que eu saiba.
Percebi os olhos do Lucas sobre mim e baixei o rosto, levemente constrangida.
— E, então, dona Rebecca, como foi a viagem a Roma?
Camille nitidamente cansou de ouvir a "honesta senhora" me elogiar e tratou de mudar de assunto, então as duas passaram a falar de passeios turísticos, e eu pude me voltar ao assunto bem mais interessante que estava acontecendo do outro lado da minha mesa.
— Luke – um dos empresários chamou-lhe a atenção – como sempre, fiquei impressionado com sua agressividade na pista hoje cedo. Coragem é essencial nessa profissão e isso você tem de sobra, não é à toa que você é o líder do campeonato.
— Obrigado. Tento sempre fazer o meu melhor.
— E ainda por cima é modesto! – Nicolas, seu chefe de equipe, falou olhando para os demais homens sentados conosco – Luke sabe entrar numa curva como ninguém. Não perde nem um milésimo de segundo a mais com a freada. É fantástico analisar a telemetria do carro desse garoto.
Eu fazia bastante esforço para entender a parte técnica do que eles falavam, mas corridas não faziam parte do meu universo até poucos dias antes, então eu não entendia quase nada do que estava sendo dito. Com uma risadinha discreta, enquanto viagens eram narradas em um dos meus lados e corridas do outro, dividi minha ignorância com Theo, que estava sentado junto a mim.
— Já ouvi falar de curva de alta, curva de baixa, "chicane", telemetria... Acho que nunca vou ser capaz de acompanhar essas conversas.
E antes que meu amigo tivesse tempo de dizer qualquer coisa, Lucas desviou minha atenção de volta ao assunto do grupo.
— O que você está achando de todo esse universo envolvendo corridas, *Natalie*?
O olhei, analisando sua ansiedade e curiosidade em saber minha opinião sobre um tema que lhe era tão importante, e antes de responder, pensei por um ou dois segundos.
— Honestamente, estou achando muito empolgante, mas agora mesmo comentei com meu colega que não entendo nada da parte técnica do que vocês falam. São tantos termos que eu acho que nunca vou conseguir absorver o que significam. Por exemplo: "curvas de alta e baixa", curva tem velocidade? – eu ri brincando, e os homens ao meu lado riram também, mas Lucas apenas sorriu para mim, absorvendo a curiosidade em

minhas palavras, realmente captando meu interesse, e algo na maneira como ele mostrou que me entendeu me fez sentir acolhida – E "chicane" eu também não faço a menor ideia do que significa. Basicamente, estou "por fora" do assunto. Desculpem minha ignorância. Concluí dando de ombros.

— Com o tempo, eu explico tudo. – Lucas nem piscava ao responder, me olhando intensamente – Mas por ora, saciando suas dúvidas mais imediatas, curvas de alta e baixa são em referência à velocidade do carro. Dependendo do traçado, podemos entrar mais rápido ou precisamos ir mais devagar, para garantir que o carro consiga efetuar a manobra, tudo de acordo com o ângulo da curva. Muito rápido e muito ângulo, não vai funcionar, e o carro vai sair do traçado. – ele mostrava com as mãos os movimentos para ilustrar o que dizia – E "chicane" é uma sequência de curvas em formato de "S", que serve para diminuir a velocidade dos carros.

Ele continuou me explicando algumas coisas de uma maneira que fazia tudo parecer muito razoável, e assim a conversa fluiu animada por mais um tempo. Eu adorava entender o que eles falavam, e acabei a noite sabendo sobre as curvas, aprendi que "cambagem" significa a inclinação da roda, algo que devemos perguntar se foi analisado quando mandamos nossos carros para revisão, fui apresentada a uma fotografia de um cárter de motor e fiquei sabendo que ele assegura a lubrificação de vários mecanismos, mas naquele ponto eu já estava ficando muito confusa... Era "pistão" para cá, "virabrequim" para lá... Lucas me mostrou fotos de tudo no celular e me deu uma aula de mecânica, porque só palavras já não estavam sendo suficientes, e cada vez em que ele se inclinava sobre a mesa para me mostrar alguma imagem, Camille olhava em nossa direção, mas não conseguia se desvencilhar dos assuntos da senhora à sua frente e não pôde nos interromper. De vez em quando meus dedos e os do Lucas se esbarravam ao deslizarmos pela tela do aparelho para falar sobre alguma parte específica da peça em questão, mas não houve constrangimentos nem situações forçadas. A conversa acontecia naturalmente e desconfio que meu nível de interesse era proporcional ao prazer do Lucas em me explicar tudo.

— Srta. Moore – Nicolas chamou meu nome, me fazendo desviar os olhos do celular para seu rosto quase na extremidade da mesa – você atende tão bem assim a todos os seus clientes? – meu coração parou e meu rosto deve ter ficado roxo de tanta vergonha, porque no mesmo instante, ele fez questão de se explicar, enquanto Lucas tossia engasgado com um gole d'água – Desculpe, não me leve a mal, é que estou achando fantástico ver uma mulher interessada verdadeiramente neste assunto. Se minha primeira esposa tivesse a metade da sua dedicação, eu era capaz de nunca ter me separado. Ela odiava tudo que envolvia minha profissão.

— Papai!

Camille miou em tom de repreenda.

Papai? Como assim, papai?

— Desculpe, minha filha, mas não é segredo algum que sua mãe e eu não tínhamos nada em comum. A não ser nosso amor por você, é claro.

De repente, deu-se à luz. Lucas era empregado do pai da Camille e provavelmente estava "preso" a ela para não perder sua vaga na equipe.

Eu esperava muito mais dele. Aquela imagem de homem forte não combinava com um cara que aceitava condições daquela maneira. Lucas era bom o suficiente para correr em qualquer equipe, por que se sujeitaria à Camille para manter sua vaga no time do Nicolas?

CAPÍTULO 7

Eu não queria acreditar que aquele poderia ser o motivo.

Com alguns segundos da atenção desviada de mim, eu me endireitei na cadeira e tentei me acalmar para dizer algo coerente e que excluísse minha atração pelo motivador de todo aquele meu interesse por automobilismo.

— Eu sempre me dedico completamente às causas dos meus clientes. Assim como vocês, eu também quero vencer cada prova. O que acontece neste caso é que meu cliente tem uma profissão totalmente fora do usual e que atraiu minha atenção ao âmbito pessoal também. Eu já fui esportista e talvez por isso tenha me interessado tanto pelo lado prático da profissão do Luke, e estou adorando tudo isso.

— Esportista?

Lucas perguntou, mas fui pega em outras perguntas ao meu redor e o deixei sem resposta.

Depois do jantar, enquanto esperávamos o manobrista chegar com o carro em frente ao restaurante, Camille se pendurava insistentemente no pescoço de seu noivo, tentando beijá-lo a todo custo, mas ele afastava as mãos dela de seus ombros vez após outra, e tentava engatar em uma conversa com Dr. Peternesco, na esperança de que ela percebesse que estava sendo inconveniente, mas sua noiva não percebia.

Mais de cinco minutos se passaram e um silêncio constrangedor se fez entre nós, e só não nos engoliu porque todas as pessoas que saíam do restaurante agitavam nosso grupo ao abordarem o Lucas, pedindo fotos, autógrafos e desejando sorte a ele na corrida daquele final de semana, mas nem com os fãs em volta Camille percebia que estava sendo inoportuna e seguia tentando agarrar seu noivo arredio, enquanto o *valet* provavelmente tentava produzir um carro novo para nos levar, tamanha era sua demora.

— Acho que você bebeu demais.

Lucas falou baixo e grosso com sua noiva.

— Ai, amor, só queria um beijinho...

Sim! Ela bebeu demais.

— Camille, por favor, nós estamos tratando de negócios.

— Tá bom! - ela disse, feito criança, e cruzou os braços – Eu espero até chegarmos ao nosso quarto.

Lucas não emitiu mais som algum, ficou apenas olhando para o chão, parecendo derrotado.

A noite estava fria e o vento balançava meus cabelos e arrepiava minha pele. Sem nenhum agasalho para vestir, eu esfregava as mãos nos braços tentando combater a sensação gelada, até que Theo tirou seu casaco e o colocou sobre meus ombros, pedindo desculpas por não ter feito aquilo antes. Em seguida, esfregou meus braços já cobertos, exatamente como uma mãe e uma avó fariam, e eu percebi Lucas observando nós dois com o canto do olho, tencionando o maxilar ao analisar aquele pequeno gesto de intimidade.

No carro, mais uma vez Camille descansou a mão esquerda na perna de seu noivo, porém ela estava muito mais saliente do que tinha estado horas antes, então, depois de um tempo começou a escorregar seus dedos para cima e para baixo, apertando a coxa dele de vez em quando e raspando possessivamente as unhas sobre o *jeans*. Meus olhos estavam fixos nos gestos e vi quando sua mão subiu com um movimento rápido até a virilha, e acho que subiria ainda mais, mas rapidamente ela foi contida pela mão máscula do Lucas, que a segurou pelo pulso e a afastou de si, a acomodando em seu próprio colo, mas Camille não desistiu, e assim que foi solta repetiu a ação ousada, sendo mais uma vez impedida de avançar, então por garantia Lucas manteve sua mão sobre a dela, pressionando ambas na perna daquela mulher sem noção durante todo o trajeto de volta.

Pensamentos nada bem-vindos se recusavam a sair da minha cabeça enquanto eu olhava a cada cinco segundos para a enorme mão do Lucas entrelaçada aos dedos cheios de anéis da Camille. Imaginei os dois na cama e tentei visualizá-los na intimidade, quando ele não precisasse fingir nada para mim. Fiquei pensando como seria o jeito de ele fazer sexo, qual seria a intensidade do seu beijo... Então, o fantasiei comigo, completamente nu, beijando meu corpo, me pegando com força...

O carro parou em um semáforo e eu entreabri os lábios, inspirando com força pela boca, e quando levantei os olhos, vi Lucas me olhando pelo espelho retrovisor. Seu olhar estava em chamas, as pupilas dilatadas e a respiração um pouco descompassada. Era desejo puro, como se ele soubesse o rumo em que estavam meus pensamentos, e os dele o tivessem guiado até lá.

Eu estava entrando em um terreno perigoso e ignorava cada placa de advertência que encontrava pelo caminho. E me deixar envolver pela sedução máscula do Lucas não era uma boa ideia. Eu previa confusão e tristeza, mas para cada alerta que piscava à minha frente, mais nervos aferentes conduziam sinais sensoriais para o meu sistema nervoso central, e quanto mais eu tentava me convencer de que poderia controlar aquela situação, mais nervos eferentes conduziam estímulos que vibravam pelo meu organismo, implorando que eu seguisse adiante. Era pura biologia, meu corpo já tinha se entregado, apenas minha razão tentava se manter intacta.

Mal lembro como saí do carro, cheguei ao meu quarto e me deitei na cama. Eu estava tão excitada que meu sexo começou a latejar assim que meus olhos encontraram os olhos do Lucas naquele maldito retrovisor, e quando precisei apertar um pouco as pernas para aliviar o desejo, ele se movimentou como se fosse se acomodar melhor no assento e levantou mais o olhar no espelho para enxergar meu movimento. Mais um pouco e eu poderia ter gozado apenas com a vibração sensual que corria dele para mim, mas acabei tendo que me consolar sozinha na cama antes de dormir, fechando os olhos e imaginando sua boca percorrendo meu corpo, depois fantasiando que ele me invadia e me levava ao ápice da loucura.

8

Ainda era cedo na manhã de domingo quando chegamos ao autódromo. Eu queria aproveitar toda a programação do evento e tanto Dr. Peternesco quanto Theo ficaram mais que satisfeitos em me acompanhar antes do horário que Lucas disse ser necessário que chegássemos para conversarmos com alguns empresários.

A adrenalina do lugar nos contaminava, ainda mais carregada que no dia anterior. Modelos vestidas com roupas chamativas de várias empresas que patrocinavam tanto os pilotos quanto a categoria circulavam de um lado ao outro, famílias inteiras desciam de seus carros com *coolers*, cadeiras e guarda-sóis para se acomodarem nas imensas arquibancadas, torcidas organizadas eram conduzidas a áreas específicas protegidas do sol e faziam uma verdadeira festa com faixas, bandeiras e trompetes. Uma dessas torcidas era da Rolling, e eles tinham fotos do carro do Lucas estampadas em suas camisetas.

No *box*, Lucas estava compenetradíssimo em seus afazeres e Camille parecia não ter chegado ainda. Ele nem percebeu nossa presença e seguiu conversando com Nicolas, inclinado sobre o motor de seu carro para juntos analisarem algum mistério lá de dentro.

— Nat! – virei o rosto para ver quem chamava meu nome – Não sabia que vocês viriam tão cedo! Podiam ter vindo comigo, eu também acabei de chegar.

Philip se aproximava sorrindo, usando uma pasta preta a tiracolo e carregando uma sacola de tecido deformada com o peso do que continha dentro.

Assim que ele chamou meu nome e eu virei para enxergá-lo se aproximar, ouviu-se um barulho seco e alto que, pelo que eu enxerguei com minha visão periférica, foi Lucas levantando o corpo de cima do motor num movimento quase reflexo e batendo a cabeça na carenagem que dois mecânicos traziam para encaixar no carro.

Contendo a vontade de rir, cumprimentei seu empresário.

— Oi Philip - ele me abraçou educadamente – Eu estava louca para ver o que acontecia em um dia de corrida. Não queria perder nada e acabei carregando Dr. Peternesco e Theo comigo.

— O que não foi esforço algum, diga-se de passagem –Dr. Peternesco afirmou, ao estender a mão para cumprimentar Philip.

Enquanto os três homens conversavam sobre o enorme número de pessoas que já lotava as arquibancadas, e meu chefe contava de uma ocasião em que levou seus dois filhos para assistirem a uma corrida da Nascar, Lucas se aproximou de mim, e antes mesmo de vê-lo, senti os cabelos da minha nuca arrepiarem o anunciando.

— Bom dia, *Natalie*.

Pernas, fiquem firmes!

Ele estava junto às minhas costas e sua voz atingiu meus ouvidos bem de perto. Golpe baixo.

— Bom dia, Lucas.

Virei o corpo para cumprimentá-lo e assim poder me afastar um pouquinho. Não que eu quisesse me afastar um centímetro que fosse, mas eu precisava me afastar alguns quilômetros.

— Não achei que iria encontrar você tão cedo por aqui.

— Estou curiosa. Fiquei tão envolvida por essa história de automobilismo que quis ver exatamente como funciona desde o início.

Eu sorria enquanto falava, porque estava mesmo empolgada. Eu queria ver como era o calor da torcida se misturando à tensão da velocidade e queria entender como a atuação no box era comandada. Eu imaginava que os momentos que antecediam uma corrida deviam ser uma mistura de agitação e concentração. Era muito louco o contraste entre o barulho e bagunça que era um box e a concentração que os pilotos precisavam ter para guiar seus carros a uma velocidade tão assustadora. Eu precisava ver como seria no dia da competição.

Lucas ficou num sorriso bobo me olhando sem dizer nada e eu comecei a me sentir uma idiota. Devia estar parecendo deslumbrada e muito provavelmente ele estava me achando completamente imbecil.

— Demorou, mesmo assim eu tenho muita sorte por ter conhecido você.

Ok, não era bem o que eu estava imaginando que ele iria dizer.

— Sorte?

Franzi a testa e balancei de leve a cabeça, tentando entendê-lo.

Sereno, Lucas me observava expondo um sorrisinho pequeno e mantinha os olhos levemente estreitados como se quisesse me enxergar melhor. A linha que se formou entre suas sobrancelhas chamou minha atenção, porque devia ser exatamente a mesma que ele via em mim, traços de uma incredulidade que me pegou desprevenida.

Lucas me transmitia algo muito bom só de olhar em seu rosto, era como se tivéssemos uma conexão. Nunca parecemos realmente estranhos, tudo sempre se desenrolava da maneira mais natural possível, e aquele era um péssimo agravante. Eu não podia me deixar levar por uma ilusão, por um falso pressentimento, por nada que não fosse a realidade de que ele era meu cliente e estava noivo da Camille. Mas como se escapa do meio de um maremoto? Eu estava cada vez afundando mais em toda a complexidade que era Luke Barum, e estava evidente que eu iria acabar me afogando.

Após me torturar por vários segundos esperando uma resposta, ele finalmente se aproximou o bastante e sussurrou no meu ouvido:

— Porque você é a mulher perfeita.

Óbvio que antes que eu pudesse falar mais alguma coisa, como um "explique-se por favor!", alguém nos interrompeu. Philip chegou ao nosso lado e cumprimentou o amigo, forçando nossa conversa mudar de direção.

Desconfio de que o tempo que Lucas se deu antes de soltar aquela frase cheia de significados foi calculado de acordo com o final da conversa entre Philip, Dr. Peternesco e Theo, para que eu não tivesse como falar mais nada antes que alguém fosse cumprimentá-lo, e então eu ficasse com bastante tempo para remoer o assunto.

Eu era a mulher perfeita! Ok!

Uma hora depois de vê-lo dar entrevistas, checar os pneus, conferir o *setup* do carro

CAPÍTULO 8

umas mil vezes e tomar uma garrafa de água e outra de Gatorade, o locutor que alternava informações sobre a programação do dia com músicas dançantes anunciou que seria aberta a visitação aos boxes. Neste momento, Lucas desapareceu, e quando voltou estava usando o macacão de corrida e foi para junto do seu carro, que havia sido empurrado para ficar mais próximo a uma fita que delimitava um espaço no qual os visitantes não poderiam entrar, mas que os deixavam perto o suficiente das máquinas e dos pilotos. Lucas falou alguma coisa com uma loira voluptuosa que segurava uma sacola com brindes de seus patrocinadores e ela pareceu que iria morrer por ter merecido sua atenção, mas decidiu aproveitar o momento para passar uma mão pelo braço dele enquanto dava uma risada afetada, depois arranjou uma desculpa para dar um tapinha em seu peito. Observando de longe, senti uma coisa estranha me apertar a boca do estômago.

Antes de namorar Steve, eu tive alguns rolos com alguns garotos, nada tão sério quanto meu ex-marido, mas já tive diferentes tipos de experiências afetivas e nunca, nunca quis estrangular uma mulher como eu queria naquele momento!

Quando vi Lucas com Camille, algo me socou por dentro e eu odiei cada segundo da experiência, mas o tempo todo eu sabia que ela era a noiva dele e que a louca da história era eu, já aquela loira com um macacão preto que parecia fechado a vácuo e com um decote mais profundo que o Grand Canyon era uma história completamente diferente! Ela ria tocando no Lucas e mexia tanto nos próprios cabelos que parecia um tique nervoso. Já ele parecia normal ao falar com ela, como se não estivesse reparando que a criatura faria qualquer coisa para abrir as pernas para ele, mas nem assim minha irritação foi aplacada.

Ela não podia subir só um pouquinho o zíper do decote e tentar parecer decente?

Quanto mais eu olhava, mais irada eu ficava, e quanto mais eu percebia que estava com raiva por uma situação com a qual eu não tinha o direito de sentir nada, ainda mais a fúria crescia em mim, só que era irritação comigo mesma, pelo ciúme descontrolado que quase me fazia perder a razão e ir até eles dois para... para passar a maior vergonha universal!

Por que Lucas estava todo atencioso com aquela mulher, a deixando se atirar para cima dele? Ele não lembrava que era um homem comprometido?

Natalie, sua idiota!

Era o mesmo que ele fazia comigo. Eu sabia, não sabia? Ele não tinha vocação para monogamia.

Fui pega em flagrante quando ainda estava os observando com os olhos tensos parecendo duas pequenas fendas azuladas e o maxilar rijo apertando os dentes, mas ao contrário do que eu deveria fazer, não desviei ou abrandei meu olhar e deixei que Lucas percebesse meu péssimo humor. O mais estranho foi que, assim que notou que não gostei da relação dele com aquela garota saliente, ele se afastou completamente dela, não dirigiu mais a palavra àquela mulher e respondia monossilabicamente a qualquer coisa que ela perguntava ou comentava.

Em seguida a essa cena, um mar de pessoas começou a entrar pelo corredor da área dos boxes, se espremendo embaixo do sol forte, tentando chegar perto das equipes para tirar fotos dos carros e pilotos e pegar alguns autógrafos. Quando Lucas entregava algum brinde, até os mais musculosos dos homens ficava parecendo uma criança diante do Papai Noel, enquanto as mulheres o secavam com seus olhares insinuantes e aproveitavam para agarrá-lo bastante quando conseguiam que ele tirasse uma foto com elas.

Um homem com um pequeno gravador na mão se esgueirou para perto do Lucas e, assim que teve uma oportunidade, fez uma pergunta. Certamente era um jornalista que não estava credenciado para o evento, então como público tentou fazer sua entrevista com o piloto que liderava o campeonato.

— Luke, Luke, só um segundinho aqui, por favor. — Lucas olhou em direção ao homem suado e apertado entre uma senhora tão obesa que mal podia caminhar e um homem não muito menor que não estava disposto a lhe dar espaço, e sorriu tão carinhosamente para lhe dar a palavra que fez meu coração se encher de alegria ao perceber aquele pequeno gesto de humanidade – Como atual campeão e já com trinta e um anos, você tem alguma tática adotada para continuar competitivo? Como pretende conquistar seu bicampeonato na *Pro Racing*?

Atual campeão? Trinta e um anos? Impossível!

Eu sabia que Lucas já tinha conquistado muitos títulos, mas não saber que ele era o atual campeão da categoria foi uma falha enorme da minha parte. Eu devia ter feito uma pesquisa. Qualquer link de Google me diria isso, assim como me diria sua data de nascimento! Trinta e um anos? Inacreditável! Ele tinha cara de no máximo uns vinte e sete!

— Cara, cada ano é um ano. Claro que guardamos as informações anteriores para servirem de base, mas nem sempre é o suficiente. Para mim, o importante é estar sempre focado e dar 110% da minha capacidade quando estiver atrás do volante, o que pretendo fazer por muitos anos ainda.

Isso é sexy! Ok, isso é muito sexy! 110% de Luke Barum...

O cara foi empurrado pela multidão, mas não antes de agradecer à resposta honesta.

Depois que diminuiu a concentração de pessoas em frente ao *box*, Camille apareceu usando um macacão de couro cinza tão colado ao corpo quanto a roupa da loira que se mostrava para o seu noivo, e completando, ela calçou uma bota preta com salto tão alto que mal a permitia ficar em pé. Mais uma vez exagerada.

Antes de chegar até o Lucas, ela parou e me cumprimentou, analisando minha roupa inteira sem a menor discrição. Eu estava bem mais informal, vestindo uma calça *jeans* justa e clara, uma regata básica branca, uma sandália bege trançada no peito do pé e acessórios dourados com algumas pedras coloridas.

— Oi, Natalia. Estou com as outras esposas lá no paddock, quer subir para assistir à corrida de lá, feito uma *lady*?

"Outras esposas" me incomodou mais do que ter me chamado de Natalia, ou ter sugerido que eu não era uma "*lady*". Se bem que, se "*lady*" significava ser como ela, eu ficava feliz em não ser.

— Bom dia, Camille. Obrigada, mas vou assistir à corrida do mesmo lugar em que estava ontem. Gostei de ficar bem próxima à pista.

— Ok. – ela falou e seguiu em direção ao Lucas – Doce! Vim dar um beijo e desejar boa sorte.

Doce? Ui!

Seus braços o circundaram pela cintura e ele ficou todo constrangido, mas retribuiu o carinho, a envolvendo pelos ombros e dando-lhe um beijo rápido, que para me torturar, eu fiquei observando.

Camille saiu depressa, porque queria assistir à largada pelo telão que montaram na área *vip*, e pareceu que até o ar ficou mais leve sem sua presença.

Eu não conseguia entender, querer ver na tevê quando se podia ver ao vivo, mas até

CAPÍTULO 8

então tinham tantas coisas que eu não conseguia entender na Camille que nem perdi tempo pensando.

Dr. Peternesco e Theo estavam entretidos conversando com um mecânico que já tinha feito os últimos ajustes no carro do outro piloto da equipe, e eu virei as costas e caminhei em direção à sala de estar para pegar uma água gelada. Estava dando o primeiro gole quando Lucas se aproximou no ambiente vazio e, com sua voz potente, me aqueceu beirando a combustão.

— Você não vai me desejar nem um mísero "boa sorte"?

Conseguindo não cuspir o líquido, tamanho foi meu susto, engoli tudo e virei o corpo de frente a ele, e o que vi naquele homem foi um menino lindo com um sorriso quase infantil no rosto, o que me fez sorrir de volta.

— Sempre achei que sorte só precisa quem não tem talento, e talento você tem de sobra. Então, desejo que Deus o proteja e que você consiga o seu melhor nessa corrida.

Lucas ficou mudo por alguns segundos, seus lábios desfizeram o sorriso e seus olhos me analisavam como se estivessem processando o que eu tinha dito, ou como se eu fosse um extraterrestre, também existia essa possibilidade.

— Eu nunca conheci alguém como você. Obrigado. – levando uma mão à minha nuca, ele a apertou delicadamente enquanto sustentava seu olhar no meu, fazendo meu sangue entrar em ebulição, minha boca ficar seca e minhas pernas bambas, quase perdendo a força necessária para me manter em pé – Talvez você tenha que entrar com um mandado de segurança contra mim, aí, talvez eu me mantenha afastado, porque eu estou prestes a perder o maldito controle.

Dentro de mim havia um grito silencioso implorando que ele perdesse o controle, mas por fora eu estava congelada, sem nem respirar depois de ouvir aquelas palavras.

Lucas beijou forte minha testa e saiu antes que eu conseguisse articular uma resposta. Precisei de mais de um minuto parada no mesmo lugar para reaprender a respirar, enquanto meu coração voltava aos batimentos normais e meu cérebro resolvia funcionar como normalmente funcionava, conseguindo mandar estímulos para meus músculos enrijecerem e me fazer caminhar para fora dali.

Encontrei Dr. Peternesco e Theo do outro lado do corredor dos boxes, observando a uma certa distância Lucas e Gregory serem amarrados em seus *cockpits*. Atravessei o caminho por onde os carros passariam em poucos minutos e me juntei aos meus companheiros. Lucas já estava de capacete e a viseira aberta deixava apenas seus penetrantes olhos à mostra. As portas do carro abriam para cima e eu via que ele estava focado especificamente em algum ponto de seu volante, enquanto um garoto puxava com tanta força seu cinto de segurança antes de fechar as pontas sobre seu abdome que eu pensei que pudesse arrebentar. Nicolas conversava com Gregory e depois foi falar com seu piloto campeão, que só assentia e de vez em quando fazia sinal com a mão enluvada para que ele se abaixasse para falar alguma coisa.

Assim que o locutor anunciou que o box estava aberto, carros e mais carros começaram a passar entre mim e Lucas, e quando chegou o momento de ele sair, o vi fazer o sinal da cruz pouco antes de nos encararmos com bastante intensidade por uma fração de segundos, e pelas ruguinhas que se formaram ao redor dos olhos dele, posso jurar que tinha um sorriso em seus lábios, então dois mecânicos fecharam as portas de seu carro e ele partiu.

Assim que todos os competidores alinharam no *grid*, eu, Dr. Peternesco e Theo saímos quase correndo para nos posicionarmos no mesmo ponto estratégico que tínhamos descoberto no dia anterior, e aguardando a largada enquanto tentava acalmar meus nervos, eu rezei mentalmente para que tudo desse certo e que Lucas vencesse a corrida.

    Inquieta, eu não parava de me balançar de um lado para o outro e fazer e desfazer um coque nos cabelos. Parecia que a placa de cinco minutos tinha aparecido há umas duas horas de tanto que o tempo demorava a passar. Àquela altura, nem água pararia no meu estômago, graças à forte sensação de que eu poderia vomitar a qualquer momento.

    Quando a corrida finalmente iniciou, ninguém ameaçou a *pole position* do nosso piloto e eu senti minhas entranhas relaxarem um pouco, mas uns dez minutos depois, percebi que o segundo colocado estava muito próximo e era nítido o esforço tremendo que Lucas precisava fazer para não ser ultrapassado. Observando os tempos na internet, constatei que o carro dele estava perdendo rendimento, enquanto o segundo colocado fazia a volta mais rápida da prova. Aquilo era muito tenso. Descasquei os esmaltes das unhas e tive que me conter para não roer uma a uma.

    Na metade da corrida, o locutor falou que o *box* estava aberto para o abastecimento obrigatório e, quase em seguida, em uma disputa emocionante por posições bem no ponto onde estávamos, três carros bateram violentamente, com um deles chegando a capotar. Foi uma cena muito chocante, que me deixou preocupada demais até ver os três homens inteiros e caminhando de volta às suas equipes. Dois deles gesticulavam enfurecidamente, até que um empurrou o outro, e não fosse pelo terceiro cara ali ao lado, teria saído uma briga na área de escape. Baixei os olhos para meu celular e vi na internet que a maioria dos pilotos haviam ido abastecer, incluindo Lucas, então o locutor comunicou que o carro de segurança havia entrado na pista e eu vi quando passou por nós um esportivo de luxo com sirenes ligadas, enquanto um guincho levava os protótipos batidos para fora do traçado, ao tempo que alguns homens varriam os detritos que tinham se espalhado sobre o asfalto.

    Uma fila se formou atrás do comandante das sirenes, mas Lucas continuava com a palavra "*box*" ao lado de seu nome no site, e eu quase precisei fechar os olhos e parar de acompanhar a disputa, porém, dali a pouco o carro de número vinte apareceu no meio do pelotão, e eu fui tomada por um enorme alívio ao vê-lo de volta.

    Mais duas voltas lentas com o carro de segurança ditando o ritmo e a corrida reiniciou. As posições atualizaram no site e vi que Lucas tinha caído para o terceiro lugar. Certamente foi algum problema durante o abastecimento, porque ele demorou bem mais que os outros para retornar.

    Quando o pelotão da frente despontou na curva onde estávamos, Lucas já ocupava a segunda colocação, e eu dei pulinhos de alegria enquanto Theo dava um grito empolgado, fazendo nós três darmos gargalhada.

    Faltava uma volta para o final quando, bem na nossa frente, o carro do Lucas apontou pelo lado de fora da curva, ficando lado a lado com o líder. O adversário de número doze não pareceu disposto a entregar fácil a posição e os dois se bateram de leve. A traseira do carro do Lucas deu uma balançada, mas ele o controlou brilhantemente, e então, quando a curva terminou, ele entrou na reta acelerando com tudo para cruzar a linha de chegada em primeiro lugar.

    Comecei a gritar feito uma louca e abracei Theo empolgadamente. Àquela altura já estávamos tão suados pelo sol forte que nossas roupas já estavam completamente coladas ao corpo e tudo que precisávamos era de um oceano inteiro de água mineral para

CAPÍTULO 8

hidratar, mas, em vez de obedecer ao desejo dos nossos organismos, saímos correndo e fomos ver a entrega de troféus. Não enxerguei Camille em lugar algum, o que naquele momento, mais que em outros, foi um grande alívio, porque eu estava muito feliz para ter que disfarçar na frente dela.

Lucas chegou à área de premiação, e quando desceu do carro correu para a grade logo à frente do espaço marcado para ele estacionar e abraçou o pessoal da equipe, que gritava freneticamente de alegria, depois o piloto se afastou e sumiu dentro de um box com alguns fiscais. Quando reapareceu, todo suado e lindo de morrer, já estava no palco, caminhando com passos firmes para se posicionar no degrau mais alto do pódio, no lugar onde ele merecia estar.

O locutor começou a narrar a entrega dos prêmios e o primeiro a receber algo foi Nicolas. Era uma recompensa por ter sido a melhor equipe do dia, e o grande caneco foi erguido com todo o orgulho, enquanto aplausos e gritos eram distribuídos entre o público. Lucas aplaudiu contente, assim como quando o terceiro e o segundo colocados receberam seus merecidos troféus, e então um homem muito bem-apessoado lhe entregou uma enorme taça dourada, e ele a levantou acima da cabeça, mantendo no rosto um sorriso satisfeito, até que me encontrou na multidão e ampliou mais sua demonstração de alegria, e completou dando uma piscadinha sucinta na minha direção, mas eu nem me importei com sua pequena ousadia. Estava muito feliz para ficar nos policiando com tudo.

Depois que fizeram a foto oficial, ele e os outros pilotos pegaram seus champanhes e fizeram a tradicional guerra, jogando o líquido adocicado uns nos outros, e em todos que estavam ao pé do pódio. Eu percebi a maldade do Lucas indo bem na minha direção, mas não recuei. Em resumo: acabei a corrida suada, toda melada de álcool e muito feliz.

9

Quando as pessoas começaram a dispersar, segui a multidão de volta aos *boxes*, mas não sem antes dar um sorriso afetuoso ao Lucas enquanto ele concedia uma entrevista.

Passei pelo banheiro para me lavar de todo champanhe que tinha em mim, tentando pelo menos tirar a sensação grudenta da pele, já que dos cabelos seria impossível, e assim que voltei à equipe fui pega totalmente desprevenida pela imagem do Lucas já conversando com o rapaz que cuidava dos gráficos no computador. Lembrei que ele disse que aquele programa se chamava telemetria, algo como "ler" o que tinha acontecido com o carro durante as voltas, mas meus pensamentos não se sustentaram muito tempo em qualquer coisa, porque Lucas estava com a parte superior do macacão abaixada, deixando à mostra todo seu tronco e o elástico da cueca branca que vestia, e pela primeira vez eu estava tendo a chance de vê-lo sem camisa, o que foi uma visão tão magnífica que eu parei surpresa no meio do *box* para assisti-lo, dando merecidamente à sua presença cada segundo do meu deslumbramento.

Fiquei maravilhada com seu abdome rasgado, todo definido, sem nenhuma gordurinha extra, me hipnotizei com seus braços desenhados, que eram um pouco mais fortes do que aparentavam debaixo da camiseta, me deliciei estudando o peito liso e perfeitamente esculpido, que dava vontade de passar a língua, e me perdi no V que se formava no quadril, indicando o que devia ser ainda mais tentador dentro de suas calças. O suor brilhava em sua pele e, bem quando voltei a caminhar, o vi tomar um gole de água direto da garrafa que estava segurando e depois passar o antebraço no canto da boca para limpar uma gota que escorria, e eu, por ter perdido a orientação espacial por alguns segundos enquanto meu corpo saía de mim, tropecei em um fio que estava esticado no chão e quase caí de joelhos. Eu me senti o mais patético dos seres humanos, e foi neste momento que Lucas me enxergou e formou no rosto aquele enorme sorriso que mostrava quase todos seus dentes perfeitos, porém, daquela vez ele não se moveu para ir atrás de mim e seguiu conversando com o cara do computador, enquanto eu seguia para a sala onde havia deixado minha bolsa.

Eu estava parada em pé ao lado de uma mesa cheia de petiscos, digitando descoordenadamente uma mensagem para Lauren, quando Lucas entrou decidido no local, chamando minha atenção. Após concluir que eu estava completamente solitária ali dentro, ele fechou a porta e a chaveou atrás de si, despertando todos os tipos de agitações internas dentro de mim.

Ele não tinha mais o olhar descontraído de quando me viu tropeçar, e o frio na barriga que eu sentia se intensificou em antecipação ao que ele nitidamente planejava

CAPÍTULO 9

fazer, mas apesar de conseguir "ler seus pensamentos", fui incapaz de me mover ou falar o que quer que fosse. Na verdade, eu mal conseguia continuar respirando ao dar mais uma olhada lasciva para seu corpo.

Com passos seguros, Lucas chegou até mim sem desviar os olhos dos meus e passou o braço direito pela minha cintura, colando meu corpo ao seu, me deixando lânguida em seu abraço, e eu, envolvida pelo choque do que estava acontecendo, ainda não conseguia me mover ou falar coisa alguma. Fiquei apenas sentindo o calor de nossas peles se misturar, fazendo evaporar o resto do meu autocontrole. A maneira como ele me encarava era tão profunda que me senti nua, completamente nua! Nunca havia me sentido tão entregue a um momento, ou a alguém, como estava me sentindo com o corpo do Lucas junto ao meu. Sua respiração ofegante acariciava minha pele e sem dizer uma palavra ele ia se curvando e aproximando o rosto do meu. Foi quando meus olhos passaram, daquela imensidão escura dos olhos dele, para sua boca entreaberta, que seus lábios encontraram os meus.

Oh, meu Deus!

Lucas tinha uma boca macia e quente que encaixou perfeitamente na minha. Sua língua me invadiu quase ao mesmo tempo em que o fogo irradiou entre nós, e ao sentir a umidade morna do beijo dele, eu deixei meu telefone cair no chão, de tão atônita que fiquei, mas nenhum dos dois se preocupou com aquilo. Precisávamos nos beijar, precisávamos nos sentir, era como a liberação de um desejo reprimido. Um beijo de quem esperava por algo há muito tempo, há uma vida inteira. Foi molhado e forte, mas um pouco tenso também. Sua mão esquerda puxava meus cabelos para manter minha cabeça erguida, enquanto a mão direita apertava meu corpo sem delicadeza. Eu estava tão envolvida pelo gosto do Lucas que, por uma fração de segundos, esqueci onde estávamos e de como aquilo tudo era errado. Apoiei uma mão no braço dele e a outra deslizei pelos ombros, subindo até sua nuca, então o puxei mais para mim, me deixando levar completamente pelo momento.

Nossas línguas se acariciavam em um encontro sensual e cheio de promessas, e nossos corpos sentiam um ao outro em cada centímetro que se encostavam. Eu me peguei gemendo quando Lucas mordeu de leve meu lábio inferior, mas o som vulnerável que escapou do fundo da minha garganta foi também o que deflagrou minha consciência, me ajudando a recobrar o juízo, então eu o empurrei com força e lhe dei um tapa nada gentil no rosto.

— Nunca mais encoste em mim!

Rosnei, como se eu não tivesse correspondido nem por um segundo àquele beijo avassalador, e o modo como Lucas me olhou, com uma mão espalmada sobre a bochecha avermelhada, mostrava que ele não estava entendendo minha linha de raciocínio, e eu nem podia culpá-lo por aquela confusão.

— *Natalie*, eu achei que você... Desculpa... Mas na verdade você...

— Se você quer uma diversão extra, procure uma dessas vagabundas dispostas a serem tratadas como descartáveis. Eu não sou uma delas!

Me curvei para pegar meu celular que estava jogado no chão e Lucas tentou se justificar.

— Você ainda não percebeu que você não é descartável para mim?

Ele parecia quase irritado, mas antes que pudesse me deter ou falar mais alguma coisa, me recompus, passei a mão na minha bolsa que estava no canto do sofá, abri a porta e dei de cara com Camille.

— Tchau, Camille.

Ela ficou me olhando sem entender nada e entrou na sala. Não ouvi o que eles falaram e segui andando até encontrar Dr. Peternesco e Theo, então avisei que estava voltando ao hotel. Eles fizeram uma cara estranha, mas não me perguntaram nada, e eu saí, já ligando para chamar um táxi.

Resolvi fazer as malas e ir para o aeroporto tentar pegar um voo mais cedo. Minha cabeça, meus nervos e meus hormônios estavam uma bagunça e eu só queria chegar à minha casa e desabar na minha cama. Por sorte, um casal desistiu de embarcar para São Francisco e, além de conseguir adiantar minha passagem, pude viajar me esparramando em dois assentos.

Antes que a aeromoça me olhasse de cara feia e pedisse para desligar o telefone, enviei uma mensagem para meu chefe.

"Estou com um problema em casa. Tive que adiantar meu voo, mas como já cumprimos todos nossos compromissos profissionais, tenho certeza de que não teremos problemas com minha partida adiantada. Desculpe."

Meus pensamentos não conseguiam se direcionar a nada que não fosse o Lucas, seu tronco nu, seu beijo ardente, suas mãos em mim... O que ele quis dizer com "você ainda não percebeu que você não é descartável para mim?" Não! Claro que não percebi. Por que eu teria reparado? O cara era quase casado, me assediava em frente à sua mulher, não fazia menção nenhuma de me assumir e queria que eu entendesse que eu não era descartável? Então, o que será que ele fazia com as descartáveis?

Cheguei em casa e encontrei o apartamento vazio, o que foi um enorme alívio, porque eu não estava com a menor disposição para conversar com ninguém. Tomei um banho demorado e fui me deitar. Eu não tinha vontade de fazer nada, nem de comer nada.

Já estava quase em transe quando lembrei de ligar o celular, que estava morto desde que entrei no avião, e ao pegá-lo na bolsa encontrei à minha espera três mensagens e cinco chamadas perdidas que foram encaminhadas para a caixa postal. Uma ligação era da casa dos meus pais, duas da Lauren e duas do Lucas. Ninguém deixou recado, então comecei a ler as mensagens...

"Está tudo bem por aqui. Espero que esteja tudo bem na sua casa também. Nos falamos amanhã no escritório."

Meu chefe, como sempre, dizendo que estava tudo bem. Ele sempre me protegia. Eu não merecia o empregador que eu tinha.

"Nat, estou tentando ligar para você. Theo falou que você adiantou o voo. Está tudo bem? Estou no Michael, me liga!"

Droga! Eu tinha esquecido de avisar minha irmã que já estava em casa. Rapidamente escrevi uma mensagem para tranquilizá-la.

"Estou em casa e está tudo bem. Boa noite."

E, então, li a última mensagem.

"Não faça isso comigo. Desculpe por ter passado dos limites."

Fechei os olhos, e sem nenhum tipo de aviso, lágrimas irromperam e começaram a rolar livremente pelo meu rosto.

Eu andava tão estranha desde que tinha me separado do Steve... Minhas emoções

CAPÍTULO 9

estavam confusas. Eu nunca me deixaria envolver por alguém comprometido, no entanto, eu não sabia como arrancar o Lucas dos meus pensamentos.

Digitei uma mensagem para tentar fazer as coisas voltarem aos devidos lugares.

"*Vá se foder!*"

Nada de resposta.

Acordei horas depois num sobressalto com o barulho da campainha. Já era quase manhã, e eu me levantei nervosa, com o coração batendo assustado no peito. Saí tropeçando do quarto e fui ver quem poderia ser.

— Oi.

Lucas estava encostado no batente da porta com um ar meio cansado, meio apreensivo. Como ele conseguiu subir? Como ele sabia o número do meu apartamento? Ele estava de banho tomado, vestindo uma calça *jeans* e uma camiseta cinza de mangas longas com um capuz solto nas costas. Será que ele tinha acabado de chegar de Daytona?

— O que você está fazendo aqui? E a esta hora! Como você subiu e como sabia qual era o meu apartamento?

Cuspi as perguntas em um nítido espanto e só então baixei os olhos para mim mesma, para reparar no *babydoll* azul claro e *sexy* que eu vestia, mas pelo menos não era transparente.

Fingi que estava tudo bem, como se eu sempre abrisse a porta vestida daquela maneira, e segui firme, esperando respostas.

— Eu não podia deixar de vir falar com você. Um vizinho abriu a porta e me deixou entrar quando me reconheceu, e o seu apartamento eu descobri com Michael, quando fiquei de enviar uns documentos para você pagar o conserto do meu carro, antes de dizer que eu não queria que você pagasse.

Uau!

— Lucas, nós não temos nada para conversar que não sejam assuntos do escritório, e por mais que você seja um cliente especial, eu não trabalho a esta hora da madrugada. Theo certamente pode atendê-lo.

— Eu bem que queria ter apenas assuntos do escritório para tratar com você. – ele falava calmamente, ainda encostado no umbral, como se já tivesse aceitado o que estava acontecendo conosco – Seria muito mais fácil para mim, mas eu simplesmente não sei o que fazer. Estou "fodidamente" encantando por você. Quero muito ficar com você, mas estou preso a uma merda de situação...

— Preso?

— Eu disse que as coisas são complicadas. Posso entrar? Não gostaria de falar sobre minha vida íntima no corredor.

Ele sorriu, mas era um sorriso triste, que não iluminou seu olhar.

— Entre. – abri mais a porta e fiz um gesto com a mão indicando o sofá – Quer beber alguma coisa?

A educação me venceu.

— Não, obrigado. *Natalie*, por favor, me dê uma chance.

Ele falava e ia colocando as mãos na minha cintura, tentando me puxar para perto de si, enquanto eu empurrava seu peito sem usar toda força que podia e dizia "não" ao invés de gritar o "sim" que eu queria, mas ele não desistia de tentar se aproximar, até que seus lábios encostaram de leve nos meus.

— Pode parar! – tirei efetivamente as mãos dele de cima de mim e dei um passo atrás quando previ a grande catástrofe que poderia acontecer se nos entregássemos àquele beijo – Se você acha que vai vir até a minha casa, de madrugada, largar um discurso de coitadinho e me deixar derretida por você, para que então façamos um sexo inesquecível por horas e horas, você está muito enganado!

— Inesquecível e por horas e horas?

Seu sorriso cínico dizia "eu posso fazer isso!", e eu tive que me controlar para não sorrir também.

Lindo. Idiota. Arrogante.

— Lucas, há dois meses eu era casada, entrei no meu apartamento e encontrei meu marido na nossa cama com uma estagiária do escritório onde ele trabalha. Você acha mesmo que eu vou aceitar uma situação igual a que destruiu meu casamento? Relacionamentos acabam, eu sei, mas não gosto de fazer para as pessoas algo que eu não quero para mim também!

Ele me olhou sério, pensando um pouco.

— Eu não sabia que o seu casamento tinha terminado assim. – pausa – Você ainda o ama?

— Quê?

— Seu ex-marido, você ainda o ama?

— É isso que você quer saber depois do que eu contei? – vencida, me joguei no sofá e levantei o rosto para encará-lo em pé à minha frente – Bem... Não, não amo mais. Ele me desapontou muito. Algo em mim se quebrou, acho que nunca o conheci de verdade e eu só acredito no amor entre duas pessoas que se conhecem. Essa história de "amor à primeira vista" não cola comigo. Acredito em atração à primeira vista, mas o amor é algo muito mais profundo, que precisa ser cultivado, e se você não faz isso, ele morre!

— Eu tenho uma visão diferente sobre o amor, mas, que seja, – ele deu de ombros – só que então eu não sei o nome que se dá para o que eu senti quando conheci você, mas sei reconhecer atração, e não foi só isso.

Quê?

Cheguei a perder alguns segundos pensando se estava acordada ou dormindo.

O que ele estava querendo dizer? Que me amava? O cara era completamente desequilibrado!

— De qualquer forma – balancei a cabeça, tentando dissipar aqueles pensamentos completamente perturbadores – isso não vem ao caso. Não vai mudar nada entre nós.

— Eu sinto muito pelo modo como seu casamento acabou, mas confesso que o fato de ter acabado me agrada bastante. – ele fez uma cara irônica, que logo foi desfeita quando viu meu olhar furioso – *Natalie*, Camille é filha do dono da minha equipe, como você já deve ter percebido, e alguns dos meus patrocínios estão ligados a ela.

Filha do dono da equipe. Ele entrou no assunto, mas o que os patrocínios podem ter de ligação com ela?

— Patrocínios ligados a ela? Como?

— Campanhas publicitárias no melhor estilo "casal feliz".

Ele disse de forma sarcástica quando se sentou ao meu lado.

— Eu nunca vi.

— Passam na Europa, onde a Rolling é mais atuante. Não me pergunte como eles conseguem colocar um casal feliz em uma campanha de lubrificantes para carros, mas eles conseguem! – Lucas deu uma risadinha para descontrair, mas eu não o acompanhei

CAPÍTULO 9

– Enfim, concordamos em ficar juntos durante a vigência do contrato, depois ficamos noivos e renovamos este contrato por mais dois anos e...

Dois anos?

— Isso não está certo. Você não pode ficar preso a alguém por causa de um contrato! Mas ainda tem a equipe... Terminar com ela pode implicar na perda de um grande patrocinador e na vaga nessa equipe, é isso?

Lucas deu um longo suspiro.

— Entre outras coisas.

— Então você fica só traindo a coitada?

— Não! Eu já fiz isso algumas vezes, confesso, mas não foram tantas assim, e há um ano eu não faço mais.

— Não fazia mais!

Corrigi Lucas, erguendo as sobrancelhas e adquirindo um tom petulante.

— *Natalie*... É tudo tão diferente com você... Eu gosto quando estamos perto um do outro, gosto de ouvir o que você fala, de olhar seus olhos... E minhas mãos quase não se controlam de vontade de tocar seu corpo.

Minha vontade era pular no pescoço dele e deixar que aquelas mãos fortes explorassem minha pele em chamas, mas me controlei.

— Isso não vai acontecer! Eu não vou ser sua amante até seu contrato vencer, ou sabe-se lá até quando? - ele ficou em silêncio e nos olhamos sem dizer nada por alguns segundos – Acho melhor você ir embora. Boa noite, Lucas. Ah! A propósito, parabéns pela corrida! Não me lembro de ter presenciado nada tão emocionante assim alguma vez na vida.

— Eu queria vencer para você.

Ele tinha um sorriso triste no rosto, e eu apenas sorri de volta sem dizer nada.

Ao ir embora, Lucas me deixou com a estranha sensação de que havia algo a mais naquela história. Senti a necessidade contida que ele teve de falar, percebi uma tensão estranha pairando entre nós o tempo todo, e por mais maluco que tudo fosse, acreditei ser diferente para ele.

10

Como de costume, meu celular me acordou às seis da manhã, e por culpa da minha noite praticamente passada em claro, precisei de muita força de vontade para sair da cama e ir malhar. Se Sebastian não estivesse me esperando, eu deixaria para compensar aquele treino no final de semana, mas eu já tinha recebido uma mensagem dele avisando que eu tinha cinco minutos para dar as caras, ou ele aumentaria todos os pesos para me castigar. Cheguei me arrastando à academia ainda escura e nem o sorriso carismático ou o jeito de mil volts do meu *personal trainer* conseguiam me "acordar", ou apenas me fazer mudar a carranca de quem realmente não queria estar em pé tão cedo.

— Em qual planeta você está? Porque na Terra que não é.

Ele perguntou quando percebeu que minha coordenação motora estava equivalente à de uma criança de um ano de idade.

— Desculpe, Sebastian. Estou só fazendo você perder tempo hoje. Realmente estou "aérea", mas vamos lá, vou conseguir acabar o treino.

— Não esqueça de alternar com *transport* nos dias em que não temos aula juntos.

— Vou lembrar. Eu espero.

Eram oito e meia da manhã quando acionei o alarme do meu carro em frente ao escritório. Por sorte, não tinha demorado muito para o conserto do para-choque ficar pronto e eu não estava mais a pé. Atravessei a rua e dei um pequeno salto para subir a outra calçada. Voltei a caminhar normalmente ajeitando minha calça social branca e minha blusa azul-celeste de botões dourados, que combinavam com meus acessórios, e enrolei nos dedos meus cabelos que estavam amarrados em um rabo.

Eu me atirei com tudo nos meus afazeres e, quando estava digitando uma petição no meio da manhã, Theo colocou a cabeça para dentro da minha sala e pediu licença.

— Oi, Theo. Entre.

— Está tudo bem? Ficamos preocupados porque você veio embora mais cedo ontem.

— Sim, já está tudo bem. Obrigada. Deu tudo certo lá?

— Sim, você não perdeu nada. - ele fez uma pausa – Nada além de um pequeno *show* da Camille.

— Show?

CAPÍTULO 10

Perguntei, desviando os olhos do computador e travando os dedos sobre o teclado para focar no rosto do meu amigo, que entrou completamente na minha sala, se atirou em uma cadeira do outro lado da minha mesa e cruzou as mãos atrás da cabeça ao reclinar o encosto para trás.

— Eu não sei por que, mas ela entrou naquela sala de convidados com Luke, logo depois que você foi embora, e se trancou com ele lá dentro.

— Hum...

Um enjoo revirou meu estômago, prevendo o que eu poderia escutar.

— De repente, escutei ela chorando e implorando para que ele não a deixasse.

O quê?

Segurei a respiração, me concentrando completamente na história. Meus olhos estavam tão arregalados que se Theo fosse só um pouquinho mais atento teria percebido que eu não estava escutando o que ele contava da maneira que ele imaginava que eu estaria, ou da maneira que eu deveria estar.

— Todas as pessoas que passavam podiam escutar, só não escutávamos o que Luke falava. Até que Nicolas bateu à porta e ordenou que abrissem. Um vexame! – Theo balançou a cabeça – Quando Camille a abriu, estava inchada de tanto chorar e eu pude ver Luke sentado no sofá com os braços apoiados nos joelhos e escondendo o rosto entre as mãos, o cara estava acabado. Então, os três se fecharam lá dentro e dava para ouvir claramente Camille suplicando para o pai dela, como se ele fosse capaz de fazer o Luke continuar com a filha dele, mas ao contrário do que ela esperava, acho eu, Nicolas disse que Luke não era uma propriedade e que ele já estava cansado daquela merda toda. Que fofoca quente, hein? Mas aquela garota tem cara de louca, mesmo. Não entendo por que um cara como Luke Barum, com toda aquela fama e podendo pegar tantas mulheres mais interessantes, resolveu se casar com a Camille.

— Meu Deus...

Eu não sabia o que pensar e tampouco o que dizer, mas eu estava agradecida pela história tão detalhada que meu amigo acabara de me contar.

— Pois é, a coisa foi feia mesmo, e pelo jeito não foi a primeira vez. Luke saiu de lá depois disso e não falou com ninguém. Ficou sumido por um tempo e depois nos pediu mil desculpas. Disse que sua vida andava meio difícil.

Difícil. A mesma coisa que ele me falou, mas a partir daquele instante eu já achava que perder o lugar na equipe não era a questão, porque pelo jeito o pai da Camille sabia separar muito bem as coisas. Só que se não fosse isso, o que seria? Apenas o contrato com a Rolling? Devia ser um contrato milionário.

— Agora eu fiquei com pena do Lucas. Ele parece ser um cara tão legal...

Eu disse, tentando disfarçar o espanto, o choque ou qualquer que fosse a reação que estivesse estampada no meu rosto.

— Yeap! Ele tá fodido com aquela lá. Quer almoçar comigo no Bobo's hoje?

— Hum... Claro. Podemos sair um pouco antes do meio-dia? Tenho que protocolar umas petições no início da tarde.

— Combinado.

A semana passou numa calma estressante. Todos os dias eu achava que Lucas apareceria no escritório, mas isso não acontecia e eu ia me frustrando com seu desaparecimento. Eu estava em contato direto com Marcel, o presidente nacional da Rolling, e na semana seguinte provavelmente teríamos um almoço de negócios juntos. Será que Lucas estaria naquele encontro? Na certa que sim, e eu não via a hora de isso acontecer, mas o porquê de eu querer vê-lo eu não assumia nem para mim mesma, já que só iria me fazer ficar cada vez mais confusa.

Quando estava recolhendo minhas coisas no final do expediente de sexta-feira, Dr. Peternesco apareceu agitado na minha sala.

— Nat, Philip acabou de me ligar. Você terá que ir a uma festa hoje.

— Uma festa? Hoje? Por quê?

Meus pensamentos voaram na velocidade da luz, imaginando uma festa com Lucas, como ele estaria vestido, como se portaria comigo, se Camille estaria junto, se eu suportaria ver os dois juntos novamente, se eu deveria beber ou me controlar ao máximo... Meu coração acelerou seu ritmo.

— Seria um encontro casual, mas parece que um amigo do Luke está com um conhecido estrangeiro na cidade e esse cara tem muita grana. Philip vai tentar conseguir um patrocínio, mas como a empresa não atua aqui, eles pediram nossa assessoria para que nenhuma pergunta fique sem resposta. Às vezes a burocracia dificulta este tipo de acordo.

— E isso vai acontecer em uma festa?

Questionei, obviamente confusa. Nunca trabalhei bebendo champanhe antes.

— Pois é, o cara quer conhecer "a noite" daqui, foi assim que Philip me falou.

— Entendi. Mas o senhor não vai?

— Essa conta é sua, e também é em um lugar de jovens, eu não me encaixaria no contexto e acabaria deixando tudo formal demais. Mas não se preocupe, Theo vai acompanhá-la.

Uma balada com o Theo. Ótimo. Pensei com sarcasmo.

— Posso convidar minha irmã?

— Claro, o lugar é aberto ao público, certamente vocês só irão falar de trabalho no começo da noite.

Quando cheguei à minha casa, vi a bolsa da Lauren jogada no sofá e passei pelo quarto dela, mas como a porta estava fechada, coisa que ela nunca fazia quando estava sozinha, resolvi ir primeiro tomar um banho.

Eu já estava na cozinha preparando um frango com vegetais quando Michael apareceu na sala todo arrumado e com os cabelos ainda molhados.

— Oi, Michael. Vocês têm compromisso para hoje à noite?

Fui logo perguntando, enquanto dava um tapa em suas mãos, que queriam roubar uns brócolis refogados que eu usaria logo mais.

— Não. Íamos ficar assistindo coisas inúteis na televisão e comendo algo muito calórico.

Ele arrematou fazendo um sinal de positivo com ambos os polegares e piscou para mim.

— Ótimo! Então vocês vão comigo à Mimb, ok?

— Por mim...

— O que é que você está combinando com meu homem sem me consultar, hein?

Lauren apareceu no corredor vestindo apenas um roupão e uma toalha enrolada nos cabelos.

CAPÍTULO 10

— Estou convidando vocês para irem comigo à Mimb hoje à noite. Tenho uma "reunião de trabalho" – falei, fazendo aspas com os dedos para enfatizar – mas só no começo da noite, depois estou liberada para beber todas. Vamos?
— Reunião de trabalho, é? Com algum piloto famoso?
Apenas assenti com a cabeça.
— Convidando assim, quem pode resistir?
Ela me deu um sorriso cúmplice e depois um beijinho carinhoso na bochecha de seu namorado ao ouvi-lo dizer que se ela quisesse, claro que eles iriam.
Lauren e Michael eram um casal muito harmônico. Nunca tinham tido uma briga séria e podiam contar nos dedos as pequenas discussões que figuravam seu histórico. Eles eram perfeitos um para o outro, já eu, não sei se aguentaria tanta paz assim.
— Eba! Vou ligar para as meninas nos encontrarem lá. Agora, mexa esse seu traseiro gordo e vá botar a mesa, porque a janta já está quase pronta.

Depois de algumas trocas de roupa, me decidi por um vestido curto de forro *nude* coberto por renda preta com corte reto na base do pescoço e um generoso decote nas costas. Caprichei na maquiagem, minimizei nos acessórios e por cima coloquei um casaco escuro que cobria todo o visual, mas a cereja do bolo eram os meus lindos sapatos Louboutin com saltos altíssimos e extremamente sensuais.
Quando cheguei ao quarto da Lauren, ela assoviou e disse:
— Já fechou o contrato, maninha! – O comentário me fez lembrar a colocação desnecessária do Theo sobre minha roupa, antes de sairmos para jantar com uns patrocinadores do Lucas no final de semana, mas vindo da minha irmã não me fez sentir mal – Pelo jeito você também está querendo fechar contratos, hein?
Retruquei, analisando seu tubinho preto justo e curto, seus saltos altos azuis claros e as muitas joias penduradas.

11

Quando dei meu nome ao segurança parado em frente às enormes portas de ferro da Mimb, ele imediatamente nos liberou da fila que quase virava a esquina e uma moça negra e muito bonita nos conduziu para dentro da boate, nos encaminhando direto à área *vip*. Passamos pela aglomeração de corpos que ocupavam todos os demais centímetros da casa noturna até chegarmos ao local onde estavam os amigos do Lucas.

Bebidas estavam dispostas sobre algumas mesas, conversas animadas envolviam o ambiente dividindo decibéis com a música alta, e entre todos os convidados, óbvio que meus olhos condicionados instantaneamente enxergaram meu "cliente" em um dos cantos daquele espaço, e ele me viu no mesmo segundo.

Lucas vestia uma calça *jeans* escura e uma camisa *off white* sem colarinho mantida com as mangas dobradas acima do cotovelo, presas por uma alça de um tecido escuro. Ficamos alguns segundos nos observando à distância, como se não houvesse outras pessoas ao redor, seus olhos me seduzindo sem fazer esforço, mas eu podia enxergar no fundo de toda aquela intensidade ele me dizendo que eu lhe causava o mesmo efeito que ele causava em mim.

— Boa noite.

Comecei cumprimentando Theo, que já estava em um papo animado com um homem que tinha jeito de ser o motivo da minha ida àquela festa, e passei a saudar as demais pessoas, sempre apresentando minha irmã e meu cunhado na sequência.

— Boa noite, Luca-Luke.

Engasguei ao lembrar de chamá-lo de Luke em frente à Camille. Ela não precisava achar que nós dois tínhamos algum tipo de "intimidade a mais".

— Boa noite, *Natalie*.

Natalie! De novo aquela voz grave, que veio combinada com uma sutil diferença no olhar que parecia atravessar minhas roupas, me deixou com a boca seca e outras partes bem molhadas. Cada vez que eu tentava me convencer de que Lucas era apenas um homem extremamente bonito, algo parecia me dizer que ele era muito além do que apenas "extremamente bonito", e meu corpo se entregava sem fazer cerimônias.

— Tudo bem, querida?

A voz da Camille me trouxe de volta à realidade e eu pisquei algumas vezes, direcionando os olhos aos dela para cumprimentá-la. Ela estava tão próxima ao homem por quem fiquei hipnotizada por alguns segundos que não precisei nem movimentar o rosto para encará-la.

— Tudo ótimo, e você?

Ela usava um vestido verde claro com um decote generoso enfatizando seus seios fartos.

CAPÍTULO 11

— Comigo tudo maravilhoso! Sabia que eu e Luke marcamos a data do nosso casamento? Faço questão da sua presença, viu?

Imediatamente invadida por um choque indisfarçável, arregalei os olhos quando meu coração deu um salto desesperado no peito e meu queixo caiu. Espiei Lucas para ver se ele me "dizia" alguma coisa, mas ele parecia uma estátua ao lado dela, apenas me olhando sem emoção alguma.

— Que bom! Parabéns!

— Vai ser dentro de dois meses.

Tão rápido...

O desapontamento, a tristeza, o vazio ou o que quer que fosse que eu tenha sentido naquele momento foi inesperadamente forte dentro do meu peito. Por algum motivo, eu achava que aquilo nunca iria acontecer. Eu sabia que estava me entregando ao absurdo da situação com Lucas, mas não conseguia frear meus sentimentos, o que me fez odiar e sofrer ainda mais com a notícia sobre aquele casamento tão próximo.

— Você tem bastante trabalho pela frente.

O que mais eu poderia dizer?

— Pois então, como soube que você já foi casada, pensei em pedir alguns conselhos. De repente podíamos combinar um café uma hora dessas, que tal?

Ajudar a organizar o casamento do Lucas era algo que eu realmente não queria fazer. Senti uma enorme vontade de chorar, como se eu estivesse perdendo uma pessoa muito especial. Mas quão especial poderia ser um cara que eu mal conhecia?

Eu precisava sair de perto deles dois, o mais depressa possível.

— Tenho certeza de que Luke vai pagar a melhor cerimonialista para ajudar com tudo. Gostaria de lhes apresentar Lauren, minha irmã, e Michael, seu namorado.

Esticando um braço, puxei minha irmã, que estava mais atrás de mim, e mudei de assunto antes que não aguentasse mais e começasse a chorar ou a bater naquela noivinha animada.

— Muito prazer, Lauren. – a voz do Lucas era terna e doce – *Natalie* fala com muito carinho da irmã gêmea que não se parece com ela.

Minha irmã sorriu, e enquanto os cumprimentos aconteciam, eu me peguei sentindo um afeto enorme ao perceber que Lucas prestava atenção nas coisas que eu dizia, mesmo quando não incluíam nosso trabalho juntos. Falei da minha irmã uma única vez quando almoçamos juntos em frente ao meu escritório, e ela só entrou no assunto porque me ligou enquanto eu estava com ele e precisei pedir para atender à chamada. Ao me ver cumprimentá-la com um "oi mana", ele sorriu e depois quis saber um pouco mais sobre minha família. Naquele dia, Lucas me contou que sempre quis ter irmãos, mas acabou se conformando em ser filho único.

— Bem... – ajeitei a voz – Se vocês me dão licença, eu preciso falar com aqueles senhores, antes que o álcool tome conta.

Saí quase correndo em direção a Theo, Philip e outros dois homens que riam animados em uma mesa próxima.

Sentei-me ao lado do Theo e Lucas aparentemente foi liberado para juntar-se aos amigos e sentou-se conosco. Tratamos tudo que precisamos, embora eu não tenha ficado convencida de que sairia algum investimento em marketing esportivo dali, até que Newton, o jovem dono da empresa com a qual tentávamos negociar, deu o assunto por encerrado.

— Adorei! Agora vamos beber?

Ele falou, batendo uma mão na outra e esfregando-as animadamente. Sua risada era tão empolgada que parecia que alguém havia contado alguma piada ou que ele tinha ganho algum prêmio. Certamente sua intenção não era trabalhar naquela noite, mas foi muito atencioso durante o tempo em que nos comportamos como se estivéssemos em uma sala de reuniões.

— Já mandei vir duas garrafas de Cristal para brindarmos.

Philip se adiantou, batendo de leve nas costas dele.

Depois de duas taças do melhor champanhe que eu já havia tomado na vida, pedi um Cosmopolitan, e como sempre fui muito fraca para bebida, já sentia o efeito do álcool derretendo minhas veias, amolecendo meu corpo e desinibindo meu cérebro. Eu me levantei para tirar o casaco e demorei demais para desatar o nó do cinto amarrado à minha cintura, criando uma atmosfera de expectativa conforme ia revelando o vestido que usava por baixo, proporcionando um pequeno "show" aos cinco homens sentados junto a mim.

Lucas estava com olhar fixo no meu corpo, Philip pareceu constrangido, como se eu estivesse nua e não soubesse, e os outros olharam com sorrisos maliciosos, porque sem o casaco eu havia perdido o ar formal e estava bastante sexy com minha roupa extremamente colada ao corpo, que revelava minhas curvas esculpidas com muito esforço na academia.

Camille, que estava em um sofá próximo à nossa mesa conversando com duas amigas e dois caras, os quais eu só havia cumprimentado de longe, levantou assim que me viu sem o casaco e escandalosamente se jogou no colo do Lucas para beijar seu pescoço.

— Doce, agora chega, preciso de você, vamos dançar?

A forma como ela falava choramingando com a voz extremamente aguda era irritante por si só, mas juntando ao modo como ela se esfregou nele, parecendo uma gata no cio, era quase impossível de assistir sem vomitar.

Resignado, Lucas se levantou com os olhos fixos na bebida em suas mãos, enquanto Newton pulava de animação ao seu lado.

— Acho uma ótima ideia. Vamos também, Srta. Moore?

Ele perguntou, me estendendo a mão.

— Claro.

Concordei, mesmo não estando tão certa disso. Eu precisava manter uma relação profissional com eles, e a pista de dança não seria o local adequado, ainda mais depois de duas taças de champanhe e meio Cosmopolitan. Levantei devagar e peguei minha bebida sobre a mesa com uma mão e com a outra enrolei uma mecha do meu cabelo. Percebendo meu corte sutil, Newton puxou de volta sua mão estendida, mas seguiu ao meu lado até sairmos na área *vip*.

Newton era um cara bastante alto e devia ter uns quarenta anos bem vividos. Seus cabelos muito escuros e os expressivos olhos cor de avelã preenchiam o rosto arredondado e disfarçavam os dentes miúdos que deixavam a gengiva aparente quando ria demais. Não era um homem bonito, mas era inegavelmente simpático.

Cruzamos o pequeno portão metálico, descemos os degraus que separavam a área vip da pista de dança e, enquanto os conhecidos do Lucas iam abrindo espaço entre a multidão eufórica, eu chamei minhas amigas, que avistei próximas à entrada, e elas se juntaram a nós.

Começamos a dançar sob as luzes coloridas e o excessivo gelo seco, e quanto mais

CAPÍTULO 11

eu me movia, mais efeito parecia que o álcool ia adquirindo sobre mim. Newton se aproveitava cada vez mais da situação e não saía do meu lado, me forçando a tomar novas direções para me afastar do seu corpo, que constantemente se esfregava no meu, deixando a situação extremamente constrangedora, apesar de eu achar que pelo jeito que ele bebia, ao final da noite estaria pronto para encarar uma amnésia alcoólica. De qualquer forma, eu não podia simplesmente descartá-lo, apesar de estar muito incomodada com toda aquela perseguição, porém, Lucas parecia mais incomodado ainda e começou a me ajudar, puxando papo com o cara para afastá-lo de mim, o que não funcionou por muito tempo, então Lauren me levou para o outro lado da roda em que dançávamos, sutilmente me colocando entre ela e Michael, e aquilo definitivamente ajudou.

Fazia meia hora que estávamos dançando quando Lucas não conseguiu mais se esquivar das investidas de sua noiva bêbada, e então eles se beijaram, de verdade. Camille se espremia contra ele e enfiava desesperadamente a língua em sua boca, enquanto suas mãos afoitas deslizavam em seu noivo, passeando por todas as partes possíveis de uma pessoa ser tocada em público. Lucas, por sua vez, espalmou suas mãos um pouco abaixo da lombar da Camille, deixando os dedos sobre sua bunda grande, e aliado aos suspiros da minha amiga Meg, dizendo que era injusto um cara como Luke Barum com uma mulher como aquela, a cena me irritou em proporções inimagináveis.

Quando ele a soltou, parecia ter finalmente lembrado que eu os observava e logo me encarou com aquela imensidão misteriosa castanho escura que já tinha poderes demais sobre mim, mas eu desviei os olhos antes de demonstrar qualquer reação, e foi naquele instante que vi Theo todo sorridente caminhando em minha direção.

Pela primeira vez, resolvi retribuir o sorriso do meu amigo, mesmo que no fundo eu soubesse que era uma atitude coordenada pelo álcool e com um único intuito: provocar o Lucas.

Theo chegou mais perto e entendendo a liberdade que eu estava lhe dando, pousou as mãos no meu quadril, lentamente deslizando os dedos para as minhas costas, juntando meu corpo ao seu, e enquanto ainda avaliava minha reação, eu o agarrei, dando-lhe um beijo de tirar o fôlego. Meu amigo continuou com as mãos nas minhas costas, apenas fazendo pressão para que ficássemos mais próximos, e eu mergulhei os dedos em seus cabelos enquanto minha língua avançava sobre a dele, sem dar o devido tempo para que as duas se conhecessem.

Quando nossos corpos e nossas bocas se afastaram, antes mesmo de olhá-lo novamente, virei o rosto e vi um Lucas consternado e raivoso me destruindo com a energia que emanava de si. O misto de sentimentos que identifiquei em seu rosto fez um calafrio percorrer e estremecer meu corpo de cima a baixo, e naquele instante a compreensão do que eu havia feito caiu sobre mim como uma bomba.

Me esquivando de uma possível tentativa do Theo de continuar aquele inesperado romance, eu disse que precisava ir ao banheiro e me afastei às pressas, mas antes de entrar na área vip para pegar minha bolsa, tive tempo de ver Lauren me fuzilando com o olhar. Ela sabia que eu jamais teria ficado com Theo, e eu acabara de perceber que mais tarde teria que ouvir seu sermão materno. Que ótimo!

Entrei no banheiro lotado e achei uma pia vazia no canto, onde apoiei as mãos sobre a pedra molhada e fiquei alguns segundos encarando meu reflexo no espelho. Eu estava suada, minhas pupilas dilatadas e a boca sem cor. Meu cabelo estava um pouco rebelde, mas me conferia um ar sensual, minha sombra escura tinha reduzido pela metade a intensidade, mas meu rímel à prova d'água seguia intacto e meu rosto estava levemente corado pelo calor, dispensando um retoque de *blush*.

O que estava acontecendo comigo? – era a pergunta que não queria calar. Eu perdia completamente o senso de certo e errado quando estava na presença do Lucas. Onde andaria minha ética? Sempre respeitei os relacionamentos alheios, e naquele momento, no meu íntimo, eu desejava com todas as forças que aquele cara com um magnetismo fora do normal se separasse de sua noiva e caísse de amores por mim!

Passei um pouco de água no pescoço, espalhei bastante *gloss* nos lábios e saí sem elaborar um plano para me livrar da situação constrangedora em que acabara de me meter.

12

Assim que a porta bateu atrás de mim, fui puxada com força para o lado e em seguida empurrada contra uma parede. Lucas tinha o olhar em brasa e ficou me encarando sem dizer nada por alguns instantes. Seu maxilar estava tenso, a respiração ruidosa e ele não tirava seu foco de atenção do meu rosto. Estávamos encurralados em um pequeno vão que se formava ao lado da saída do banheiro feminino, que era razoavelmente protegido, mas definitivamente não era uma área privativa. Suas mãos estavam apoiadas na parede, uma em cada lado da minha cabeça, e eu percebia seus bíceps fortes se contraindo sob a manga justa da camisa conforme ele imprimia mais força contra o concreto. Os segundos em silêncio e a proximidade de seu corpo me fizeram perder a noção de tempo e espaço, e eu senti como se estivéssemos há uma eternidade nos encarando.

Não pude deixar de perceber que a forma como o medo do que estávamos fazendo e de onde estávamos indo nos deixava completamente vulneráveis ao que quer que fosse que estivesse nascendo entre nós. Uma entrega nunca havia sido tão verdadeira na minha vida, mas eu ainda sabia que precisava controlar meus impulsos, mesmo sendo capaz de enxergar verdade em tudo que Lucas me mostrava.

Seu olhar raivoso também era puro tesão, e eu tinha vontade de gemer e me contorcer só por estarmos naquela situação.

— Que porra é essa?

O quê?

— Do que você está falando? Onde está a Camille?

— Não me venha com Camille agora! Que porra foi aquela com aquele advogadozinho de merda lá na pista de dança?

— Você é patético! – insultei Lucas e ele fechou os olhos com força, franzindo o rosto como se tivesse levado um soco, depois os abriu novamente e eu prossegui – O que você está pensando? Que pode ficar se esfregando com a sua noiva patética na minha frente, mas eu não posso continuar minha vida de solteira só porque você não quer? Vai se foder, Luke!

Espalmei as mãos em seu tórax rijo para tentar afastá-lo, mas não consegui movimentá-lo nem mesmo um centímetro.

Mantendo-se firme na mesma posição, Lucas contraiu novamente os músculos dos braços e eu senti sua musculatura peitoral se mover sob minhas palmas, fazendo minha agitação aumentar vertiginosamente, então ele inspirou fundo e encostou a testa na minha. Meu coração parou. Percebi que uma batalha interna se travava em sua cabeça, o que fez minha respiração acelerar ainda mais, e meus braços amoleceram e caíram ao longo do corpo.

— Eu não aguento mais.

Suas palavras abandonaram seus lábios antes de ele escorregar suas mãos pelo meu pescoço para envolver minha nuca, então ele me puxou com força e beijou minha boca. Tentei afastá-lo, tendo a plena consciência de que não podíamos fazer aquilo, ainda mais por estarmos em um ambiente cheio de pessoas, mas eu não tinha a menor vontade de resistir. Lucas só podia estar muito bêbado, mas ao mesmo tempo em que eu me debatia tentando ser correta, eu me deliciava com a maciez e o calor de sua língua acariciando a minha, e não retribuir aquela investida era quase impossível.

— Você está louco? – consegui questioná-lo quando nos afastamos minimamente para respirar – Tem pessoas passando, me solta!

Minha voz vacilante não mostrava nenhuma ponta de convicção, e agarrada ao tecido de sua camisa, mas sem tentar distanciá-lo de mim, usei o segundo que seus lábios liberaram os meus para fingir que queria agir racionalmente.

— Estou louco, sim. Muito louco. Por você! Foda-se o mundo!

Lucas afastou um pouco as pernas para que ficássemos da mesma altura e me puxou novamente em sua direção, me fazendo encostar completamente em seu corpo, até sentir sua ereção roçar meu sexo. Aquilo foi o suficiente para me deixar completamente pronta para ele, e eu gemi relativamente alto quando o que restava da minha razão ia embora, e eu me entregava ao nosso primeiro beijo "de verdade". Nossos lábios se moviam como se dançassem juntos há anos e nossas línguas se esfregavam como nossos corpos também queriam fazer. Não tivemos pressa, esquecemos o resto do universo e eu nem ouvia mais a música que tocava escandalosamente alta ao nosso redor. Só escutava as batidas aceleradas do meu coração bombeando em meus ouvidos e os sons satisfeitos do Lucas reverberando dentro de mim. Nosso beijo definitivamente encaixava.

Subi minhas mãos por seus braços fortes, sentindo os desenhos de seus músculos, e enterrei meus dedos em seus cabelos rebeldes, provocando o gemido mais sexy que eu já tinha escutado em um homem.

— O que você quer, Lucas? Eu não consigo entender!

Perguntei sôfrega, enquanto ele deslizava os lábios pelo meu pescoço e arrepiava todo meu corpo.

— Eu quero você!

Ele respondeu igualmente impaciente, com uma voz sussurrada ao pé do meu ouvido.

— Ah é? – provoquei de maneira desafiadora, afastando-o de mim e segurando seu rosto entre as mãos para poder olhar-lhe nos olhos – Só se for agora!

Eu adorava a coragem que adquiria quando estava alcoolizada, mesmo sabendo que geralmente ela me levava a fazer coisas das quais eu me arrependeria mais tarde. Eu tinha aprendido que o cerebelo é a parte do cérebro que fica comprometida quando ingerimos álcool, e que sua função em condições normais é controlar o comportamento social, então a gente bebe e "tcharam", adeus noção de mundo! Eu achava o máximo explicar isso para as pessoas, mas como só lembrava de dar essa pequena aula de fisiologia humana quando o álcool já estava transbordando de mim, ninguém costumava me dar atenção.

Pressionando as mãos com mais força na minha nuca, Lucas entreabriu os lábios para passar a língua no inferior.

— Agora!

Ele disse, enfático.

Eu não sabia mais o que estava fazendo, mas a sensação era deliciosa.

CAPÍTULO 12

Eu estava com um enorme frio na barriga e minhas pernas quase não respondiam mais aos meus comandos, ao mesmo tempo, a feliz expectativa do que estava prestes a acontecer fazia o sorriso no meu rosto não se desmanchar e meu coração virou uma bateria de *heavy metal*. Estávamos há tantos dias nos testando, nos provocando, um sabendo o que o outro queria, mas sem nunca termos tido coragem de sucumbir ao desejo, e finalmente o momento havia chegado. Não que fosse o momento certo, não que fosse o certo a ser feito, mas era o momento que tínhamos e não abriríamos mão dele. Meus valores, antes tão bem protegidos, passaram a vulneráveis até completamente evaporados. Eu me crucificava e implorava a mim mesma por coisas completamente opostas, como se o anjo e o diabo soprassem no meu ouvido, me levando a um estado de confusão mental tão pujante que meu cérebro desligou suas funções e meus hormônios passaram a ditar meus próximos passos.

— Em cinco minutos me encontre lá fora.

Lucas ordenou e eu não respondi nada, então ele me beijou outra vez antes de deixar nosso espaço clandestino e adentrar a multidão rumo à porta da rua. Vi seu corpo alto e imponente se misturando às pessoas, e assim que os cinco minutos se passaram, fiz exatamente o que ele mandou.

Passei pela porta de ferro e senti o ar da madrugada acertar meu rosto, e ao perceber que eu não sabia o que teria que fazer do lado de fora da boate, a razão ameaçou tomar conta, mas não tive tempo de me desesperar, porque Lucas apareceu vindo do meio da escuridão da lateral do prédio, me pegou pela mão sem falar nada e me levou até seu carro, que estava estacionado em um canto bastante discreto, sem nenhum outro carro por perto.

Não era o Aston Martin, era uma enorme SUV preta Mercedes com os vidros completamente escuros. Ele abriu a porta de trás e eu entrei meio apressada, com medo de ser vista por alguém, e ele veio logo depois e nos fechou lá dentro.

Aconteceria ali mesmo. No estacionamento. No banco de trás de carro dele!

Não era exatamente uma *lover's lane*[3], mas quem se importava com vista ou o que quer que fosse naquele momento?

Meu. Deus.

Começamos a nos beijar como se fôssemos duas pessoas famintas e eu saboreei mais de seu gosto, que era tão bom... Tinha um quê de bebida, claro, mas tinha um algo a mais, algo dele. Uma mistura de doce e salgado, fresco e picante. Excitante.

O clima foi esquentando, suas mãos avançando pelas laterais do meu corpo, as minhas agarradas firmemente à sua camisa, sussurros se tornando gemidos até que consegui uma brecha para tentar fazer daquele momento o mínimo romântico.

— Dá para ligar o som?

— Claro! – Lucas sorriu com os lábios ainda tocando os meus, depois se afastou – Eu até já tenho a música que anda me fazendo pensar em você.

Ele tem uma música para mim?

Não sei bem como me senti a respeito daquilo, mas foi algo entre especial e marcante, e foi muito bom de sentir.

---

[3] Áreas isoladas onde casais namoram, variando desde estacionamentos rurais até áreas urbanas com vistas interessantes.

Espremendo-se no espaço entre os dois bancos da frente, Lucas abriu o porta-luvas, fazendo cair de lá várias caixinhas de CDs do Oasis, Metallica, Imagine Dragons, Adele e Jack Johnson.

— Não imaginava que alguém além de mim ainda usava CDs. São todos seus?

Apontei, fazendo uma careta estranha para as caixinhas caídas no assoalho do lado do passageiro.

— Sim. Quando eu gosto muito de uma banda, eu compro o CD, mantenho a caixinha, leio o encarte, aprendo as canções... Só baixar as músicas na internet não me serve.

— Uau! E percebo que você é bem eclético, hein?

Ele sorriu com o canto da boca, e eu só pude ver porque espiei por cima do encosto do banco.

— Adoro música.

Ele adora música. Eu também adoro!

Dei uma risadinha quando ele ficou todo torto tentando pegar um disco em específico e colocando os demais no lugar onde estavam.

— Espero que você goste da minha escolha. – seus dedos apertavam diversos botões no painel enquanto ele explicava – Quando morei na Europa pela primeira vez, eu era muito novo e me sentia muito sozinho, então um dia resolvi ir a um show do Metallica. Eu mal gostava de música naquela época, mas quando eles tocaram essa canção, algo mudou em mim. Era tão intensa e verdadeira, mas eu nunca me encaixei na letra, até uns dias atrás.

No som do carro, "*Nothing Else Matters*" começou a tocar e, pelo que vi, estava programada para que ficasse repetindo, e assim que as inconfundíveis primeiras notas soaram alto, ele me olhou por cima do ombro.

— Gosta?

— A-ham!

Não sei se respondi em voz alta ou se apenas movimentei os lábios. Eu amava aquela música e mal consegui pensar em algo para dizer quando ele perguntou se eu apenas "gostava".

Lucas voltou para o banco de trás, me encostou na lateral do carro e se acomodou entre minhas pernas para ficarmos o mais próximo possível. Suas mãos envolveram meu rosto e por alguns segundos ficamos apenas nos olhando.

Eu tinha conseguido meu momento romântico em meio ao caos.

— Seus olhos são como o céu.

Suas palavras me invadiram instantes antes de nos beijarmos novamente, entregando tudo o que tínhamos naquela conexão. O abrir e fechar de nossas bocas era perfeito e tudo acontecia em sincronia. Nos sentíamos, misturávamos nosso calor e algo muito além de contato físico acontecia ao mesmo tempo. Tive vontade de chorar enquanto explorávamos calmamente cada canto dos nossos lábios, línguas e dentes. Eu nunca tinha experimentado nada parecido na vida.

Sem mais palavras, Lucas passou a dar atenção à minha orelha, pescoço, peito...

Nossos corpos se emaranharam no espaço não desenvolvido para o que estávamos fazendo e eu nem sei como conseguíamos nos movimentar. Lucas estava sobre mim e eu o aceitava com as pernas abertas, acomodando-o o máximo que dava, enquanto suas mãos percorriam meus contornos, me descobrindo com uma ânsia e uma paixão que fazia aquela linha tênue entre suas emoções me deixar cada vez mais excitada.

CAPÍTULO 12

Também aproveitei para explorar os músculos firmes de seu abdome perfeito, das costas, dos braços... E quando coloquei as mãos por dentro de suas calças e apertei sua bunda, ele gemeu e riu ao mesmo tempo.

Sem pressa, Lucas seguia sua jornada até abrir o zíper lateral da minha roupa, baixando os ombros do meu vestido, me deixando com os seios à mostra.

Seus olhos me memorizavam com carinho e seus lábios sorriam lascivos.

— Como eu queria agarrar esses peitos! – ele grunhiu no meu ouvido, com as mãos envolvendo ambos os seios antes de abocanhar um de cada vez – Se encaixam perfeitamente nas minhas mãos, e na minha boca.

Deus do céu!

Eu gemia alto conforme meus mamilos iam ficando intumescidos e meu desespero para senti-lo dentro de mim ia crescendo em uma velocidade impressionante. Minhas mãos voaram para suas costas e fui levantando o tecido de sua camisa para sentir a textura lisa daquela pele bronzeada e as ondulações dos músculos se retesando sob minha palma. O arranhei de leve do pescoço até a lombar, e me deliciei com a inspiração profunda que ele deu em resposta.

Ainda sem apressar o ritmo, Lucas deslizou suavemente a ponta dos dedos pelas minhas pernas até encontrar a seda molhada da minha calcinha, e o risinho convencido que ele deu, quando encontrou meu calor, denunciou que percebeu o efeito que já havia me causado, então, sem pudor algum, puxou minha lingerie para o lado e cobriu todo o meu sexo com sua mão, antes de enfiar um dedo no meu interior.

— Ahhh...

Gemi, delirando com a sensação indescritível de senti-lo me tocando, e Lucas sorriu com desejo. Um sorriso que eu ainda não conhecia, mas que certamente foi o responsável por me fazer molhar ainda mais.

— Toda molhada... É tudo por minha causa, *Natalie*?

— Considere-se na maior preliminar da história, Lucas.

Ele ampliou o sorriso e voltou a me beijar.

— Você é deliciosa e toda depilada. Isso é fantástico! Tá sendo quase impossível me controlar!

A maneira extasiada com que disse aquelas palavras fez parecer que ele estava experimentado algo novo e muito prazeroso.

Quando Lucas retirou o dedo que estava entrando e saindo deliciosamente em mim, eu fiquei com uma péssima sensação de abandono, mas em seguida ele passou a me penetrar com dois dedos, ao mesmo tempo em que voltava a provocar meus seios com a boca, me fazendo contorcer de prazer a ponto de quase não conseguir controlar um orgasmo, enquanto puxava seus cabelos com força e gemia seu nome. Suas carícias eram precisas e marcantes, incapazes de me fazer conseguir controlar minhas reações suplicantes. O calor subia pela minha coluna e o suor começava a brilhar na minha pele. A sensação era maravilhosa e intensa, e nada além daquele homem existia no meu mundo naquele instante.

Eu estava quase gozando quando Lucas se afastou. Ele percebeu minhas paredes pressionando seus dedos e minha respiração acelerando, mas o "comigo" que ele disse, se justificando, deixou claro que a intenção era gozarmos juntos, o que me levou ainda mais ao limite. Seus olhos estavam fixos nos meus, as pupilas dilatadas e os lábios mais inchados pelos nossos beijos, uma imagem tão sexy que me fez vibrar. Sem desviar o olhar, ele levou à boca os dedos que um segundo antes estavam em mim, e lentamente os chupou emitindo sons de apreciação ao meu sabor, e eu não consegui evitar um suspiro cheio de espanto e prazer ao vê-lo fazer algo tão íntimo e erótico.

— Hum... Que delícia, *Natalie*, me deixou com ainda mais vontade de chupar você todinha.

— Oh, porra! Lucas, você está me enlouquecendo. Estou prestes a explodir!

Ele sorriu como se eu tivesse dito algo leve e doce como "você me faz feliz" e deu uma leve mordiscada no meu queixo.

— Quem sou eu para discutir com uma advogada.

Me agarrando pela cintura, ele ergueu meu corpo, facilmente, me forçando a ficar de joelhos no assento, com o peito junto ao encosto e as mãos sobre a tampa do porta-malas. Arranhei o couro quando ele baixou minha calcinha até os joelhos e deu uma mordida e depois uma lambida na minha bunda.

— Lucas...

Uivei em desespero.

— Essa bunda é perfeita pra caralho!

Ao virar o rosto, o vi pegar a carteira e de lá tirar uma camisinha, depois, em fração de segundos, ele baixou a calça, colocou a proteção e se aproximou de mim, para então, sem pressa alguma, ir entrando no meu interior.

— Oh... Meu Deus!

Gemi, sentindo meus músculos se alargando para acomodá-lo, e quando ele ficou completamente enterrado em mim, senti o ar escapar dos meus pulmões com a plenitude de estar tão preenchida. Lucas envolveu meu corpo com seus braços e beijou meu pescoço enquanto eu ficava lá, só o sentindo.

Deus! Isso está mesmo acontecendo?

Aquilo tudo era demais para mim. Lucas, seus beijos, o modo como ele me fazia sentir, nós estarmos finalmente ali e aquela música que ele ouvia e pensava em mim!

"So close no matter how far[4]..."

Eu escutava a melodia, que combinava com a intensidade do que estávamos fazendo, e ia me perdendo cada vez mais nas sensações...

"Never opened myself this way[5]..."

Se não estávamos rompendo uma barreira e dando um grande passo, o que mais era aquilo tudo?

"And nothing else matters[6]..."

Sem pressa, Lucas passou a entrar e sair completamente, para poder investir novamente indo até o fundo, então "Porra! Você é tão apertada!", "Oh, meu Deus, você é tão grande!", "Eu quero foder você para sempre!" e "Você está me acertando em todos os lugares certos!" foram alguns dos sussurros e grunhidos que demos quando ele foi aumentando a velocidade de suas investidas, e quanto mais ele me penetrava, mais eu me entregava à onda de prazer que crescia em mim.

Em um determinado momento, precisei me agarrar com mais força à tampa do

---

4 Tão perto não importa quão longe...

5 Nunca me abri desse jeito...

6 E nada mais importa...

CAPÍTULO 12

porta-malas para me manter no mesmo lugar. Uma das mãos do Lucas subiu para os meus seios e a outra se acomodou no meio das minhas pernas, para seus dedos me acariciarem incessantemente.

— Por favor... Por favor... LUCAS!

Gritei alto, não me preocupando se alguém estivesse passando ao lado dos vidros escuros e embaçados do carro, e acabasse me escutando.

— Deus! – ele gemeu – É tão bom ouvir você implorar chamando meu nome.

Seus impulsos ficaram ainda mais intensos. Ele não parava e não perdia o ritmo, era alucinante. Minha pele estava em chamas e ao mesmo tempo toda arrepiada, e em mais alguns instantes gozamos em uma explosão de sentimentos, como eu nunca pensei que pudesse existir. Um choque intenso correu pelas minhas veias, convulsionando meu corpo e enfraquecendo meus músculos. Foi uma reação prazerosa tão intensa que eu só percebi que gritava quando ouvi um rugido do Lucas abafado pelo som da minha própria voz.

Com seu tronco vestido atirado sobre minhas costas nuas, ficamos por um ou dois minutos sem dizer nada, apenas nos acalmando e ouvindo a música que seguia repetindo, mas assim que a adrenalina baixou, racionalizei o que acabara de acontecer, e apesar de ter sido a experiência mais fantástica da minha vida íntima, aquilo não combinava comigo e eu não consegui evitar me sentir usada, e assim que saiu de mim e me olhou nos olhos, Lucas percebeu meu desconforto.

— Não fique assim. Por favor. Foi tão... Tudo! Não pense! Não vamos estragar este momento.

— Lucas... – não consegui prosseguir quando uma lágrima rolou pelo meu rosto. Meu Deus, o que eu acabei de fazer? – Eu nunca... Oh, meu Deus...

— Não. Por favor, não chore. – ele carinhosamente limpou minha lágrima com o polegar e eu me afastei para arrumar minha roupa – Só me dê um tempo.

— Você está de casamento marcado! – exclamei, completamente sóbria outra vez e completamente ciente de que eu havia acabado de passar por cima do que considerava essencial na personalidade de qualquer indivíduo: lealdade. Eu não estava agindo corretamente. Eu sabia que Lucas era comprometido, e mesmo assim aceitei ir com ele até aquele carro – Meu Deus! Eu nunca devia ter cedido.

Ele fechou os olhos e deu um longo suspiro.

— Não vamos falar sobre isso agora. Não agora. Só me dê um tempo. Por favor! Eu quero muito ficar com você. Muito!

— Lucas...

— Você não pode negar que tem alguma coisa acontecendo aqui, e não é apenas sexo.

Ele segurou meu rosto em suas mãos e eu vi aquela forte verdade em seus olhos, mas, ainda assim, aquilo tudo era muito para mim. Nós estávamos envoltos ao ar carregado cheirando o sexo que era a mistura de nós dois, e nunca parecemos mais distantes.

— Como eu posso saber se você realmente quer dizer isso?

— Porque eu estou dizendo! Espere por mim, *Natalie*. Por favor, me dê este crédito.

Sorri com carinho, cedendo ao meu coração, e o puxei para um beijo calmo e apaixonado.

— Precisamos voltar pra festa.

Eu disse sem a menor vontade quando, por fim, nos afastamos, então saí do carro enquanto Lucas ficou lá dentro se arrumando e caminhei em direção à porta de ferro da boate para retornar sozinha, mas sentindo seu olhar sobre mim o tempo todo.

Voltei ao nosso grupo de amigos e não encontrei Theo entre os conhecidos, mas precisei aguentar os olhares da Camille e o interrogatório da Lauren.

— Onde você estava? Theo está preocupado! Aliás, que merda foi aquela com ele?

Enquanto era interrogada, roubei a bebida que minha irmã estava segurando e tomei todo o líquido em um gole só, sentindo o álcool descer arranhando a minha garganta.

— Calma! Em casa a gente conversa, mas eu não estou precisando de uma mãe agora! Me olhando irritada, ela disse simplesmente:

— Você está errada.

Seu olhar era o mais desafiador do mundo, e depois de me crucificar, Lauren seguiu dançando com Michael e eu ri nervosa comigo mesma ao tentar movimentar meu corpo ao som do refrão de mais uma balada pop.

Alguns minutos depois, Lucas apareceu com uma bebida na mão e eu reparei que seu olhar estava diferente do que eu conhecia. Estava calmo e feliz, e eu sorri sabendo que eu era a responsável por aquela mudança tão repentina. Não, ele não era como Steve. Eu sabia. Eu podia sentir.

— Onde você estava?

Camille perguntou, ao envolver os braços ao redor do pescoço dele e tentar frustradamente beijar sua boca.

— Encontrei com Richard no bar. - ele respondeu, colocando a bebida entre os dois, oferecendo um gole, e ela teve que se afastar para aceitar – Lembra dele? Já tem dois filhos.

Não consegui ouvir o resto da conversa, mas vi que ele não teve como se esquivar quando ela o puxou para um beijo.

Caramba! Lucas havia acabado de sentir meu gosto em seus dedos e estava beijando Camille!

Jesus! Que loucura!

O que ele estava bebendo devia ser álcool puro!

Aquilo era muito mais absurdo do que eu poderia suportar!

Lucas soltou sua noiva e, enquanto ela falava com uma amiga, ele me olhou e seus lábios se mexeram dizendo "não", sem emitir som algum, enquanto ele balançava discretamente a cabeça, dando mais ênfase ao recado, me pedindo para não me importar com o que vira.

Absurdo. Absurdo. Absurdo. E perfeitamente certo!

Relaxei curtindo "Burn" e provocantemente me balancei ao lado das minhas amigas, completamente ciente de um par de olhos castanhos me devorando por inteiro enquanto eu cantava a letra, enfatizando principalmente quando Ellie Goulding dizia *"cause we got the fire... And we gonna let it burn[7]..."*, dando olhadinhas furtivas para o Lucas, que nem fingia mais que se embalava. Ele estava apenas em pé ao lado de sua noiva bastante empolgada e bebia aquele líquido transparente, me olhando sempre que possível, e foi pela expressão de seu olhar que percebi alguém não muito bem-vindo se aproximando de mim, e quando um par de mãos deslizou pela minha cintura eu quase dei um pulo me virando para encarar um Theo sorridente e dançante próximo demais do meu rosto.

— Onde você estava, dona sumida?

— Encontrei uma colega de faculdade no banheiro. Papos de mulher, sabe como

---

7 porque nós temos o fogo... E vamos deixar queimar...

CAPÍTULO 12

é... – sorri forçadamente e me afastei. Ele tentou chegar perto novamente, me puxando para junto de si, mas eu me afastei novamente – Theo, eu não estou me sentindo bem. Bebi demais, preciso ir para casa.

— Eu levo você.

— Eu vou com a minha irmã. Obrigada.

Adquirindo uma expressão séria, ele entendeu que estava sendo dispensado e eu me senti mal pelo tom sombrio que tomou conta de seu olhar sempre tão sereno. Theo era meu amigo e eu nunca devia tê-lo usado daquela maneira. Desde quando nos conhecemos na faculdade, eu sabia que ele sentia algo além de amizade por mim, mas nunca alimentei nenhum tipo de esperança. Primeiro, porque praticamente desde que nos conhecemos eu estive com Steve, e depois porque eu não queria nada dele além de sua amizade, e seria péssimo se ele começasse a se salientar porque eu havia ficado solteira.

— Até segunda-feira, então... – Theo fez uma pausa, me encarando com algum sentimento que eu não fui capaz de decifrar – Ei, você perdeu um brinco!

Ele disse, pegando no lóbulo da minha orelha direita.

Instantaneamente virei em direção ao Lucas com a mão na orelha vazia, tentando disfarçar o pânico, mas sendo completamente traída pela expressão de apreensão que estava óbvia no meu rosto. No mesmo momento, ele entendeu o que eu estava tentando comunicar e percebi que ele também ficou nervoso, porque eu só podia ter perdido meu brinco na loucura que fizemos no carro dele.

— Devo ter perdido no banheiro. Droga! Era um brilhante de verdade.

Torci para que Lucas o encontrasse, especialmente antes da Camille.

Sem clima de continuar naquela festa, pedi gentilmente para Lauren e Michael me levarem para casa, e mesmo furiosa comigo, minha irmã concordou.

Eu me despedi de todo mundo, deixando Lucas propositalmente por último, e quando estávamos perto o suficiente, ele sussurrou um "me espera" ao pé do meu ouvido e eu fui embora.

A questão é que eu já estava esperando, porque era só isso que eu poderia fazer quando ele já tinha tomado todos os espaços do meu cérebro e avançava rápida e perigosamente para o meu coração. Eu não conseguiria ficar sem ele, ainda mais depois de senti-lo dentro de mim, me mostrando emoções novas e tão intensas.

13

Eu mal tinha fechado a porta do meu apartamento e Lauren deu início ao falatório que ameaçou começar na Mimb. Sorte que Michael não subiu para presenciar minha humilhação.

— O que você está fazendo? Foi traída, está sofrendo e agora quer fazer todo mundo sofrer também? – ela rosnava, jogando seus sapatos pelo chão da sala – Theo gosta de você, Natalie, você simplesmente não podia ter usado aquele cara daquela maneira! Foi algo muito baixo e que eu não esperava. Qual era a sua intenção? Provocar o Luke? Bem, acho que você conseguiu, porque aquele homem quase teve um treco quando você agarrou seu amigo!

Claro que ela já havia percebido a confusão em que eu estava me metendo!

— Ok, eu errei! – disse, apoiando uma mão na bancada da cozinha para descalçar os sapatos – Você está certa, mas agora já foi. Não preciso que você fique apontando meus erros.

— Agora já foi? – ela repetiu, incrédula, parada à minha frente e apoiando as mãos na cintura – Eu não estou conhecendo minha própria irmã! Você transou com ele?

Aquele lance que dizem que gêmeos têm uma ligação "a mais" deve mesmo ser verdade, porque eu e Lauren nos conhecemos muito bem e sempre dá errado quando tentamos omitir algo uma da outra, sem que possamos ficar afastadas para que nossos olhos não nos entreguem. Minha irmã sempre foi a pessoa mais importante da minha vida e eu detestava desapontá-la, esse era o real motivo pelo qual eu estava tentando esconder dela meus sentimentos em relação ao Lucas, por saber que ela não aprovaria e ficaria chocada ao me ver cruzar tão facilmente minha linha de valores.

— Não! Eu mal beijei o Theo. Ele é...

Minha tentativa de me fazer de inocente foi péssima!

— PARE, NATALIE! – ela gritou e jogou sua bolsa sobre o sofá, vendo-a ricochetear e cair no chão – Você sabe que eu não estou perguntando do coitado do Theo! Você transou com Luke, não foi? Quando vocês dois sumiram.

Baixei os olhos e fitei meus pés marcados pelo sapato.

— Sim.

Minha voz saiu em um sussurro quase inaudível. Eu não queria ter que confessar daquela maneira, como quem assume um crime, mas também não podia continuar escondendo da minha melhor amiga o vulcão em erupção que estava dentro de mim.

— PORRA, NAT! – Lauren berrou outra vez – Agora você vai ser a amante dele? Vai ser como uma das vagabundas que acabaram com seu casamento?

Amante. Falando assim fica horrível! Mas apesar de ter me sentindo um lixo

CAPÍTULO 13

com o que ela me acusou ser ou querer me tornar, eu não podia discordar. Óbvio que não era a minha intenção ser o caso clandestino do Lucas enquanto ele desfilava de braços dados com a Camille, mas naquele momento era exatamente o que eu era, a amante!

— Ok, Lauren, minha noite foi repleta de coisas erradas, eu não me orgulho disso, vou tentar consertar o mal-entendido com Theo, mas com Lucas a situação é outra. Nem se compara ao meu casamento com Steve. Sim, ele está mexendo muito comigo, mas não acho que eu esteja surtindo efeito muito contrário nele. Por favor, não nos julgue. Obrigada pelo sermão, foi de grande serventia, agora me dê licença que eu vou dormir. Amanhã a gente conversa com mais calma.

— Claro que com Luke a situação é outra. Quando é conveniente a situação é outra, não é? Erin e não sei mais quantas mulheres deviam dizer a mesma coisa sobre Steve. Olha o que você está fazendo, Nat!

Ela não deu nem bola para os meus sentimentos, mas eu tinha certeza de que iria se acalmar e poderíamos conversar melhor no dia seguinte.

Tranquei a porta do meu quarto e fui tirando a roupa enquanto caminhava até o armário para pegar uma regata preta combinando com minha calcinha. Sem pensar em mais nada, liguei o som e me atirei na cama para chorar até pegar no sono.

Eu não queria toda aquela confusão. Eu era uma mulher das leis, do certo e justo, não da mentira e traição. Mas como fugir do que eu estava sentindo?

Não sei quanto tempo se passou até que fui acordada com o aviso sonoro de uma mensagem que entrou no meu celular. Estiquei o braço para pegar minha *clutch*, que estava em cima da mesa de cabeceira, e deixei meu anticoncepcional e meu livro Love Story caírem no chão. Aproveitei para tomar meu comprimido com o resto da água que tinha na garrafinha ao lado do abajur e peguei meu telefone para ver quem estava querendo falar comigo, e como já tinha outra mensagem à minha espera, comecei lendo a mais antiga primeiro.

"Princesa, onde você está? Me encontre no bar."

Droga! Mensagem do Theo me procurando quando eu estava fazendo um sexo maravilhoso com outro homem. Mas ele também se deu muita liberdade, demos só um beijo e ele já me chamava de "princesa"? Passei para sua próxima mensagem.

"Tudo bem, Nat. Entendi seu recado. Espero que nada mude na nossa amizade."

Fiquei com pena. O que foi que eu fiz? E ele ainda preocupado com a minha reação. Digitei uma resposta.

"Theo, não tenho palavras para dizer o quanto eu o considero. Acabei confundindo as coisas esta noite, me desculpe, por favor. De minha parte, nossa amizade vai continuar como sempre foi. Odiaria perder o que tínhamos."

Olhei no relógio do celular. Quase quatro da manhã. Espero que não tenha o acordado. Não devia ter mandado nada naquele horário. Abri outro *chat*.

"Hoje é um dos dias mais felizes da minha vida. Ficar com você é melhor que ganhar um campeonato."

Lucas!

Sem nem perceber, sorri para a tela do celular, lendo mais algumas vezes aquelas palavras, e só então vi sua outra mensagem.

"Abra a porta!"

Dei um pulo da cama. Olhei a hora que meu celular tocou e concluí que ele devia estar há três minutos parado na entrada do meu apartamento. Saí correndo descalça pela casa e fui atendê-lo.

— Nossa! Que recepção!

Ele disse, ao desencostar da parede oposta à minha porta, onde estava escorado com as mãos nos bolsos e a cabeça baixa. Vestindo a mesma roupa da festa e com uma expressão vibrante ao me olhar de cima a baixo, reparando descaradamente no que eu estava usando, Lucas provocou o mais delicioso calafrio no meu corpo, então se aproximou quando eu fiz menção de falar alguma coisa e me silenciou com um beijo.

— Nossa! Que recepção! - plagiei sua colocação e sua expressão ao final daquele beijo ardente, mas tratei de logo desfazer o clima — Lucas, as coisas não vão ser assim, o que você está fazendo aqui? Minha irmã está em casa. Onde está a Camille?

— Eu não resisti. Nós precisamos conversar, eu não consigo mais esperar. Preciso da sua ajuda, em vários aspectos. E eu precisava devolver isto.

Ele abriu uma mão e vi um brilhante reluzente descansando em sua palma.

— Meu brinco!

Exclamei em um alívio genuíno e fui puxada para que nos beijássemos outra vez, permitindo que nossas línguas se acariciassem como se fizessem amor, se esfregando e penetrando nossas bocas com determinação e intensidade, e cada segundo a mais que aquela intimidade durava, maior ficava o sentimento novo que estava invadindo meu coração.

— Olha o que você faz comigo!

Lucas baixou os olhos e conduziu minha mão até sua ereção, me fazendo sentir um monstruoso nó no estômago. Eu podia tocá-lo como eu quisesse! Como foi que chegamos a este ponto?

— Eu não sei quem está mais fora de si, se é você ou se sou eu. - peguei a mão dele, o puxei para dentro do meu apartamento, fechei a porta e o levei até meu quarto — Vamos conversar aqui. Se Lauren encontrasse com você na sala, iria fazer um escândalo.

Fechei e tranquei a porta e fiquei parada com as costas encostadas nela, esperando Lucas olhar para os lados e conhecer meu espaço.

— Legal aqui. - ele disse após alguns segundos. - É espaçoso e moderno.

Meu quarto, como o restante do apartamento, tinha o piso de madeira rústica e móveis predominantemente brancos. Uma cama de casal com cabeceira de ferro ficava abaixo da janela, tendo a cortina voal como acabamento e duas mesinhas de apoio davam o arremate nas laterais. Uma era branca e outra amarela, combinando com o painel onde ficava a TV em frente à cama, junto ao armário com portas de espelho. Na maior parede do quarto, eu mantinha umas prateleiras com alguns enfeites, e na parede oposta ficavam vários quadros com molduras brancas e algumas amarelas, com fotos em preto e branco de momentos da minha vida.

De repente, Lucas estava parado observando aquelas imagens. Eram doze quadros, mas foram quatro especificamente que chamaram sua atenção; em todas as imagens eu estava ao lado do meu ex-marido. Eu nem lembrava que aquelas fotos ainda estavam ali, não costumava ficar olhando para elas, mas foi uma falha imensa Lucas ter visto.

— Eu nem lembrava que essas fotos ainda estavam aí.

Disse em tom de desculpa.

— Você estava... maravilhosa!

CAPÍTULO 13

Ele apontou uma foto em que eu estava toda produzida, na noite da formatura do Steve.
— Hum... Obrigada. Mas acho que não era sobre isso que você queria conversar, não é?

Eu me aproximei da parede de fotos e tirei os quatro quadros de lá, depois os guardei no fundo do armário e fui até meu iPod, que tinha acabado a *playlist* que me fez dormir, e coloquei uma nova música.

"*Again*", do Lenny Kravitz, começou a tocar e fez Lucas virar o rosto para me olhar, deixando de lado as fotos que estava observando.

— Adoro essa música.

Ele parou um pouco distante de mim, apenas me esperando ajustar o volume de maneira que não fosse capaz de acordar minha irmã.

— Eu adoro música em geral. Acho que todos os momentos da vida deveriam ter uma trilha sonora.

Informei, voltando a olhá-lo.

Lucas sorriu.

A introdução instrumental ainda tocava quando ele caminhou até mim, seus olhos mergulhando profundamente nos meus, provocando minha libido e atiçando meu corpo, mas a um passo de distância ele parou, esticou os braços, me puxou pela cintura e, quando encostamos um no outro, a cena mais romântica da minha vida, pelo menos até aquele momento, aconteceu.

— *"I've been searching for you*[8] – suas mãos subiram, acariciando meus braços até segurarem meu rosto – *I heard a cry within my soul*[9] – ele tinha uma voz linda e seus olhos só desviaram dos meus quando ele passou o polegar pelo meu lábio inferior e acompanhou visualmente o movimento – *I've never had a yearning quite like this before, now here you are, walking right throught my door*[10]".

Sem precisarmos dizer mais nada, quando o refrão iniciou, nossos lábios se uniram em uma doce entrega, e sem nos afastarmos nem por um segundo, demos alguns passos em direção à cama.

Lucas deslizou os dedos por debaixo da minha blusa e ergueu até expor meus seios e tirá-la completamente de mim. Assim que o tecido foi deixado de lado, senti minhas pernas encostarem na lateral do colchão, e usando o próprio corpo ele me pressionou e me induziu a deitar, enquanto sua língua passeava pelos meus lábios e meu pescoço, sentindo meu gosto e absorvendo meu calor como se tentasse apagar as labaredas da minha pele, e aliando sussurros obscenos em sua jornada, Lucas ia me deixando completamente fora de mim.

No meio de toda aquela entrega, eu pensava: "Isso está mesmo acontecendo? Ele está mesmo na minha casa? Na minha cama?" E então eu voltava a vagar em alguma galáxia distante, onde só seus toques eram sentidos.

Lucas afagou meus cabelos e lentamente acariciou meus seios, sentindo a firmeza e estimulando meus mamilos com a ponta dos dedos, e conforme seus lábios iam descendo pelo meu peito, minhas costas arqueavam e minha respiração ficava cada vez mais

---

[8] *Tenho procurado por você.*

[9] *Ouvi um clamor dentro da minha alma.*

[10] *Nunca tinha sentido uma ansiedade como essa antes, agora você está entrando exatamente à minha porta.*

descompassada, até que minhas mãos, que estavam envolvidas em seu cabelo bagunçado, deslizaram por seu pescoço e percebi o ritmo acelerado de seu coração pulsando forte. Segui levando meus dedos para baixo até alcançar a barra de sua camisa, então imergi por debaixo do tecido para vagarosamente sentir suas costas ao remover a peça de algodão.

De joelhos na cama, Lucas permitiu que eu tirasse sua blusa e que eu deslizasse minhas mãos em seu peitoral e abdome.

Perfeito!

A sensação de sentir aqueles músculos definidos era indescritível. Cada célula do corpo dele era perfeita, um deleite e um convite explícito ao prazer. Cheguei a ficar nervosa diante de tanta beleza.

Lucas me deixou senti-lo por um tempo, até que me atirou de volta contra o travesseiro, agarrou meus dois pulsos com apenas uma mão e os prensou acima da minha cabeça. Seus olhos passearam pelo meu corpo, estirado sob o seu, e o ar arrogante e possessivo que tomou seu rosto, em vez de me fazer sentir usada, me fez sentir desejada e... Dele. Apenas dele!

— Você é muito gostosa, *Natalie*! Melhor que qualquer fantasia que eu já tive!

Eu disse apenas "Lucas" com uma voz rouca e ele colocou um dos meus seios na boca, me deixando sem condições de articular nada além de gemidos de satisfação.

Seus lábios sugavam e mordiam de leve um mamilo, enquanto seus dedos puxavam e apertavam o outro. Minhas costas arqueavam cada vez mais e a sensação me tomava da ponta dos pés até a raiz dos cabelos. Involuntariamente comecei a levantar o quadril, indo de encontro ao dele, mas seus *jeans* bloqueavam o calor que eu precisava, então o empurrei com as pernas e só parei quando ele já tinha saído completamente de cima de mim.

— Assim não é justo. Também quero explorar seu corpo.

Retruquei e recebi em resposta um sorriso ladeado sem mostrar os dentes, então Lucas ficou em pé ao lado da cama para que eu pudesse abrir o botão e o zíper de sua calça e despi-lo para mim. Ele me ajudou até que eu tive à minha frente uma visão e tanto; Luke Barum em pé no meu quarto usando apenas uma cueca boxer preta. Voltei a deitar, apoiando o corpo nos antebraços e me esbaldei com a vista. Tudo ali era perfeito. As clavículas acentuavam o peitoral desenhado, os gomos do abdome ilustravam uma verdadeira aula de anatomia e o "V" indicando o ponto exato do prazer junto à pele bronzeada e sem pelos eram um arremate tentador.

— Até que você é bem gostoso, hein? – eu ri e dei uma piscadinha para ele – Mas ainda está muito vestido.

Seus olhos escureceram e seus lábios deram espaço para a língua umedecê-los. Engatinhei até a beirada da cama e fiquei de joelhos para baixar sua cueca. Eu já tinha aquele membro duro e forte dentro de mim, mas ainda não o tinha visto muito bem. Liberei toda sua masculinidade e respirei com dificuldade quando o vi; longo, grosso e apetitoso. Meus olhos não conseguiam desviar daquela maravilha que tinha o tamanho ideal e estava só me esperando. Passei a língua nos lábios e Lucas deu uma risadinha tranquila de quem é muito seguro de si, mas não me deixou continuar explorando-o e fui gentilmente empurrada para trás, até ficar novamente deitada na cama.

— Acho que eu também mereço uma visão completa, concorda?

Ele provocou.

— Mas eu ainda nem comecei a explorar!

CAPÍTULO 13

— Vai ter que ficar para mais tarde.

Apenas dei um sorriso e ele enfiou dois dedos nas laterais da minha calcinha para puxá-la, bem devagar.

— Ahhh... Que visão!

Ele olhava meu sexo se revelando diante de seus olhos e eu olhava seu rosto, registrando o dilatar das pupilas, o ressecar dos lábios, a inspiração forte... E assim que fiquei completamente nua, Lucas encostou a boca na minha barriga e distribuiu beijos e pequenos chupões ao redor do meu umbigo, antes de ir descendo até chegar lá, no vértice do meu corpo, onde eu já o esperava ansiosamente.

Suas mãos hábeis massagearam minhas pernas e ele deixou meus pés apoiados na cama. Minha cabeça era um turbilhão de pensamentos, mas minhas ideias não faziam sentido algum e o centro do meu prazer já latejava de desejo. Eu estava quase implorando que Lucas acabasse com aquela tortura quando ele me abriu com seus longos dedos e deslizou a língua em meu sexo aflito. O gemido que escapou do fundo de sua garganta ecoava o meu e me fez agarrar os lençóis com toda força, me preparando para mais.

Seus lábios e sua língua me saboreavam e provocavam majestosamente, até que ele mergulhou um dedo no meu interior e eu prendi a respiração. Como se já conhecesse meu corpo, Lucas estimulava todos os pontos certos e eu me contorcia conforme ele continuava a me levar ao limite, colocando e tirando um e dois dedos enquanto provocava meu clitóris com a língua e dividia atenção em meus seios com a outra mão. Meu corpo estava em chamas e à beira de uma enorme explosão.

— Lucas, pare. Eu não aguento mais. Eu vou gozar.

— Goza, *Natalie*, goza pra mim, na minha boca.

Puta que pariu!

Levou apenas mais alguns segundos para que eu gozasse, puxando com força seus cabelos, arqueando as costas e cerrando os dentes para não gritar alto demais.

Sua boca não se afastou do meu sexo até meus espasmos cessarem, e quando olhamos um ao outro novamente, a expressão do rosto dele era de pura satisfação e desejo. Sem se demorar, Lucas pegou a carteira no bolso da calça, tirou de lá uma camisinha, a colocou em seu membro rijo e faminto, então, bem devagar, o senti entrar em mim, duro e pulsante.

Eu ainda estava sensível pelo orgasmo e meu corpo estremeceu ao senti-lo se enterrar bem lá no fundo, mas assim que me acostumei com sua presença, Lucas começou a se movimentar, ondulando sobre mim até o ritmo ficar acelerado e ele estar metendo forte, ao mesmo tempo em que mordiscava e gemia no lóbulo da minha orelha.

— Meu Deus... Foda... Caralho... *Natalie*...

Suas palavras soltas ao léu me estimulavam ainda mais, até que senti uma nova onda de prazer percorrer meu corpo e mal fui capaz de acreditar que estava prestes a gozar outra vez. A respiração excitada do Lucas no meu ouvido, aliada ao seu cheiro e a sensação de seu membro me tomando para si, desencadearam um novo e repentino orgasmo, que me invadiu com tanta intensidade que eu arranhei suas costas com muita força e mordi seu ombro para encobrir um grito de prazer. Ele gozou comigo, enterrando a cabeça no meu pescoço e dando um gemido longo e abafado.

Ao final, eu estava exausta, atirada na cama, com Lucas deitado ao meu lado, a cabeça apoiada no meu travesseiro, enquanto com um dedo desenhava arabescos no meu peito.

— Isso foi... avassalador.

Eu disse, ainda ofegante.

— Você é per-fei-ta!

Ele pronunciou, entre sílabas, e me deu um selinho demorado.

Não, eu não era só mais um casinho para ele. Eu percebia pelo carinho estampado em seu rosto e a satisfação brilhando em seu olhar, mas o que iria acontecer entre nós dois eu não fazia a mínima ideia.

14

"*Again*" já tinha acabado há muito tempo e no quarto tocava algo que eu nem registrava enquanto Lucas passava os dedos pela minha bochecha, descia para sentir o calor dos meus lábios, seguia pelo pescoço, traçando espirais até chegar ao meu peito, depois subia lentamente pelo meu braço e recomeçava as carícias.

Ficamos assim por vários minutos, sem falar nada, apenas trocando olhares e toques. Eu deslizava os dedos nos gomos de seu abdome em movimentos leves de idas e vindas e ele me observava com muita intensidade, como se quisesse absorver meus detalhes, memorizando cada parte de mim, sem saber se teria a mesma oportunidade no futuro, e ao mesmo tempo em que aquilo era íntimo e romântico, fazia meu estômago pesar e meu peito apertar.

Tomada por uma emoção forte que misturava felicidade e medo, senti meus olhos umedecerem e pisquei tentando dissipar aquela sensação. Lucas estreitou os olhos, querendo me entender, mas eu simplesmente desviei o rosto, me sentindo constrangida, e ele deu um beijinho no meu ombro antes de levantar para colocar a camisinha no lixo do banheiro, então eu me virei para apreciar a cena de ter aquele homem deslumbrante caminhando nu na minha frente e observei suas costas musculosas com escápulas marcadas dançando conforme ele se movimentava, sua cintura estreita salientando ainda mais seus ombros largos e a bunda redonda completando aquela obra-prima de pernas fortes e torneadas.

Será que tinha algo nele que fosse menos que perfeito? Então, percebi que tinha algo errado, sim. As marcas que deixei em sua pele.

— Lucas! – minha voz saiu um pouco esganiçada e o fez parar no meio do caminho para virar de volta a mim – Suas costas. Eu... Elas estão... Arranhadas. Muito arranhadas!

Sem se alterar, ele seguiu até o banheiro e pude ver quando observou o estrago pelo reflexo do espelho. Fui até lá e me coloquei ao seu lado, mantendo um olhar cauteloso. A última coisa que eu precisava era que ele achasse que eu tinha feito aquilo de propósito para forçar uma situação com Camille. Por mais que eu o quisesse, não jogaria esse jogo.

— Não se preocupe com isso. – ele disse, quando nossos olhos se encontraram no espelho – Tá tudo bem.

— Como não me preocupar? Camille vai ver essas marcas e você estará encrencado. Eu juro que não fiz de propósito! Juro! Eu perdi a noção e... – não consegui acabar a frase e descansei as mãos e a cabeça em seu peito, para ficar apenas o sentindo subir e descer nos movimentos de sua respiração. Quando ergui o olhar vi outra marca; uma mordida no ombro – Tem mais isso. – passei os dedos onde estavam as marcas dos meus dentes e baixei a cabeça – Que vergonha! Desculpa! Eu... Eu não sei o que deu em mim.

— Desculpa? – ele colocou os dedos abaixo do meu queixo e ergueu meu rosto – Você vai se desculpar por não saber o que deu em você? – suas sobrancelhas levantaram interrogativamente e seus olhos e lábios sorriram encantados para mim – Deixa eu contar um segredo. – baixando o tom de voz, Lucas sussurrou – Se você não sabe o que deu em você e fui eu quem provocou essa desconexão entre sua razão e emoção, você está me fazendo um puta de um elogio, então, por favor, não se desculpe.

— Eu...

Eu nem sabia o que dizer, mas ainda estava um pouco chateada por tê-lo machucado feito uma doida descontrolada. Eu nunca fui de ficar gritando e me descabelando na hora do sexo, mas com Lucas eu tinha vontade de berrar seu nome e extravasar o desejo que me corroía por dentro. Sons me escapavam pela boca sem que eu percebesse, assim como reações animalescas moviam meu corpo.

— É sério. – para minha sorte, ele me interrompeu. – Agora pare com isso, nós precisamos conversar.

Sentados na cama, Lucas com sua boxer preta e eu com meu *baby doll* azul de outro dia, espalhei vagarosamente uma pomada cicatrizante em todos os arranhões das costas dele e depois ficamos frente a frente, prontos para termos uma conversa séria; não era preciso mencionar este detalhe, mas por algum motivo estava sendo difícil iniciar o assunto. Os olhos do Lucas me diziam que precisava força e uma certa dose de coragem para que as palavras finalmente tomassem seu caminho até mim, e eu apenas esperei, até que a verdade começou a ser dita.

— Há mais ou menos um ano, eu e Camille tivemos uma briga muito séria. Nosso relacionamento já estava uma merda. Na verdade, nosso relacionamento nunca esteve verdadeiramente bom, mas naquela ocasião iríamos terminar definitivamente. Fazia cinco dias que não nos falávamos, quando a mãe dela me procurou... – ele fez uma pausa, nitidamente relembrando os fatos – Ela disse que Camille tem um grave tumor no cérebro.

— O quê?

Não podia ser verdade! Camille com uma doença tão delicada sempre acabaria "me vencendo". Lucas não precisava explicar mais nada. Tudo fazia sentido. Ele a estava fazendo feliz porque era o que ela queria.

— Camille não sabe que eu sei. A mãe dela disse que ela não quer ninguém sentindo pena, mas às vezes ela se sente mal, precisa ir para o hospital e disfarça, dizendo que foi até Los Angeles fazer compras ou qualquer outra bobagem assim. Vi alguns exames, mas não sei muitos detalhes porque nunca conversei com o médico. O fato é que ela é uma verdadeira bomba-relógio, por isso eu tento não brigar e continuo com a nossa relação, para ela não sofrer.

— Lucas – minha voz falhou – sua atitude é louvável, mas você não pode abrir mão da sua vida para viver a dela. Você não tem culpa de nada. E, também, não cabe a você tentar salvá-la. Ela é quem deveria se ajudar, fazer tratamento, se operar, sei lá...

— Desde que conheci você eu fico repassando na minha cabeça o texto que direi para terminar com a Camille, mas quando acho que vou conseguir falar, eu não consigo. – ele suspirou e fechou os olhos – Eu penso que eu ainda vou viver muito, e ela não, e que não me custa perder mais um tempo na vida para que ela seja feliz, mas então eu penso que você pode conhecer alguém e que acabarei perdendo você de vez, e só essa ideia já me deixa maluco. – Lucas começou a estalar as juntas dos dedos, parecendo que iria quebrá-los – Aí hoje, depois que você baixou a guarda e nós finalmente ficamos juntos,

CAPÍTULO 14

eu surtei. Sinto uma raiva crescente dentro de mim só de pensar em você com outro homem. Quis bater naquele mauricinho do Theo quando ele tocou em você. Não vou suportar ver você com alguém. Desculpe se isso é um pouco assustador, mas eu preciso que você saiba, que me entenda e me conheça. Eu quero você só pra mim. Quero seus sentimentos, quero sua atenção, quero seu corpo. Nunca fui tão possessivo com nada, nem ninguém. Estou até me estranhando.

Lucas se levantou da cama no meio daquela falação toda e alternava estalar os dedos com mexer nos cabelos enquanto caminhava de um lado ao outro em frente à parede de fotos, e eu, sentada, só o acompanhava com os olhos.

Por algum motivo nada feminista, não me senti assustada com o que ele disse querer de mim, porque era exatamente o que eu queria dele. Já me peguei com ciúmes da secretária, da modelo do patrocinador na corrida, já crucifiquei mulheres que paravam o que estavam fazendo para vê-lo passar e sentia uma raiva da Camille que talvez fosse só meu inconsciente trabalhando para que eu não me sentisse tão mal por tentar tirar seu noivo, mas, de repente, um fator totalmente inesperado entrou no meio da história e eu precisei ser mais humana.

— Lucas, nem sei o que dizer... Não posso pedir para você terminar com a Camille, mas também não serei eu quem vai dizer para você ficar com ela até o final. Essa situação é extremamente delicada e vocês precisam conversar sobre o assunto. Você precisa saber mais sobre o que está acontecendo e quais são as reais chances de cura que ela tem. Se você está tão disposto a abrir mão de... – "mim" me passou pela cabeça, mas eu não poderia dizer aquilo – Coisas na sua vida para alegrar a dela, você tem o direito de saber e acompanhar o processo dessa doença.

— Antes era mais fácil, mas agora eu estou mudando meus paradigmas. Não quero perder você! – ele disse, ajoelhando-se à minha frente e me olhando temeroso, ao apoiar os braços nas minhas pernas – E ainda tem a Rolling, com mais dois anos de contratos publicitários meus e dela juntos.

— Eu já estou com os seus contratos lá no escritório. Na segunda-feira vou dar uma olhada nisso, se você quiser, é claro.

Falei rápido demais e não pensei no que disse, mas meio milésimo de segundo depois de ter dito, percebi ter posto uma certa pressão para guiar suas decisões, então, constrangida, comecei a prender o cabelo em um coque, olhando fixamente para um nó de árvore no assoalho próximo ao rodapé da parede das fotos.

— É o que eu mais quero. – Lucas afirmou, ainda de joelhos diante de mim, ao virar meu rosto de volta em direção ao seu – E você, quer?

— Ah, Lucas – suspirei, tensa e tranquila ao mesmo tempo – olha o que você está fazendo comigo! Será que dá pra ter alguma dúvida sobre eu querer ou não? – sorri, franzindo a testa, e ele riu mostrando seus dentes brancos – Mas, além do problema da Camille, tem a parte burocrática. Você pode perder um bom dinheiro.

— Eu não me importo.

— Mas eu me importo! É o seu trabalho. Você vive disso. Não quero que se prejudique. E a Camille...

— Não precisa pensar tanto, só me ajuda, por favor!

Com a ponta dos dedos, desfiz as rugas que se formaram em sua testa e acariciei seu rosto.

— O que está acontecendo com a gente?

— Eu não sei. Mas não consigo e nem quero lutar contra. Eu preciso ter uma conversa definitiva com a Camille, não aguento mais nem que ela me toque, mas não sei o que dizer...

— Calma. Se é isso que você quer, eu ajudo. Mas antes de qualquer coisa, você precisa conversar com ela sobre essa doença. Nem acredito que estou dizendo isso, mas você precisa saber como ela realmente está, antes de tomar uma decisão definitiva.

— Obrigado. – ele virou o rosto e beijou a palma da minha mão que ainda acariciava sua face – Você é fantástica.

Deitamos lado a lado na cama e conversamos coisas mais leves e totalmente irrelevantes, como minha capacidade de colocar as pernas atrás da cabeça, algo que eu prometi mostrar quando estivesse um pouquinho mais vestida, e como ele aprendeu a abrir garrafas de champanhe com sabre.

Músicas e músicas depois, "The weeknd" começou a cantar "Call out my name", e em um impulso girei o corpo do Lucas para que ele ficasse deitado de costas e montei sobre seu quadril.

— Agora é a minha vez!

Ele deu aquela risada gostosa e disse um divertido "fique à vontade", cruzando as mãos atrás da cabeça, mas eu as tirei dali e estiquei seus braços para cima, apoiando minhas mãos sobre as dele e baixando o tronco para deixar nossos rostos a um respiro de distância. Meus seios, protegidos pelo fino tecido da minha roupa, encostaram em seu tronco nu, e quando Lucas entreabriu os lábios para inspirar profundamente, eu lambi aquela boca tentadora, fazendo-o tentar engrenar em um beijo que foi impedido de continuar. Afastando o rosto, distribuí beijos, mordidas e lambidas em seu queixo, orelhas e pescoço, dando especial atenção à veia forte que pulsava, me levando direto ao seu peito perfeitamente esculpido. A enorme ereção que pressionava contra mim provocava meu sexo e Lucas começava a forçar para se soltar, mas obedecia assim que eu o proibia, e por alguns instantes relaxava os braços novamente, mas quando minha língua circulou um de seus mamilos e em seguida meus dentes o puxaram, exatamente como ele havia feito comigo, o estopim foi aceso para que ele perdesse o controle, e em um único movimento ele estava em cima de mim.

Arrancamos nossas roupas e eu fui presa com meus braços acima da cabeça, depois Lucas abriu minhas pernas com seu corpo e se acomodou entre elas.

Nossas bocas se encontraram e sua ávida língua buscou a minha, que respondeu com a mesma intensidade. Me perder naquele homem era como finalmente me encontrar. Nossas mãos se soltaram e passaram a explorar um ao outro, na ânsia de gravar cada pedaço de pele e cada textura ainda desconhecida. Nos afastamos apenas para ele vestir a proteção e quando voltou foi impiedoso, investindo fortemente em mim desde a primeira estocada, deixando seus lábios devorarem meus seios e suas mãos apertarem minha bunda e minhas coxas com ansiedade. Entrelacei as pernas ao redor de sua cintura para conseguir me manter no mesmo lugar, tamanha intensidade de suas penetrações, e não demorou nada para gozarmos juntos mais uma vez, silenciando nossa euforia em um beijo flamante.

Meu corpo, apesar de trêmulo, agradecia a atenção, mas eu ainda não havia explorado aquele homem como eu queria, porém, depois de mais uma rodada intensa de prazer, Lucas se deitou ao meu lado e me puxou para me acomodar em seu peito quente, e eu apenas senti um beijo no alto da minha cabeça quando adormeci com o sol já iluminando consideravelmente o quarto.

15

Acordei horas depois com a voz da Lauren me chamando do lado de fora do meu quarto. Eu continuava toda enrolada ao corpo nu do Lucas e não tinha a mínima vontade de estar em qualquer lugar que não ali. O calor da pele dele me aquecia e as batidas ritmadas de seu coração me acalmavam. Eu parecia nunca ter dormido tão bem na vida.

Olhando para o relógio de cabeceira, vi que já era meio-dia e levei um susto, eu podia jurar que tínhamos no máximo tirado um cochilo, enquanto na verdade dormimos por horas. Normalmente eu não conseguia dormir abraçada a alguém, mas alguma coisa no corpo aconchegante do Lucas me fez relaxar e ter um sono tranquilo. Nos segundos em que fiz esta análise, também me passou pela cabeça que Camille devia estar desesperada atrás dele, e meu lado perverso até queria que ela percebesse o que seu noivo estava aprontando e que então ela terminasse a relação e o deixasse livre para mim.

Virei cuidadosamente na cama para não acordar o Lucas e peguei meu celular na mesa de cabeceira para digitar uma mensagem que fizesse Lauren parar de me chamar.

"Estou no banho".

Quando apertei "enviar", aquele homem delicioso que dormia ao meu lado se mexeu e eu senti beijos suaves ao longo das minhas costas. Virei novamente para ficar de frente a ele e passei as mãos ao redor do seu pescoço, observando seus olhos piscarem até se fixarem abertos.

— Bom dia!

Cumprimentei, toda simpática.

— Caralho! – Lucas fez uma pausa, ajustando mais sua visão recém-acordada. – Você. É. Linda!

Ele disse em *staccato*, registrando cada particularidade do meu rosto amanhecido.

— Para, Lucas!

Eu era nada além de normal. E, sabendo disso, eu sempre cuidava para ter minha maquiagem bem feita, meu corpo em forma e meu cabelo bem cuidado, mas ao acordar eu tinha certeza de que não passava de uma completa bagunça, então respondi envergonhada àquele comentário, e para fugir do estudo minucioso do Lucas, deitei a cabeça em seu peito e ele passou um braço ao redor do meu corpo, e ficou desenhando círculos nas minhas costas, enquanto com a outra mão tirou uma mecha de cabelo que havia escorregado para os meus olhos e a colocou atrás da minha orelha. Envolvendo sua mão entre as minhas, fiquei sentindo a leve aspereza masculina de sua pele e os pequenos calos nas palmas. Ele era absurdamente real.

— Esses calos são por causa do volante?

Perguntei, passando o indicador repetidas vezes nas protuberâncias da mão dele.

— Sim. E acho que de malhar também.

— Por que você decidiu ser piloto?
— Não lembro. Desde que eu tenho recordações da minha infância, eu já queria ser piloto. Minha mãe conta que meu pai gostava de assistir à Fórmula 1 e eu assistia com ele, mas eu sinceramente não lembro.
— De repente algum piloto serviu de inspiração, ou seu pai.
— Provavelmente algum piloto.
Ele respondeu, descendo mais os dedos que estavam nas minhas costas, até chegar à lombar.
— Você tem algum ídolo no automobilismo?
— Quanto interesse...
Ele sorriu erguendo meu rosto para beijar a ponta do meu nariz.
— Eu só quero conhecer você.
Respondi, contornando seu maxilar e seu queixo com o dedo indicador, então voltei a deitar em seu peito e acariciar seu quadril.
— Ayrton Senna. Era um piloto brasileiro que morreu durante uma corrida.
— Conheço esse nome. Passei a vida vendo meu pai assistir a vários tipos de corridas de carro na tevê e programas esportivos.
— Sério? – a voz dele se elevou uma escala – Então quer dizer que eu já posso chegar com alguns pontos ganhos com o sogrão?
Meu coração parou de bater e eu esqueci de respirar. Congelei meus movimentos e simplesmente não consegui articular uma palavra sequer.
Eu não queria me sentir esperançosa daquele jeito. Eu tentava manter alguma porção racional em mim. Nossa situação era um desastre e meu coração não precisava de promessas que tinham grande potencial de serem retiradas.
— Hum...
Silêncio.
— Bem, – Lucas interrompeu minha aflição – Senna era um exemplo de determinação e talento. Ele guiava o carro, mas também estudava o carro. Ele me inspirou muito para me envolver mais com toda parte do acerto e da avaliação de dados. A morte dele foi uma perda lastimável, mas que sempre me fez pensar que se eu tivesse que morrer jovem, queria que fosse como ele.
Um arrepio estranho cruzou meu corpo e, preocupada com o quanto ele considerava a própria segurança, levantei a cabeça e com a testa franzida o repreendi.
— Não fale isso! Tem noção de como soa fúnebre?
Ele sorriu e alisou o vinco entre minhas sobrancelhas.
— Quando você faz alguma coisa, você tem que fazer desejando ser o melhor, certo? – eu concordei – Esse cara era o melhor, e para mim não tem forma mais gratificante de partir do que fazendo bem algo que eu amo. É só isso. Senna ficou marcado na história como um cara foda. Não estou dizendo que quero que algo dê errado no meu carro também, mas, ao mesmo tempo, estou bem consciente dos riscos.
Riscos. Eu sabia que existiam, mas falar deles os tornaram muito mais reais, e percebendo o quão entregue eu já estava àquela relação confusa, um medo de perder o homem que me transformava a cada segundo se alojou no meu peito e disparou meus batimentos.
Então, um apito soou no meu celular, me dando um susto enorme, me fazendo pular da cama. Era uma mensagem da minha irmã.

CAPÍTULO 15

"Estou indo para a casa do Michael. Beijo."
Eba! Casa liberada!
— Minha irmã está saindo. Já podemos sair do quarto, mas antes eu preciso de um banho. Você me acompanha?
— Nem que você não quisesse! – Lucas me deu um selinho rápido – Vá na frente que eu vou só checar uns e-mails e já a encontro.
Checar e-mails. Eu não caía mais naquelas desculpas. Ele ia falar com ela! Mas eu não podia culpá-lo, nem exigir uma postura diferente. Pelo menos não naquele momento.
Um pouco desanimada porque Camille se infiltraria no nosso encontro, entrei no chuveiro e deixei a ducha massagear minhas costas enquanto eu refletia sobre a loucura que estava se instalando na minha vida. De repente, eu tinha me tornado a amante de Luke Barum. Eu, aquela pessoa certinha que tinha acabado de se divorciar porque havia descoberto as traições do marido. Eu, que sempre disse seguir o lema de não fazer para os outros o que eu não gostaria que fizessem para mim. Eu, que me achava a pessoa ideal para ser uma advogada porque pregava a justiça acima de qualquer coisa e em qualquer situação.
Por que eu não estava conseguindo evitar os efeitos que Lucas causava em mim? Talvez o fato de ele ser ignorantemente deslumbrante influenciasse no choque inicial, mas não era só sobre sua aparência, eu sabia que era um combinado de fatores, mas eram tão revolucionários que eu não conseguia entender e tampouco combater. De alguma forma eu estava me sentindo viva depois de uma vida inteira!
Aprofundando meus pensamentos foi que eu percebi que eu já tinha me fascinado pelo modo como Lucas trabalha, pela forma carinhosa que atende as pessoas, por sua capacidade de me fazer sentir especial e então o cuidado em relação à doença da Camille terminou de abalar minhas estruturas. Acabei percebendo que o que me fazia perder a compostura com ele não era seu exterior, mas sim o que ele levava por dentro. Eram as palavras que ele dizia, que combinavam perfeitamente com a expressão de seus olhos castanhos. Era a constatação de verdade que eu sentia no acelerar de seus batimentos cardíacos quando estávamos muito próximos. Era o sentimento que ele me mostrava que existia, e aceitei que seria seguro o suficiente para que eu pudesse me jogar.
O reconhecimento de uma grande verdade me assolou. Quando desliguei o chuveiro, Lucas ainda nem havia entrado no banheiro. Ele também estava envolvido, não era falsidade, mas se ele decidisse ficar com a Camille, por pena ou o que quer que fosse, nós simplesmente não poderíamos continuar juntos.
Eu me enrolei na toalha pendurada no box e escutei sua voz no quarto.
— Mas que droga! Eu estou dizendo que saí para andar na rua! Por que não posso? – ele estava elevando gradativamente seu tom, a ponto de estar quase gritando – Pois então fique plantada aí até eu decidir voltar. – ele encerrou a ligação sem se despedir – Porra! Que merda! Que merda!
Lucas resmungou para si mesmo e eu ouvi algo cair com força sobre a cama. Devia ter sido o celular.
Continuei me arrumando no banheiro, dando tempo para que ele decidisse se vinha ou não atrás de mim. Passei hidratante no corpo, desembaracei os cabelos e estava acabando de escovar os dentes quando ele entrou.
— Desculpe, demorei mais do que pretendia.
Sua justificativa veio junto a um abraço por trás e um beijo no meu ombro, e eu

levantei um braço e envolvi seu pescoço depois de secar a boca na toalha de rosto.
— Você está bem?
Levantando um pouco a cabeça para me encarar pelo espelho, Lucas deixou o rosto colado ao meu.
— Sim.
— Hum... Separei uma toalha para você, quer tomar um banho?
— Quero sim, obrigado. – Lucas disse, se esfregando em mim e beijando meu pescoço até eu sentir sua ereção crescendo rapidamente debaixo da cueca. Ele não estava disposto a conversar sobre o motivo de sua demora, e eu resolvi fingir que não tinha percebido nada – Só que agora vou precisar de um banho frio.
Eu ri.
— Quanta saúde e disposição, Sr. Atleta Profissional!
— É que a doutora é um tremendo afrodisíaco!
Sorri quando nossos olhos se encontraram no espelho outra vez, e Lucas piscou para mim antes de dar um tapa na minha bunda, quando nos afastamos para ele entrar no banho.
— Por que você tem tantos shampoos?
Ele perguntou de dentro do box, ligando a água e a deixando cair gelada sobre suas costas.
— Eu não repito shampoos duas lavadas seguidas.
— Mas você tem quatro aqui!
Ele parecia confuso. Eu ri.
— Assim aumento mais o ciclo até repetir algum.
— Interessante... – Sua voz soou um pouco incrédula e eu não conseguia parar de rir da maneira como ele parecia interessando e curioso com meus shampoos. – E hoje é dia de qual?
— Do de laranja.
— Que seja o de laranja então.
Logo o aroma tomou o banheiro e Lucas começou a cantar junto a Lady Gaga, que berrava no som do quarto.
— Ok, Sr. Grammy Awards, eu vou preparar algo para comermos. O que você quer? – perguntei animada, como se tê-lo na minha casa fosse supernormal – Ou você já vai ter que ir embora?
Acabei a frase baixando o tom de voz. Provavelmente Lucas precisaria ir acalmar sua noiva e nossa linda noite de amor estaria acabada e sem data para acontecer novamente.
— Eu só vou embora na hora em que você me expulsar.
Sua resposta só não me fez rir mais do que sua imagem com a cabeça para fora da porta do box e seus cabelos cheios da espuma do meu shampoo de laranja e minha esponja rosa na mão. Ele estava ridiculamente lindo!
— Eba! – rindo até perder o fôlego, dei pulinhos no mesmo lugar feito uma garotinha – Você quer café da manhã ou almoço?
— Almoço! – ele disse entre risos, avaliando minha performance – Estou faminto.
— Do que você gosta?
— De tudo, menos ostra.
— Okay. Pena não poder preparar as corriqueiras ostras que eu costumo comer aos sábados.
Bati continência e saí do banheiro dando uma risada satisfeita, deixando o som se misturar ao som da felicidade dele, que enchia o banheiro e o meu coração.

16

Dançando de qualquer jeito *"Tears Dry On Their On"*, deixando a saia do meu vestido branco rodar na altura das minhas coxas, enquanto acabava de colocar a louça no balcão da cozinha para almoçarmos sentados nos bancos altos, fui surpreendida pelos braços do Lucas me envolvendo por trás, então ele me deu um beijo carinhoso nos cabelos e passou as mãos nos copos que eu segurava para colocá-los sobre as toalhas individuais estampadas com flores coloridas.

— Penne ao molho funghi, serve?
Perguntei, apontado à panela no fogão.
— Claro. Adoro massa!
— O que você quer beber?
— Uma cerveja, se você tiver.

Voltei ao outro lado do balcão da cozinha para pegar uma Bud na geladeira *side by side* de inox, e ao me abaixar para alcançar a garrafa que estava na parte inferior da porta, Lucas se encaixou atrás de mim e apertou minha cintura com as mãos.

— Assim vai ficar difícil fazer qualquer coisa que não seja com as mãos no seu corpo.
— Lucas!

Eu me empertiguei e virei de frente a ele, que tirou a cerveja da minha mão, largou na pia ao nosso lado e quando eu pensei que ele fosse me beijar, ele dançou comigo. Ali, no meio da cozinha. Dançamos enquanto Amy Winehouse cantava para a gente. Lucas me rodou, me balançou, me jogou para um lado e o outro, e acabamos nossa performance com a minha coluna completamente curvada e as pontas dos meus cabelos molhados encostando no chão, enquanto ele me beijava espalhafatosamente.

Desliguei o fogo menos de cinco minutos depois e coloquei a massa na mesa ao mesmo tempo em que Lucas tirava dois guardanapos do suporte acrílico e os dobrava precisamente ao meio, para então colocar cada um sob a faca ao lado de cada prato. Quando nos sentamos, ele serviu meu copo com suco de uva, deu um gole em sua cerveja, bebendo direto do gargalo, e antes de provar a comida, elogiou o aroma.

Era tão agradável ter Lucas na minha casa, observá-lo fazer coisas tão comuns como dobrar um guardanapo de papel, ver a maneira como ele se sentava no banco e apoiava os cotovelos na bancada, enquanto esperava me sentar para poder começar a comer, entender a forma como ele comia, começando pelas beiradas do prato, deixando o centro por último... Era tão normal que me deu medo que fosse apenas uma ilusão.

Não levamos nem quinze minutos para comer quase toda a travessa de massa que eu havia preparado. Lucas repetiu três vezes e eu duas. Estávamos famintos e só abríamos a boca para colocarmos uma nova garfada cheia de penne com muito molho para dentro.

— A comida estava ótima.
Ele disse, lambendo os lábios.
— Obrigada. Mas, da próxima vez vou cozinhar algo de verdade para você.
Lucas apoiou os talheres no prato e virou o rosto para mim.
— Adoro a perspectiva de uma próxima vez.
Droga! Lá fui eu falar sobre o "futuro".
Mesmo sem querer, eu acabava falando coisas que soavam como se eu o estivesse pressionando. Eu não queria ser chata, mas já estava me achando uma. Lucas percebeu que eu fiquei desconfortável depois do que eu disse, então, de maneira muito delicada, mudou de assunto.
— Este apartamento é muito bom.
— Fizemos algumas reformas. Ele não tinha duas suítes, mas quebramos um bocado de paredes e ele ficou do nosso jeito.
— Seu ex-marido morava aqui?
— Não. – a pergunta dele soou tão fácil que minha resposta fluiu sem que eu percebesse o terreno onde estávamos pisando – Nós compramos um apartamento na North Point.
— Hum...
— Resolvemos fazer um casamento menor e ganhar de presente dos nossos pais o dinheiro para grande parte do imóvel, mas agora já foi vendido.
Silêncio.
Eu não devia ter falado espontaneamente aquelas coisas.
— Posso fazer uma pergunta meio invasiva?
— Depende.
Respondi e sorri meio brincando, mas ele não entrou na minha e continuou sério.
— Quando nos conhecemos, você estava chorando. Era por ele?
Eu não queria que Lucas pensasse a respeito do Steve. Aquele era um caso encerrado na minha vida, mas eu entendia sua curiosidade, então respirei fundo e respondi.
— Era e não era. – confuso, Lucas inclinou a cabeça como se me pedisse para explicar melhor – Quando nos conhecemos, eu havia acabado de sair da audiência onde estava assinando meu divórcio, e um pouco antes Steve estava pedindo uma nova chance comigo. O motivo pelo qual me separei fez todo encanto que eu sentia por ele acabar de uma só vez, eu não poderia seguir com nosso casamento, mas a separação em si me deixou muito triste, e aquela conversa no mesmo dia não me fez nada bem. Eu achava que era apaixonada e que ninguém jamais me conheceria tão intimamente como ele "teoricamente" me conhecia, então foi meio difícil encarar as mudanças.
— Teoricamente a conhecia?
A pergunta foi acompanhada por um tom de voz confiante e curioso.
Lucas percebeu que foi ele quem me fez ver que meu ex-marido definitivamente nunca me conheceu intimamente, mas eu não queria ter que verbalizar aquilo.
— Sim, teoricamente.
Disse, simplesmente, e me levantei, começando a colocar um prato sobre o outro e os talheres sobre o de cima para levá-los à cozinha, tentando escapar da pergunta seguinte, mas fui agarrada por um punho e impedida de fugir.
— Fale comigo.
— Você está querendo bajulação?

CAPÍTULO 16

Lucas riu que chegou a tremer os ombros, até que acabou soltando meu braço e eu me apressei para levar as louças à pia.
— Bajulação? Você é ótima! Mas não, não estou querendo bajulação, só estou tentando conhecer você.

Ele se levantou, pegou a travessa da massa e contornou a ilha para largá-la sobre o fogão de vidro preto, que estava todo respingado de molho funghi.
— Okay... – eu disse, desligando a torneira e virando de frente a ele, mas deixando minhas mãos apoiadas na pia – Eu não sou assim! Ou eu não era assim! Ou talvez eu sempre tenha sido assim, mas não sabia... – quanto mais desconfortável eu ficava, mais Lucas parecia se divertir – Enfim... Com você é tudo tão... diferente! Meu corpo responde antes que meu cérebro possa processar a informação. E você parece conhecer cada ponto enlouquecedor que eu tenho. – esfreguei as mãos no rosto, um pouco nervosa, e voltei a apoiá-las na pia – Aliás, parece conhecer melhor que eu mesma, porque alguns deles eu nem sabia que tinha. – o sorriso do cara à minha frente estava quase tomando seu rosto inteiro, mas ele não se movia. Estava parado com os cotovelos apoiados na ilha, apenas me escutando – Na realidade, eu sou uma boba que só tive um cara na vida e que achava que ele sabia o que era melhor para mim, mas ele era um egoísta que não prestava atenção nas mulheres que comia, e não acumulava informações, como você obviamente acumulou.

— Um cara?

Lucas se afastou do balcão e deu um passo na minha direção, com os olhos arregalados e as sobrancelhas arqueadas.

— Tá. Agora, dois.

Respondi, balançando a cabeça impacientemente.

— Você era virgem quando conheceu o seu ex-marido.

Aquilo foi uma afirmação, então teoricamente eu não precisaria responder, mas eu respondi.

— Sim.

Ele avançou mais um passo e me pressionou contra a pia, colocando suas mãos sobre o granito gelado e deixando seu rosto acima do meu, me forçando a erguer o queixo para poder olhá-lo.

— Tem gente que não enxerga a sorte que tem. O que eu não faria para poder ter você virgem e fazê-la minha. Só minha!

— Hum... Desculpe por ter perdido alguns pontos no seu conceito, mas se serve de consolo, eu...

Socorro! O que eu estou dizendo?

— Você?

Esse homem tão próximo a mim derrete meus neurônios!

— Quer sobremesa?

— Você...?

Ele não iria desistir.

Não sei por que ainda me dava o trabalho de ficar sem graça depois do que já havíamos compartilhado.

— O sexo com meu ex-marido era normal, sabe?

Sabe? Ai meu Deus, não! Eu não quero que ele pense a respeito!

— Não.

Respirei fundo.
Ok. Vamos lá.
— Steve não era muito criativo e eu não era muito de me impor. Sei lá, eu achava que tinha que ser como ele conduzia, e era isso. Não era ruim, mas... Eu não... Eu... – como se fala uma coisa dessas? – Muitas vezes eu nem chegava a gozar, enquanto com você eu explodi em mil pedaços e de maneiras tão intensas... Eu acho que algo funciona melhor com a gente. Quer dizer... Pelo menos para mim.

Qual a cor que sucede o roxo de vergonha? Era a coloração do meu rosto naquele momento.

— Um, – Lucas ergueu o indicador bem diante dos meus olhos – claro que um cara esperto presta atenção ao que sua parceira gosta, mas ter várias mulheres não faz você necessariamente bom de cama. Cada pessoa tem suas particularidades e eu posso assegurar que o que aconteceu entre nós dois foi puro instinto. Nada de exemplos. Só instinto e desejo. – concordei com a cabeça, e percebi que estava segurando a respiração – Dois, – ele colocou dois dedos à minha frente – você não "perdeu pontos" por não ser mais virgem, mas garanto que vai ser exatamente assim que você vai se sentir sobre você mesma antes de nos conhecermos. – um sorriso pretensioso se formou em seu rosto, mas eu dei todas as brechas para ele poder ser assim, não dei? – Três, – mais um dedo se ergueu perto dos meus olhos – algo definitivamente funcionou muito bem com a gente. E quatro, – ele tamborilou os quatro dedos no meu nariz – agora eu quero sobremesa!

Lucas não parecia ter dúvidas ou receios em relação ao que estava crescendo entre nós, enquanto eu surtava com todas as possibilidades. Ele estava leve e tranquilo, não tinha medo de se entregar, mas, ao mesmo tempo, ele era aquele cara conformado com o relacionamento sem amor que vivia com Camille. Era quase como se sentisse culpado pela doença ou infelicidade dela, ou como se sentisse capaz de resolver problemas que não lhe pertenciam. Posturas bastante distintas entre si, o meu Lucas e o Luke dela.

Suas mãos cravaram logo abaixo da minha bunda e ele me tirou do chão para me colocar sentada no balcão da cozinha ao lado da pia. Afastei as pernas e posicionei meus calcanhares em sua bunda perfeita, o puxando para junto de mim. Meus dedos se emaranharam em seus cabelos ainda úmidos do banho e tentei puxá-lo para um beijo, mas Lucas não me permitiu e me conteve com as mãos, ficando com o rosto perto o suficiente do meu para nossas respirações se encontrarem, sem que nossas bocas se tocassem. Seu polegar direito contornava meus lábios entreabertos e eu coloquei a língua entre os dentes para tocar sua pele. Seus olhos saíram faiscando dos meus em direção à minha boca e eu a abri mais um pouco, para ele colocar todo o dedo para dentro e me deixar chupá-lo. Girei a língua ao redor, deslizei os dentes e suguei, vendo Lucas inspirar ruidosamente enquanto eu continuava o provocando ao mesmo tempo em que minhas mãos encontravam o botão e o zíper de sua calça *jeans*. Passei o indicador por dentro do cós da cueca antes de liberar sua ereção quando ele tirou o polegar da minha boca e encostou a testa na minha.

— *Natalie.*

Sua voz sexy sussurrou meu nome, então nossos lábios se juntaram. Passei a acariciar seu membro com força e precisão em movimentos de vai e vem, sua língua me invadiu, nossos dentes se bateram e meu lábio inferior foi mordiscado repetidas vezes até que Lucas se afastou para pegar uma camisinha na carteira. Em uma sequência rápida de

CAPÍTULO 16

movimentos ele vestiu a proteção, me puxou mais para a beirada do balcão, levantou meu vestido e eu me apoiei nas mãos, erguendo o quadril para ele puxar minha calcinha, então seu pau duro foi conduzido para dentro de mim.

— Eu não vou conseguir demorar muito.

Ele avisou.

— Mete forte.

— Ahhh... Você me enlouquece!

Com uma mão, eu massageava meu clitóris, acelerando meu orgasmo, e com a outra puxava os cabelos da nuca do Lucas, que mordia meu pescoço até que joguei a cabeça para trás, fechando os olhos, me entregando ao prazer. A sensação da sua larga espessura extremamente dura dentro de mim me preenchia de uma maneira que eu nunca tinha sentido, e não demorou para o tremor do prazer começar a tomar conta do meu corpo.

— Não para. Por favor, não para!

Implorei com um uivo entre os dentes cerrados, e ele continuou metendo com força até que explodimos ao mesmo tempo em ondas de efeito catártico.

— Vou querer esta sobremesa todos os dias! – Lucas disse, beijando de leve meu pescoço enquanto ainda estava todo enfiado em mim – Mas agora não me provoque mais porque não tenho mais camisinhas.

Exalei uma risada.

— Você anda com uma quantidade indecente de preservativos na carteira, sabia?

— Geralmente tenho um só. – ele disse, quando rompia nossa conexão – Não que eu esteja sempre pensando em usar, é só um hábito de adolescência. Tenho porque tenho. Mas depois que nós brincamos no meu carro no meio da festa de ontem, fiquei sem nenhum, aí passei na farmácia antes de vir para cá e... Sabe como é... – ele fez uma cara safada e deu de ombros, como se dissesse: "Sim, vim aqui pensando em comer você, várias vezes!" – Comprei alguns.

— Seu sacana!

Dei um tapinha de leve em seu braço.

— Sacana nada. Otimista. E confesso que só não comprei mais porque não tinha a marca que eu prefiro. - ele riu – Mas a culpa é toda sua, *Natalie*. Quem mandou ser tão gostosa?

— Ah, então você só quer é se aproveitar do meu corpo? – brinquei. E quando ele ia falar alguma coisa, eu prossegui – Tudo bem. Eu só quero isso de você também!

— *Natalie...*

Seu tom era um aviso brincalhão.

Depois de lavar toda a louça e secá-la demoradamente, Lucas estendeu o pano de prato e nos atiramos no sofá da sala. Desliguei a música, ligamos a tevê em um canal qualquer e ficamos abraçados e conversando, como dois namorados em um sábado normal.

Eram quase duas da tarde quando Lauren me ligou.

— Ei, sua pervertida, Meg vai chegar aí daqui a pouco, avisa que vou atrasar, mas já estou a caminho. Vamos pegar um sol em Half Moon Bay, quer ir conosco?

Ela estava de bom humor outra vez.

— Parece uma ótima ideia. – fiz cara feia para Lucas entender que eu não estava achando nada ótima a ideia que acabara de ouvir – Mas, quando chegarmos lá, o sol já vai ter se posto!

— Vai nada. Vamos sair em vinte minutos.

Meu dia maravilhoso ao lado do meu novo... O que ele era meu? Namorado? Amigo? Amante? Enfim... Nossas horas de felicidade tinham chegado ao final.

— Minha irmã está chegando, nós vamos pegar uma praia em Half Moon Bay. Você precisa ir embora.

Fiz um bico, mostrando insatisfação.

— Quando vamos nos ver outra vez?

Ele perguntou, colocando a mão na minha nuca, fazendo carinho nos meus cabelos.

— Lucas, eu não quero que isso soe como se eu estivesse pressionando, mas a questão é que nós não podemos continuar com isso enquanto você for uma pessoa comprometida. Isso é absurdo! Até ontem eu era veementemente contra o que estamos fazendo. Para ser sincera, nem sei como me permiti chegar até aqui.

— Eu vou resolver isto. Eu vou falar com Camille ainda hoje.

— Calma. Você também precisa saber como ela está e pensar na Rolling, me deixe dar uma olhada no seu contrato na segunda-feira. Temos que avaliar as possibilidades.

— Segunda-feira? Isso quer dizer que não vou ver você de sábado antes das três da tarde até segunda-feira? Sem chance! Não consigo.

— Lucas, não seja infantil. O que difere você de um animal é a capacidade de raciocinar. Não aja como um bicho no cio!

— Neste caso, a Srta. é quem está no cio, e me enlouquecendo tanto a ponto de me fazer sair de casa para ficar correndo atrás e querendo comer você o tempo todo.

— Oh, Deus! Que ridículo!

Brinquei, dando um soquinho no peito dele, então me levantei do sofá e estendi a mão para ele, que ao invés de usá-la para se levantar, me puxou para seu colo e me beijou, mas infelizmente não pudemos continuar com o beijo, com os carinhos, nem com nada, porque em poucos minutos minha irmã e nossa amiga estariam no nosso apartamento e Lucas não poderia ser visto ali.

Fomos até o meu quarto, ele pegou a chave do carro e o telefone, que estavam na mesinha de cabeceira, e seguiu em direção à porta da rua. Eu não sabia que perspectiva criar sobre aquela história, mas desejava que pudéssemos ficar juntos outra vez, e rezava para que ele estivesse sendo sincero comigo, porque eu estava me entregando sem nenhum cuidado.

Sem falar nada, fiquei na ponta dos pés, o envolvi com os braços e enterrei a cabeça em seu pescoço. Lucas cheirava ao meu sabonete, mas seu delicioso cheiro natural ainda estava presente.

E me abraçando de volta, ele fez carinho nas minhas costas.

— Ahhh... Pequena, o que você fez comigo em tão pouco tempo?

Pequena? Que coisa fofa!

— Conhecer você foi a coisa mais libertadora, estimulante e feliz que já me aconteceu.

Eu disse e Lucas me afastou, segurando meu rosto entre as mãos.

— Não fale em tom de despedida. Estamos apenas começando.

Nos beijamos com calma e muito carinho, então ele foi embora.

17

Passar um tempo com minhas amigas sempre foi algo que adorei fazer. Sair, tomar uns *drinks*, assistir a filmes românticos que homens odeiam ou apenas sentar em um lugar qualquer para desfrutarmos o prazer de nossas companhias era a melhor terapia que existia, mas naquele momento minha cabeça estava tomada por um único pensamento e eu ainda não estava pronta para dividir a novidade com as garotas. Lucas era só o que eu queria, mas também seria bom ficarmos um pouco afastados para colocarmos as ideias no lugar.

E se ele decidisse ficar com a Camille até... o fim?

Ele estaria se mostrando uma pessoa ainda mais maravilhosa e muito provavelmente eu acabaria ainda mais encantada, consequentemente sofreria muito mais por termos que interromper o que quer que havíamos iniciado. Depois da última noite, ou eu acabaria muito feliz ou muito triste. O "indiferente" já não existia. A bomba havia sido acionada e era uma questão de pouco tempo para uma grande explosão.

Meg tocou o interfone e eu liberei a porta para ela subir. Minha amiga vestia um macacão curtinho verde-claro que combinava com seus olhos e contrastava com os cabelos castanhos, e enquanto falava sem parar sobre o último carinha que tinha conhecido na aula de *muay thai*, eu jogava meu vestido branco sobre a cama, colocava um biquíni com uma roupa qualquer por cima e pensava no Lucas.

— ...E ele disse que meu *jab* é muito bom e que tem medo do meu *kao noi*.

— *Kao* o quê?

Eu não ouvi nem metade da história.

— *Kao noi*! O chute! Você não está ouvindo nada do que eu estou falando?

— Tô! Claro que tô! Eu só... É... me perdi nos termos.

Fui salva pelo gongo com a chegada da Lauren, que começou a falar ainda mais, e em poucos minutos estávamos a caminho da praia para aproveitarmos o início da quente primavera que o ano estava nos proporcionando.

Nos atiramos sobre nossas cadeiras à beira do lindo mar azul-esverdeado ao lado de Patty, que havia voltado da Austrália, e Carol, que estava nitidamente bêbada em plena luz do sol, e entre uma risada e outra eu bebia alguns goles de cerveja, e daquela vez realmente ouvia Meg contar sobre sua mais nova e hilária frustração amorosa cheia de "*jabs*" e "*kao nois*".

Patty ainda curtia uma fossa porque, aparentemente, julgou errado sua amizade com Max, um ex-colega de faculdade meu e da Lauren que tivemos a infelicidade de apresentar à nossa amiga quando seu namorado a trocou por uma ruiva que mudou para o apartamento ao lado dela. Lauren me olhou como se dissesse "eu não disse?" e eu pisquei de volta concordando, mas pela primeira vez não achei tão absurdo assim Patty ter tido coragem de ir atrás de um carinha de quem ela gostava. Não devemos lutar por amor? Devemos! Mas não devemos correr atrás do amor nos humilhando. Eu sei. E ser amante de alguém também não é exatamente "lutar por seu amor!" Eu também sei disso.

Quase cuspi minha bebida quando ouvi uma voz estridente chamar meu nome.

— Natalie, querida!

Virei a cabeça e vi Camille parada ao lado da minha cadeira. A última pessoa no mundo que eu queria encontrar estava parada ao meu lado com um sorriso cínico estampado no rosto oval. Um calor angustiante me tomou por inteiro e senti minhas bochechas ferverem.

Franzi o rosto e levei a mão à testa quando o sol ardeu nos meus olhos azuis ao virar para cumprimentá-la.

— Oi, Camille, tudo bem?

Ela estava usando um biquíni estampado de branco, verde, laranja e amarelo, com calcinha pequena e laços nas laterais, o que não favorecia seu estilo de corpo, mas o tope deixava seus enormes seios em evidência, e eu tinha certeza de que aquilo é que chamava a atenção.

Sim, eu imaginei Lucas com ela! E depois de conhecê-lo "por inteiro", tentava encaixá-la nas cenas que eu tinha vivido horas antes, mas alguma coisa não fazia sentido, como se ele só fosse daquele jeito comigo.

— Tudo ótimo. E você?

— Também.

Tentei não puxar assunto, para ver se ela ia embora e me permitia voltar ao ritmo normal de respiração e batimentos cardíacos.

— Estamos em um grupo de amigos, não querem se juntar a nós?

Ainda sentada, dei uma olhada para trás e vi várias pessoas esparramadas em cadeiras de sol e acomodadas debaixo de um enorme guarda-sol listado de azul e branco.

— Hum... Obrigada, mas faz um tempo que eu e as meninas não conseguimos colocar os assuntos em dia. Tiramos a tarde para ficarmos juntas.

— Claro. – ela balançou as mãos à minha frente – Vou voltar lá e esperar pelo Luke.

Meu coração martelou com mais força.

Esperar pelo Lucas? Por que ele não me disse que também viria para cá?

— Espero que a reunião de ontem à noite tenha sido proveitosa para ele.

Eu disse, na tentativa de fazê-la falar mais sobre seu noivo.

— Sabe que eu não sei? – um sorriso arrogante se formou em seus lábios e eu fiquei reparando em seus dentes parelhos e graúdos antes de ela prosseguir – É que ontem à noite estávamos mais preocupados em fazer outras coisas além de conversar.

Ela riu escandalosamente, balançando o corpo todo, e eu dei um sorriso falso em resposta. Há tempo que Camille tentava me hostilizar, e aquilo me irritava cada vez mais, mas ela estava doente e eu estava transando com o noivo dela. Será que não era eu quem estava hostilizando alguém?

Merda!

Ela voltou ao seu grupo, que no final das contas estava bem próximo ao meu, mesmo com a praia praticamente vazia, e eu voltei aos assuntos descomplicados das minhas amigas, mas sem a mesma calma de antes, afinal, eu veria Lucas novamente, e não fazia ideia de como seria o encontro.

CAPÍTULO 17

Minha agitação interna foi me deixando cada vez mais desconfortável. Lauren me viu abandonar minha segunda latinha de cerveja pela metade e tirar da bolsa uma garrafa de água, que tomei inteira em dois goles, depois ela me mandou um olhar desafiador quando saí no meio de um assunto sobre a época da faculdade e caminhei em direção ao seu carro.

Passei em frente às cadeiras onde a noiva do Lucas estava e parei para cumprimentar Philip, que chegava naquele instante. Camille olhava meu corpo, minimamente coberto por um pequeno biquíni branco de lacinhos com ponteiras douradas, sem nem disfarçar a análise, e suas amigas também não pareciam satisfeitas em me ver, talvez alguma delas gostasse do Philip. As duas garotas que eu não conhecia não eram nem perto de serem feias. Uma era morena e a outra tinha o cabelo castanho bem claro e uma pele dourada que reluzia de tão linda. Os três caras que estavam junto me cumprimentaram de longe e lembrei de ter visto dois deles na Mimb na noite anterior, mas não lhes dei muita atenção, me afastei de Philip com um "até breve" e continuei em direção ao carro para pegar mais água no *cooler* que tínhamos deixado na sombra.

18

Peguei uma garrafa de água gelada e abri a tampa para despejar um pouco do líquido nas mãos e molhar o rosto e o pescoço. Eu estava em chamas, sentindo um calor febril que era ao mesmo tempo de expectativa e nervosismo. Virei um pouco da água no meu peito e enquanto as gotas escorriam entre meus seios ergui o olhar para ver de onde vinha a vibração que de repente senti me envolver.

Vestido com uma bermuda azul-escuro com duas barras brancas verticais nas laterais e uma camiseta branca com uma pequena palavra escrita na altura do coração, Lucas me observava com luxúria a uma curta distância. Eu lhe dei um sorrisinho e uma discreta piscada de olho e ele inclinou a cabeça com um enorme sorriso naqueles lábios carnudos que já tinham passeado por todo meu corpo. Meu Deus! Nem parecia verdade que tudo aquilo tinha realmente acontecido! Senti o desejo apontar no meu ventre e apertei de leve as pernas, motivando-o a caminhar confiante em minha direção.

Olhando nervosa para os lados, segurei a respiração até ele chegar próximo o suficiente de mim.

— Seminua, com esse corpo perfeito exposto ao sol, se molhando dessa maneira, e você quer que eu resista até segunda-feira? Eu mal consegui resistir os segundos em que fiquei observando!

Lucas já estava a um passo de distância, sem encostar em mim, mas conseguindo me deixar completamente excitada.

— Camille está aqui. Saia de perto de mim ou eu não me responsabilizo por meus atos.

O que era meio brincadeira e meio verdade.

— Pequena, não me provoque assim, porque você não sabe do que eu sou capaz.

Ele descansou as duas mãos no meu quadril e eu apoiei as costas no carro, parando de me preocupar se alguém poderia ver, se poderíamos nos meter em confusão ou se o mundo poderia acabar, mas quando Lucas começou a inclinar o corpo para me beijar, Philip apareceu ao nosso lado e deu para perceber que ficou completamente sem jeito por ter testemunhando uma aproximação íntima demais para o envolvimento que teoricamente mantínhamos. De qualquer forma, ele não ficou mais constrangido do que eu.

— Hum... Oi, Luke.
— Phil. Tudo bem?

Totalmente distanciado de mim, Lucas cumprimentou o amigo mantendo no rosto um sorriso normal e tranquilo, como se nada estivesse acontecendo.

— Eu só vim pegar uma água gelada. – eu disse, com a voz trêmula – Preciso voltar para minhas amigas. Com licença.

CAPÍTULO 18

Philip olhava para nós dois sem dizer nada e eu saí dali completamente humilhada, me sentindo uma amante vagabunda. Nem consegui levantar o rosto, mas, apesar da vergonha, agradeci que tivesse sido Philip a aparecer e não outra pessoa, e principalmente, foi muita sorte que não tivesse sido Camille a nos ver juntos! Precisávamos nos cuidar mais, mas era quase impossível raciocinar perto do Lucas.

Voltei para meu grupo, dei um grande gole no resto da minha água e, ainda alheia à conversa das meninas e ignorando os olhares confusos da Lauren, fui mergulhar para tentar apagar meu fogo. A água estava congelante, mas eu mergulhei de uma só vez e senti o frio abrandar meus pensamentos ferventes. Eu precisava botar a cabeça no lugar e agir de acordo com uma pessoa digna e respeitável. O que eu estava fazendo ao manter um relacionamento clandestino com Lucas?

Quando saí do mar, senti o sol evaporar as gotículas salgadas da minha pele, me deixando aquecida novamente, e minhas pernas perderam a segurança ao me levarem de volta ao meu lugar, quando vi Lucas e Philip chegando juntos onde seu grupo de amigos conversava alto e animadamente. Lucas tinha tirado a camiseta e a pendurado em um ombro, e eu pude me deliciar com aquela vista sem me preocupar que alguém reparasse, porque todas as pessoas ao redor estavam fazendo o mesmo que eu. Luke Barum era uma visão e tanto!

Eu me perdi em pensamentos por alguns segundos, até que o pânico tomou conta. Camille veria as marcas das minhas unhas! Avaliei tudo que podia de onde eu estava e percebi que Lucas tinha feito um curativo no ombro onde eu o havia mordido, mas e as costas?

Caminhei de volta às minhas amigas e Lucas seguiu se aproximando dos amigos dele, mas furtivamente me deu uma olhadinha, me fazendo relaxar. Ele já era meu.

Sua noiva levantou quando o viu e foi rebolando entusiasmadamente em sua direção, mas ele a impediu de se aproximar demais, segurando-a pelos ombros, e o estranho foi que ela aceitou com tranquilidade aquela reação distante. Eles deviam ter tido uma grande briga antes daquele encontro, e sorte minha que eles estavam distantes, porque se eu o visse trocando carinhos com ela depois das horas maravilhosas que passamos juntos, eu não seria capaz de conter meu desespero e muito provavelmente choraria feito uma louca no meio da praia.

Quando seus amigos se levantaram para cumprimentá-lo, eu deitei de bruços na toalha posta sobre a areia e desamarrei a parte de cima do biquíni para não ficar com nenhuma marca no bronzeado das minhas costas, e no mesmo instante um barulho de garrafas quebrando chamou minha atenção para a pequena mesa plástica que estava montada entre as cadeiras dos amigos do Lucas. Ergui um pouco o corpo, segurando o biquíni com um braço sobre os seios e meus olhos foram direto encontrar os olhos do Lucas, que se resumiam a duas pequenas fendas tensas me crucificando. Sua respiração estava violenta e a cabeça inclinou quando um osso do maxilar ficou mais saliente. Meus olhos arregalaram e eu comecei a olhar em volta para entender o que estava acontecendo de errado. Camille e suas amigas já recolhiam as garrafas e afastavam as roupas que tinham molhado com as bebidas, Philip procurava alguma coisa na mochila e seus outros três amigos... seus amigos olhavam descaradamente para o meu grupo, e muito provavelmente apreciaram o show quando eu desatei o laço que mantinha minha roupa de banho no lugar.

Droga!

Engoli em seco quando um deles ergueu sua cerveja me cumprimentando de longe e dei um sorriso torto em resposta, mas logo pedi para Lauren amarrar meu biquíni para que eu não corresse nenhum risco tentando fazer aquilo sozinha, então sentei de costas para eles.

— Já está assim, é?

— Assim o que, Lauren?

Minha irmã se inclinou e ficou bem próxima do meu rosto para sussurrar.

— Sendo mandada!

Eu não disse nada, só fiquei a olhando enquanto ela, impassível, me olhava de volta.

— Nat! Vamos confraternizar com Luke e a galera dele. Eles parecem bem interessados no que temos por aqui.

Nunca vi uma pessoa tão disposta quanto Meg.

— Seria antiético, Meg.

— Você acha, Nat?

Lauren conseguia ser muito mais irônica que eu.

— Acho!

Respondi seca e com segurança. Ela não ia me desestabilizar. Não ali. Não naquele momento.

Eu estava sentada na minha toalha, ouvindo minhas amigas falarem sobre o grupo de amigos bonitos do meu "cliente", quando, de repente, o assunto cessou e eu o senti antes mesmo de ouvi-lo.

— *Natalie*, que surpresa encontrá-la aqui.

Com o coração pulsando forte, virei o rosto e o vi ao meu lado, então levantei para cumprimentá-lo.

— Oi, Lucas, tudo bem?

— Tudo ótimo! – ele respondeu, olhando no fundo dos meus olhos azuis, e me deu um longo beijo na bochecha, aparentemente não se preocupando com a reação de sua noiva, depois virou para minha irmã – Oi, Lauren, tudo bem?

— Oi, Luke. Tudo bem. E você, muito animado com o casamento?

Eu não entendo por que às vezes ela tem que ser tão vaca!

— Na verdade, não.

Ambas fizemos expressões surpresas e ficamos sem reação. Não acreditei que ele realmente disse aquilo, e não só minha irmã ouviu, como minhas amigas também. Mas foi muito legal ver Lauren tentando deixá-lo constrangido, mas acabando ela ficando sem graça e sem fala, quando ele foi tão honesto e direto em sua resposta.

Para dissipar o momento estranho, o apresentei à Meg, Carol e Patty, e depois de cumprimentá-las, ele se voltou novamente a mim.

— Gostaria de marcar uma reunião na segunda-feira para analisarmos o contrato de um patrocinador. Preciso rescindir ou reestruturar minha relação com a Rolling. Urgentemente!

Lucas foi enfático na última palavra e eu precisei conter um sorriso e me segurar para não lhe dar um beijo ali mesmo, na frente da minha irmã, das minhas amigas e sua noiva de merda!

— Claro! Depois do almoço eu estarei liberada.

— Talvez pudéssemos almoçar juntos...

— Eu tenho uma audiência no final da manhã, mas ligue para o escritório, se eu

CAPÍTULO 18

já estiver de volta podemos nos encontrar no restaurante ali em frente.
— Combinado. – seu olhar abrasador me comunicou com toda clareza que naquele momento ele me fodia em sua mente, e eu senti meus hormônios gritarem dentro de mim – Meninas, – ele acenou com a cabeça para minhas amigas, que estavam boquiabertas – com licença.
Deus do céu, esse homem ainda vai me matar!
Lucas mal tinha se afastado e Meg foi logo perguntando.
— Nat, que homem é esse?
Antes que eu tivesse a oportunidade de responder, Carol se intrometeu.
— É o mister universo dono daquele cachorro que vimos no Crissy Field, e o vimos na festa da Mimb também. – minha amiga citava, quase babando ao ver Lucas se afastar – Não lembra, Meg?
— Claro que lembro! E eu já tinha visto Luke na televisão e em algumas revistas. Ele parece ainda mais jovem ao vivo, não é? Nossa... – ela se abanou com as mãos, fingindo acalmar seu calor – Mas eu estava falando tipo "que homem é esse" no sentido de... "Que homem é esse?"
Meg gesticulava, ria e olhava cada vez mais descaradamente na direção do Lucas e seus amigos.
— Noivo, Meg! Relaxa. A gente viu na Mimb que não daria para investir. É sempre assim, os mais gatos sempre estão acompanhados.
Enquanto Carol explicava, eu fiquei morrendo de vontade de contar para elas tudo que estava acontecendo na minha vida. Com certeza elas dariam pulos de alegria, gritinhos histéricos e me fariam narrar detalhadamente como era fazer sexo com aquela testosterona ambulante, mas eu não podia dizer uma palavra sequer.
Eu confiava nas minhas amigas, mas precisava manter a imagem do Lucas perante as pessoas que ele não conhecia. Talvez ele não gostasse que eu falasse que ele estava traindo a noiva, assim como eu não gostaria que seus amigos soubessem que eu estava aceitando ficar com ele enquanto ainda estava com a Camille. Mas o que foi realmente chato naquele momento foi ter que escutá-las fazendo comentários...
— Selvagem. Certo que ele é selvagem. Vocês viram a intensidade daquele olhar? Aquele homem não poupa nem um resquício de energia!
— Concordo, Patty. – disse Meg – E duvido que aquela coisinha que ele tem como noiva dê conta do recado. Deve ser por isso que ele não está animado com os preparativos do casamento, deve estar imaginado que fez uma grande burrada. Aposto que ele precisa de mais, e aí é que eu posso entrar...
— Tá, mas então Nat, como está a relação profissional de vocês?
Eu não queria que conversássemos sobre o Lucas, mas aparentemente seria difícil fazê-las mudar de ideia.
Dei um gole no resto da cerveja quente que havia abandonado momentos atrás e respondi à pergunta da interessada Carol.
— É só um cliente, como qualquer outro.
Tentei soar o mais normal possível, o que não teria sido assim se eu não estivesse tentando parecer tranquila. Eu e minhas amigas jamais veríamos um homem lindo como Lucas e não comentaríamos nada. Na realidade, elas estavam comentando, e muito. Meg inclusive tentava medir as mãos dele à distância, porque sempre disse que a mão aberta de um homem se medida na diagonal, era proporcional ao... Enfim, eu

tentava não absorver mais nada do que elas falavam, tentando conter minha ira e meu ciúme, abstraindo o fato de que a conversa fluía animadamente sobre o pau e a maneira de fazer sexo do cara com quem eu estava me envolvendo. Eu só falava quando a pergunta era totalmente direcionada a mim e estava cogitando tentar meditar para me esquivar daquela situação toda.

— Isso quer dizer que é parte do seu trabalho ter que ficar numa sala fechada conversando com ele por horas e horas? Como você aguenta? Ele emana tensão sexual, eu derreteria em dois minutos a sós ao lado daquele deus.

Meg ria e eu ficava cada vez mais desconfortável.

— Vamos mudar de assunto?

Perguntei olhando para Lauren, como quem pede socorro, mas ela estava muito quieta, e eu estranhamente não consegui entendê-la.

— Meninas, o papo está ótimo e seria ótimo confraternizar com Luke e seus amigos gatinhos, mas preciso ir pra casa. – Patty se levantou e colocou por cima de seu biquíni de crochê azul-marinho um vestidinho do mesmo tecido – Alguém quer carona?

— Eu!

Carol a imitou e vestiu sua longa camisa branca por cima do maiô bronze recortado, e as duas foram embora carregando suas bolsas, que eram quase maiores que elas próprias.

Às seis da tarde o sol já estava se entregando e Meg foi embora com seu irmão, que tinha passado o dia surfando em Santa Cruz e parou em Half Moon Bay para lhe dar uma carona. Eu e Lauren optamos por ficar por ali mais um tempo, para jantarmos a caminho de casa, então continuamos jogadas na areia, aproveitando os últimos sinais de claridade, enquanto o grupo de amigos do Lucas seguia perto de nós, conversando tão animadamente que conseguíamos até escutar seus assuntos, que eram basicamente sobre corridas, algumas histórias antigas de suas vidas e esportes em geral.

Quase todas as pessoas que estavam aproveitando a tarde na praia já haviam ido embora, inibidas pelo vento do final do dia, e foi então que, de repente, Philip se levantou e caminhou até nós.

— Nat, Lauren, sentem-se conosco. Buscamos camarão à milanesa, gostam?

— É melhor ficarmos aqui, Philip.

Respondi às várias perguntas incutidas naquela frase única e ele me entendeu, mas não aceitou.

— Não, Nat, não é melhor. Vamos?

Ele ergueu as sobrancelhas e baixou o rosto para se comunicar não verbalmente, praticamente mandando que eu me juntasse a eles, ou melhor, ao Lucas. Lauren não emitiu som algum, e antes que eu pudesse contestar novamente, Philip foi me puxando delicadamente pela mão, até que meus neurônios voltaram a funcionar quando estávamos sendo apresentadas aos amigos do meu cliente. Pensar naquela palavra me embrulhou o estômago, porque a maneira como eu estava conduzindo a situação fazia realmente Lucas parecer meu cliente, mas em outro tipo de negócio.

A conversa fluiu agradavelmente até umas oito da noite. Os amigos do Lucas eram muito divertidos e eu gostei de conhecê-los. Philip, com quem eu já estava familiarizada, era o mais tímido. Ewan, um loiro de pele clara e olhos azuis, tinha respostas inteligentes para todos os comentários. Antony, um cara com estilo meio indiano de corpo malhado e cabelos escuros e lisos caindo no rosto, parecia o tipo de menino de família que estudou em boas escolas e sabia transitar por todos os universos. E Joe

CAPÍTULO 18

era o palhaço da turma. Um moreno magro e alto de cabelos arrepiados que parecia valorizar sua posição naquele grupo. Lucas estava sentado no lado oposto a Camille, que passou a maior parte do tempo tagarelando com suas amigas, colaborando com meu bem-estar. A garota morena junto dela se chamava Samantha, tinha a pele muito clara, os olhos muito verdes e, de perto, sua magreza era impressionante, e a que tinha os cabelos castanhos bem claros era Jenny, seus olhos eram quase da mesma cor dos cabelos e a pele bronzeada era tão bem cuidada e sem manchas como eu nunca tinha visto na vida. Ela era bem bonita, tinha um corpo torneado e seios definitivamente siliconados. Aparentemente elas três não sabiam conversar sobre "assuntos masculinos" e só davam suas opiniões quando o tema era algo mais abrangente, e mesmo assim não eram opiniões muito bem elaboradas. Minha mãe costumava brincar comigo, dizendo que se eu pudesse colocar palavras como "inconstitucionalissimamente" em frases corriqueiras, eu colocaria, mas aquilo era uma grande mentira! Eu sabia controlar meu vocabulário formal fora do horário de expediente, só não tinha muita paciência para papos fúteis demais.

O sol já havia se posto há algum tempo e o frescor da brisa noturna carregava um aroma de plantas misturado ao cheiro natural do mar.

— Pessoal, eu acho que nós devemos aproveitar a noite enchendo a cara e desfrutando da piscina da casa do Luke. Concordam comigo?

Quem perguntou animadamente foi Joe, o amigo palhaço, que também foi o cara que brindou à distância comigo horas antes.

Todo mundo se empolgou instantaneamente, apenas eu e Lauren permanecemos caladas. Certamente o convite não nos incluía.

— Vamos?

Lucas perguntou, me olhando.

— Não!

Respondi num susto, que nem me deu tempo de pensar em uma reação mais controlada.

— Claro! – a voz da Lauren sobrepôs à minha e eu virei de súbito para vê-la fazer um rabo de cavalo displicente, como se estivesse aceitando um convite supernormal – Meu namorado está estudando e hoje é sábado. Parece uma ótima ideia para fugir da televisão.

Um enorme sorriso foi a resposta do Lucas à minha irmã, como se eles fossem bons amigos.

Que porra era aquela?

— Até nós passarmos em casa e tomar banho já vai ser muito tarde.

Tentei argumentar naturalmente, mas mandando um olhar furioso para quem deveria estar tentando me manter fora de problemas, e não me jogando dentro deles. Que ideia maluca era aquela da minha irmã? Irmos à casa do Lucas?

— A gente vai pra piscina, gata. Vamos direto daqui.

A voz de Joe transbordava animação e ele quase pulava ao nosso redor, despertando olhares não muito amigáveis das três mulheres sentadas nas cadeiras no lado oposto de onde estávamos.

Novamente virei o rosto para Lauren e ela apenas assentiu uma vez, então eu acabei aceitando o convite, porque percebi que ela estava determinada e segura, mas agitada e nervosa eu segui sem entender sua reação.

19

Joe, que antes estava de carona com Ewan, foi conosco ao Sonata prata da Lauren para mostrar o caminho até a casa do Lucas. Sua boca pequena e o nariz pronunciado eram marcantes em seu rosto magro, assim como suas espessas sobrancelhas, mas o que mais chamava atenção era, definitivamente, seu bom humor. Fazia tempo que não via alguém tão animado.

Quando estacionamos em frente à enorme casa de esquina no coração de Sea Cliff, eu pisquei incrédula algumas vezes antes de atinar abrir a porta e descer do carro. Não me surpreendia Lucas ter uma casa naquele bairro, mas a casa em si me surpreendeu.

A construção antiga de dois andares era rodeada por um impecável jardim de grama muito verde. Árvores altas indicavam o início da trilha em direção às escadas iluminadas que levariam até a porta principal, e várias qualidades de flores contornavam o terreno junto à calçada. O tom cinza da pintura das paredes ficava mais evidente junto às janelas brancas e o contraste preto da gigantesca porta de entrada e da garagem, dando a masculinidade ideal àquela arquitetura quase romântica.

Lucas apareceu abrindo a enorme porta pivotante à nossa frente, trazendo Camille consigo. Ela estava com os olhos vermelhos e o rosto inchado, entregando logo de cara que havia chorado no caminho até ali, e a perspectiva de estar destruindo a vida de alguém me fez sentir a vilã da história, porque, ao invés de ser minimamente honesta e dar-lhe espaço, eu estava ali, ao lado dela da maneira mais falsa e descarada do mundo, não dando chance ao Lucas de mudar de ideia.

Aquele papel não combinava comigo, e ao vê-la tão triste eu me senti ainda pior do que eu já estava por simplesmente ter aceitado participar do mundo deles.

— Lauren, vamos embora.

Falei baixinho próximo ao seu ouvido quando a puxei pelo braço antes de entrarmos na casa.

— Por quê? Está doida?

— Não estou me sentindo bem aqui, não foi correto termos aceitado o convite.

Quando ela colocou a mão sobre a minha é que percebi que eu estava cravando as unhas em seu braço.

— Calma, Nat, não se crucifique tanto. Luke está obviamente apaixonado, enfeitiçado ou alguma coisa assim por você. Agora nós vamos criar o convívio, a amizade, o álibi. Vocês precisam ser vistos juntos em público e apenas como amigos, para depois não parecer que já se encontravam escondidos. Isso seria ruim para você e péssimo para ele.

— Álibi? – pisquei duas vezes e enruguei a testa – Pra quê? Ele é meu cliente, só isso! Eu estou sóbria agora.

CAPÍTULO 19

Minha irmã sorriu amigavelmente, depois de bastante tempo de tensão entre nós duas, e balançou a cabeça em descrença à minha justificativa.

— Se eu não a conhecesse tão bem, nem diria que vocês dormiram juntos esta noite.

Arregalei os olhos, abri a boca, mas não consegui dizer nada.

— Hum...

— Nat, – ela colocou carinhosamente uma mecha do meu cabelo para trás da orelha – eu sei que tem alguma coisa acontecendo, e quando chegarmos em casa você vai me contar direitinho o que é, mas agora, apenas siga com o show.

Meu Deus, isso tá errado! Quem sou eu? Que tipo de monstro egoísta me tornei?

Lauren me puxou pelo antebraço e entramos no espaçoso e luxuoso hall de entrada. Desnorteada e ainda bastante apreensiva, mais uma vez eu não sabia se me movia ou absorvia o que meus olhos enxergavam. O piso de mármore marfim era o primeiro indício de que o interior da casa seria tão luxuoso quanto seu exterior. Na peça pouco decorada via-se apenas um grande carro de corrida preto preso à parede. Era tão inusitado que eu nem me preocupei em esconder o espanto. O pé direito expandido da entrada o envolvia, nos tornando pequenos diante aquele "enfeite" bastante original, iluminado por mangueiras de led escondidas no efeito de gesso que o contornava. A decoração era tão elegante quanto ostensiva e foi impossível não me sentir intimidada.

Os amigos do Lucas passaram em direção a não sei onde e eu e a minha irmã ficamos um pouco mais atrás, esperando pelo anfitrião.

Dando um giro de 180 graus, fiquei novamente de frente à porta preta da entrada e observei Lucas a fechar e chavear com um clique.

— Que porta linda!

Meus olhos estreitaram para analisar os desenhos minúsculos daquele material que eu não conhecia e avancei alguns passos para meus dedos deslizarem curiosos pelo batente, para sentir a textura levemente rugosa.

— Gostou? É de carbono.

— Carbono?

— Um material muito usado nos carros de corrida. É resistente e leve.

— Hum... Muito de acordo, Sr. Piloto, bem como o quadro na sua parede. – apontei o carro e sorrimos juntos naquele "nosso" rápido momento – Por falar em estar "de acordo", onde está o Pole?

— Você conhece o Pole, Natalie?

Eu tinha abstraído completamente que Camille seguia junto a nós.

— Hum...

Girei o corpo em direção ao interior da casa e tentei fazer minhas sinapses funcionarem depressa para eu não demonstrar mais do que podia.

— Nos encontramos em Crissy Field há algumas semanas.

Lucas prontamente me socorreu.

— Hoje quero ver se consigo fazer um carinho no seu cachorro. Sou louca por labradores, e acho o chocolate o mais bonito.

Lauren completou, deixando a história mais real e tranquila.

— Bem, vamos entrar. Ele está no pátio.

— Você pode me ajudar um instante, Luke?

Camille pediu, esperançosa.

— Depois.

A resposta seca de Lucas quase soou áspera e sua noiva se retraiu instantaneamente, indo para onde eu supus ficar o quarto, porque ela saiu de perto de nós e desapareceu correndo nas escadas que levavam ao segundo andar.

Caminhei ao lado do Lucas por uma sala de estar ao lado de outra de jantar que eu não prestei muita atenção e chegamos a um ambiente de home theater com um enorme e aconchegante sofá em L com um pufe à frente. Ambos eram forrados com um tecido que parecia uma camurça grafite, e umas dez pessoas poderiam facilmente se refestelar ali para assistir à televisão de led que devia ter umas mil polegadas e ficava presa a um painel cinza que integrava um conjunto de armários e prateleiras brancos e de vidro. Vi alguns porta-retratos na estante, e um em especial prendeu meu olhar; era Lucas e Camille muito bem-arrumados. Ela sorrindo para a foto e ele sorrindo para ela. Ali havia sim sentimento. Pelo menos em algum momento ele gostou dela. Senti náuseas e tratei de olhar outra coisa. Do outro lado da peça via-se um pequeno corredor com um espelho em uma parede inteira e uma gigantesca imagem do Lucas guiando um carro na outra, ao final encontravam-se enormes portas de vidro parcialmente cobertas por persianas pretas.

— Pode ir.

Lucas disse, ao me ver parada com os olhos fixos nas portas à frente.

— Eu não quero ser invasiva, eu só... Só estava olhando.

— É o meu escritório em casa. Venha, quero que você veja.

Segui Lucas pelo corredor com iluminação nos rodapés e ele deslizou uma folha de vidro e acendeu as luzes ao entrarmos na sala.

Troféus, quadros de fotos da carreira dele e capacetes estavam por toda parte. Uma mesa de vidro com uma enorme cadeira de couro branco ficava em frente a um quadro iluminado do carro dele em uma corrida na chuva e duas poltronas também de couro branco ficavam do lado oposto. Dei alguns passos pela sala e me pus a observar as imagens.

Vi Lucas muito novinho correndo de kart, também segurando um troféu e abraçando uma senhora que imaginei ser sua mãe, apesar de ele não ser nada parecido com ela. Vi também seu carro fazendo uma ultrapassagem incrível e outra sob o pôr do sol. Todas as imagens estavam dentro de quadros idênticos com moldura e paspatur brancos, mas a foto que mais me chamou a atenção foi uma só dos seus olhos dentro do capacete, que estava com a viseira aberta. Um registro daquele olhar que eu já conhecia e desejava sentir sobre mim muitas vezes mais.

Lembrei dele me encarando enquanto metia em mim com força, e uma onda de prazer se pronunciou bem lá embaixo, me fazendo entreabrir os lábios e respirar fundo pela boca.

— Gostou da foto, Pequena?

Ninguém estava perto para nos escutar e eu aproveitei a oportunidade, porque já fazia muitas horas que não tínhamos a chance de falar qualquer coisa sem que ninguém ouvisse.

— Seu olhar me enlouquece, até mesmo em foto.

Lucas abriu a boca em uma mistura de sorriso e espanto, e seus olhos piscaram divertidos.

— Se você me fizer perder o controle, terá que arcar com as consequências. Já sabe disso, não sabe? E eu estou pouco me fodendo pro tamanho do estrago que podemos causar. Na verdade, se não fosse por seus argumentos, o estrago já estaria feito.

Ele sussurrou próximo demais do meu ouvido, mas com uma postura educada

CAPÍTULO 19

como se estivesse apenas me mostrando alguns troféus, e eu só dei uma risadinha e continuei analisando as fotos.

— Sua mãe?

Apontei para imagem à minha frente.

— Sim.

— Ela é muito bonita, mas você não se parece em nada com ela. – ele riu – E nesta foto, quantos anos você tinha?

Indiquei um quadro ao lado.

— Onze. Foi no dia que venci meu primeiro campeonato de kart.

— Que novinho! Você tinha uma cara de sapeca.

Olhei de volta para ele e voltei a encarar a foto despigmentada do garotinho com uma boca grande demais para seu rosto e dentes permanentes ainda crescendo.

— É, digamos que dona Leonor teve um pouco de trabalho.

Rimos enquanto meus olhos continuavam estudando o que viam.

— Não vejo fotos com seu pai...

A maioria dos registros era dele nos carros, mas tinham algumas pessoas além de sua mãe em outras imagens, porém era nítido que era o pessoal das equipes que ele correu, ou eram pilotos famosos que eu já tinha visto na televisão.

— Eu não tenho pai.

Fiquei meio sem graça por ter tocado no assunto. Eu devia ter entendido quando ele mencionou comentários que sua mãe fazia sobre seu pai. Claro, ele já havia falecido. Perder um pai não deve ser fácil, e pelo jeito a perda foi no início da infância, já que Lucas não teve a oportunidade nem de tirar uma foto com ele em alguma de suas corridas. Senti pena daquele garotinho sapeca que cresceu só com a mãe, e que no momento me olhava com olhos de onze anos em um rosto de homem feito.

— Ah, desculpe, eu não sabia. Eu sinto muito.

Ele não disse nada em resposta, nem um clássico "tudo bem", como as pessoas costumam mentir para as outras não ficarem sem graça.

20

Voltamos até a sala e nos encaminhamos às portas pantográficas que davam acesso ao jardim, onde uma piscina retangular com uns dez metros de comprimento embelezava grande parte da extensão daquela área a céu aberto. Ao lado ficava uma churrasqueira e um bar, junto a uma mesa de madeira com bancos inteiros no comprimento e duas cadeiras de acrílico transparente nas extremidades. No lado oposto era montado um ambiente com quatro espreguiçadeiras junto a um conjunto de sofás de ratam com almofadas em couro branco, onde um enorme bambu mossô emoldurava uma lareira de tijolos claros. O piso de pedra cinza contrastava com o mármore marfim do restante da casa, combinando perfeitamente com o estilo contemporâneo e sofisticado do ambiente.

— Venha pra piscina, Nat!

Quem foi que deu tanta intimidade ao Joe? Só podia ter sido o álcool!

— Já vou.

Senti o calor do corpo do Lucas atrás de mim quando estava prestes a passar pela porta e ir em direção à minha irmã, não ao Joe. A respiração dele provocou arrepios ao acariciarem a pele próxima à minha orelha, e quando ele começou a falar, me senti fraca e tomada por desejo.

— Cuidado com o Joe. Não dê liberdades demais.

— Não tenho intenção em dar a liberdade demais para ninguém. – o olhando sobre o ombro, corrigi: – para *quase* ninguém.

— Muito bom saber. – Lucas sorriu carinhoso e prosseguiu – Mas Joe está dando em cima de você desde a praia, e agora está ainda mais bêbado. Só, tenha atenção.

— Capaz! – falei, com a voz muito baixa, me virando completamente de frente ao Lucas – ele só está tentando ser simpático.

— *Natalie*, todos meus amigos falaram de você em todas as vezes que entrou no mar ou se deitou com essa sua bunda deliciosa para cima. Especialmente quando você teve a brilhante ideia de desamarrar a parte de cima do biquíni! – ele mudou seu tom para enfatizar – E você não faz a menor ideia da raiva que eu senti por não poder nem mandar todos calarem a boca. Então, só por precaução, fique longe. Especialmente do Joe.

— Sim, Senhor.

Concordei, sem saber como contra-argumentar, e Lucas me deu um sorriso satisfeito. *Que possessivo!*

Saí de perto dele e me aproximei de onde Lauren estava sentada conversando com as amigas da Camille, e Pole foi correndo até mim. Abracei o enorme cachorro e vi Lucas sorrindo como se me visse cuidar de um filho seu, mas de repente ele deu as costas, me

CAPÍTULO 20

deixou acariciando seu cão e saiu. Certamente foi atrás da Camille, que não havia dado as caras até então, e a ideia me deixou deprimida.

— Nat, sabia que Jenny também é advogada?

Minha irmã começou a me enturmar, como se eu estivesse muito interessada em fazer amizade com as amigas da Camille.

— Ah, é. Que coincidência!

Não sei por que eu disse aquilo, afinal, o que mais existe no universo são advogados. Conversávamos futilidades quando Philip se aproximou e nos ofereceu uma cerveja. Aceitei de bom grado e dei um grande gole para ver se me distraía um pouco, mas nem o álcool e nem as músicas animadas que estavam tocando seriam capazes de me fazer pensar em alguma coisa que não fosse o que poderia estar acontecendo há mais de vinte minutos no andar de cima.

— Onde está a Camille?

Como se lesse meus pensamentos, Jenny perguntou, olhando para Samantha.

— Deve estar no quarto. Dessa vez acho que ela não segura o Luke. – o quê? Prendi a respiração – Camille não sabe nem onde ele passou a noite. Só foi encontrá-lo na praia. Não vão dizer que eu falei isso, por favor!

Samantha deu mais um gole em sua cerveja e sorriu dando de ombros, como se não estivesse nem aí caso a amiga perdesse o noivo.

Tanto ela quanto Jenny estavam nitidamente bêbadas desde quando ainda estávamos na praia, e de repente eu queria instigá-las a falar tudo que sabiam sobre o relacionamento da Camille e do Lucas. O que elas poderiam me revelar?

Sentindo o sangue bombeando forte nas veias, dei mais um gole na minha cerveja e tentei prosseguir o assunto...

— Deve ser só um pequeno desentendimento.

Nunca fui muito boa com esse tipo de joguinho, então foi só isso que consegui articular para falar.

— Dessa vez eu não sei. Luke está diferente. – Jenny mexeu o canudinho do *drink* adocicado que bebia – Mas se ele precisar, podemos fazer um vale a pena ver de novo!

O quê? Um vale a pena ver de novo? Lucas e Jenny? A mulher da pele perfeita e seios siliconados? Eu preciso saber mais.

— Você e o Luke, é?

Lauren deu um tapinha na coxa de Jenny, como se compartilhasse ou entendesse perfeitamente o interesse por Luke Barum, mas o que ela queria era mudar o foco do meu completo assombro ao tentar digerir aquela informação, e junto tentava descobrir mais coisas sobre o cara que estava me enlouquecendo completamente.

— Ai, sim. Ele é muito delicioso, né, meninas? – Samantha e Lauren se juntaram à risada afetada de Jenny e eu precisei exigir ao máximo das minhas conexões neurais para acompanhar o papo – A gente ficava de vez em quando, mas aí ele foi morar na Europa de novo e Camille em seguida foi atrás. Enfim... O final está aí.

Ela meneou a cabeça com uma expressão de enfado.

De cinco mulheres que estavam naquela casa naquele momento, Lucas já tinha comido três delas. Será que alguém que o namorasse sempre teria que conviver com seu passado amoroso? A ideia não me soava nada atraente e me enchia de ciúmes.

E foi tomada por essa reação complexa e avassaladora que pedi licença, dizendo que iria pegar meu celular esquecido na minha bolsa que estava na sala, e entrei novamente na casa. Então, sem me permitir pensar duas vezes, me vi subindo as escadas que davam acesso aos quartos, e só o que passava pela minha cabeça era que eu precisava de provas de que Lucas estava sendo honesto comigo, que eu precisava entender o que realmente significava a relação dele com a Camille e o que significava ele ser amigo de ex-amantes. Apesar de nunca ter sido ciumenta ou neurótica, eu vinha de um péssimo histórico amoroso, e nem Lucas nem ninguém me faria passar pelo papel de idiota outra vez. Talvez eu estivesse supervalorizando as informações que acabara de receber, mas meu estado pós-traição me muniu de certas dúvidas e inseguranças que eu não conseguia deixar passar em branco.

Com o coração na mão, sentindo como se fizesse parte de um filme de suspense, atingi o segundo andar e ouvi gritos vindos detrás de uma porta fechada.

— VOCÊ NÃO PODE ME ABANDONAR, LUKE! VOCÊ SABE QUE EU NÃO VOU SOBREVIVER SEM VOCÊ!

Corri até o som e fiquei prestando atenção ao diálogo.

— CHEGA, CAMILLE! PARA COM ESSE DRAMA!

— Luke... – ela baixou a voz e eu precisei juntar a orelha à porta para seguir escutando. Se alguém me pegasse ali eu não teria o que dizer em minha defesa, mesmo assim, segui arriscando – Eu amo você. Desculpa se às vezes eu sou meio intransigente, mas a gente pode dar um jeito, a gente sempre dá. Eu aceito o que você quiser.

— Camille... Não... – sussurros e barulhos estranhos soavam do outro lado da porta e eu não conseguia identificá-los, até que Lucas engrossou a voz... – Coloque suas roupas de volta. Isso não vai funcionar.

Oh, meu Deus!

Meu estômago revirou e me afastei da porta como se tivesse levado um choque.

— SE VOCÊ SAIR POR ESSA PORTA, EU VOU FAZER UMA LOUCURA!

— Faça o que você quiser, Camille. Não posso mais me responsabilizar pela minha vida e a sua. Você não vê que isso tudo é doentio demais?

— Estamos nervosos... – seu tom era de súplica – Promete que quando estivermos mais calmos vamos conversar novamente?

— Vou receber os convidados.

— PROMETE, LUKE?

— Camille...

— POR FAVOR!

— Prometo, Camille. Prometo.

A voz dele ficou mais próxima à porta e eu corri ao quarto ao lado antes que ele saísse em direção ao andar de baixo.

Na penumbra, vi se tratar de um quarto de hóspedes todo branco e com pouca mobília, mas não prestei muita atenção.

Lucas desceu as escadas apressado e eu saí do meu esconderijo para ir atrás dele, mas então escutei os soluços da Camille.

— Mãe, desta vez eu não sei o que fazer. Ele deve ter outra, ele parece irredutível! – fez-se uma longa pausa, até que ela gritou – ENCARA OS FATOS, MÃE, O CARA ACHA QUE EU TENHO UMA PORRA DE TUMOR NA CABEÇA E MESMO ASSIM TÁ ME DEIXANDO! QUE CARTAS A MAIS NA MANGA EU POSSO TER? JÁ FINGI UM ABORTO, SUICÍDIO, DEPRESSÃO... EU NÃO CONSIGO MAIS SEGURAR O LUKE! Eu tô perdendo meu noivo...

CAPÍTULO 20

Ela sussurrou sem fôlego ao final.
— Meu pai do céu!
Exclamei para mim mesma, entendendo o absurdo e a importância do que acabara de escutar, chegando a ficar nauseada com a confissão.
Camille chantageava Lucas para que não a deixasse, e ele, por pena ou sei lá o que, acabava cedendo. Aquilo era insano!
— Óbvio que não tem ninguém aqui em cima. Aqueles abutres estão todos lá embaixo, curtindo e se divertindo às custas do Luke. Ninguém vai me escutar. Mãe, preste atenção, eu preciso de ajuda! Eu amo o Luke, não posso viver sem ele! Tá me entendendo? Eu faço qualquer coisa. Qualquer coisa!
Meu coração batia duro no peito, minha respiração estava pesada e difícil. Por um lado, tudo poderia ficar mais fácil para mim e o Lucas, apesar daquela louca que provavelmente ficaria no nosso encalço, mas por outro lado o que representaria para ele saber que havia sido enganado e usado em uma relação unilateral e sem propósito, a não ser o de dar mais tempo à Camille para conseguir prendê-lo definitivamente? Eu não podia nem começar a imaginar como ele se sentiria ao descobrir as verdades sobre sua noiva.
Desci correndo as escadas quando ouvi Camille se despedindo de sua mãe e imediatamente peguei meu celular e mandei uma mensagem à minha irmã.
"Me encontre na sala ao lado do jardim."
Lauren entrou parecendo preocupada e me encontrou sentada no sofá.
— Nat, você está com algum problema? Está se sentindo mal?
— Lauren – sussurrei movimentando uma mão, pedindo que ela se aproximasse – acabei de escutar uma conversa da Camille com a mãe dela.
— Meu Deus, Nat, você tá maluca? Todo mundo está percebendo sua ausência, inclusive Luke.
— Cala a boca e me escuta. – Lauren arregalou os olhos – Pelo que eu entendi, Camille chantageia o Lucas pra ele não a largar.
— E por que ele cederia à chantagem?
— Porque ela é muito convincente, conseguindo, por exemplo, exames que comprovam que ela tem um tumor no cérebro e que está à beira da morte!
— O QUÊ?
Minha irmã ficou pálida. Provavelmente, como eu também estava.
— Está tudo bem aqui?
Lucas entrou na sala e eu o olhei, sentindo tanta dor e tanta pena que não consegui nem mentir que estava bem.
— Sim. – Lauren respondeu sorrindo, dando um tapinha nas minhas costas – Nós já vamos lá pra fora, não é mesmo, Nat?
A cara que ela fez para mim foi de "cala a boca e me obedeça", e foi exatamente o que eu fiz.
— Sim. Eu só... Eu estava falando com a minha mãe.
Balancei o telefone em frente ao meu rosto, mas Lucas franziu o cenho, me encarando com desconfiança.
— *Natalie.*
Ele chamou meu nome assim que passei por ele.
— Tá tudo bem. Só preciso de uma cerveja.
Ou dez! Pensei.

Lucas foi pegar minha bebida, e a caminho de onde as meninas estavam sentadas, Lauren me informou que eu agiria normalmente, nem que precisasse entrar em coma alcoólico para esquecer o que tinha acabado de escutar, porque antes de jogar a merda no ventilador nós precisaríamos avaliar os possíveis desdobramentos dos fatos, e minha irmã estava preocupada que minha imagem saísse manchada naquela história, caso Lucas não conseguisse conter sua raiva ao descobrir, através de mim, que fora enganado por sua noiva.

Bebi uma cerveja atrás da outra até que já estava sentindo meus lábios formigarem, e então Camille apareceu ao nosso lado, vestindo um maiô preto de ombro único, muito elegante, o que me fez virar o resto de mais uma latinha de Heineken.

— Desculpa ter deixado vocês sozinhas.
— Você está bem?

Jenny perguntou, parecendo verdadeiramente preocupada, e não uma amiga tão frágil quanto uma taça de cristal.

— Claro. Estou ótima. Vou pegar uma cerveja pra mim também.

Camille se afastou e meus olhos voaram até Lucas. Ele estava na piscina com os garotos, mas parecia muito angustiado ao me encarar de volta, então, tentando aliviar aquela tensão, dei um sorrisinho rápido e resolvi entrar na água também.

Discretamente, enquanto ainda estava sentada na mesma espreguiçadeira que minha irmã, tirei minha camiseta branca e me levantei o mais imperceptivelmente possível para baixar meu short *jeans* sem chamar atenção dos rapazes que estavam conversando alto e gargalhando, mas digamos que eu não tenha sido discreta o suficiente, porque eu mal havia aberto o botão da minha roupa e ouvi um "fiu-fiu", que certamente não foi emitido pelo Lucas.

Ignorando a brincadeira, entrei na água e me deliciei com a sensação gostosa do calorzinho dentro da piscina aquecida em contraste com a brisa noturna da primavera.

— Chega aqui, Nat.

Só pelo tom de voz de Joe, eu já senti medo em me aproximar, entretanto, fui até onde eles estavam conversando, especialmente porque eu estava precisando muito ficar próxima do Lucas. Da maneira que desse.

Assim que cheguei mais perto, Joe me puxou de supetão pela cintura, juntando meu corpo ao seu, e eu olhei Lucas por cima do ombro de seu amigo, percebendo que a festa estava prestes a acabar.

— Hum... Você pode me soltar? – espalmei as mãos em seu peito e o empurrei – Não me sinto muito bem sendo agarrada abruptamente por estranhos.

— Ok, princesa, eu vou bem devagarzinho, se é assim que você prefere.

Joe estava cheio de insinuações em sua fala mansa e eu fiquei irritada por ele achar que tinha liberdade de falar comigo daquele modo, mas foi Lucas quem respondeu.

— Chega, Joe. – ele puxou o amigo para completamente distante de mim – Natalie não é do tipo das vagabundas que você está acostumado a pegar, e se for pra você ficar importunando, é melhor dar o fora daqui.

Todos os olhos masculinos se voltaram para ele, que pareceu nem se importar em ter parecido "protetor demais" com sua advogada.

— Ei, ei, ei, cara. Calma aí. Um homem não pode se apaixonar?

Lucas estreitou os olhos para Joe e enrijeceu o corpo, mas antes que a conversa virasse briga, Antony interrompeu e chamou minha atenção.

CAPÍTULO 20

— Natalie, você tem namorado?
— Não. Sou recém-divorciada.
Respondi, virando de frente ao outro amigo do Lucas.
— Oh, oh, oh! Então eu ainda posso sonhar! – Joe bateu palmas, não levando a sério a carranca mal-humorada do dono da casa – O cara não dava o que você precisa, princesa? Não tratava você da maneira certa?
Lucas engoliu em seco, mas se conteve, muito provavelmente entendendo meu olhar tranquilizador. Eu sabia lidar com aquele papo machista.
— Não. Não me tratava da maneira certa. Ele era muito parecido com você, muito legal, muito amigável, muito imaturo. Não funciona pra mim.
Os cinco caras começaram a rir, incluindo o próprio Joe, que disse que eu havia partido seu coração, e eu apenas dei de ombros com um olhar inocente.
— Mas então você pode, por favor, esclarecer pra mim o que exatamente você procura em um homem?
O extremamente disposto amigo do Lucas seguia com uma curiosidade desnecessária, mas Lucas já estava relaxado outra vez, então eu segui com o show.
— Hum... – estiquei um braço para pegar a garrafa de cerveja que Lucas mais segurava que bebia e nossos dedos se esbarraram de leve, causando aquele choque que nosso toque sempre provocava em nossas peles. Inspirei profundamente e Lucas se afastou, agitando a água e fazendo ondas molharem meu colo, que estava acima da linha molhada, e com isso seus olhos voaram para os meus seios e eu o vi abrindo a boca para inalar pesadamente antes de umedecer os lábios com a língua. Tomei um grande gole da cerveja que antes esteve em sua boca, o que me remeteu à sensação de seus beijos quentes e molhados e fez meu corpo reagir, então precisei juntar minhas forças para responder o que Joe havia perguntado – Eu procuro um homem que me complete. Alguém que me faça ser mais emocional que racional. Que desafie meus medos e me leve às alturas. O cara tem que me fazer sentir especial e única.
Lucas havia me entendido. Sua compreensão estava marcada clara como o dia em seu rosto. Eu precisava não ter medo de amar novamente, e muito mais rápido do que o esperado, após um divórcio traumático, ele estava me fazendo sentir assim.
— Muito poético. – Joe revirou os olhos – Mas, e na parte prática? Se é que você me entende...
— Ei, Joe, ela é uma garota!
Philip mencionou, caso ninguém mais tivesse reparado, mas logo foi interrompido por Joe e Ewan, que jogaram água nele e pediram que buscasse mais cerveja. Lucas estava parecendo uma estátua de gelo na minha frente, mas nitidamente oscilando entre desejo e curiosidade. Sorri discretamente para ele, enquanto os demais caras pareciam crianças brincando na água, e disse:
— O cara tem que me foder mais de uma vez em sequência. – Lucas se engasgou com um gole de cerveja e seus amigos me dedicaram toda sua atenção, enquanto ele tossia – Ele precisa me pegar forte, me fazer perder o controle sobre meu corpo, me mostrando que ele me conhece melhor que eu mesma. Ele tem que me fazer gritar seu nome, e então eu serei dele.
— Puta que pariu!
Antony exclamou e bateu nas costas de Joe, que pela primeira vez naquele dia havia ficado sem fala.

Sim, a Srta. Advogada também sabe ser meio "boca-suja".
Lucas deu um sorrisinho discreto e convencido, e eu senti meu rosto corar.
— Hum... – Joe estava procurando as palavras – E você já encontrou tudo isso?
Eu estava apenas esperando por aquela pergunta.
— Sim. Com todos os rounds e a intensidade que eu sonhava.
— Oh, porra. – Joe pigarreou enquanto os amigos riam surpresos – Ok, galera, eu vou nadar um pouquinho.

Joe foi nadar, Philip pegou mais bebida e Ewan, Antony e Lucas iniciaram algum assunto mais leve assim que eu pedi licença para voltar ao grupo das meninas nas cadeiras próximas à piscina.

Ao me afastar, virei de volta em direção ao grupo masculino e Lucas sorriu para mim, com seus olhos brilhando fogo e promessas.

21

Bebíamos tantas cervejas e *drinks* adocicados que antes das duas da manhã eu já cambaleava ao redor da piscina, deixando totalmente esquecida no meu subconsciente a bomba que eu tinha para revelar ao Lucas, me permitindo apenas curtir estar ali; na casa dele, perto dele outra vez. As risadas e brincadeiras rolavam soltas. Os garotos tinham uma disposição quase adolescente e era muito mais animado ficar junto deles do que junto ao grupinho feminino, que tinha dificuldade em se entrosar nas piadas masculinas, e era ao lado dos caras que eu estava quando alguém resolveu abrir um champanhe, e fui logo exclamando animadamente:

— Uhul! Quero ver se você é tão bom com o sabre quanto me disse, Lucas!

Não me lembrei de chamá-lo de Luke e tampouco de pensar antes de falar. Óbvio que meu comentário demonstrou intimidade demais, e mesmo percebendo os olhares de todos sobre nós dois, Lucas continuou a nossa conversa.

— Só se você fizer o tal contorcionismo que me falou.

Rimos descontraidamente, não nos importando com o resto das pessoas, e eu só disse que precisava estar mais vestida, e ele novamente aceitou a desculpa.

Caminhando até um armário junto ao bar que contornava a churrasqueira, Lucas pegou um pano branco e secou bem a garrafa de alguma edição especial e ridiculamente cara de Moët & Chandon Dom Perignon, depois retirou o papel laminado, a gaiola da rolha e elegantemente empunhou um sabre que ficava enfeitando uma parede. Girando a garrafa à procura do local certo de corte, ajeitou o ângulo, posicionou a navalha do sabre virada para o próprio corpo e, em um movimento rápido, com a parte grossa da lâmina, cortou o gargalo, fazendo soar um estouro e muitos gritos comemorativos.

Eu precisava aprender a fazer aquilo!

Todos ergueram suas taças recém-servidas e fizemos um brinde em prol à vida, "e ao amor", Lucas acrescentou, me olhando quando os cristais já se chocavam uns nos outros.

Éramos dez pessoas bêbadas dançando e conversando ao redor da piscina no meio da madrugada, e conforme o álcool entrava, a inibição saía. De repente, Samantha e Ewan se grudaram em um beijo, e sem a menor cerimônia se enfiaram no banheiro próximo à porta de acesso ao pátio. Camille seguia tentando se aproximar do Lucas, e Jenny o comia com os olhos, enquanto rebolava até o chão ao som de uma música da Shakira. Philip era o único que parecia normal, como sempre, enquanto Antony estava trocando incessantes mensagens no celular, nem dando atenção a Joe, que acabou desistindo de falar com o amigo e partiu para dançar perto de mim e da Lauren.

Com a língua enrolada, eu cantava cada música que as caixas de som amplificavam no jardim, e vestida apenas com o short *jeans* por cima do biquíni, eu balançava o corpo fechando os olhos e sentindo meu mundo girar deliciosamente. Então iniciou a melhor música que poderia tocar naquele momento, e eu cantei mandando olhares sugestivos para a única pessoa que me inspirava dizer aquelas palavras.

> *"I've been looking for a driver who is qualified*
> *So if you think that you're the one step into my ride*
> *I'm a fine-tuned supersonic speed machine*
> *With a sunroof top and a gangster lean*
> *So if you feel me let me know, know, know*
> *Come on now what you waiting for, for, for*
> *Me engine's ready to explode, explode, explode*
> *So start me up and watch me go, go, go[11]"*

Muito provavelmente eu não estava sendo discreta o suficiente, porque dizer que Lucas engasgou ao me ver olhar fixamente em seus olhos enquanto eu levantava os braços e remexia o quadril seria errado, porque o que ele fez foi cuspir a bebida que recém tinha posto na boca quando eu tinha oferecido apenas uma linha da canção, mas eu o deixei continuar surpreso, deixei Philip se apavorar para chamar atenção da Camille, deixei o mundo ruir e segui levando as mãos aos cabelos e as deslizando pelo meu corpo, enquanto sorria insinuantemente para o Lucas, que mal conseguia olhar para qualquer coisa que não fosse o meu corpo enquanto eu prosseguia com o show.

> *"Got you where you wanna go, if you know what I mean*
> *Got a ride that's smoother than a limousine*
> *Can you handle the curves? Can you run all the lights?*
> *If can baby boy then we can go all night*
> *Goes from 0 to 60 in three point five*
> *Baby you got the keys*
> *Now shut up and drive[12]..."*

Usando uma bermuda de banho de tecido leve, Lucas precisou se sentar em uma das cadeiras de acrílico na cabeceira da mesa ao lado do bar para disfarçar a enorme ereção que se apresentou por debaixo de sua roupa, e eu ri quando percebi sua necessidade em se esconder.

Lucas podia me deixar subindo pelas paredes com apenas um olhar, mas eu também era capaz de desestabilizá-lo mesmo a uma certa distância. Era interessante analisar a

---

11 *Eu tenho procurado por um motorista que seja qualificado, então se você acha que é a pessoa certa, pegue minha carona. Eu sou uma máquina calibrada com velocidade supersônica, com teto-solar e uma pose de gângster. Então, se você me sente, avise-me, avise-me, avise-me, vamos lá agora, o que você está esperando? Meu motor está pronto para explodir, explodir, explodir, então me dê a partida e me veja ir, ir, ir.*

12 *Levo você até onde você quiser, se você entende o que quero dizer, tenho um carro que é mais macio que uma limusine. Você pode lidar com as curvas? Pode ultrapassar as luzes? Se você puder garoto, então podemos nos divertir a noite inteira. Vai de 0 a 100 em 3,5. Querido, você tem as chaves, agora cale a boca e dirija...*

CAPÍTULO 21

maneira como o fogo que existia entre nós dois era capaz de queimar mesmo sem que houvesse contato. Era algo tão simples, tão cru, que chegava a ser complexo.

Música após música, Joe ficava chegando perto demais de mim e eu me esquivava a cada investida, até que, quando Lucas entrou em casa para buscar mais bebida, seu amigo foi muito enfático, me prendendo contra uma das portas de vidro que davam acesso à sala.

— Delícia, você está me deixando maluco.

— "Delícia"? Uau! – ri, debochando do seu galanteio brega – Desculpa. Não era minha intenção deixá-lo maluco.

Baixei o corpo para passar debaixo de seus braços, que estavam esticados ao lado do meu rosto, mas ele me segurou e me manteve no mesmo lugar.

— Vamos só conversar um pouquinho...

— Joe, por favor, você está sendo inconveniente.

Suas mãos subiram pelos meus braços e seu rosto se aproximou do meu, me fazendo precisar virar para o lado para me esquivar de um beijo indesejado.

— Joe! – Philip, o fiel escudeiro, chamou ao nosso lado – Preciso da sua ajuda.

— Calma aí, cara, eu tô tendo uma conversinha com a Nat.

— Nós já conversamos tudo que tínhamos pra conversar. – espalmei as mãos no peito magro e desnudo à minha frente e tentei empurrá-lo – Com licença, Joe.

— Isso vai dar merda, cara. Venha aqui, por favor.

Pobre Philip. Previa uma catástrofe, mas não sabia como convencer o amigo a me deixar para lá.

Joe não me soltava e eu percebia que Philip estava ficando cada vez mais nervoso. Eu até o imaginava pensando que tinha que conseguir tirar o amigo de cima de mim antes que o Lucas voltasse, senão...

Tarde demais! Lucas apareceu bem quando Joe falava ao pé do meu ouvido, pedindo que eu mandasse Philip sair do nosso lado para que pudéssemos conversar mais tranquilamente, e sem dizer uma palavra, Lucas fez uso de sua altura e força para dar uma gravata no amigo e tirá-lo de perto de mim.

— Porra, Joe. Você tá procurando confusão?

Lucas disparou, quando o soltou lhe dando chance de se defender.

— Qual é, cara! – Joe exclamou confuso, passando uma mão no pescoço – Tô na boa, tentando conversar com a mina, cuida da sua namorada. Qual o seu problema?

— Joe, – minha voz segura chamou a atenção de todos, que já tinham até parado de beber e dançar, para assistir à situação que se desenrolava – Luke está sendo cuidadoso comigo porque sabe que eu acabei de passar por um divórcio muito traumático e viu que você está bêbado demais e sendo inconveniente demais. Obrigada, Luke. - olhei para ele e assenti com a cabeça uma única vez – Vamos indo, Lauren?

— Claro.

A voz da minha irmã foi tudo que se ouviu, além da música que ainda tocava.

Nenhum pedido de desculpas foi feito e Joe apenas saiu de perto e entrou sala adentro, enquanto Lucas estalava os dedos em uma falsa calma que não me enganava.

Peguei meu celular no sofá próximo à piscina, vesti minha camiseta e me despedi da Camille, que havia me seguido até lá.

— Até mais.

— Tchau, querida. Não leve Joe a mal, ele paquera todo mundo, mas é uma boa pessoa. Você devia investir.

— Obrigada pela dica.
Que vontade me deu de sentar a mão na cara dela!
— Ei! – Ewan vinha de dentro do lavabo, sacudindo seus cabelos claros sem saber de nada que tinha acontecido, e trouxe Samantha a tiracolo, enquanto piscava seus graúdos olhos azuis insinuando uma ideia brilhante – O dia amanhã vai estar perfeito. Vamos fazer um churrasco na sua casa de final de semana, Luke?
— Eu acho melhor não, porque...
Camille nem pôde terminar a frase, antes do Lucas se atravessar e ser bem contrário à sua opinião.
— Ótima ideia! Só não vamos deixar Joe beber!
O amigo fanfarrão já estava de volta e sorriu amigavelmente para ele.
— Vá se foder, cara.
O clima ficou leve outra vez e combinamos de passar o dia seguinte em uma casa que Lucas tinha no alto de uma colina, em Sausalito, onde, pelo que me disseram, eu veria um verdadeiro cartão-postal da baía de São Francisco.
— Vocês vão se surpreender com o lugar. Tem uma porra da vista pra Golden Gate que é de tirar o fôlego! – Antony dizia, empolgado, para Lauren e eu – Eu já tentei comprar a propriedade do Luke, mas ele se nega a vender...
— E não adianta recomeçar com o drama, Antony.
Lucas retrucou, dando um leve empurrão no ombro do amigo.
— Eu sei. Eu sei. Você deve gostar mesmo daquela casa, porque pagou uma pequena fortuna pelo lugar, não vai lá quase nunca e não aceitou a outra pequena fortuna que ofereci para comprá-la.
Antony era o mais simpático dos amigos do Lucas, depois de Philip. Pelo que fiquei sabendo, ele era herdeiro de uma rede hoteleira e tinha em seu poder dinheiro suficiente para suas próximas mil gerações. Era de se admirar que não fosse um playboy deslumbrado. Era de se admirar também que ele não tivesse mulher alguma ao seu lado, porque além de boa companhia, ele também era muito bonito com seu estilo másculo e indiano.
A casa que Lucas tinha e que o amigo tanto falava era usada apenas para "diversões de finais de semana", e eu preferi nem pensar o que isto poderia abranger. Lá poderíamos curtir a piscina, jogar tênis numa quadra de saibro, fazer uma trilha até a baía, e se tivéssemos sorte, contaríamos com alguns visitantes ilustres que moravam na mata. Desde que não fossem cobras, estava tudo bem por mim.
Aproveitando o clima descontraído, desafiei Lucas no tênis, e ele, muito convencido, disse que ia me derrotar fácil, fácil. O detalhe era que ele não sabia que eu já tinha sido tenista profissional.
Feitas as despedidas, o educado anfitrião nos acompanhou até a saída e, sem se importar com a presença da minha irmã, que obviamente já sabia e de certa maneira concordava com a nossa situação, ele contornou minha cintura com um braço assim que nos afastamos da sala que ligava o jardim à casa.
— Desculpe pelo Joe.
— Tá tudo bem, Lucas.
— A vontade era de quebrar a cara dele! Desculpe, Lauren, eu sei que essa situação toda é muito estranha.
Ele foi educado com minha irmã, que só disse "eu entendo" e apressou o passo em direção à porta, nos dando um certo espaço e privacidade.

CAPÍTULO 21

— Pequena, eu vou levar vocês pra casa.
— Claro que não. Sua casa está cheia de gente.
— Grande coisa! Vocês beberam demais, é muito perigoso.
— Estamos acostumadas a burlar a lei dessa maneira. Vamos bem devagar. Não se preocupe. Mesmo!

Ficamos parados um na frente do outro, naquele silêncio carregado que amortecia meu corpo, até que minha irmã foi muito querida e ajudou nossa noite a acabar melhor.

— Ok, casal. Eu vou até a outra sala cuidar dos movimentos e vocês se despeçam rapidinho.

Dando uma risada gostosa, Lucas me puxou de encontro ao seu corpo e nos beijamos assim que minha irmã se afastou.

Bocas, línguas, mãos, calor e desejo.

— Não consigo mais ficar longe de você, minha Pequena. E depois daquele showzinho que você proporcionou agora pouco, eu preciso ficar o mais perto possível.

Eu ri, adorando suas palavras.

— É só o que eu quero, apesar de que já estamos indo além do que havíamos combinado.

— A combinação é ficarmos juntos. Só isso!

Voltamos a nos beijar e Lauren tossiu, se apressou para o nosso lado e nos soltamos a tempo de ver Philip se aproximando.

— Luke, precisamos fingir melhor. Volta lá que eu levo as duas pra casa.

— Gente, não precisa! Estamos bem! Somos campeãs em chegar até em casa depois de festas.

Fui abrindo a porta e Lauren saiu para as escadas da rua, já acionando o alarme para destrancar o carro.

Nitidamente desconfortável, Lucas passava as mãos nos cabelos, sem saber o que fazer.

— Você me liga assim que botar os pés em casa?
— Vou mandar uma mensagem. Não se preocupe! Boa noite.

Fiquei na ponta dos pés, olhei para Philip, que entendeu o recado e virou para a entrada da área por onde alguém poderia aparecer, e então beijei o meu Lucas uma última vez. Naquela noite.

Chegamos em casa levando três vezes mais tempo que o considerado normal, e eu mandei uma mensagem para acalmar meu doce "alguma coisa" só dizendo "chegamos", e fui direto tomar um banho. Já eram três horas da manhã e eu estava muito cansada, mas Lauren entrou no banheiro atrás de mim e eu sabia que eu não conseguiria escapar de conversar com ela.

— Nat, eu sei que está tarde e que nós estamos embriagadas, mas eu preciso saber o que está acontecendo entre você e o Luke. Desembucha!

Depois de, mesmo sem concordar comigo, minha irmã ter me ajudado, eu devia a ela uma explicação sobre o que andava revolucionando minha vida, e eu tinha certeza de que, me conhecendo como ela me conhecia, eu teria ali, mais uma vez, uma grande aliada.

— Lauren, acho que eu estou me apaixonando! – ela sorriu como se só estivesse esperando que eu confirmasse o óbvio e fez sinal para que eu prosseguisse – Ele é lindo, atencioso, cuidadoso... E faz o melhor sexo do mundo! Nada egoísta, sabe?

— Quem diria que minha irmãzinha politicamente correta apoiaria a vida clandestina, hein?

— Eu não apoio! Não pense que isso não me machuca. Eu sei que soa "fácil" dizer e seguir ferrando com a vida de alguém, mas eu não consegui evitar! A primeira vez foi porque eu estava muito bêbada e ele me pegou de um jeito que me deixou quase explodindo. Tudo que eu quis fazer desde que o conheci aflorou, e quando raciocinei já estava no carro dele e quase sem roupa. Mas depois só rolou porque ele não é apenas mais um homem sem vocação para a monogamia. Ele é um homem triste e preso a uma relação forçada, mas isso vai acabar.

— Nat, eu sei que você jamais ficaria com um cara comprometido se não fosse algo muito verdadeiro, mas vocês não podem continuar assim e precisam tomar cuidado, porque senão o resumo da história vai ser que o romance de vocês começou enquanto Camille organizava a festa de casamento deles dois. E se isso acontecer, ela vai ser a coitada que ficou sofrendo a perda do noivo, traída por ele e por você, a quem ela considerava uma amiga.

Lauren sempre foi maravilhosa!

— Você está certa. Eu te amo, maninha. Obrigada.

22

Philip ficou de nos buscar às dez e meia para irmos à tal casa de final de semana do Lucas, e quando o despertador do meu celular tocou, às nove da manhã, eu nem precisei me virar para desligá-lo, porque o aparelho estava na minha mão há uns quinze minutos, desde a hora em que acordei e fiquei observando os raios de sol se aventurarem pelas frestas da janela do meu quarto, enquanto curtia a animação por saber que logo mais reencontraria o Lucas, mas algo no meu peito estava comprimido, porque eu não podia mais esperar para contar a ele a verdade sobre Camille.

Eu não fazia ideia de onde que ele teria passado a noite anterior, depois que todos os amigos tivessem ido embora de sua casa, mas pelo drama que escutei entre os noivos no quarto, não devem ter sido fáceis suas próximas horas.

Independentemente do que acontecesse entre Lucas e eu, de a nossa relação dar certo ou não, ele tinha direito de assumir sua vida de volta. O que Camille fazia para prendê-lo era errado e muito baixo, e eu não poderia conviver comigo mesma se não contasse a verdade, para quem quer que fosse a vítima da chantagem.

Levantei sentindo uma onda de boas vibrações assim que desliguei o alarme. Coloquei uma música para tocar bem alto e, dançando, me encaminhei ao banheiro para tomar uma ducha deliciosa. Lavei e sequei os cabelos, mesmo sabendo que iria suar jogando tênis dentro de pouco tempo, mas na noite anterior eu não tinha tirado o cloro dos fios e naquela manhã eles estavam completamente duros. Fiz uma maquiagem daquelas que devem parecer que não estamos maquiadas e vesti uma roupa de tenista; saia, *top* e uma regata *dry fit* brancos, acompanhando meus tênis especiais. Antes de sair do quarto, peguei no maleiro do armário minha bolsa com minha raquete Babolat azul clara, coloquei ali dentro outra muda de roupa junto a uma toalha e fui preparar um café da manhã saudável e leve, porque havia combinado com Lucas que a primeira coisa que faríamos quando eu chegasse à sua casa seria jogar tênis, garantindo que os prováveis *drinks* que beberíamos depois não nos impedissem de acertar a bolinha.

Lauren apareceu na cozinha com cara de quem tinha acordado há cinco minutos, e tenho certeza de que, se não fosse por mim, teria desistido de passar o dia ao ar livre e se atiraria na cama para hibernar até segunda-feira de manhã. Em agradecimento, lhe preparei uma refeição matinal digna de rainha.

Pontualmente, às dez e meia, soou o interfone do nosso apartamento e eu me apressei pelas escadas do prédio para encontrar Philip nos esperando na calçada, enquanto minha irmã ainda se arrastava pelos degraus.

Pobre Lauren! Estava de ressaca e mal conseguia articular algumas palavras, e para piorar, tivemos que ficar uns dez minutos esperando Michael, que estava estranhamente atrasado.

Quando ele chegou, o "ufa" que sua namorada disse não foi nada simpático, e eu ri ao fechar a porta do carona do Jaguar preto do Philip. O motor foi ligado em seguida e descontraidamente conversamos e ouvimos Coldplay durante todo o trajeto. Lauren apenas ouviu Coldplay.

Atravessamos a Golden Gate e entramos em Sausalito contornando a baía até começar a subir o morro e chegar ao seu topo. Dobramos à direita em uma linda rua arborizada e sem casas, até que o carro embicou em frente a um portão branco de ferro forjado que protegia o interior de uma propriedade. Tudo que víamos dali eram folhagens e flores. Philip abriu a janela da sua porta, digitou um código no painel preso à parede de tijolos que circundava o terreno e os portões se abriram em duas folhas, nos permitindo acesso a uma estrada de pedras em meio a árvores que se curvavam e quase formavam um túnel natural.

O caminho fez uma leve curva e enxergamos a casa. Era uma construção branca de três andares, com janelas de vidro que ocupavam paredes inteiras e ficava atrás de um enorme jardim circular que delimitava um caminho para que os carros pudessem parar sob um pórtico em frente à porta principal. E foi exatamente ali que o Jaguar foi estacionado.

Ao lado da casa grande, mas bem afastada no terreno, ficava uma residência térrea nos mesmos moldes da outra construção, e junto dela via-se um estacionamento para vários carros sob um parreiral, ao lado de um enorme galpão que devia ser a garagem principal.

Antes mesmo que eu tivesse saído do carro, Lucas apareceu vindo de trás de uma descomunal porta de madeira rústica que devia medir uns cinco metros de altura, e ao se aproximar, me cumprimentou com um beijo no rosto, dizendo um sutil "bom dia, linda" ao me apertar mais forte, depois saudou minha irmã, Michael, que ainda não sabia de nada sobre nós dois, e Philip. Cruzamos a porta por onde ele havia saído e entramos todos juntos em um *hall* pouco decorado, onde apenas um enorme espelho ficava encostado a uma parede, junto a uma folhagem em um vaso de vidro.

Fui mantida um pouco atrás dos outros convidados e, assim que cruzamos uma segunda porta, em uma versão menor da primeira, entramos em uma enorme sala de piso de mármore branco e ficamos mais afastados dos nossos amigos.

O ambiente grande demais tinha móveis de menos. Vi que um sofá de cinco lugares de tecido bege ficava em frente a uma televisão presa a um painel de pedra, sobre uma lareira nitidamente nunca usada. Duas poltronas com tecidos estampados em tons de marrom ficavam na parede ao lado da porta de entrada, e, no centro, uma mesa quadrada e baixa guardava livros, velas e controles remoto. A outra extremidade da sala era um vazio só, mas nem por isso deixava o lugar menos maravilhoso. Bem diante dos nossos olhos, toda extensão da casa era cercada por portas sanfonadas de vidro, que naquele momento estavam completamente abertas, nos dando a radiante vista da baía, com uma privilegiada visão da Golden Gate. Não me lembro de alguma vez ter estado em algum lugar, além da casa dos meus pais, que já tivesse me feito sentir uma paz como a que eu senti, quando meus olhos marejaram diante daquela vista apaixonante.

— Lucas... – perdi a fala – Esse lugar é...

CAPÍTULO 22

— Eu sei. – ele disse, sem que eu precisasse concluir meus pensamentos – Foi exatamente por isso que comprei esta casa.
Meio zonza com a mistura do que via e o que sentia, olhei para ele e sorri.
— Como é que você não mora aqui?
— Eu... É... – por algum motivo ele ficou desconfortável e começou a estalar os dedos – Cheguei a contratar uma arquiteta e minha mãe estava me ajudando na reforma. Este lugar era completamente diferente quando eu comprei. – fez-se uma pausa – Mas Camille não gosta muito daqui, nunca se imaginou passando uma noite sequer. – ele deu de ombros – Acabei parando com tudo e só venho pra cá com meus amigos de vez em quando. Por isso que chamamos de "casa de final de semana", é quase como um "salão de jogos".
— Nossa! Isso é uma pena!
Eu realmente achava um desperdício não aproveitar aquela casa, mas confesso que fiquei feliz em saber que aquele não era um lugar onde Lucas teria memórias da Camille.
Caminhei em direção ao pátio e parei assim que cruzei o batente da porta e senti o vento contra minha pele. Fechei os olhos por um instante e fiquei apenas sentindo aquela carícia da natureza e o cheiro delicioso das árvores. Uma onda nostálgica se apossou de mim e recordações maravilhosas pipocavam em minha mente, me deixando feliz e triste ao mesmo tempo. Lembrei da casa dos meus pais e do cheiro semelhante que tinha lá. Lembrei dos piqueniques que minha mãe preparava para fazermos na praia no final de semana e vi meu pai construindo castelos de areia comigo e Lauren até bem depois de o sol se pôr. Também enxerguei minha irmã e eu andando de patins pelas calçadas e vendendo pulseirinhas de linha escrito "Carmel" aos turistas. Lembranças sempre me fizeram sentir tristemente alegre. Dá uma saudade gostosa de algo que não voltará mais, e a casa do Lucas me fez sentir aquele apego familiar que eu só sentia no meu próprio ambiente.
Naqueles pensamentos misturados, me vi casando com Lucas sob um parreiral enorme que tinha ao lado da piscina, tendo a baía como o pano de fundo perfeito. Nos vi criando uma família ali, enchendo as paredes de quadros e fotos, colocando tapetes felpudos no chão, colando desenhos infantis na porta da geladeira e deixando o fogo queimar as pedras imaculadas da lareira.
Quando abri os olhos, tenho certeza de que minhas emoções estavam tão visíveis para o mundo quanto eram para mim, porque Lucas me olhava de volta de uma maneira que nunca tinha feito. Seus olhos eram doces, muito doces, e sorriam carinhosamente, como seus lábios fechados, ressaltando toda leveza que seu corpo também demonstrava com a cabeça inclinada e as mãos soltas ao lado das pernas.
— Você gostou mesmo daqui.
Ele disse, fazendo uns vincos marcarem os cantos de seus olhos quando sorriu amplamente.
— Muito!
Sem dar tempo de continuarmos a conversa, desci os dois degraus que nos deixavam na varanda com dois sofás de almofadas brancas e fofas e apontei para o lado onde estava a quadra de tênis de saibro.
— Vamos jogar ou você já amarelou?
Lucas deu uma risada alta e movimentou uma mão, me direcionando à quadra.
— Estou ansioso.

— Mas acho melhor eu cumprimentar as outras pessoas antes.

Parando no meio do caminho, olhei para o *solarium* de vidro, que ficava próximo à piscina cheia de ângulos que ocupava todo o centro do pátio, e acabava com uma enorme raia de borda infinita paralela à baía.

— Só estão Antony, Ewan e Joe, você não precisa cumprimentá-los agora. Camille vem com Jenny e Samantha daqui a pouco.

Camille ainda não estava lá, e aquilo me deixava muito mais à vontade, mas a simples menção ao seu nome me tirou de toda aquela névoa romântica à qual aquele lugar havia me transportado, e lembrei de tudo que precisava conversar com Lucas, mas ele pareceu não perceber minha súbita tensão e seguiu caminhando e falando...

— Acho que precisamos ter uma conversinha privativa antes de começar o jogo. Você sabe, para estabelecer as regras.

Eu adorava a maneira como ele me tratava com intimidade, como se já nos conhecêssemos há muito tempo e não tivéssemos nenhuma ressalva, mas eu achava mais importante conversar sobre a Camille naquele momento.

— Seu sacana! Está querendo me enfraquecer? Esta casa já me sugou o suficiente, vou precisar de toda minha concentração para conseguir jogar. – ele riu e eu aproveitei que estávamos sozinhos para falar sobre o assunto urgente – Lucas, aproveitando que estamos sozinhos, eu preciso falar uma coisa séria com você.

— Agora?

— Sim. Não sei se teremos outra chance como esta.

— Também acho. E não quero desperdiçar esta chance "falando".

Ele deu uns passos mais rápidos e virou o corpo para parar na minha frente. Percebi que ele olhou para além de mim, acredito que tenha sido para ver se ninguém estava nos observando, e então me beijou. Um beijo rápido e doce, cheio de sentimentos.

Quando nos afastamos, em vez de aproveitar mais a sensação de formigamento que sua boca deixava na minha, eu despejei o que precisava que ele soubesse.

— Lucas, Camille chantageia você. Ok, isso você sabe, mas isso tudo é parte de um plano...

— Eu realmente não quero falar da Camille. – ele me interrompeu – Nós já terminamos.

— O QUÊ?

Minha voz se elevou demais e eu dei uma olhada para trás, me certificando que ninguém havia percebido minha exaltação, apesar de que, mesmo que eu tivesse gritado a plenos pulmões, eu duvido que alguém me escutaria, porque estávamos longe o suficiente e porque uma música muito alta começou a tocar.

— Ontem, quando saímos da praia, eu disse à Camille que não quero mais continuar com nosso relacionamento, e, como sempre, a reação dela não foi nada boa. Ela começou a chorar e gritar compulsivamente, mas eu não podia baixar a guarda como costumava fazer. Ela sabe que eu não estou feliz e que não vou mais me responsabilizar pela minha vida e a dela também. Está acabado. Ela só vem aqui hoje porque implorou que eu lhe desse este final de semana e que deixasse para conversarmos na segunda-feira. Acabei aceitando por pena. Não quero que ela fique mal, mas também não posso mais me responsabilizar pela felicidade dela e abrir mão da minha. Chega de Camille por hoje, ok? – Lucas acariciou meu rosto, sorrindo para mim – Só me deixe aproveitar sua presença aqui comigo, sem pensar no amanhã.

CAPÍTULO 22

— Lucas, eu disse para você não fazer nada! Ela pode entrar em contato com a Rolling e tentar prejudicar seus negócios. E tem mais coisas que você precisa saber...

— *Natalie*, – ele me segurou pelos braços e em seguida os soltou, quando compreendeu meu olhar cauteloso – como é que você queria que eu continuasse beijando a Camille e dormindo com a Camille depois de ter ficado com você? Você não consegue ver que assim eu estaria traindo você? Eu não me preocupei com o que ela pode fazer porque nada vai mudar minha decisão. Eu não me importo com o que possa acontecer. Eu sempre batalhei pelo que eu quis e não vou correr o risco de perder a melhor coisa que já apareceu na minha vida, por qualquer motivo que seja. – desta vez, ele segurou minha cabeça com as duas mãos e fez carinho no meu rosto com os polegares, sem se preocupar que alguém pudesse nos ver – Eu redescobri o que é ser feliz desde que conheci você. Você faz meu peito se encher de felicidade, me faz sorrir, me faz querer projetar o futuro, me fazer parecer um idiota. – eu ri do que ele falou, mas Lucas não mudou sua forte intensidade – Eu não sei explicar, mas eu adoro estar perto de você, mesmo quando não podemos nos tocar, mas quando podemos... – ele fez uma pausa e sorriu, olhando primeiro para minha boca e depois para os meus olhos – Aí é o melhor momento da vida!

Eu sorria totalmente encantada, me sentindo aquecida pelo seu afeto e aceitando que meu coração estava se abrindo novamente, e que isso não necessariamente seria algo ruim ou me faria sofrer.

Apesar de minha mente tentar lutar contra, meu coração me dizia que o que estava se agitando dentro dele era algo totalmente novo, e mesmo que minha razão me pedisse cautela, ele me pedia para me atirar e descobrir logo o que de tão bom a vida me reservava ao lado daquele homem que me fazia sentir tão inconsequente e completa.

— Acho que você está certo. Se eu visse você beijando a Camille de novo... Eu nem sei o que eu seria capaz de fazer. E só de pensar em vocês dois... – desviei o olhar e comecei a enrolar a ponta do cabelo nos dedos – Hum... Juntos... Bem, isso me dá muita raiva e ciúme.

— Shhh... – Lucas disse, pressionando dois dedos nos meus lábios – Não pense nisso. Mas...Você tem ciúme de mim, Pequena?

Suas sobrancelhas se arquearam interrogativamente em uma felicidade nada disfarçada e eu tive que rir antes de responder.

— Claro! Você é meu e de mais ninguém! Eu sou possessiva, é bom que você saiba.

Ele se abaixou para me beijar novamente, mas de súbito se afastou e endireitou o corpo.

— Ei! Ouvimos um grito ao longe. Vocês estão indo jogar tênis? Esperem que vou com vocês.

Joe apareceu correndo atrás de nós.

— Sim, vamos jogar.

A resposta mal-humorada do Lucas chegava a ser engraçada. Ele não gostou nada da nossa nova companhia, porque não poderíamos mais paquerar e muito menos ter uma "conversinha privativa para estabelecer as regras", então eu lhe dei uma piscadinha e um meio sorriso para diverti-lo, e ele logo moldou nos lábios aquela curva perfeita que expunha todos seus dentes.

A conversa sobre as chantagens da Camille seguiu pairando como uma nuvem sobre minha cabeça, mas de repente aquele assunto não precisava mais de tanta urgência.

Eu e Lucas poderíamos ficar juntos sem culpa, era só uma questão de pouco tempo. Eu não precisaria estragar o clima feliz daquele dia contando o que havia descoberto. Teríamos tempo para drama mais tarde.

— Venha Joe e presencie o momento de humilhação do seu amigo. – provoquei – Nunca joguei tênis ao som de Jay Z, mas vamos lá, eu sou capaz.

— Está arranjando desculpa para justificar quando perder, doutora?

Lucas me provocou, quando já estávamos posicionados na quadra e eu guardava minhas bolinhas no bolso.

— Cala boca e se prepara que eu vou sacar.

23

Começamos o jogo e eu estava com toda energia. Acabei o primeiro *game* humilhando Lucas por 40/0.

— Iii... Luke, acho melhor você fingir que machucou o braço e não pode continuar. – implicou Joe, sentado ao lado da quadra – Se isso fosse humilhação, ainda seria lucro, mas é humilhação e massacre!

— Eu estava só me aquecendo. – meu adversário se defendeu, arfando – Peguei leve com você, mocinha, mas agora vou com tudo.

Ele fez questão de soar ambíguo e um calafrio delicioso percorreu todo meu corpo ao registrar suas palavras. Um pouco enfraquecida, olhei novamente em seus olhos e percebi que ele acabara de ler meus pensamentos, mas nem morta eu o deixaria se sentir superior durante aquele jogo.

— Hum... Quantos anos você tem? Trinta e um? Okay, porque eu tenho só vinte e cinco. Você vai ter que suar muito pra acompanhar meu ritmo!

— Caralho! – Lucas desarmou a posição de saque – Não tinha me dado conta de que você é tão nova...

Minha brincadeira não deu certo e seus olhos me analisavam como se eu tivesse dito que tinha dezessete anos.

— Ei! Vinte e cinco já é maior de idade, sabia? E eu sou tão adulta que sou até sua advogada.

Sorri e pisquei para ele, mas Lucas ainda levou uns cinco segundos considerando o que eu disse, e só então o brilho voltou aos seus olhos escuros.

— Não tenho dúvida quanto a isso, doutora, e pode acreditar que tenho muito preparo para fazê-la suar, muito!

Senti meu ventre vibrar com a nítida imagem que se formou na minha mente, do Lucas me fazendo suar muito.

— Você é terrível, hein, Sr. Atleta? Vou até me preparar. – falei entre gargalhadas – Puxa! Não peguei água. Joe! – chamei o amigo do Lucas, que observava nosso debate estranho sem falar nada, o que era incomum se tratando dele – Você faria a enorme gentileza de buscar uma água para mim, por favor?

Estiquei o "por favor" e pestanejei inocentemente, fazendo-o se levantar prestativo para ir me atender.

— Claro! Quer também, Luke?

— Quero sim, obrigado.

Enquanto esperávamos, me aproximei de onde estava minha bolsa e, bem devagar, tirei a blusa que cobria meu top, peguei a toalha e enxuguei o suor do rosto, da nuca e do meio dos seios.

Lucas observou atentamente toda a cena e se aproximou enquanto passeava seus olhos por todo meu corpo suado.

— Assim que você pretende me vencer, Pequena? Jogando baixo? Então está bem.

Imitando meus movimentos, Lucas tirou a camiseta, pegou uma toalha e secou o rosto, a nuca e o abdome, e eu fiquei literalmente de boca aberta observando. O suor fazia seu bronzeado brilhar provocantemente, e algumas gotas salgadas escorriam audaciosas por seu tronco em direção ao cós da bermuda, me fazendo salivar. O fato de ser atleta de alto nível e precisar de resistência física tornava necessário que Lucas malhasse muito, e naquele instante, como em vários outros, eu nem me importava com o perigo e o medo que sentia por ele ser piloto, apenas agradecia sua profissão por fazê-lo precisar cuidar tão bem de si mesmo, acabando por me proporcionar aquele presente visual.

— Vamos recomeçar?

Ele perguntou, de uma maneira muito convencida, me tirando do transe.

— A hora que você quiser.

Respondi, mostrando total autocontrole, porque não estava disposta a baixar a guarda.

Lucas colocava as bolinhas no bolso quando começou a tocar uma música antiga que eu adoro, e sugestivamente comecei a cantá-la.

"... You can have me when you want me,
If you simply ask me to be there
And you're the only one who makes me come running
'Cause what you got is far beyond compare[13]*..."*

Minha declaração nada implícita chamou sua atenção e Lucas parou com o que estava fazendo para ficar me olhando, até que fez um sinal com o dedo indicador, me chamando para perto da rede, e eu me aproximei, lançando olhares sugestivos, enquanto continuava cantando...

"And it's just like honey
When your love comes over me
Oh baby I got a dependency
Always longing for another taste of your honey[14]*..."*

Estávamos muito próximos, com apenas a rede baixa nos separando, e Lucas enfiou o dedo indicador no cós da minha saia, me puxando para mais perto de si.

— Eu vou deitar você neste saibro e comer essa boceta gostosa agora mesmo, se você não parar de me provocar. Eu não gosto muito de ficar só dando avisos, e pra você, já dei até demais.

A umidade no meio das minhas pernas passou de calor para excitação, e quando eu ia responder, ele se inclinou e me deu um beijo rápido, seguido de uma pequena mordida no lábio inferior.

---

13 ... *Você pode me ter quando me quiser / Se você simplesmente me chamar e você é o único que me faz ir correndo / Porque o que você tem está longe de comparação...*

14 *E é como mel / Quando seu amor se derrama sobre mim / Oh, baby, eu tenho dependência / Sempre procurando por mais uma prova do seu mel...*

CAPÍTULO 23

— Ainda querem água?

Joe estava de volta e trazia Philip consigo, mas por suas reações tranquilas soubemos que não haviam visto nada de estranho na minha interação com Lucas.

Bebi minha garrafinha de água quase inteira antes de seguir o jogo, e no final venci a partida com certa facilidade, mas devo confessar que meu obstinado adversário conseguiu marcar pontos extraordinários.

Enquanto ainda protestava e tentava arranjar argumentos para justificar a derrota, Lucas foi interrompido por seu amigo Joe, que já estava parado ao meu lado.

— Ei, chega de lamentações, seu maricas. Sugiro jogarmos em dupla, o que vocês acham? Eu jogo com a Nat!

— Acho a ideia ótima, mas como minha advogada, Natalie precisa defender os meus interesses, e eu não estou querendo perder outra vez, então saiam para lá vocês dois, porque quem vai jogar com ela sou eu.

Lucas saltou a rede com muita facilidade e empurrou o amigo para o outro lado da quadra, onde Philip já ia chegando estalando as cordas de sua raquete para arrumar o encordoamento.

— Deixa Joe, eles já estão cansados. Vamos derrotá-los tão rápido que eles nem verão o jogo acontecer.

Só pelo jeito como ambos empunhavam suas raquetes eu percebi que a vitória era além de garantida para mim e Lucas, e tenho certeza de que Philip também sabia disso, mas era uma característica dele estar atento a todos os sinais ao redor, tentando evitar situações desagradáveis, e não deixar Joe se aproximar muito de mim era o que mais ajudaria a evitar uma situação extremamente desagradável naquele momento.

— Ok. - Lucas disse, me olhando e falando baixo – Agora precisamos definir estratégias conjuntas. Você sabe jogar em dupla? Eu posso começar atrás e...

— Talvez este seja o momento de falar que fui tenista profissional?

Perguntei com a voz baixa imitando a dele e o vi transformar o rosto de confiante para espantado.

— Você o quê? Sério? Como é que eu não me dei conta? – ele passou as mãos nos cabelos e começou a rir – Você tinha dito que já havia sido esportista quando estávamos jantando com meus patrocinadores em Daytona. Como foi que eu esqueci de retomar este assunto? – ele balançou a cabeça – Dra. Natalie Moore, quanta cara de pau! E você diz que eu é que sou sacana? Fui feito de idiota!

A intenção era mostrar indignação, mas Lucas foi completamente vencido por um... deslumbramento.

— Desculpe, mas eu não resisti. Você falou tão cheio de si que jogava muito bem e tal... A bola quicou na minha frente, foi só encostar a raquete e marcar o ponto. Foi mal, mas agora eu compenso, ok? Vamos destruir com eles!

— Eu ainda vou me vingar, pode esperar. – ele piscou para mim e eu lambi os lábios instantaneamente secos – Mas... Você joga muito bem, por que desistiu?

— Jogo desde os sete anos e com quinze já tinha vários títulos nacionais, mas eu não era tão boa para o Grand Slam, acabei desistindo de jogar profissionalmente. Mas sempre que surge uma oportunidade, eu pratico um pouquinho.

— Você não devia ter desistido.

— Aí eu não seria sua advogada.

— Hum... Pensando bem... – Lucas deu um sorrisinho quase infantil – Foi melhor assim.

Enquanto conversávamos descontraidamente, a outra dupla se aprontou e chamou nossa atenção.

— Ei, vocês dois, vão ficar de segredinhos ou vamos jogar?

— Demorou, Joe, vamos lá.

Lucas saltitava empolgado, como se precisasse se aquecer depois de todo esforço que tínhamos acabado de fazer, e se posicionou mais ao fundo da quadra.

Jogávamos muito bem juntos e vencíamos com facilidade. A cada ponto que marcávamos, comemorávamos batendo as mãos ou com pequenos abraços em situações que foram mais difíceis, e se perdíamos alguma bola, dávamos soquinhos no braço ou empurrões leves na cabeça um do outro. A facilidade com que a intimidade se criou entre nós era surpreendente e visível.

Ao final de um game mais disputado, Philip pediu pausa para beber água e todos fomos fazer a mesma coisa, mas eu aproveitei para despejar um pouco do líquido da minha garrafa na mão e molhar a nuca, a testa e o peito. Não era nada sensual, só me aliviava o calor, mas como para o Lucas tudo que eu fazia era meio sexy, seus olhos acompanharam fixamente as gotas que escorreram no vale entre meus seios e sua língua umedeceu seus lábios quando sua respiração intensificou, depois ele olhou meu rosto e arrumou a "bermuda" com a mão grande, e foi a minha vez de perder um pouco a compostura.

Aquele homem seria a minha ruína!

Estávamos jogando outra vez e em determinado momento Lucas perdeu um ponto muito fácil, então eu bati na bunda dele com a raquete e desdenhei suas qualidades de tenista, mas bem nesse instante Camille chegou, tendo a chance de ver toda a cena acontecer, e na mesma hora eu perdi a graça e fiquei sem saber como agir. Eu não gostaria que uma amiga do meu namorado, noivo, ex-namorado, rolo, ou o que quer que eles fossem naquele momento, tivesse esse tipo de intimidade com ele, então consegui me colocar no lugar dela.

— Olá, rapazes. Oi, Natalie!

Ela falou com todos, mas olhou apenas para mim e o Lucas.

Cumprimentamos Camille educadamente, eu ciente de cada célula do meu corpo como se elas pesassem uma tonelada, e Lucas falou para voltarmos ao jogo, mal lhe dando atenção. Eu me sentia como se tivesse a letra escarlate no peito e minha mente ficou desatenta ao tempo que meu estômago se revoltou. Para piorar, Camille ficou ali ao lado da quadra nos observando jogar e eu acabei errando mais do que de costume. Lucas notou que eu me desconcentrei, mas não falou nada e nem brincou mais comigo. Por sorte, a partida estava perto do final e acabou em seguida, mas eu nem comemorei a vitória com ele, apenas disse "parabéns" e saí direto para o chuveiro próximo à piscina. Philip já sabia do nosso envolvimento, mas depois de toda aquela nossa mudança de comportamento, tenho certeza de que Joe passou a desconfiar de que havia algo acontecendo entre seu amigo e sua advogada.

Tirei minha roupa e fiquei só com o biquíni que já estava por baixo. Eu tinha optado por um modelo tomara que caia azul com calcinha pequena, mas com uma barra larga no cós, o que o deixava bastante comportado.

A água gelada no meu corpo quente aliviava o calor e eu quase consegui relaxar novamente, mas foi então que ouvi Camille falar em alto e bom som.

— VOCÊ PODE PARAR DE FODER ELA NA SUA CABEÇA?

Meu sangue gelou e minha pele ferveu. Olhei em direção à quadra e vi Lucas

CAPÍTULO 23

freando seus passos e interrompendo a caminhada que fazia ao lado dela. Seus olhos se fecharam e quando abriram novamente ele parecia outra pessoa. Sem delicadeza, puxou sua ex-namorada pelo braço e a levou para longe de todo mundo, não nos permitindo escutar mais nada.

— Iii... Acho que você é o problema, hein?

Samantha piscou para mim, enquanto eu me dirigia a uma espreguiçadeira próxima a ela, Jenny e Lauren.

— Eu, não! - disse me enrolando na toalha – Não tenho nada com as doideiras da Camille.

— Você é linda, solteira e passa muito tempo com Luke. Camille está se mordendo de ciúmes!

— Eu trabalho com Luke, e como temos que nos encontrar fora do escritório, para jantares, almoços, festas, corridas ou sei lá onde os patrocinadores dele se enfiam, acabamos ficando amigos. Mas, na maioria das vezes, Camille está junto. Eu sou muito profissional e Luke sempre me respeitou.

O que eu estou dizendo? Será que enganei alguém? Que bela profissional eu sou, tendo um caso com meu cliente! Merda!

— Além do mais, – Lauren me atravessou – minha irmãzinha anda gastando muito tempo para tentar reatar com seu ex-marido. Fato esse que Luke tem até ajudado. Talvez Camille não saiba disso, Nat.

Minha irmã me olhou daquela maneira, me fazendo entender imediatamente o que tinha que fazer.

— Você está querendo reconquistar seu ex-marido, Nat?

Jenny estava surpresa ao perguntar. Ela devia estar imaginando que Steve devia ser sensacional, porque eu fui capaz de me aproximar do Lucas e querer apenas a amizade dele. Algo improvável, e ela bem sabia disso.

— Ele foi o único homem que eu tive na vida. É muito difícil virar a página. Não consigo me imaginar sem ele. Às vezes acho que a gente tem que entender que todo mundo erra e que todos merecem uma segunda chance. Sei lá...

— Tomara que dê certo. - Samantha se compadeceu – Sei bem o que é sofrer por desperdiçar o amor.

24

Estávamos conversando há uns quinze minutos quando Lucas saiu de dentro de casa usando uma bermuda de banho azul escura, sem camisa e ainda com o curativo no ombro cobrindo minha mordida. Indo direto à churrasqueira ao lado da piscina, ele começou a conversar com Philip enquanto ambos preparavam o churrasco, e o fato de que Lucas não olhava para mim, nem ao menos de relance, aos poucos foi me deixando nervosa e preocupada, a ponto de sentir que estava tudo errado e que eu precisava ir embora e me livrar da humilhação que sentia.

Eu olhava para ele umas trinta vezes por minuto, e tudo que tinha em resposta era um olhar taciturno em direção à carne que preparava, relativamente alheio ao que os caras conversavam ao seu redor.

Passaram-se mais uns dez minutos até Camille dar o ar da graça, usando um biquíni de onça e grandes óculos escuros que não conseguiam disfarçar que andara chorando, e sentando-se em uma cadeira próxima a nós, ela me encarou, constrangida.

— Desculpe. O problema não era com você, é com essa mania que Luke tem de devorar as mulheres com os olhos. Você já deve ter percebido.

Fiquei com ainda mais raiva por vê-la tentando fazer Lucas parecer um mulherengo insensível.

— Hum... Na verdade, não percebi nada. Ele sempre me respeitou, – controlei minha vontade de rir ao lembrar Lucas me assediando descaradamente, mas eu o conhecia mais que isso – nem se preocupe comigo, está tudo bem.

Eu queria gritar na cara da Camille e expor todas suas mentiras, mas tudo que pude fazer foi controlar minha ansiedade e seguir conversando besteiras com as meninas, fingindo que os seres humanos eram bons e que quem mandava na gente era a cabeça, não o coração.

Assim que o almoço foi servido, nos levantamos das cadeiras de sol, eu coloquei um vestidinho branco por cima do meu biquíni e fomos todas até o *solarium*, onde a mesa estava posta.

Foi difícil desviar meus pensamentos daquele lado sombrio ao qual toda a situação com Camille me arrastava, mas aos poucos ouvir as risadas do Lucas enquanto se gabava de seus dotes culinários, aliado ao álcool que eu bebia e que ia rapidamente embaralhando meu cérebro, foi me fazendo sentir mais leve e mais uma vez consegui escantear todo aquele drama, o reservando para mais tarde.

O churrasco que Lucas e Philip prepararam estava realmente delicioso e eu comi o equivalente a semana inteira!

— Ou você estava realmente com fome, ou Phil e eu estamos na profissão errada.

CAPÍTULO 24

O comentário debochado do Lucas dirigido a mim fez todo mundo sentado na enorme mesa retangular rir livremente, inclusive Camille, que deve ter achado que ele estava sendo grosseiro e não apenas espirituoso, como eu sei que era a intenção.

— Nossa! - exclamei, começando a rir e cobrindo a boca com uma mão – Eu fui tão indelicada assim?

— É bom quando as pessoas gostam do que a gente faz. E como geralmente as mulheres comem pouco, quando vemos uma comendo... Hum... Muito, – ele deu um sorrisinho cínico – ficamos felizes.

— Neste caso... Eu adoro churrasco e vocês estão de parabéns!

Depois de um tempo, uma senhora de uns sessenta anos serviu uma deliciosa torta de sorvete de sobremesa, mas por pura falta de condições eu comi apenas um pequeno pedaço e vi Lucas desaparecer sem nem experimentar. Ele ainda não tinha voltado quando Philip perguntou, na frente de todo mundo, se poderia conversar comigo em particular antes que Lucas retornasse, porque aparentemente o amigo não queria que ele me falasse certas coisas. Intrigada, saí com ele em direção a um galpão parecido com um hangar, que ficava atrás da quadra de tênis.

— Não fique chateada com o que está acontecendo. Nada disso é culpa sua.

— Ah, Philip... Para ser bem honesta, estou morrendo de vergonha de você. Eu sei que é ridículo dizer, mas eu nunca tinha feito nada parecido com isso. Esse seu amigo me tirou dos eixos!

— Não precisa se envergonhar. – ele disse sorrindo – É só olhar pra você que logo percebemos que é uma pessoa honesta.

Eu queria rir da ironia da situação.

— Mas não estou sendo honesta nos últimos dias, não é?

— Vocês dois estão sentindo algo muito forte. Eu nunca vi Luke assim. Ele está jogando tudo para o alto pra ficar com você, e isso não é ruim! Ele vai se livrar do que não presta e tudo vai melhorar. Pode confiar, Luke é uma ótima pessoa, e não falo isso como empresário, mas como o amigo que o conhece desde os oito anos de idade.

Não tive tempo de falar mais nada, porque entramos em um enorme galpão que abrigava dois *jet ski*, alguns caiaques, pranchas junto a uma parede e uma lancha que não devia cair na água fazia algum tempo. Piscando para tudo que via, meus olhos pousaram no Lucas, que conversava calmamente com um senhor que eu tinha enxergado antes perambulando pelo jardim. Philip me mandou um olhar cúmplice antes de caminhar em direção ao homem, enquanto Lucas vinha ao meu encontro.

— Ainda precisamos de uma conversa privativa.

— Lucas, você está doido? – perguntei nervosa – A casa está cheia de gente!

— Phil está nos ajudando.

— Que vergonha!

— Vergonha nada. Venha aqui.

Ele me puxou para uma pequena sala que mais parecia uma oficina mecânica, me empurrou contra a parede e deu uma risada ao pousar as mãos na minha cintura.

— Do que você está rindo?

— Da música.

Estava tocando "*Mirrors*", do Justin Timberlake.

— Por quê?

Confusa, franzi as sobrancelhas.

— Hoje cedo estava tocando essa música enquanto eu dirigia pra cá, e a letra me fez pensar em você.

Antes de dizer qualquer coisa, prestei atenção na canção que embalava nosso encontro clandestino.

> *"Cause I don't wanna lose you now*
> *I'm looking right at the other half of me...*
> *You reflect me, I love that about you...*
> *And I can't wait to get you home*
> *Just to tell you*
> *You are the love of my life[15]..."*

Meu Deus!

A música ia tocando e eu ia ficando cada vez mais anestesiada pela ideia do que ele estava me dizendo. Seria mesmo tudo isso? Enquanto ainda continuava pensando no assunto, Lucas me virou de costas para si e eu espalmei as mãos na parede, desviando meus pensamentos da canção e me concentrando em seu toque e em seus beijos, que trilhavam uma rota desde minha orelha até a base da minha coluna. Com as mãos, Lucas sentia meu corpo e tirava minhas roupas do caminho de seus lábios, permitindo que a umidade de sua língua me acariciasse inteira.

— Você me provocou demais hoje, *Natalie*. Quase entrei em combustão.

Ele baixou o bojo do meu biquíni, deixando meus seios expostos, e os apertou com força, endurecendo meus mamilos em suas mãos, enquanto roçava sua ereção na minha bunda.

— Ahh, Lucas!

Gemi feito uma gata no cio, enquanto retorcia o corpo desejando mais.

Meus seios foram momentaneamente deixados de lado para meu vestido ser completamente retirado de mim, junto com a calcinha do meu biquíni, liberando o acesso a todo meu sexo, me fazendo arder de tesão.

Com a perna, Lucas arrastou um banquinho de madeira que estava ali perto e colocou um dos meus pés apoiado sobre ele, então puxou meu quadril para trás, me fazendo ficar com o tronco inclinado à frente.

— Que porra de visão mais fantástica!

Ele disse, antes de se curvar e me sentir em sua língua, da frente até atrás.

Soltei um gemido alto e depois tentei me aquietar mordendo o antebraço, pensando que Philip e aquele senhor pudessem ter escutado, mas a sensação da boca do Lucas e de sua língua habilidosa passeando no meio das minhas pernas era tão abrasadora que eu mal conseguia me controlar.

— O seu gosto é a droga mais viciante que existe.

Aquela voz rouca sussurrou as palavras, deixando o hálito quente beijar minhas nádegas, e eu fui incapaz de dizer algo decifrável enquanto ele continuava me provo-

---

15 *Porque eu não quero perder você agora / Eu estou olhando para minha outra metade... / Você me reflete, eu amo isso em você... / E eu não posso esperar para levar você pra casa / Só pra lhe contar / Você é o amor da minha vida...*

CAPÍTULO 24

cando com lábios, língua e dedos, então por alguns instantes não senti mais seu toque. Endireitando o corpo dei uma olhada para trás a tempo de vê-lo colocar a camisinha em seu pau convidativamente duro. Seus lábios encontraram os meus rapidamente e em um movimento brusco meu quadril foi novamente puxado para trás e eu ganhei o que eu tanto queria. O membro enrijecido do Lucas entrou em mim de uma só vez e até o fundo, me deixando sem ar por alguns instantes.

— Isso é por você ter me provocado deliberadamente desde ontem à noite.

— Oh... Deus do céu...

Balbuciei, tentando recuperar o fôlego, quando ele entrou com tudo uma segunda vez.

— E isso é por você ser gostosa pra caralho!

Em seguida os movimentos ritmados iniciaram. Eram incessantes e fortes, e enquanto Lucas gemia entre dentes, uma de suas mãos agarrava meus mamilos e a outra massageava meu clitóris. A combinação de sensações me fez precisar de muita força ao apoiar os braços na parede, porque minha vontade era de desabar no chão.

— Quero gozar com você.

Ele sussurrou no meu ouvido.

— Continua metendo assim que eu vou gozar rápido.

— Quero sentir essa bocetinha apertando forte meu pau, me puxando mais pra dentro...

— Ahhh...

Eu gozei dando um gemido alto e despreocupado, arranhando a parede com as unhas compridas, enquanto Lucas emitia um som grave que vinha do fundo da garganta.

Senti um beijo nas minhas costas antes de ele sair do meu interior, assim que meus tremores cessaram, e me senti um pouco descartável com a rapidez da ruptura entre nós dois, mas racionalmente eu sabia que era impossível ficarmos curtindo o momento no meio daquela oficina, com Philip nos esperando para voltarmos ao grupo de amigos, que logo estranhariam nossa ausência.

— Você me faz tão bem, minha Pequena.

Já recomposto, Lucas acariciou meus cabelos com uma mão, enquanto com a outra segurava a camisinha amarrada, me permitindo ver a quantidade absurda de líquido que tinha ali dentro.

— Você também, sabia?

Minhas mãos passearam em seu tronco nu e ele desenhou os montes e vales do meu peito com o indicador.

— Em breve, não vamos mais precisar fingir.

As lembranças do que eu havia descoberto voltaram à minha cabeça e resolvi aproveitar aquele momento a sós para iniciar o assunto.

— Lucas, precisamos conversar sobre isso. Ainda hoje! Eu preciso contar umas coisas que fiquei sabendo.

— Contar o quê?

— Agora, não. Passe lá em casa hoje à noite. A hora que der. É muito importante.

Ele baixou o rosto, me fitando com mais atenção e com o cenho franzido.

— Você está me deixando preocupado.

— Não fique. Está tudo bem. Mais que bem. Agora vamos voltar antes que alguém ache que estamos fazendo um ménage.

Dei uma risada brincalhona, mas Lucas ficou sério.

— Não gosto disso, nem como a porra de uma brincadeira. Ninguém mais toca você, entendeu?

Nossa! Quanta intensidade!

— Que bom!

Sorri, ficando na ponta dos pés para lhe dar um selinho rápido, e voltei com Philip ao *solarium*. Lucas apareceu uns minutos depois, com a cara mais satisfeita do mundo, mas sem olhar demais para mim.

— Então você era tenista profissional?

Joe estava muito interessado na minha vida de esportista e acabei revelando meu passado como tenista, quando expliquei como consegui vencê-los tão facilmente.

— Ela nos enganou, mas eu a desafio, *Natalie*.

A voz provocativa do Lucas me fez girar o tronco depressa para encará-lo.

— No tênis? Quer uma revanche?

— Não. Desta vez na minha praia. O kart.

— Quando você quer fazer isso?

Perguntei corajosamente.

— Agora.

Ele respondeu, mais confiante ainda.

— Agora? Como? – pisquei, me sentindo perdida – Onde?

— Aqui. Toda essa parte que contorna a casa é uma pista de kart.

Ele explicou, fazendo um sinal com os braços para o contorno da casa.

— Você tem uma pista de kart em casa? – perguntei, entendendo o que ele disse, mas não conseguindo conter o susto – Bem... Isso é muito "de acordo!"

Caí na gargalhada e ele me seguiu, mas ninguém mais parecia ter entendido a piada, porque todos ficaram quietos, apenas nos observando. Sorte que Camille e as amigas estavam mais ocupadas em beber champanhe e fofocar à beira da piscina, que ninguém se atreveu a entrar porque não tinha aquecimento e a água não estava naturalmente tão agradável quanto o clima fora dela.

Óbvio que eu aceitei o desafio do Lucas, mesmo sabendo que não teria chance de vencer um piloto profissional. Só pedi mais umas duas horas para me livrar um pouco do álcool e estar mais coordenada na hora de acelerar.

O grupo de amigos ficou reunido no *solarium* enquanto esperava a sobriedade voltar, e eu concluí que aqueles caras eram muito divertidos, especialmente Joe, apesar de um pouco inconveniente. Conversamos e rimos o tempo todo enquanto tomávamos rios de água mineral e café preto. A única parte ruim do meu dia foi ter que manter distância do homem que eu só pensava em abraçar.

Lauren e Michael estavam embolados em uma rede rústica que ficava próxima a uma das janelas. Samantha abandonou Camille e Jenny à beira da piscina e se sentou entre as pernas de Ewan em uma poltrona *chaise longue* branca ao lado do sofá de mesma cor em que Joe, Philip e eu estávamos acomodados, em frente ao fofo pufe marrom onde Lucas estava atirado.

Eu queria estar com ele naquele pufe. Sentir seu corpo envolvendo o meu, seu perfume me inebriando e seus dedos acariciando minha pele. Lucas era viciante, e eu só conseguia pensar em tomar minha próxima dose dele.

O sol já estava bem mais baixo quando fomos ver os apetrechos que o Sr. Piloto tinha preparado para se divertir com os amigos. Eu vesti um macacão preto e branco de

CAPÍTULO 24

quando Lucas correu a primeira vez na Europa, e que ficou imenso em mim, e depois ele me entregou um capacete amarelo que ele usou quando começou a competir em monopostos e o fechou em mim.

— Isso é muito claustrofóbico!

Falei nervosa e respirando pela boca, porque parecia que a respiração normal não daria conta dentro daquela caixa almofadada.

— Você não está se sentindo bem?

Lucas destravou rapidamente a fivela abaixo do meu queixo para que eu pudesse tirar o capacete.

— Estou bem, – segurei suas mãos com as minhas já enluvadas, e seus dedos tocaram meu pescoço – mas se eu precisar que você tire isso de mim em um segundo, você consegue?

— Consigo.

Ele repetiu a ação com o fecho para me mostrar como era fácil, e em seguida prendeu novamente.

Fomos para os karts, eu me sentei no que estava preparado para mim e ouvi as instruções do Lucas sobre não pisar no freio e no acelerador ao mesmo tempo, e que eu não devia me preocupar porque o kart não iria capotar nas curvas, mas minha atenção estava mais voltada à proximidade do seu corpo e à maneira como suas mãos tocavam as minhas sobre o volante, me mostrando como eu devia segurá-lo.

— E você lembra das curvas de alta e baixa? – concordei com a cabeça, e ele prosseguiu – Então... Quanto mais ângulo em uma curva, mais necessário frear, quanto menos ângulo, mais rápido você pode fazer. Assim que você aprender o traçado e pegar confiança no *kart*, vai entender a que me refiro. A relação velocidade e...

— Quem sabe você dá uma volta na minha frente pra me ensinar? Vai ser mais fácil se eu visualizar.

— Acho muito justo.

E assim acabou a nossa aula teórica e fomos para a prática.

Demos duas voltas de aprendizagem e eu pedi para dar uma terceira volta sozinha. Acelerar um kart é muito emocionante. Eu sentia o vento no rosto, porque deixei a viseira aberta, e aproveitei a experiência, fazendo a adrenalina correr solta nas minhas veias. A velocidade parece maior tendo o chão tão próximo do corpo e aquilo me dava uma empolgação maravilhosa. Quando me posicionei ao lado do kart do Lucas na linha que delimitaria o começo da nossa corrida de quatro voltas, ele, que tinha tirado o capacete, me olhou com uma alegria quase infantil.

— Você foi fantástica! Já virou mais rápido que o Joe, que corre aqui há anos!

Todos deram risada e eu dei de ombros, olhando para o amigo do Lucas, que fingiu mau humor.

— Vamos parar de papo e começar logo esta corrida.

Eu disse, petulante.

— Quando você quiser.

Era óbvio que agora era a vez do Lucas me humilhar, mas eu ainda tentaria uma alternativa.

— Eu quero fazer uma reclamação e um pedido.

— Vai pedir para eu pegar leve com você?

Ele fez uma cara irônica.

— Não, eu não preciso que você pegue leve, mas eu acho muito injusto eu largar no mesmo ponto que você.
— Não lembro de ter ganho nenhum benefício no tênis, "Srta. Tenista Profissional!"
— Eu não sou tenista profissional e você já era praticante da modalidade há anos. Já no kart é diferente. Você é piloto profissional e eu nunca fiz isso na vida. Além de você conhecer a pista muito melhor do que eu.

Enquanto eu falava, o sorriso do Lucas ia se alargando até tomar conta de todo o rosto.
— Por isso que você é minha advogada. De onde você quer largar?
— Onde é que fica justo?
— Hum... Na segunda curva.
— Vou lá, então. Não precisa pegar leve comigo!
— Eu nem pensei nisso. – ele arqueou insinuantemente uma sobrancelha, ao inclinar de leve a cabeça – Vai correndo, porque daí você já chega embalada e quando você passar da marca, eu largo aqui.
— Ok.

Ele colocou o capacete e eu saí acelerando e tentando me concentrar ao máximo para não ser completamente insignificante na pista, mas não adiantou. Quando estava na quarta curva, ele já estava ao meu lado, e eu lembrei suas instruções sobre passar por cima da parte listrada da pista, e foi isso que fiz, oferecendo-lhe o lado de fora do traçado, mas Lucas pareceu nem se importar, porque me ultrapassou por fora mesmo. Até eu sabia que aquilo era humilhante demais. Lucas foi embora e, mesmo me esforçando muito, não consegui chegar perto novamente.

Quando estava completando a segunda volta, ele passou por mim uma segunda vez, mas eu consegui acabar nossa supercorrida sem que ele me ultrapassasse pela terceira vez, porém, tenho certeza de que ele só não o fez por consideração ao meu esforço.

Desci do kart morrendo de calor e cansaço. Impressionante como apenas quatro voltinhas me destruíram. E eu que achava que tinha bom condicionamento físico. Meus braços estavam trêmulos de tanta força que imprimi ao volante para controlar a trepidação e meus quadris estavam doloridos de tanto baterem no banco de plástico. Fiz sinal para Lucas abrir meu capacete e ele o fez rapidinho.
— E aí?

Sua curiosidade e animação eram contagiantes. Ele só faltava pular na minha frente.
— Fantástico! Quero aprender a fazer isso direito!

Ele riu e, por uma fração de segundos, achei que iria me abraçar, mas apenas disse em um sussurro:
— Vou adorar ensinar você a pilotar, Pequena.

Continuamos brincando ali por mais um tempo e eu fiquei ainda mais empolgada porque venci Joe e Lauren, mas perdi para Philip, Michael, Antony e Ewan, além do Lucas. Samantha não quis brincar e voltou à beira da piscina, onde a conversa entre Camille e Jenny não tinha fim, e me surpreendi quando, ao vê-la se afastar, Ewan disse: "Tem mulher que só serve pra uma coisa mesmo!". Depois ele se desculpou comigo e minha irmã por ter feito tal comentário na nossa frente.

O dia foi maravilhoso, mas em um piscar de olhos já eram oito da noite, então falamos com Philip para irmos embora.
— Vocês já vão?

Jenny veio caminhando até nós, ao ver que estávamos nos despedindo.

CAPÍTULO 24

— Sim.
Eu disse.
— Podem me dar uma carona?
— Claro!
Philip entrou na conversa e respondeu efusivamente, mas depois ficou corado com sua falta de discrição e voltou a conversar com Ewan.
Ele gosta da Jenny. Oh, Deus! Philip gosta da Jenny! A ex do Lucas!
Lucas se aproximou baixando o macacão na altura do quadril, e eu lembrei da primeira vez em que o vi com o tronco desnudo e como desejei poder tocá-lo. Um arrepio percorreu minha coluna de cima a baixo e eu desviei os olhos para não começar a babar, mas ele falou algo, me obrigando a virar em sua direção novamente.
— Ainda é cedo. Podemos pedir uma pizza e aproveitar um pouco mais o dia.
— Hum... Obrigada, Luke, mas amanhã é segunda-feira e Sebastian chega lá em casa praticamente de madrugada. Preciso dormir cedo.
— Sebastian?
Seus olhos escureceram e ele os estreitou, mirando-os diretamente nos meus, descuidado com quem estava ao redor podendo perceber.
— Meu *personal trainer.*
— Então, boa noite, Luke. – Lauren nos interrompeu – O dia foi perfeito, muito obrigada.
Ele se despediu da minha irmã e quando me deu um beijo no rosto, disse que mais tarde passava no meu apartamento. Eu mal podia esperar.

25

Descemos em frente ao nosso prédio com a calçada iluminada pela claridade dos postes da rua e assim que nos despedimos, Philip seguiu sorridente com Jenny para não sei onde. Lauren destrancou a porta da entrada quando ele acelerou noite adentro e subimos as escadas até nosso apartamento. Depois de morar uma vida inteira em casa térrea, estranhei muito ter que subir tantos lances de escada todos os dias, mas de repente reparei que nem ficava mais ofegante. Era um pequeno exercício diário, quisesse eu ou não.

Entrei me apressando sala adentro e segui em direção ao meu quarto, como se tivesse um compromisso ao qual eu não poderia me atrasar. Tomei um bom banho, lavei e sequei os cabelos e voltei à sala vestindo um short *jeans* e uma blusa branca de mangas longas. Michael disse que nos daria a honra de preparar nosso jantar e, enquanto salivávamos com o cheirinho delicioso que vinha da cozinha, nem imaginávamos que ele nos apresentaria cachorro-quente.

— Querido, você preparou cachorro-quente?

Sim, nós gostávamos de cachorro-quente, mas a perspectiva de termos uma das comidas deliciosas que meu cunhado preparava fez a empolgação diminuir ao vermos a bandeja sendo posta sobre a bancada.

— Em primeiro lugar, só se eu fosse mágico para cozinhar alguma coisa além de ovo frito. A despensa de vocês está vazia! Em segundo lugar, este é um cachorro-quente diferente, com um molho secreto e mil acompanhamentos que aprendi com minha irmã depois que ela voltou de seu passeio infinito pela América do Sul. É uma delícia, não julguem antes de provar. E em terceiro lugar, se não quiserem, comam macarrão instantâneo. Tem uns três no armário.

Sem levar fé no "molho secreto", montei o cachorro-quente mais recheado da história e quase chorei de emoção assim que dei a primeira mordida.

— Michael! O que é isso? É divino!

Ele sorriu orgulhoso, deu uma assopradinha nas unhas e depois limpou na blusa.

— Eu não disse?

Devorei três cachorros-quentes e fiquei atirada em um canto do sofá parecendo o Garfield, enquanto meu estômago trabalhava arduamente na digestão de tudo aquilo.

Às onze da noite, forçávamos o namorado da minha irmã a assistir conosco uma reprise de *Keeping Up With The Kardashians*, quando o interfone tocou e eu dei um salto atlético para ir atendê-lo.

— Lucas está subindo.

Eu disse, olhando minha irmã assim que coloquei o aparelho de volta ao gancho.

CAPÍTULO 25

— Nós vamos para o quarto, assim vocês ficam mais à vontade.

Lauren já tinha explicado o que estava acontecendo entre mim e Lucas ao meu cunhado, que compreendeu perfeitamente a situação. Eu não esperaria nada diferente por parte dele.

— Mas não se preocupe, Nat, nós vamos assistir toda a briga da Kim com a Khloe e depois eu conto tudo pra você.

Michael ironizou, mas bem que ficou caladinho assistindo aos dramas familiares das irmãs Kardashians por um bom tempo.

— Obrigada, Michael, você vai salvar a minha vida!

Ouvi o barulho da porta do quarto da minha irmã sendo fechada e chaveada e em seguida a campainha soou na cozinha, e eu deixei sobre a pia o copo de água que estava bebendo para ir recepcionar o Lucas, que apareceu à minha frente de banho tomado, cabelos molhados, vestindo uma calça *jeans*, uma camiseta preta com leve decote em V e um casaco de *cashmere* cinza.

Perfeito!

— Que saudade!

Exclamei, ao pular no colo dele, entrelaçando as mãos em sua nuca e as pernas em seu quadril. Eu nem tentava mais fingir que não estava totalmente caidinha por ele.

Lucas me segurou pela cintura, me beijou e conduziu para dentro do apartamento, fechando a porta atrás de si dando um pequeno empurrão com o calcanhar.

— E aí?

Perguntei, quando aterrissei debaixo dele no sofá.

— E aí o quê?

— Como foi com a Camille?

Depois de uma pausa, ele se afastou fechando o semblante e se sentou ao meu lado, apoiando os antebraços nos joelhos.

— Ela teve uma crise e ligou pra mãe dela buscá-la. Estava tentando disfarçar as dores na cabeça e quis ir para casa.

— Pediu para a mãe buscá-la para você achar que ela estava indo para o hospital?

— Você sabe que ela não faz ideia de que eu sei sobre o tumor.

— Lucas, – levantei do sofá, me ajoelhei na frente dele e cobri suas mãos com as minhas – é tudo mentira.

— Quê?

Ele levantou a cabeça, um ar de confusão nublando seu olhar.

— Ontem à noite eu subi até o seu quarto...

— Quê?

— Desculpa. Assustador, eu sei, mas eu... – constrangida, desviei os olhos – Eu... Enfim, eu estava tendo uma crise de ciúmes depois que descobri que além da Camille você também teve um caso com a Jenny. – nós nos encaramos e Lucas tentou me dar um sorrisinho pacificador, o que não funcionou – Não sei bem por que eu fui atrás de vocês, mas a questão é que eu ouvi Camille falando com a mãe dela ao telefone e... – respirei fundo e, confiante, foquei no rosto do Lucas, contorcido de angústia e confusão – Ela assumiu em alto e bom som que o tumor é mentira, que um aborto que você acha que ela sofreu foi invenção e que tudo sempre foi parte de um plano para você não a deixar.

Eu via o espanto e a incredulidade tomando gradativamente as feições do Lucas, se misturando à ira que escurecia seus olhos e enrijecia seus músculos.

— Não... Ela não... Isso é baixo demais. A mãe dela me contou do tumor.
— Eu sei que é horrível! Desculpa, Lucas, eu não queria ter que contar uma coisa dessas, mas Camille esteve armando pra você esse tempo todo.
— Oh, porra... - ele sussurrou, escondendo o rosto nas mãos – Eu não consigo... Isso não pode ser verdade.
Ele ficou irritado, mas ainda não acreditava completamente naquela história.
— Ei! - acariciei seus cabelos e ele voltou a olhar para mim – Eu estou aqui pra você, mas você precisa encarar a verdade. Eu vou ajudar, mas precisamos nos preparar, porque uma pessoa que faz o que Camille fez não vai aceitar perder tão facilmente.
— Mas e os exames? Eu vi exames. Tinham o nome dela.
Ele estava em negação. A clara postura adotada por quem não quer aceitar uma realidade diferente da qual trabalhara por tanto tempo.
— Para, Lucas! Enxerga o que está bem diante dos seus olhos! Camille fez isso tudo, sim! Você não acredita em mim? Fui eu quem ouviu ela confessar, mas se você quiser comprovar, é só pedir para falar com o médico dela, ir acompanhar um exame, sei lá.
— *Natalie*, isso significa que eu perdi os últimos anos da minha vida me preocupando com uma pessoa que não estava nem minimamente interessada na minha felicidade, nem nos meus sentimentos. Isso torna Camille monstruosa! Como eu pude ser tão idiota? Como? Ela se aproveitou dessa porra de sentimento que me faz sempre querer proteger os outros. Sabendo ou não, ela usou a porra do meu trauma contra mim. E eu deixei! EU DEIXEI, PORRA!
Trauma? Do que ele estava falando?
Lucas foi ficando cada vez mais agitado e precisou se levantar para caminhar de um lado ao outro da sala, estalando os dedos e passando as mãos pelos cabelos.
— Quer um conselho? - ele assentiu com a cabeça, parecendo um menino amedrontado – Acalme-se e depois vá falar com ela. Só assim isso tudo vai se resolver.
— COMO É QUE EU FAÇO PARA ME ACALMAR? EU ESTOU QUASE EXPLODINDO DE TANTA RAIVA. EU SOU CAPAZ DE MATAR AQUELA MULHER!
Seus gritos foram tão altos que eu tive certeza de que não só Lauren e Michael, mas alguns vizinhos também conseguiram escutar o descarrego de sua fúria.
Dei um tempo a ele e fiquei sentada no chão, com as costas encostadas no sofá, sem dizer nada, apenas o esperando se controlar.
— Desculpa. - por fim, Lucas sussurrou, depois de alguns minutos caminhando sem parar – Eu não tenho que ficar me descontrolando. E não se preocupe, porque eu nunca teria coragem de fazer nada contra a Camille. Eu só estou muito puto da vida porque passei por um monte de merda que eu não precisava ter passado, mas tem um lance em mim que... deixa pra lá. – Lucas balançou a cabeça – A questão é que ela me enganou por anos!
— Eu entendo, mas estou achando que agora é melhor descansar. Amanhã voltamos a pensar sobre isso.
— Não. Eu vou resolver essa porra toda ainda hoje! E volto para dormir com você, pode ser?
Ele foi falando e normalizando a voz, até estar ajoelhado à minha frente, me puxando pela nuca ao passar o polegar no meu lábio inferior.
— Eu vou adorar! Mas Lucas, não faça nada de cabeça quente.

CAPÍTULO 25

— Eu não consigo ficar com isso guardado nem mais um minuto. Aquela era a vida dele, não a minha, então aceitei.
— Ok.
— Obrigado por me contar.

Nos beijamos como se beijar doesse e Lucas saiu do meu apartamento.

Fiquei me perguntando se não deveria tê-lo segurado lá. Ele iria dirigir, brigar com a Camille, aguentar um enorme drama... E eu nem poderia ligar para saber se estava tudo bem. Mas eu não podia ser mais invasiva e não queria fazer parte daquele momento, então, se ele achava que era hora de dar um basta, restava a mim esperar na coxia e confortá-lo quando fosse o momento.

Peguei no sono ainda no sofá da sala e quando acordei, assustada com um barulho de freada de carro na rua, vi que já eram duas da manhã e Lucas ainda não tinha dado sinal. Tomei um copo de leite e fui para meu quarto. Vesti uma camisola preta, escovei os dentes e me deitei na cama, mas aquela demora por notícias me consumiu por dentro e me deixou com insônia.

26

Quatro horas da manhã foi a última vez que olhei para o relógio antes de finalmente pegar no sono, e quando o despertador tocou, pouco depois das seis da manhã, parecia que eu havia dormido apenas dez minutos e que um caminhão de areia tinha sido despejado nos meus olhos. Eu simplesmente não conseguia mantê-los abertos, e muito menos era capaz de me levantar.

Dez minutos depois o alarme soou novamente e eu criei coragem, afastei o lençol e me pus em pé.

Vesti uma calça preta de ginástica, uma enorme camiseta branca com uma alegre estampa da cara do Mickey, que eu geralmente usava para ficar em casa, e desci para malhar sem ter tido tempo de comer alguma coisa, mas não podia deixar Sebastian me esperando.

Cheguei à academia do meu prédio e encontrei meu professor separando tudo que usaríamos na aula daquele dia. O zelador devia odiá-lo por tocar tão cedo o interfone de sua casa, mas como só ele tinha a chave da academia, eu precisava importuná-lo, e ele já liberava a entrada do meu *personal*.

Sorri com o "bom dia" empolgado de Sebastian e, assim que me alonguei, subi na esteira para começar o treino aeróbico. Lembro que estava correndo muito rápido quando vi tudo preto à minha frente e senti meus joelhos cederem quando perdi instantaneamente a força de todo meu corpo e desabei no chão, caindo para a escuridão.

Acordei deitada na minha cama com Lauren e Sebastian praticamente em cima de mim.

— O que...

Olhei confusa para os dois, segurando minha cabeça que latejava, enquanto ainda tentava entender onde eu estava e o que estava acontecendo.

— Você desmaiou enquanto corria na esteira.

Meu professor explicou, visivelmente constrangido, como se a culpa fosse dele.

— A culpa foi minha. Eu não devia ter forçado mais do que podia aguentar.

— Você não estava forçando demais, o treino estava normal.

— Eu não comi nada antes de descer e tive uma noite péssima. Está tudo bem. Obrigada, Sebastian. Agora se vocês me dão licença, eu vou me arrumar para ir para o escritório.

Eles se retiraram sem falar muita coisa, mas me olhavam de uma maneira estranha. Levantei, sentindo algumas partes do meu corpo protestarem, não mais que minha cabeça, que parecia queimar e pulsar inteira, e quando parei em frente ao espelho do meu armário, entendi o motivo da estranheza de ambos: eu tinha um hematoma se formando

CAPÍTULO 26

próximo ao olho esquerdo e um corte no lábio inferior do mesmo lado, parecia que tinha apanhado, mas nitidamente não era algo muito sério.
— Ah, não!
Murmurei desanimada para mim mesma, passando os dedos sobre os machucados.
Tomei banho, me arrumei e tentei reforçar a maquiagem para esconder as marcas do acidente, mas não sou tão boa com jogo de cores de corretivos e acabei indo trabalhar toda estropiada.
Não eram nove horas e eu aproveitei o silêncio do escritório para me perder no mundo dos meus processos. Revisei um material, imprimi uns documentos e um pouco antes do meio-dia saí para protocolar uma petição e já aproveitar para dar uma olhada nos andamentos de uns processos para o Dr. Peternesco. Eu percebia todo mundo me olhando estranho no fórum, mas desde que ninguém fosse me perguntar "o que houve no seu rosto?", estava tudo bem.
Quando voltei já eram duas da tarde, e assim que acionei o alarme do meu Focus em frente ao escritório, vi uma Ferrari amarela estacionada na vaga de clientes, e eu sabia que aquele carro só podia ser de uma pessoa.
Um nervosismo estranho percorreu meu corpo, gelando meu estômago e arrepiando os cabelos da minha nuca. Era uma reação estranha, porque ao mesmo tempo em que eu queria ver o Lucas novamente, eu estava tensa e com raiva porque não fazia ideia do que tinha acontecido na noite anterior.
Passei voando pela recepção e nem dei a atenção devida à Stephanie, que me esperava sorrindo. Eu já tinha conseguido fugir durante a metade do dia e ainda não queria explicar para ninguém o que havia acontecido com meu rosto, então fui direto para minha sala, tentar ficar invisível, porém, menos de um minuto depois de fechar a porta atrás de mim, a simpática recepcionista me ligou avisando que Lucas estava na sala do Dr. Peternesco e que pediram para me chamar quando chegasse.
Ótimo!
Dei um pulo no banheiro e conferi o visual. Vestido azul-marinho na altura dos joelhos, mangas curtas com discretas ombreiras, decote rente ao pescoço e pequenos botões nas costas, de cima até o quadril. Cabelos soltos, grandes pingentes de cristal nas orelhas, meu relógio Tag Hauer preto e prata no pulso e um enorme anel de cristal na mão direita. Retoquei a maquiagem, na esperança de disfarçar o hematoma que já estava completamente roxo próximo ao olho e o corte na boca, que chamava mais atenção que meu vestido justo. Tentativa frustrada, eu estava péssima!
Bati à porta e fui convidada a entrar.
Dr. Peternesco, Theo, Lucas e Philip estavam conversando informalmente ao redor da mesa de reuniões, mas todos pararam de falar quando eu entrei, e só pela expressão em seus rostos eu soube exatamente o que estavam pensando, mas foi Lucas quem perguntou, parecendo preocupado demais ao quase saltar da cadeira.
— O que houve no seu rosto?
A pergunta de um milhão de dólares. Que saco!
— Nada importante. Eu passei mal na academia hoje e caí da esteira.
— Como? O que aconteceu? Você foi ao médico?
Theo levantou e se aproximou de mim, passou os dedos no meu rosto e Lucas, quase cuspindo fogo, saiu de seu lugar e foi parar à minha frente para analisar as marcas da minha estupidez e tentar inibir as ações do meu amigo.

— Eu estou tão mal assim?

Eu sentia a enorme necessidade que Lucas tinha de me tocar, mas ele conteve suas mãos, estalando as juntas dos dedos.

— Foi na cabeça, Natalie. – ele falava como se eu fosse uma criança – Seria bom dar uma olhada. Você pode dizer o que aconteceu?

— Eu não dormi bem à noite – respondi, mandando um olhar seco na direção dele – e não comi nada antes de ir correr na esteira. Fiquei fraca, desmaiei, e quando caí me machuquei.

Lucas me olhou como se sentisse culpado e minha raiva me fez concordar, em parte. Se ele tivesse pelo menos dado um sinal de vida na noite anterior, eu teria dormido tranquila, mas não foi isso que aconteceu, então passei grande parte da madrugada em claro, preocupada com ele e sem nem ao menos poder ligar para perguntar se estava tudo bem.

Quando Theo se afastou completamente, Lucas aproveitou que estava de costas para o restante das pessoas na sala e movimentou os lábios falando "desculpa" sem emitir som algum. Revirei os olhos, rebatendo com descaso sua não pronunciada palavra e comecei a falar com meu chefe ao passar por ele para me acomodar em uma poltrona ao lado do Theo.

— Consegui fazer tudo que precisávamos depois de protocolar aquela petição e vi que o processo do banco teve movimentação. Depois precisamos analisar o que fazer, mas acabando esta reunião eu havia combinado com Lucas que daríamos uma analisada em um de seus contratos, tudo bem para o senhor?

— Claro, Nat. Se não der hoje, amanhã falamos sobre esse processo, temos prazo, não temos?

— Sim.

Ao acabarmos a rápida reunião sobre a empresa de Newton, o cara que encontramos na Mimb, e que eu ainda duvidava que fosse patrocinar alguma coisa, eu convidei Lucas para irmos até minha sala.

— Vamos?

Ele assentiu, mas não falou nada, enquanto Theo juntava-se a nós.

— Quer ajuda, Nat?

— Não precisa, mas muito obrigada. Qualquer coisa, eu chamo.

— Theo, será que podemos discutir umas estratégias?

Philip era um perfeito *wingman*[16], e com sua sutileza, segurou Theo e também não precisou se juntar a nós, nos dando a privacidade que precisávamos por alguns instantes.

Abri a porta da minha sala e entrei sem a menor educação, não convidando meu cliente a passar à minha frente.

— Desculpe!

Lucas disse, assim que fechou a porta.

— Pode parar. – estiquei o braço com a mão espalmada à sua frente – Estou no meio do expediente de trabalho, e trabalhar é o que farei.

— Me deixa ao menos explicar!

— Você não tem que me explicar nada!

---

16 Pessoa que prende a atenção de outra para que uma terceira consiga conversar com quem realmente interessa.

CAPÍTULO 26

Eu me encaminhei à minha mesa e comecei a empilhar uns papéis.
— Ela teve uma crise. De verdade, desta vez. Tomou um frasco inteiro de comprimidos controlados e agora está no hospital.
Parei com o que eu estava fazendo e olhei para ele.
— E por que você não me mandou uma mísera mensagem?
— Eu... Eu... – ele balançava a cabeça, lutando para achar o que dizer – Eu não sei.
— Ah, você não sabe? – apoiei as mãos na mesa e o olhei fixamente – Eu tive uma merda de noite, fiquei preocupada com você e sem poder ligar pra saber se estava tudo bem, enquanto isso você nem lembrava de me mandar a porra de uma mensagem só para dizer que já estava são e salvo em casa?
No final eu já estava quase gritando ao segurar a borda da mesa de vidro com as mãos, para controlá-las para não voarem agressivamente no Lucas.
— Eu não fui para casa ontem.
— O quê? – pisquei várias vezes, tentando assimilar o que ouvia – Não vá me dizer que você passou a noite com ela no hospital. Por favor, não me diga isso!
Minha voz era quase uma súplica e ele me olhou parecendo acuado, e mesmo sem me responder, eu entendi tudo. Camille estava vencendo outra vez.
— Lucas, acho melhor você ir embora. Nem vamos precisar analisar este contrato.
— Por favor, *Natalie*, tenha só um pouco de paciência.
— Eu já tive mais paciência do que costumo ter, e se nem o que você descobriu ontem fez você tomar uma atitude, não terá mais nada que faça. Eu estou fora dessa história.
Eu tentava mostrar minha força interior, mas meu tom de voz me denunciava e Lucas seguia parado à minha frente. Ele estava estranho, meio cabisbaixo e com uma tristeza que eu ainda não conhecia.
— Não, por favor, não termine comigo, eu só quis ajudá-la. Depois de tudo que eu fiquei sabendo, ao menos uma coisa sempre foi verdade: ela é uma pessoa doente. Não termine comigo por isso. Eu preciso de você.
— Terminar com você? Não me faça rir! Nós não temos nada para terminar, Lucas. A menos que você esteja querendo dizer para eu não deixar de ser sua amante! Porque é isso que eu sou, não é? UMA PORRA DE UMA AMANTE!
Gritei e ele contornou minha mesa com passos convictos, chegou até mim, me virou para encará-lo e ficou me segurando pelos ombros, deixando meu quadril encostar no tampo de vidro.
Seus olhos eram um manto de raiva e súplica que irradiavam tensão. Seu maxilar retesado afirmava o que eu interpretava de seu estado de espírito e sua pegada firme em mim atestava seu propósito.
— Falei pra Camille que eu já sabia de tudo. – Seu olhar queimava minha pele e sua voz estremecia meus ossos – Disse que tinha mandado investigá-la porque estava achando muito estranho que só acontecia alguma coisa com ela quando nós tínhamos brigas feias. Ela não negou, mas começou a chorar e a implorar... Camille sabe que eu estou apaixonado por você!
— Que você... O quê? C-como?
Gaguejei, balançando a cabeça e piscando freneticamente, então Lucas teve que envolver meu rosto entre suas mãos para me fazer parar quieta.
Meu coração batia mais forte no meu peito e eu sentia derreter minha convicção de um segundo antes.

— Ela acha que você não percebeu, mas notou que eu não consigo ficar longe, nem tirar os olhos de você. Quando ela quis me colocar contra a parede, resolvi assumir. Foi aí que ela teve uma crise, quebrou a casa inteira e... Enfim, deu um show. Eu já estava indo embora quando escutei um vaso quebrando e um grito dolorido, então corri uma última vez para ver o que era, e ela já estava com o frasco de comprimidos vazio na mão. Eu não podia abandoná-la ali, pelo amor de Deus, ela realmente tentou se matar! Liguei pra mãe dela e a levei para o hospital o mais rápido possível.

— E por que você decidiu dormir lá?

Perguntei, já com a guarda baixa outra vez.

— Porque ela pediu.

— Você é ridículo, Lucas!

Minha voz não tinha ânimo algum e não chegou a ofendê-lo.

— O que você queria, *Natalie*? A mulher tinha acabado de se entupir de remédios por minha causa! Eu ia me sentir muito mal se alguma coisa mais séria tivesse acontecido! – pausa – Eu não tive apenas péssimos momentos com ela.

Eu não queria pensar àquele respeito, mas a foto dos dois na sala da casa do Lucas me veio à cabeça e me deixou ainda mais desanimada. Óbvio que eles não tiveram apenas momentos ruins, apesar de o namoro nunca ter sido uma maravilha. Óbvio que ele já disse que a amava, e talvez tenha até acreditado em suas próprias palavras.

— Estou cansada. O que você quer fazer agora? – Lucas me olhou nos olhos e deu um sorriso sem vergonha – Estou falando sério!

Repreendi seus pensamentos claramente maliciosos.

— Eu também estava. Mas já que você não está muito satisfeita comigo, eu gostaria que sentássemos e analisássemos o contrato da Rolling, porque a esta altura Camille já falou com Marcel e talvez tenhamos um grande problema pela frente.

— Ok.

Empurrei Lucas gentilmente pelo peito e ele aceitou minha distância imposta, mas não tentou disfarçar sua contrariedade.

Passamos o resto da tarde trabalhando no contrato da Rolling. Philip já estava conosco há algumas horas e pedimos um lanche para não perdermos tempo saindo para tomar café.

— Gente, este é um dos contratos mais bem escritos que eu já vi. Não deixa brechas. Só conseguimos achar um jeito de diminuir a multa rescisória com base no desempenho do Lucas, mas eu acho que você precisa conversar com eles de peito aberto. Não posso acreditar que tentem forçá-lo a continuar com a Camille, nem que prejudiquem a parceria que vocês têm há tanto tempo por causa de uma campanha publicitária. Provável que eles simplesmente aceitem, mas seria bom se pudéssemos propor um "algo a mais", como um espaço maior para a marca deles no seu carro ou um evento em que você não estava contratado para participar. Trocando uma ação de marketing por outra, sabe? E se Camille estivesse disposta a concordar, ajudaria muito.

— Não conte com isso. Ainda mais se ela já souber que nós estamos juntos.

Lucas comentou, ainda com os olhos em uma página do contrato.

— Mas nós não estamos juntos.

Eu disse de forma petulante e atraí toda a atenção do meu cliente.

— Não? – Lucas levantou os olhos para mim, depois saiu de seu lugar, contornou minha mesa, me encarando intensamente, fazendo meu estômago congelar em expec-

CAPÍTULO 26

tativa, então parou ao meu lado, girou minha cadeira e me puxou para ficar em pé à sua frente – Então, o que significa isso?

Ele me beijou, tendo Philip como testemunha, e eu, no limite do constrangimento, o afastei mais que depressa.

— Lucas! – olhei para Philip e o vi sorrindo para nós – E você, Philip, não fique tão a favor do seu amiguinho. Ele é um idiota!

Falei sem o menor sinal de braveza ou veracidade.

— Pequena, você vai me dar um trabalhão do caralho, mas eu estou adorando isso! – sorri em resposta, ele me deu mais um beijinho rápido e nós voltamos ao trabalho – Hum... Onde nós estávamos mesmo?

— Em você falar com eles de peito aberto. Acho que você devia ligar para o Marcel e pedir para se encontrarem pessoalmente. Dependendo de como for a conversa, nós relaxamos ou procuramos o seu banco para pagar a multa milionária!

Rimos relaxadamente, encerramos a reunião por ali e Philip saiu da sala antes de nós dois, nos dando mais um tempo a sós.

— Posso ir para sua casa?

— Não. Enquanto as coisas não estiverem esclarecidas, eu não quero mais ficar com você.

— Mas tudo já está esclarecido!

— Não! Você passou a noite ao lado dela ontem. E se ela tentar se matar outra vez? Você vai passar a noite com ela de novo?

— Por favor, não me deixe pior do que já estou!

— Me liga amanhã para me contar como foi a conversa com Marcel.

Ele suspirou alto.

— Porra, Natalie.

— Não, Lucas.

— Mas agora eu vou beijar você!

E como prometeu, Lucas selou sua boca à minha, empurrando meu corpo contra a porta da minha sala, grudando seu tronco ao meu, fazendo nossas curvas se moldarem umas nas outras, deixando claro o quanto me desejava ao esfregar sua ereção em mim. Ele me possuía de qualquer maneira, e eu aceitava sem ressalvas a cada toque ou sussurro.

Seus beijos desceram pelo meu pescoço, escorregaram até minha orelha e me arrepiaram inteira. Desesperada, agarrei seus cabelos e ergui uma perna para encaixar meu sexo aflito em sua coxa.

— Eu tô tão duro pra você, Pequena...

Sem precisar pedir permissão, ele subiu uma mão pela minha coxa e levou seus dedos para debaixo da minha calcinha.

— Não, Lucas...

Sussurrei, nada convincente.

— Seu corpo me implora o completo oposto.

Filho da puta!

Ele enfiou os dedos em mim e os curvou lá dentro, me acertando no ponto exato.

— Oh, meu Deus... Eu tô no meu trabalho... Eu não... Oh, meu Deus... Eu não posso...

— Ninguém vai entrar aqui.

Lucas grunhiu ao pé do meu ouvido.

— Podem nos ouvir.

Então, ele me calou com seus lábios e, em um movimento determinado, me fez gozar em seus dedos, tomando minhas lamúrias orgásticas para si.

— Agora que você está relaxada, pode ir pra casa sonhar comigo.

— Você é um inferno, Lucas.

Minha voz saiu fraca e sôfrega.

— E você é o paraíso.

No dia seguinte, antes do meio-dia, Lucas ligou dizendo que embarcaria dentro de algumas horas para conversar com Marcel em Los Angeles. Ele estava mesmo tomando atitudes, mexendo no que fosse preciso para podermos ficar juntos. Eu não poderia ignorar suas ações, e meu peito se encheu um pouco mais do sentimento forte que já nutria por aquele homem que me enlouquecia de uma maneira que me fazia voltar a viver.

27

Quinta-feira chegou e eu estava sem notícias do Lucas desde terça-feira pela manhã. Ele não me ligou desde que voou para Los Angeles, também não mandou mensagem, nem tentou se comunicar por sinal de fumaça. A única razão que eu tinha para acreditar que tudo estava, teoricamente, normal, era porque Philip andava ligando, pedindo uma ou outra informação, e não teve que dar a notícia de que seu amigo havia sido abduzido por extraterrestres, fugido para o deserto ou algo do gênero.

Naquela altura da semana, eu não fazia ideia de como andavam as tratativas com a Rolling, mas acreditava que tudo estivesse correndo bem, porque até então não haviam pedido presença de advogados. Bom sinal. Por outro lado, a situação do Lucas comigo estava péssima! Não sou o tipo de mulher de ficar sentada esperando. Em outras circunstâncias, eu não teria nem piscado na direção de um homem comprometido, mas se Lucas achava que só porque conseguiu me fazer ceder poderia ficar me fazendo de idiota, ele estava muito enganado. Eu não era capaz de aceitar a maneira como ele lidava com algumas situações, e ele já tinha tido a chance de perceber isso.

Minha vontade de ligar ou simplesmente mandar uma mensagem desaforada estava quase ganhando do meu bom senso, mas cada vez que eu me via com o telefone na mão, me obrigava a pensar que eu não era nada dele e não tinha direito algum em cobrar certas atitudes. Eu podia era mudar as minhas.

Abri o arquivo *on-line* de um cliente que estava com prazo para contestação quase esgotando e revisei o texto que tinha concluído no dia anterior, depois imprimi os documentos para mais tarde juntá-los ao processo.

— Nat?
— Entra, Theo.

Eu colocava as folhas timbradas dentro de uma pasta transparente quando meu amigo me chamou.

— Preciso de sua ajuda. – ele estava agitado, e ao dar passos largos em direção à cadeira do outro lado da minha mesa, desabotoou o casaco do seu terno cinza e sentou-se em frente a mim – Luke ligou e pediu que eu vá até Los Angeles ajudá-lo com o novo contrato da Rolling. Ele pediu que você me explicasse o que haviam feito.

— O QUÊ? – gritei, batendo as mãos na mesa, fazendo voar alguns papéis – Eu trabalhei horas nessa merda de contrato e ele quer que você vá à reunião?

Theo quase saltou da cadeira e ficou extremamente sem jeito, como se fosse culpado por ter sido chamado no meu lugar.

— Desculpa, Nat, se você quiser, pode ir. Só estou repassando um recado, eu não quero prejudicar seu trabalho.

— Não. Tá tudo bem. – expirei pela boca – Não tem nada a ver com você. Desculpa. É só porque... me deu muito trabalho tentar achar brechas impossíveis naquele contrato e o Lucas está tão... estranho... – percebi que estava falando mais do que deveria e mudei de rumo – Mas eu vou explicar tudo a você.

O telefone do Theo tocou assim que colocamos os documentos sobre a mesa e ele pediu licença para atender, porque era justamente Lucas quem estava ligando.

Subitamente agitada, senti meu coração acelerar e as emoções se misturarem dentro de mim. Por que Lucas não queria falar comigo? Por que Theo? Ele estava zangado comigo sem que eu fizesse ideia do motivo?

— Oi, Luke, estou aqui com a Nat, mas não sei se conseguirei ir ainda hoje pra LA, talvez só chegue amanhã pela manhã, pode ser? Talvez se ela mesma fosse vocês pudessem resolver isso ainda esta noite, porque não perderíamos este tempo com ela me mostrando o contrato inteiro e me explicando as alterações que vocês sugerem.

Ele escutou o que Lucas falava enquanto me olhava com cautela, como se pensasse em como me contar o que estava ouvindo.

— Ok. Vou eu, então. Até amanhã.

Meu amigo desligou o telefone, parecendo um adolescente que pegou o carro escondido e foi parado numa *blitz*. Eu não podia deixá-lo mais desconfortável do que já estava, afinal, Theo estava apenas fazendo o trabalho dele e nada tinha com os meus dramas pessoais.

— Hum... Luke achou melhor...

— Não precisa justificar. Ele é o cliente, então se ele acha melhor ir você, por mim tudo bem. Só fiquei um pouco frustrada por achar que ele não está satisfeito com meu trabalho. Você sabe como sou perfeccionista.

Sem falarmos mais sobre aquela situação, mostrei ao Theo tudo que ele precisava saber sobre o contrato e expliquei nossa proposta de alteração sem ruptura. Não era nada complicado, porque não recorreríamos a nenhuma cláusula. Levou mais tempo para ele conhecer todos os termos do acordo do que para saber o que precisaria fazer.

No final do dia as palavras que Theo não proferiu, justificando que Lucas achava melhor que ele fosse à reunião, faziam eco em minha cabeça, e antes de ligar o carro e ir para casa, impulsivamente digitei a mensagem que estava quase se autodigitando no meu celular, e a enviei sem pensar duas vezes.

"Se você não me ligar HOJE e me explicar que merda está acontecendo, nem precisa ligar mais."

Em seguida, complementei dizendo: *"E se esta mensagem causar problemas aí, saiba que você terá muito mais problemas aqui."*

Ele não respondeu, mas eu vi que a mensagem já havia sido entregue e lida, então dei um último golpe: *"Quer saber? Foda-se!"*

Por que ele não fala comigo? Nem que seja para brigar um pouco?

Perambulei sozinha pelo meu apartamento durante séculos, abrindo revistas, zapeando programas na televisão, até que resolvi fazer uma faxina geral, arredando sofá, cama e até a máquina de lavar roupa.

Passava da meia-noite quando eu finalmente me deitei para dormir. Lauren tinha ido passar a noite no Michael e eu tive bastante tempo para pensar um monte de bobagens enquanto levava meu corpo à exaustão. Provavelmente nem conseguiria mais pensar no Lucas. Minhas pálpebras pesaram assim que minha cabeça encontrou o travesseiro, mas

CAPÍTULO 27

o soar do meu celular, avisando que eu havia recebido uma mensagem, me fez dar um salto na cama e em menos de um segundo o aparelho já estava na minha mão para eu ler o que Lucas havia respondido.

"*Me fodi. Obrigado!*"

Puta merda! Será que eu exagerei?

A razão me gritava dizendo que eu era apenas uma amante, como outra qualquer, e que não tinha o direito de ferrar a vida do cara, mas Lucas "se foder" queria dizer que deu merda com a Camille, porque não interessaria para nenhum executivo da Rolling as mensagens que ele recebia em seu celular, então isso queria dizer que Camille estava próxima o suficiente a ponto de ver seu telefone. Eu não sabia mais o que pensar!

Merda! Merda! Merda!

Sexta-feira me arrastei para a academia, depois me arrastei para o trabalho, me arrastei para uma audiência e voltei ao escritório me arrastando novamente. No final do dia, quando não tinha mais forças e ânimo nem de me arrastar, Theo me ligou para dizer que Camille chegou furiosa à reunião, querendo retroceder no acordo que estava preestabelecido, mas aparentemente Marcel viu que ela era uma desequilibrada e manteve o que havia ficado definido com Lucas, porém, responsabilizou Lucas pela quebra de contrato e ele ficou responsável por pagar a rescisão que Camille cobrou; US$500.000,00. Camille realmente jogava com tudo que podia. Eu me senti culpada por Lucas gastar este valor, mas não tinha ânimo para pensar sobre isso.

Entrei no meu carro, coloquei o cinto e dei a partida, sem tirar os olhos do painel que marcava a hora; seis e doze da noite. Theo já tinha me ligado fazia duas horas e nove minutos e, até então, nada do Lucas.

Fui para casa pensando que Lucas fez o que prometeu; terminou com a Camille e enfrentou as consequências com seus patrocinadores. Muitos caras não conseguem nem terminar um namoro que não implique em consequência alguma, então eu devia exaltar a atitude dele e deixar minha raiva de lado, afinal, ele fez isso por mim, para podermos ficar juntos. Ou não?

À noite, transbordando má vontade, me arrumei para ir ao aniversário da Meg na Mimb, e enquanto me vestia lembrava da última vez em que estive naquele lugar, quando acabei me divertindo bastante no estacionamento com Lucas. Os pensamentos me fizeram recordar o corpo dele, seu calor, seu toque... E eu era capaz até de sentir seu perfume. Eu estava sofrendo com a distância entre nós dois. Era essa a causa do meu tremendo mau humor. Eu precisava que Lucas me tocasse outra vez, eu precisava beijá-lo, eu precisava dele!

Acabei de me arrumar e perguntei à Lauren se eu estava bem, porque de tão distraída eu me achava incapaz de combinar os sapatos com a roupa. Peguei no armário uma saia curta de couro preta, uma blusa sem mangas de crepe verde-limão que era transpassada no corpo, marcando um decote profundo e acabando em um nó sobre o quadril, e nos pés calcei uma *ankle boot* de saltos muito altos, que combinava com a cor da saia. Fiz uma maquiagem bem escura nos olhos e passei só *gloss* nos lábios. Os acessórios eram

muitas pulseiras de couro preto em um pulso e argolas combinando nas orelhas.
— Adorei o visual, Nat! Vai arrebentar esta noite!
— Talvez eu devesse fazer isso mesmo, "arrebentar", mas não estou nada animada.
— Vamos lá, Michael está nos esperando no carro. Noite com a galera, você sempre gostou disso.

Lauren falou elevando empolgadamente a voz enquanto arrumava a alça de seu vestido vermelho esvoaçante e extremamente curto.

Quando o zelador Wilson apressou o passo para abrir a porta do prédio, nós demos de cara com Lucas, que estava conversando com Michael ao lado da BMW do meu cunhado.

A primeira coisa que pensei quando o vi foi: "Como ele fica sexy vestindo *jeans* e camiseta branca". Primeiro pensamento, já um pensamento traidor! Eu estava ferrada!

Ele me olhou assim que a porta fez barulho batendo às nossas costas e não disfarçou a empolgação ao me ver.
— Meu Deus, *Natalie*! Você está tão linda que chega a ser injusto.
— Ah, agora é o momento de conversarmos outra vez?

Acabei com sua empolgação, demonstrando o gelo cortante que era minha voz, e ao perceberem o clima pesado, Lauren e Michael entraram discretamente no carro, sem que eu pudesse cumprimentar meu cunhado e sem dar tempo ao Lucas para dar um "boa noite" à minha irmã.
— *Natalie*, não dificulte mais as coisas.

Ele se aproximou, mas manteve uma distância cautelar.
— Lucas, eu estou muito puta com você e não posso conversar agora porque estou indo ao aniversário de uma amiga. Então, até mais.

Passei reto por ele e tentei entrar no carro, mas fui puxada pelo braço e impedida de ir embora. Olhei para a mão que me envolvia com força e em seguida olhei firme nos olhos do Lucas, como quem dizia "me solte". E ele soltou.
— Você não vê que fiz tudo isso para podermos ficar juntos?
— Sabe, eu até achava isso, mas você estragou as coisas. Por que Camille viu a mensagem que eu mandei? Ela viu, não viu? Por que você não me ligou por todos esses dias? Nem do quarto do hotel! Não estava sozinho lá?
— *Natalie*, agora acabou! – Lucas disse com uma voz suplicante – E ela já sabe que estamos juntos.

O vento fresco da noite balançava nossos cabelos e me fazia sentir o perfume inconfundível do Lucas, aquele cheiro másculo e inebriante que me tirava a razão. Não quis saber de mais nada. Eu só precisava sair logo dali.
— Tchau.

Entrei no carro e pedi que Michael arrancasse depressa, e como era mais meu amigo do que do cara batendo no vidro ao meu lado, ele arrancou.

28

Eu estava no meu terceiro Cosmopolitan, curtindo uma empolgação provinda do álcool enquanto remexia meu corpo no canto da pista de dança lotada, quando Lucas parou à minha frente. Ele tinha passado em casa para se arrumar e foi atrás de mim usando um *jeans* escuro com uma lavagem estonada e uma camisa preta com efeito amarrotado, que estava com uma ponta para dentro da calça, revelando o cinto de tecido em tons de preto e cinza. As mangas estavam dobradas e presas por uma passadeira de mesmo tecido na altura de seus bíceps salientes e os dois primeiros botões da blusa abertos próximos ao pescoço, deixando um pouco de pele à mostra, corroborando para o visual que gritava o quão gostoso era aquele homem. Seu cabelo estava cuidadosamente despenteado, a barba sexy como sempre, apenas crescida o suficiente para escurecer seu maxilar acentuado e, com os olhos em chamas, ele foi me cumprimentar.

— Oi.
— O que você está fazendo aqui?
Rebati com grosseria.
— Vim ver você.
— Já viu.
— Você quer que eu vá embora?

Será que se eu dissesse sim ele realmente iria embora? Porque, na verdade, eu não queria que ele fosse embora. Estava adorando o fato de ele ter ido atrás de mim, mas estava muito brava e não sabia como baixar a guarda. Decidi arriscar.

— Sim!
— Por quê?
Ufa! Ele ficou.
— Você sabe por que, *Luke*!

Mudei até o tom de voz para chamá-lo pelo apelido. Algo mais ou menos parecido com o que eu fazia com minha mãe quando ela não me deixava ir a alguma festinha quando eu tinha uns quinze anos de idade. Eu estava sendo patética.

— Eu só sei que você vai parar com essa porra, agora! - ele me puxou com força, enlaçando um de seus braços à minha cintura e agarrando minha nuca com a outra mão. Eu estava completamente consciente dos olhares curiosos e espantados das minhas amigas sobre nós dois, mas fui incapaz de desviar minha atenção do olhar hipnotizante do Lucas – E agora é oficial: nunca mais me chame de Luke!

Então, sem pedir permissão, ele me beijou. Nos assumindo bem ali, na pista de dança. Nosso primeiro beijo em público acontecia e eu me sentia completamente rendida, então enrolei meus braços ao redor do seu pescoço e retribuí o carinho, me entregando completamente àquela sensação maravilhosa, deixando toda minha angústia e ira se dissiparem feito mágica. Ouvi minhas amigas gritarem empolgadas e perguntarem ao vento o que diabos estava acontecendo, e por elas terem silenciado em seguida, imaginei que minha irmã tivesse lhes resumido a história.

Quando nos afastamos os olhos do Lucas tinham um brilho diferente, e sorrindo ele me perguntou:

— Está melhor agora, doutora?

— Muito melhor!

Respondi em tom meloso e totalmente apaixonada, deixando toda minha vulnerabilidade visível para ele acabar comigo, se quisesse.

— Mas ainda acho que você precisa ser comida.

Piscando incrédula pela safadeza que acabara de ouvir, e novamente envolvida em gritos amigáveis e comentários como: "essa é a minha garota" e "oh, meu Deus, que inveja", eu o puxei para um novo beijo e ficamos nos curtindo entre o amontoado de gente.

Bebemos e dançamos juntos por um bom tempo, até que precisei ir ao banheiro e, como um perfeito cavalheiro, Lucas me levou até lá e ficou me esperando no bar, pedindo outras bebidas.

— Ora, ora Nat, mas você não perde tempo, hein?

Levei um susto e ergui o olhar para o espelho enquanto lavava as mãos.

— Oi, Jenny. Oi, Samantha. Tudo bem?

— Não tão bem quanto você. – Jenny falou, cheia de ironia – Mas estamos bem, sim.

— Foi você, não foi? – Samantha estava quase em cima de mim enquanto eu puxava algumas folhas de papel para secar as mãos – Você colocou Luke contra Camille.

— Para aí, Samantha. – Falei virando o corpo para encará-las de frente – Eu acho que Camille teve bastante potencial para se afundar sozinha. Eu não tenho nada a ver com as mentiras que ela inventava para segurar um namorado.

— Você provocou o cara desde o começo. – Jenny destilava veneno – Você quer afastá-lo de todos seus amigos. Quem você pensa que é para chegar de repente e roubá-lo de nós?

— Jenny, escute a si mesma. Isso é patético. E eu não roubei o Lucas de ninguém. Ele veio de bom grado. E agora, com licença, eu tenho coisa mais interessante a fazer.

Passei por elas, enquanto me insultavam na frente das outras mulheres que aguardavam na fila do banheiro, e rezando para que não houvesse um motim que me esquartejaria ali dentro, apressei o passo em direção ao Lucas.

— O que foi? – ele percebeu que eu estava incomodada quando cheguei ao seu lado – Você está bem?

— Jenny e Samantha estão aqui.

— Eu sei. Nos encontramos quando eu cheguei.

— E por que você não me disse nada?

— Sei lá. Precisava dizer?

Ele fez uma careta confusa.

— Não. - abracei Lucas e apoiei a cabeça em seu peito – Tudo bem.

— Elas maltrataram você?

Lucas perguntou, esfregando minhas costas, conseguindo tirar todo e qualquer peso dos meus ombros.

— Já passou.

— O que... – ele bufou e me encarou, seu rosto começando a se transformar, adquirindo aquela frieza que eu já tinha visto antes quando falávamos do Steve ou Camille – O que elas fizeram?

— Nada. – passei dois dedos nos vincos que se formaram entre suas sobrancelhas

CAPÍTULO 28

— Só quiseram tirar satisfação, mas não houve nada.
Lucas exalou, frustrado.
— Você quer que eu faça alguma coisa? Eu sei como aquelas duas conseguem ser desagradáveis, mas não imaginei que fossem querer defender a Camille.
— Tá tudo bem. Relaxa.
Depois de um beijo rápido, pegamos as bebidas que o *barman* entregou e voltamos abraçados ao nosso grupo, deixando o episódio do banheiro para trás.
Foi tão "real" caminhar de mãos dadas com Lucas entre as pessoas que lotavam a Mimb, que nem me incomodei com as mulheres que olhavam para ele e nem me senti intimidada com a atenção. Ele era meu, e algo me fazia acreditar facilmente naquela verdade.
Gostei de constatar que Lucas dançava muito bem. Eu nunca tinha visto ele dançar de verdade. Na outra ocasião em que estivemos na Mimb, ele ficou parado ao lado de sua então noiva, mal se balançando, me olhando sempre que dava, e na noite em sua casa ele ficou conversando com os caras, bebendo e me comendo com os olhos.
A sensação de estar em seus braços, com aquela boca tentadora roçando na minha e com os nossos corpos quase grudados, era demais! Nos movimentávamos em sincronia e abstraíamos que existiam pessoas ao redor. Nossos corpos iam e vinham, se encaixando perfeitamente enquanto dançávamos com as testas grudadas. Em alguns momentos, eu virava de costas e Lucas afastava meus cabelos para lamber meu pescoço, guiando meus movimentos com as mãos espalmadas no meu quadril, e durante todo o tempo minhas mãos passeavam livremente em cada pedacinho dele que me desse vontade. Deslizaram pelo tronco, se emaranharam no cabelo sexy e ousaram até aquela bunda perfeita. A sensação de poder fazer aquilo ainda era nova para mim e eu sorria meio deslumbrada. No tempo de um instante, minha realidade havia mudado e lá estava eu, fazendo o que milhões de vezes me perguntei como seria fazer.
Em uma das pausas que fizemos para interagir com o mundo, tiramos nossa primeira foto juntos, e na mesma hora Lucas fez dela a capa de seu celular. Meu humor tinha passado de zero a mil e eu ria quando minhas amigas vinham cochichar comigo, me dando broncas falsas, dizendo que não era justo eu chegar ao mundo das solteiras e tão logo me casar novamente, ainda por cima com um cara tão gato. Era bom finalmente poder assumir que estava com Lucas, e tê-lo ao meu lado fazia daquela noite extremamente animada enquanto eu bebia e dançava feliz entre minhas melhores amigas, mas a alegria se desfez quando fui empurrada para o lado com tanta força que, se não tivesse esbarrado no Michael, eu teria caído no chão.
— SUA VAGABUNDA!
Camille voou para cima de mim, tentando me dar um tapa no rosto, e só não conseguiu porque Lucas segurou sua mão a tempo, então ela virou para ele e começou a gritar e bater em seu rosto, peito e braços. Nós teríamos muita sorte se nada daquilo aparecesse na internet.
— Calma, Camille!
Ele rosnou, usando força para contê-la efetivamente e a empurrou para um canto mais isolado, onde nossos amigos trataram de escondê-los.
— Ontem mesmo você estava na minha cama, trepando comigo, e agora está aqui com essa piranha?
O quê? "Ontem mesmo você estava na minha cama, trepando comigo?" Foi por isso que ele não me ligou enquanto esteve em Los Angeles? Porque estava "se despedindo" da Camille?
Meu mundo parou de girar, e eu e Lucas nos encaramos por meio segundo antes de eu me retirar daquela situação constrangedora. Ele viu quando me afastei e tentou

me fazer ficar, pedindo com uma voz vacilante, mas eu o ignorei e ele não pôde ir atrás de mim porque tinha de lidar com sua ex-noiva possessiva.

Passei pelas minhas amigas, só fazendo um sinal com a mão que dizia que eu precisava ficar sozinha e elas me respeitaram. Caminhei para longe do aglomerado de gente e parei debruçada na sacada do segundo andar. Fechei os olhos, na tentativa de me isolar um pouco para tentar organizar meus pensamentos confusos, e inspirei pesadamente. Instantaneamente me senti triste e enganada, e o que piscava no meu cérebro era que os homens não eram capazes de serem monogâmicos ao meu lado, e que o problema devia estar em mim.

Escondi o rosto entre as mãos, tentando me tornar invisível, mas uma voz familiar me mostrou que eu não estava sendo bem-sucedida na tentativa.

— Nat?

Levantei a cabeça, olhando para o lado de onde vinha aquele chamado, e vi Steve em pé junto a mim.

Ele estava muito bonito. De calça *jeans* e camisa branca com uma camiseta cinza de mangas curtas por cima. Os cabelos loiros continuavam com o mesmo balanço sensual que eu lembrava, mas a barba estava crescida e ele estava fumando.

— Oi! – Minha voz era pura surpresa – Você fuma?

— Como sempre, Nat vai direto ao ponto. - ele sorriu – Sim, entrei para o mundo dos vícios, precisei mudar algumas coisas em mim e na minha vida.

— Hum... Tirando o cigarro, espero que as outras tenham sido mudanças positivas.

Ele deu de ombros.

— Você está tão linda! Ainda sinto a sua falta... Você está bem?

De repente a brisa noturna começou a me dar frio e eu me abracei para tentar me aquecer.

— Estou bem. – conscientemente, ignorei a primeira parte de sua colocação – Trabalhando muito, e você?

Incrível como a vida prega peças. Passei anos ao lado de um homem que julguei amar com todas as minhas forças, e mais rápido do que foi para me apaixonar, eu desliguei todos os sentimentos amorosos que nutria por ele e descobri outros muito mais fortes, que pulsavam freneticamente dentro de mim, por um homem que pouquíssimo tempo antes eu mal sabia que existia.

— Comprei um apartamento novo e consegui aproveitar toda nossa mobília. É bem pequeno, mas ficou legal. Queria que você fosse lá conhecer.

Steve acabou a frase olhando um pouco para cima, e eu percebi que tinha alguém atrás de mim. Virei o corpo e olhei em silêncio para o Lucas.

— Não vai nos apresentar, Pequena?

Não tinha necessidade de usar o apelido carinhoso. Lucas só fez aquilo para mostrar ao Steve que eu estava com ele, mas isso me irritou ainda mais.

— *Luke,* – carreguei a voz, enfatizando cada letra de seu apelido, e ele percebeu, com raiva, minha provocação – este é Steve. Steve, este é *Luke.*

Falei, apontando com as mãos de um para outro, num desânimo fúnebre.

— Luke Barum! – meu ex-marido exclamou – Eu vi você no escritório da Nat e no Bobo's, mas agora que o reconheci. Hum... Vocês... Hum... Vocês estão... juntos?

Steve estava surpreso, engolindo em seco ao reconhecer o cara ao meu lado. Confesso que foi bom vê-lo sem jeito, mas não quis prolongar meu deleite.

— *Não faço a menor ideia.* – eu me atravessei na conversa deles dois – Aliás, é uma ótima pergunta! - resmunguei ironicamente e muito mal-humorada – Preciso ir.

CAPÍTULO 28

Tchau, Steve.
Virei as costas e entrei novamente na festa, ouvindo Lucas dizer: "Ela é minha!", e, sabendo que ele não engrenaria em uma conversa com Steve e iria logo atrás de mim, acelerei o passo para tentar fugir, mas não fui rápida o suficiente. Assim que me alcançou, Lucas me puxou por um braço e não me soltou quando viu meu olhar furioso.
— *Não faço a menor ideia*? Sério? – era provável que ele estivesse mais furioso que eu – Showzinho na frente do seu ex-marido? Você é assim o tempo todo, ou devo esperar que volte a ser a pessoa que eu conheço?
— Eu sou assim quando preciso ser assim.
— Você não precisa ser assim agora.
Ele disse ao me soltar.
— Ah, claro, porque agora você já despachou a Camille e está liberado pra mim outra vez!
Lucas cerrou os dentes e vi o movimento marcado em seu maxilar.
— O que seu ex-marido queria com você?
— Dizer que ainda sente a minha falta e me convidar para conhecer seu novo apartamento. Talvez eu vá lá qualquer hora dessas.
Debochei, dando de ombros, e virei para tentar continuar caminhando, mas Lucas me segurou novamente e eu não pude dar nem mais um passo.
— Chega! Vamos embora. Precisamos conversar.
Ele me guiou, me segurando firme pela mão, e eu não contestei. Queria mesmo ir embora dali.
Aproveitei o tempo em que caminhávamos até a porta da frente para mandar uma mensagem para minhas amigas, avisando que eu estava de saída, e assim que chegamos à rua vimos Camille e suas amigas entrando em um carro bem ao lado de onde estávamos.
Quando nos enxergou, ela desistiu de se sentar atrás do motorista e gritou:
— VAI, SUA VAGABUNDA! VAI EMBORA!
Lucas a fuzilou com o olhar e eu parei de caminhar, respirei fundo e me dirigi a ela.
— Vou embora mesmo. Você quer saber qual será a programação da noite?
Destilei meu veneno alcoolizado, depois voltei a andar e Lucas me abraçou carinhosamente pela cintura e seguiu comigo, apenas sussurrando "você é terrível" ao pé do meu ouvido.
— LUKE!
Ela gritou e saiu correndo atrás da gente. Acho que foi a cena mais patética que já vi em toda minha vida.
Lucas apertou no controle o botão para abrir o carro e os faróis de um Porsche prata deslumbrante piscaram, me indicando onde eu deveria entrar, então me acomodei ao lado do motorista no carro de dois lugares e fechei a porta rapidamente, mas Lucas não teve tempo de entrar antes que sua ex o agarrasse.
— Por favor, por favor, Luke, não me deixe sozinha!
Camille se enrolava em seus braços e atirava o peso do corpo, fazendo-o segurá-la para não o levar junto ao chão, e no meio da loucura de mãos, braços e pernas, ela descaradamente ia abrindo a camisa dele e passando os dedos em seu peito musculoso.
— Você não está sozinha, Camille. Está com as suas amigas. – ele olhou em direção às duas criaturas apopléticas paradas a alguns passos de distância – Será que vocês poderiam fazer a gentileza de tirar Camille daqui?
A voz dele era autoritária e de uma falsa calmaria, o que funcionou, porque Jenny e Samantha se aproximaram.

— Não! Eu não vou deixar você sair daqui com essa vagabunda!

Camille seguia agitada e eu tive que me segurar para não sair do carro e lhe dizer poucas e boas.

— CHEGA! – Lucas, a agarrando pelos braços sacudiu seu corpo, afastando-a de si com brutalidade – Estou tentando ser educado e legal com você, mas se insistir em chamar minha namorada de vagabunda, talvez eu não me preocupe mais em me controlar.

E foi assim que ele me chamou de namorada pela primeira vez, e eu não consegui evitar um sorriso bobo no rosto ao observar o desenrolar da cena.

— Luke, você não pode estar falando sério... Depois de tudo que nós vivemos juntos...

— Caralho, Camille! O que foi que nós vivemos juntos? Refresque minha memória, porque só o que sei é que foram anos de merda, com você fingindo um monte de coisas para que eu tivesse pena e não terminasse o namoro, que, aliás, eu nem sei como começou!

Então Lucas deu as costas, abriu a porta e calmamente entrou no carro. Jenny e Samantha ficaram segurando Camille pelos braços e enquanto ela nos trucidava com os olhos cheios de lágrimas, as outras duas já não tinham o mesmo desprezo de ainda há pouco no banheiro.

O motor do Porsche rugiu alto quando Lucas acelerou e assim que as três mulheres não passavam de um pontinho longínquo, ele me olhou e percebeu o sorriso bobo no meu rosto.

— Por que você está sorrindo dessa maneira?

— Gostei de como você me intitulou.

— Foi surpresa para você?

— Sim.

— Mas o que você acha que é minha?

— Hum... Não sei. Na última vez em que pensei a respeito eu era sua amante.

— Pequena, – ele disse, apoiando uma mão na minha coxa – eu já disse que você nunca foi minha amante!

— Ok. Vamos fazer de conta que eu nunca fui.

Ele deu um suspiro alto, mas estava sorrindo também.

Como é que Lucas conseguiu ganhar a briga sem nem falarmos a respeito? De repente eu estava relaxada novamente e só queria me entregar a ele.

Abri o porta-luvas do seu esportivo de luxo e tirei de lá um CD, e sem que ele visse qual era, inseri o disco e procurei a música que eu queria. "Better Together" começou a tocar e nós a ouvimos em silêncio por um tempo.

— Também acho!

Ele disse, deslizando a mão carinhosamente na minha perna, antes de nossos olhos se encontrarem em um assentimento mútuo, dizendo que juntos somos muito melhores.

Ainda tínhamos o que conversar. Lucas precisava me explicar algumas coisas, mas naquele momento em que me tornei oficialmente sua namorada, tudo estava bem e em paz.

> *"Love is the answer at least for most of the questions in my heart*
> *Why are we here? And where do we go? And how come it's so hard?*
> *It's not always easy and sometimes life can be deceiving*
> *I'll tell you one thing*
> *It's always better when we're together*[17]*."*

---

17 *Amor é a resposta para pelo menos a maioria das questões no meu coração / Por que estamos aqui? E para onde vamos? E por que é tão difícil? / Não é sempre fácil e às vezes a vida pode ser enganadora / Vou dizer uma coisa, / É sempre melhor quando estamos juntos.*

29

A proximidade com meu endereço começou a me deixar inquieta. Apesar de saber que Lucas estava comigo, que havia me assumido e que queria dar uma chance a nós dois, muitas coisas ainda rondavam meus pensamentos e me deixavam insegura, e apesar de não serem mais fortes que meu desejo de estar exatamente onde eu estava, ainda assim me perturbavam.

Eu tinha muitas perguntas a serem feitas, e enquanto não me sentisse segura naquela relação, eu sabia que tenderia a ser um tanto neurótica.

— Por que não vamos para sua casa?

Perguntei, quando Lucas estacionou em frente ao meu prédio, e aquele já era o começo da minha necessidade de afirmação.

— Achei que você poderia se sentir mais à vontade aqui, mas se você não se importar de ir para lá, podemos ir.

Foi simpático da parte dele se preocupar comigo, e era exatamente o que eu queria escutar. Claro que acabaríamos indo para a casa dele qualquer hora, mas no fundo eu entendia que as coisas ainda eram muito recentes e os lençóis de sua cama ainda deviam estar quentes do corpo da Camille, então era bom mesmo nós termos uma "ocasião especial" para começarmos a usar seu espaço.

— Não. Podemos ficar aqui mesmo.

Lucas sorriu carinhoso, entramos juntos no saguão e nos apressamos nos degraus até o terceiro andar.

Quando entramos no meu apartamento, eu o levei direto ao meu quarto e nos sentamos na cama em meio a um silêncio um pouco estranho.

— Pode começar.

Eu disse convicta, acabando com qualquer esperança que ele tivesse de que eu deixaria o assunto da viagem para trás.

Lucas suspirou profundamente e relaxou os ombros antes de começar a falar.

— Eu não liguei pra você nesses dias porque eu não estava em um quarto de hotel. O pai da Camille mora em Los Angeles e eu costumava ficar lá quando estava na cidade, e foi lá que me hospedei dessa vez também.

— Não passou pela sua cabeça que eu poderia ficar furiosa com isso?

— Desculpe. Eu sabia que não era o mais adequado a ser feito, por isso não liguei, mas eu sempre tive uma relação muito próxima com Nicolas e queria poder eu mesmo explicar a ele o rumo que tomou a minha relação com Camille. E também queria me despedir. Ele foi como um pai pra mim, mas agora nossa relação vai passar a ser estritamente profissional, então eu meio que quis estar próximo dele nessa última vez. Não queria contar a você que eu estava hospedado lá e deixá-la chateada, e por outro lado, não queria mentir dizendo que estava em algum hotel. Só não achei que você ficaria tão furiosa pelo meu silêncio.

Lucas falou tudo aquilo com muita calma, com uma tranquilidade de quem já havia pensado a respeito, executado a ação e virado a página. Não existiam mágoas pelo óbvio efeito colateral que o afastamento da Camille proporcionaria. Lucas estava certo do que tinha de ser feito e não me culpava por suas ações, e eu não podia não levar em consideração a relação que ele tinha com Nicolas. Embora aquilo me incomodasse, eu entendia.

— Camille estava lá?
— Sim.

Ele respondeu, fechando os olhos e curvando o corpo para apoiar os braços nas pernas.

— O tempo todo?

Fiquei mais inquieta.

— Sim.

Aquela parte eu já não aceitaria muito bem.

— Vocês transaram?

Em um solavanco, Lucas ergueu o tronco e me olhou com o rosto franzido, como se o que eu tivesse dito fosse o maior dos absurdos, mas devido ao nível de suas confissões, eu não achava tão improvável assim.

— Por que você está me perguntando isso?
— Porque eu quero saber, e o que você falar, eu vou acreditar.
— Não, óbvio que não!
— Não é tão óbvio assim, mas tudo bem... Vocês dormiram no mesmo quarto?
— Não! Mas uma noite ela entrou no meu quarto...

Sua voz saiu tão baixa que quase não escutei a resposta, mas infelizmente eu havia entendido o que ele disse, e a cena que inundou minha mente inflamou meu ciúme.

— QUÊ? Você tá falando sério?

Lucas se assustou com minha reação.

— Não aconteceu nada.
— VOCÊ NÃO ENTENDE QUE ESTAR NA MESMA CASA QUE A CAMILLE JÁ É ALGO MUITO GRAVE PRA MIM?
— Não, *Natalie*, eu não entendo, porra! – ele falou em um tom cansado – Só vejo que você não está querendo colaborar.
— Como eu posso colaborar quando você se hospeda na casa da sua ex?
— AAAAAAH! VOCÊ É TÃO FRUSTRANTE! – Lucas gritou alto e deu um soco na parede – Tudo bem, Natalie, o que você realmente quer saber? Se eu transei com a Camille? Já disse que não! Por que eu não liguei pra você? Também já expliquei que não queria mentir, nem magoar você. Que mais? POR QUE VOCÊ NÃO VÊ QUE EU FIZ O QUE DISSE QUE FARIA? EU TERMINEI COM ELA, PORRA! TERMINEI COM ELA PRA FICAR COM VOCÊ! POR QUE NÃO ANALISA ESSA MERDA DE HISTÓRIA POR ESSE PONTO DE VISTA?

Lucas ficou furioso e mal conseguiu se controlar, e aquela explosão toda realmente me fez ver a história sob seu ponto de vista: ele estava comigo! Lucas terminou com a Camille para ficar comigo! Mas eu era uma merda de uma garota traumatizada com homens sem vocação para monogamia, eu não conseguia mais parar de questionar.

— Por que você deixou Camille entrar no seu quarto?

CAPÍTULO 29

Ele fechou os olhos e suspirou alto.

— Eu sei que você sabe o que é descobrir que foi enganado por anos, mas você não faz ideia de como é este sentimento quando você era, na verdade, obrigado a viver uma vida que não queria. E você também não sabe como é difícil simplesmente deixar essa história para trás, sem procurar mais justificativas por todo o tempo perdido, não sabe como é difícil romper com alguém que, da noite pro dia, parece ser seu maior inimigo, e ainda assim tentando entrar mais uma vez numa porra de jogo psicológico pra poder ficar definitivamente livre desse cárcere. E você certamente não tem a menor ideia de que você foi a determinação e a recompensa por tudo isso. – sua voz estava magoada e me machucava o peito. Talvez eu estivesse mesmo sendo muito extremista, mas eu não queria ser novamente a pessoa que aceitava coisas que não gostava em uma relação. Ouvi histórias absurdas do Steve e não as questionei, o que obviamente não me colocou em uma boa posição. Eu não aceitaria mais as coisas sem tentar entendê-las. Eu não podia fazer isso comigo mesma – Enfim... Ela entrou no meu quarto e nós apenas conversamos, tirando o fato de que, fingindo um pouco de cordialidade, eu tinha muito a ganhar no caso da Rolling. E sabe, apesar de tudo, eu queria que a Camille tentasse ver o final da nossa relação como uma coisa inevitável, mas não necessariamente ruim. Não era minha intenção que ela sentisse que estava sendo abandonada. Esse sentimento é horrível. Ela certamente tem algum problema por ter agido da maneira como agiu durante o nosso relacionamento e eu não queria que ela sofresse, que ela se sentisse trocada. Eu só queria que ela também quisesse terminar comigo. Tudo estava indo bem, até ela ver que você estava mandando mensagem para o meu celular.

Aquela confissão toda pareceu estranha e carregada de sentimentos confusos. Ok, eu sei que é horrível terminar com alguém e saber que a pessoa está sofrendo por nossa causa, mas isso passa. Ninguém morre disso. Por que Lucas tinha essa necessidade fora do comum em cuidar da Camille para que ela não se sentisse abandonada? Qual era a razão desse sentimento? Seria em consideração ao Nicolas? Seria possível que Camille tivesse significado mais para o Lucas do que ele dizia? Senti que nem ele estava sabendo expressar o que queria, e eu não estava com cabeça para mais drama.

— Ok, Lucas. Eu entendo tudo, mas agora, por favor, vá embora.

Apontei a porta do meu quarto, mas Lucas voltou a falar e deixei meu braço cair ao lado do corpo.

— Você não está falando sério.

— Sim, estou. Não consigo ficar com você esta noite. Não concordo com a maneira como você resolve seus problemas.

— Você não foca na solução, você foca no problema. Mas tudo bem, se é assim que você quer, vou embora. Boa noite, *Natalie*.

Nitidamente irritado, Lucas foi embora pisando firme no assoalho de madeira. Mas por que só ele tinha o direito de se irritar? Ele foi quem agiu errado e eu estava no meu direito de estar furiosa, mas, ao mesmo tempo, eu queria tanto dormir a noite inteira ao seu lado...

Que merda!

Eu já não fazia a menor ideia de quem era a pessoa por baixo da minha pele.

Vesti um pijama preto de calça comprida e manga curta, escovei os dentes e fui chorar no meu travesseiro até o sono chegar.

O sábado passou sem que eu tivesse notícias do Lucas e minha prostração preocupou minha irmã.

— Nat, já são quase dez da noite e você não comeu nada! Ninguém sobrevive só à água! Me deixe preparar uma sopinha pra você.

— Obrigada, Lauren, mas não consigo comer. Só quero chorar mais um pouquinho e dormir.

— Ah, Nat, me parte o coração ver você sofrendo assim... Vamos pra sala, você passou o dia inteiro na cama, precisa se distrair um pouco.

— Lauren, você acha que eu não tinha motivos para ficar com raiva? Será que ele não entende que foi uma situação revoltante?

— Eu concordo em partes com você e provavelmente também teria brigado, mas de repente este é o momento de você baixar a guarda. Ele fez o principal, que foi romper com a Camille. Agora faça você um movimento para que tudo fique bem entre vocês dois.

— Por que eu me sinto tão irredutível?

— Porque você está comparando Luke ao Steve, mas Luke não é o seu ex-marido, Nat.

— Eu não perguntei por que a mensagem que eu mandei tinha ferrado com tudo, mas sei que Camille viu, mas por que ela viu o celular dele? Imagina quão próximos eles estavam?

— Pare de pensar tanto. Deixe esses sentimentos ruins minguarem e foque só na parte boa que você tem com Luke.

Lauren até conseguiu me fazer pensar, mas continuei entocada no meu quarto, chorando quando acordada e tendo pesadelos quando dormia.

Domingo eu acordei com uma fome enorme, mas quando tentei tomar um copo de leite, me senti enjoada e mal tive tempo de chegar ao banheiro para colocar o pouco para fora. Lavei o rosto com água gelada e encarei meus olhos tristes e solitários no reflexo do espelho. Eu nunca tinha ficado assim, nem quando decidi me separar do Steve e acabar com todos os sonhos que havia construído acerca do meu casamento. Lucas mexia no mais profundo do meu ser, e aquela constatação me apavorou.

Resolvi tomar um banho e depois voltar para a cama, mas Lauren não aceitou que eu não comesse nada e me forçou a tomar uma canja, que foi só o que eu comi o final de semana inteiro.

À noite, avisei ao Sebastian que não poderia fazer nossa aula no dia seguinte, porque se fizesse tenho certeza de que o tombo seria bem maior que o da última vez, em que eu tive a ideia insana de ir malhar sem ter dormido bem e sem ter me alimentado direito.

Segunda-feira acordei me sentindo tão mal quanto nos dias anteriores. Minha cabeça pesava e o estômago reclamava por falta de comida, mas só de pensar em ingerir algo eu ficava enjoada. Tomei uma ducha rápida, me arrumei sem empolgação e, usando toneladas de maquiagem, tentei inutilmente disfarçar meu rosto de quem chorou por dois dias.

Saí usando o mesmo vestido preto de ombro único que usei no dia em que assinei meu divórcio, e mesmo dia em que conheci o Lucas. Aquela roupa me lembrava rupturas e recomeços. Pareceu apropriado.

Quando apareci na recepção do escritório, Stephanie, que já estava em seu posto, me olhou primeiro com naturalidade e em fração de segundos mudou para piedade.

— Você está bem?

Era só olhar para a minha cara para ver que eu estava péssima, mas optei pela resposta social.

CAPÍTULO 29

— Sim. Bom dia.

Ela hesitou por uns instantes, enquanto eu passava ao lado de sua bancada e me dirigia à minha sala, mas por fim retomou seu lado profissional.

— Bom dia. O pessoal da reunião das nove horas chegou e já está reunido à sua espera.

— Reunião das nove? Não estou sabendo de nada.

E ainda não são nove horas.

— Do contrato que Theo foi para Los Angeles resolver.

Ai. Meu. Deus! Quantas vezes situações como aquela aconteceriam? Eu estava prestes a encontrar com Lucas de maneira desastrosa e não teria como escapar. Não vi o carro dele na rua e não queria que ele me visse naquele estado, mas não tinha o que eu pudesse fazer, já estava sendo aguardada e precisava ir logo para aquela merda de reunião.

Bati à porta e escutei a voz do Dr. Peternesco me convidando a entrar.

— Bom dia, senhores.

Fiquei com a cabeça baixa, procurando ao máximo evitar os olhos de todos sentados à mesa, mas em especial os do Lucas.

— Está tudo bem, Nat?

Eu me acomodava ao lado do Theo quando ele fez a pergunta em voz baixa, e antes que meu cérebro mandasse os comandos programados, meus olhos me traíram e procuraram os olhos do Lucas, que me fitavam sem emoção do outro lado da mesa.

Assim que nos enxergamos, ele adquiriu um ar diferente, quando minha tristeza aparente ficou à mostra, sem nenhum tipo de desculpa.

— Tudo bem, Theo.

— Tudo bem, não está, – ele concluiu – mas se não quiser falar, eu entendo.

— Só tive uma merda de final de semana. – falei baixinho, mas fazendo questão de que Lucas pudesse me escutar – Mas vou superar.

Meu amigo colocou a mão sobre a minha e fez um carinho de leve em um gesto muito cordial, mas que foi muito mal interpretado por um par de olhos escuros que estavam vidrados em mim.

Durante a reunião, me esforcei para ser o mais inútil possível, afinal, como advogada principal de Luke Barum, fui facilmente substituída pelo meu colega Theo Peternesco, então minhas opiniões provavelmente não fariam diferença, e assim que a reunião foi encerrada, saí apressada em direção à minha sala, me atirei na minha cadeira de couro preta, apoiei os cotovelos na mesa de vidro e cobri o rosto com as mãos. Eu me sentia exausta e as lágrimas que se escondiam em algum lugar muito próximo começaram a rolar discretamente em meu rosto, então escutei um leve ranger, anunciando que minha porta estava sendo aberta e em seguida fechada. Levantei a cabeça para ver quem havia entrado sem ser convidado e não fiquei surpresa ao enxergar Lucas com um olhar desolado parado à minha frente. Sequei minhas lágrimas ao respirar fundo e me ajeitei na cadeira, para ficar com um ar profissional.

— Você precisa de alguma coisa?

Perguntei, com a voz fraca, precisando limpar a garganta para torná-la normal, e cruzei os braços sobre o peito, olhando firmemente para ele, como se nem estivesse chorando, e aguardei uma resposta.

— Sim.

— E no que eu posso ajudar?

— Eu preciso de você!

— Ah, Lucas... – meus ombros amoleceram, meus braços caíram sobre as pernas e lágrimas voltaram a rolar sem me dar chance de controlá-las – Eu estou tentando trabalhar.
— Eu tive o pior final de semana da minha vida.
Ele continuava em pé do outro lado da minha mesa, estalando as juntas dos dedos, como era sua marca registrada em momentos de tensão.
— Eu também. Mas eu não quero falar sobre isso aqui, eu preciso trabalhar.
— Por que você não me ligou?
Ele ignorou completamente o que eu disse sobre precisar trabalhar.
— Porque eu não sabia se podia e eu fiquei muito irritada com o que você fez, e depois com o fato de ter ido embora... Pensei até que você pudesse ter ido atrás da Camille.
— Eu nunca mais irei atrás da Camille! – ele pareceu ofendido – E só fui embora porque você mandou!
Esperando que eu dissesse alguma coisa, que eu não disse, Lucas contornou minha mesa, girou minha cadeira e se ajoelhou à minha frente para ficarmos cara a cara.
— Eu não consigo ficar longe de você, Pequena.
Sua voz doce e sedutora invadiu meus ouvidos e seu simples gesto de carinho fez toda tristeza e todo vazio que eu senti nos últimos dois dias se dissolverem no ar. Lucas tinha um tipo de poder sobre mim. Era exaustivo lutar contra, então não lutei e o puxei com força pelos ombros e ele me abraçou de volta, enfiando o rosto no meu pescoço, dando um gemido ao inalar meu perfume. Minhas mãos se enfiaram em seus cabelos e ele se afastou para que pudéssemos nos beijar como se estivéssemos nos purificando, virando uma página e iniciando um novo capítulo, ou talvez não fosse um capítulo, mas sim um livro novo que começaríamos a escrever juntos.
Naquele instante nos permitimos entregar nossos corações ao sentimento que cada vez mais tomava conta de cada célula dos nossos corpos. Nossas línguas se acariciavam e se saboreavam, matando as saudades que sentíamos um do outro, e nossos batimentos cardíacos pareciam compassos de uma mesma canção.
Depois do trabalho fui correndo para casa me arrumar. Lucas iria me pegar para sairmos para jantar, como um casal de namorados, pela primeira vez.

30

Às sete horas, apareci na porta do meu prédio e parei um degrau acima da calçada quando vi Lucas encostado em seu Aston Martin com os tornozelos cruzados casualmente e segurando uma tulipa vermelha. Os vidros do carro estavam abertos, me permitindo ouvir baixinho "*I Won't Give Up*", e eu fiquei parada sob o pórtico de entrada, examinando-o por alguns instantes.

Ele estava estático e sorrindo, como um verdadeiro príncipe, consentindo que nossos olhos falassem o que nossas bocas ainda não estavam prontas para dizer, deixando a intensidade dos nossos sentimentos ficarem tão evidentes que se tornou quase palpável, então o refrão daquela linda canção iniciou e aquele homem incomparável começou a caminhar até mim, fazendo meu coração perder o compasso.

Lucas estava nada menos que deslumbrantemente, vestido com uma calça *jeans* escura, uma camiseta branca e um blazer justo azul-marinho que foi mantido com os botões abertos.

Seu caminhar seguro avançava sem pressa, enquanto seus olhos fixavam exclusivamente nos meus, até que ele chegou próximo a mim, mal precisando mover o braço para que as costas da mão que envolvia a flor encostassem no meu peito, então ele disse o "oi, minha linda" mais provocante da história da humanidade e eu deslizei meus dedos por seu pulso até agarrar o caule da tulipa, e enfim dizer o "boa noite, lindo" mais provocante que eu fui capaz de proferir. Em seguida, ele me deu um beijo casto nos lábios e ofereceu o braço para me conduzir até o carro.

Feito um cavalheiro, Lucas abriu a porta para mim e eu sorri antes de segurar a barra do meu curto vestido de seda cinza para me curvar e sentar no banco do passageiro, e enquanto ele contornava seu Aston Martin para sentar no banco do motorista, eu ajeitei uma pulseira escrava de ouro branco por cima da manga longa da minha roupa e deixei meus cabelos para trás, para que a parte superior das minhas costas, que ficava revelada em um elegante decote, não encostasse diretamente no couro do assento. Após se acomodar ao meu lado, meu elegante namorado segurou o volante, envolvendo-o com suas mãos másculas, e nos conduziu com rapidez e segurança até algum lugar que eu não sabia qual era.

Dirigimos tranquilamente pelo tráfego de São Francisco, conversando amenidades e nos conhecendo melhor, e cada vez que eu achava que ele entraria em alguma rua que nos levaria até um restaurante maravilhoso, Lucas pegava outro caminho e me deixava imaginando qual poderia ter sido sua escolha para nossa primeira saída como casal. Por fim, entramos na garagem da casa dele, e quando o motor do Aston Martin foi desligado e a porta do motorista aberta, eu olhei

para os lados, como se o letreiro luminoso do restaurante fosse surgir a qualquer momento. Com isso ele teve tempo de chegar ao meu lado, abrir minha porta, estender a mão e dizer:
— Pensei em fazermos algo diferente.
— Ficar em casa é diferente?
Perguntei, erguendo as sobrancelhas, mas entregando a mão, aceitando o que quer ele tivesse planejado.
Seu riso ecoou pela garagem em vibrações sonoras maravilhosas, mas Lucas não me respondeu.
Em pé ao lado do Aston Martin, observei a Ferrari amarela e o Porsche prata conversível de dois lugares, que era o sonho de consumo do meu pai, ocupando as demais vagas da garagem, ao lado da Mercedes que eu conhecia muito bem o interior.
— Por que tantos carros se você é um só?
— Gosto de poder variar.
— Hum...
— Somente os carros.
Ele disse, em um tom divertido.
— Melhor assim.
Com a mão do Lucas nas minhas costas, fui conduzida até chegarmos a uma porta feita do mesmo carbono preto do portão da garagem e da porta principal. No trajeto, seus dedos ansiosos ficavam percorrendo a trilha da minha coluna de cima a baixo, onde o tecido não me cobria, e o simples toque provocava fagulhas na minha pele e debilidade na minha capacidade mental. Quando abriu a passagem que nos revelou um vestíbulo com acesso à sala, eu já me remexia tão impaciente que não sabia se teria condições de seguir caminhando.
— Calma. Temos a noite inteira pra isso.
Aquele sussurro prepotente, com aqueles lábios colados à minha orelha, foi o golpe final no meu autocontrole. Senti umedecer entre as pernas e precisei respirar fundo duas vezes quando Lucas afastou meus cabelos e deu um beijinho na minha nuca, piorando consideravelmente minha condição febril.
Quando entramos em sua absurdamente espaçosa sala, tive tempo de analisá-la com calma. O ambiente amplo, que tinha o mesmo piso marfim do resto da casa, era elegante e masculino. Próximo ao acesso às portas que levariam à área de *home theater* e ao jardim, viam-se dois sofás brancos formando um ângulo de noventa graus e almofadas em tons de preto, cinza e fendi esparramadas sobre ambos. Logo à frente, ficava um enorme tapete felpudo cinza acomodando uma mesa de centro espelhada, paralela a um painel de pedra também cinza que contrastava com o fundo branco da parede, onde ficava uma lareira protegida por um vidro temperado. Na outra extremidade da peça, via-se uma porta de correr que estava aberta, revelando a sala de jantar, onde uma mesa retangular com tampo de vidro era circundada por doze poltronas que alternavam os padrões dos tecidos entre listado de branco e preto e completamente preto. Uma escada em curva com corrimão trabalhado em ferro era o último atrativo do local por onde passávamos, e eu já sabia que dava acesso aos quartos.
Seguimos direto ao jardim, onde fomos alegremente recepcionados por Pole, mas Lucas não lhe deu atenção e seguiu me puxando, mal me permitindo dizer

CAPÍTULO 30

"olá" ao cachorro. A noite estava um pouco fria, mas uns aquecedores enormes mantinham o clima agradável na área da piscina, porém eu acredito que se eles não estivessem ali, nossos corpos dariam conta de manter-nos quentes o suficiente.

Na mesa próxima à churrasqueira um enorme arranjo de tulipas vermelhas estava iluminado por velas em castiçais de cristal, que clareavam também o lindo conjunto de pratos perolados sobre *sousplas* prateados, combinando com os dois jogos de talheres colocados às laterais. Uma taça de vinho e uma de água estavam à frente, e os guardanapos de tecido com a costura prata davam o acabamento. A mesa estava linda e o clima romântico e acolhedor. Só contávamos com a iluminação das velas, das luzes dentro da piscina e da cidade ao longe.

— Lucas! Está tudo tão lindo!

Meus olhos absorviam os detalhes, quando ele explicou aquela produção toda.

— Devo confessar que pedi comida de restaurante e minha mãe me ajudou a arrumar a mesa, mas a ideia foi minha! Queria um momento especial e a sós com você.

Ele pareceu um menino orgulhoso de seu feito e, enquanto falava, puxou pra mim uma cadeira transparente que estava posta em uma das laterais da mesa e depois se sentou à minha frente.

Durante o jantar, conversamos com calma. Falamos sobre o que gostávamos e o que não admitíamos, quais eram nossos filmes, cantores e passeios preferidos, quais eram nossos objetivos de vida e o que já tínhamos alcançado depois de muito sonhar. Abordamos inclusive nossos últimos exames de sangue, e como eu tomava pílula, decidimos abolir a camisinha. A perspectiva do que estava por vir arrepiou meu corpo inteiro.

Nossa noite estava maravilhosa e prometia ser ainda melhor.

— Lucas, o jantar estava delicioso.

A entrada foi linguado ao molho de maracujá e o prato principal um risoto de filé mignon com mil coisas dentro, que eu não faço ideia do que eram.

— Estou mais ansioso é pela sobremesa.

Dei mais um gole no vinho tinto extremamente suave que estávamos bebendo, e ele se levantou e caminhou até mim.

— Satisfeita?

— Sim.

Me pegando pela mão, Lucas fez com que eu ficasse em pé à sua frente e acariciou meu rosto com o nó de seus dedos. Uma seleção maravilhosa de músicas estava nos embalando desde o começo do jantar, e aliadas ao olhar intenso e penetrante do meu acompanhante, que parecia capaz de desintegrar minhas roupas com tamanha energia que irradiava, eu achava que poderia gozar se ele apenas me pedisse.

A maneira como aquele homem me fazia sentir me destruía por completo. Eu não fazia joguinhos com ele, e me sentia entregue a uma conexão tão profunda e tão íntima que nada além de me deixar levar fazia algum sentido.

— Eu preciso de você.

Lucas sussurrou ao pé do meu ouvido, quando suas mãos grandes entrelaçaram-se às minhas, ao lado do meu corpo, e quando ele me abraçou, fiquei com os braços para trás. Seu rosto se aproximou do meu e eu ergui o queixo para que nossos lábios se encostassem, mas em vez de me beijar, Lucas apenas deslizou a língua de leve no desenho da minha boca e seguiu provando o sabor da minha pele até a base do meu pescoço.

— Agora é que nossa vida vai realmente começar. – ele falou, com uma voz baixa e vibrante, enquanto dava pequenas mordidas no lóbulo da minha orelha e me fazia gemer – Você vai ser minha, de verdade!

Sem ter capacidade intelectual para dizer alguma coisa coerente, apenas concordei e implorei por ele.

— Sim, sua. Por favor...

Aquelas mãos tão habilidosas me soltaram e entraram por baixo do tecido do meu vestido curto. Seus dedos subindo para tirar o que cobria meu corpo, e Lucas aproveitando para me acariciar, deixando em brasa pura cada parte onde encostava.

Ergui os braços para que minha roupa saísse por cima da cabeça e fiquei apenas com uma pequena calcinha de renda preta e minhas sandálias combinando. Meu vestido foi jogado sobre o sofá de couro branco que ficava próximo à piscina e Lucas deu um passo atrás para me observar praticamente nua à sua frente.

Normalmente eu me sentiria constrangida com uma avaliação como aquela, mas com ele eu me sentia a mulher mais bonita e mais sexy do mundo. Seus olhos brilhavam de desejo e eu podia ver seus batimentos acelerados pulsando na veia larga de seu pescoço.

— Linda!

Ele trouxe sua boca novamente perto do meu rosto e disse "minha linda" com seus lábios esfregando nos meus.

— Lucas...

Minha voz era um apelo angustiado e eu não consegui completar meu pensamento quando ele me beijou.

Se meu corpo era brasa, meu sexo já estava em chamas! Subi minhas mãos pelo tronco do Lucas até que alcancei seus ombros e então deslizei por aqueles braços fortes, tirando seu casaco no caminho, depois pousei meus dedos sobre o cós de sua calça, entrando por baixo do tecido da camiseta para sentir o calor de sua pele.

Por alguns segundos, ele me deixou aproveitar, mas assim que fiz menção de erguer sua blusa, Lucas voltou a me segurar, desta vez com apenas uma mão agarrando meus pulsos às minhas costas.

Calmamente, ele foi beijando meu queixo, meu pescoço, meus ombros, meu tórax... Até que chegou aos seios. Abaixado à minha frente, ele circulou com a língua um mamilo intumescido e gemeu profundamente ao colocá-lo na boca, provocando em mim uma reação instintiva de gritar e forçar meu peito ainda mais dentro do seu calor úmido e agradável, induzindo-o a me chupar mais.

Com a mão livre, Lucas sentia meu outro seio e circulava o mamilo com o polegar, me fazendo contorcer à sua frente. Eu forçava para soltar meus braços, mas ele me apertava cada vez mais forte, me mantendo contida. Eu precisava agarrar seus cabelos, sentir sua pele quente nas palmas das minhas mãos, despi-lo inteiro e me entregar mais uma vez ao prazer que só ele era capaz de me proporcionar, mas Lucas me torturava e me testava, me fazendo ficar mais agitada a cada segundo.

Depois de trocar a atenção de sua boca selvagem em meus seios, senti sua língua deslizar pela minha barriga, fazendo meus músculos abdominais se contraírem. Aquele calor molhado contornou meu umbigo para depois mergulhar nele e seguir uma jornada até a renda da minha calcinha. Lucas precisou me soltar para tirá-la de mim, então aproveitei para passar os dedos em seus cabelos, enquanto lentamente minha lingerie caía pelas minhas pernas.

— Eu sou um filho da puta muito sortudo!

CAPÍTULO 30

Ele estava abaixado a minha frente, com um joelho no chão e se afastou um pouco, sorrindo maliciosamente, sem disfarçar que estudava cada centímetro do meu corpo nu sobre lindos saltos altos.

— Minha vez!

Antes que ele pudesse protestar, eu o forcei a levantar e deixei seu rosto próximo ao meu, mas assim como ele havia feito antes, eu não o beijei, apenas passei a língua pelo contorno de seus lábios e dei uma leve mordiscada no inferior, antes de passar para o pescoço. Lucas deu uma risadinha e eu prossegui, tentando conter o leve tremor das minhas mãos ao erguer sua camiseta e beijar a pele que ia se apresentando do umbigo ao peito, e assim que puxei a blusa sobre sua cabeça, me curvei à frente dele e puxei seus mamilos com os dentes, antes de acariciá-los com a língua. Lucas gemeu longamente agarrando meus cabelos com força, me fazendo sentir como um estopim aceso em uma carga de pólvora.

— Você é tão gostoso!

Eu disse, olhando para toda a perfeição de seu torso.

Minhas mãos desceram até o zíper de seu *jeans*, eu o puxei e baixei a calça, e quando Lucas ficou completamente nu, me acomodei de joelhos à sua frente, coloquei as mãos em sua deliciosa ereção, lambi meus lábios sensualmente e ergui o olhar para enfatizar minhas palavras.

— Muito gostoso!

Concluí.

Os olhos do Lucas escureceram ainda mais, seus lábios se abriram em uma exclamação e ele inspirou com força assim que passei a língua por toda sua extensão, sem deixar de manter o contato visual.

— Caralho!

Ele estava com a voz entrecortada e presa na garganta, mal conseguindo se fazer compreender.

Circulei a cabeça do seu membro com a língua e chupei o líquido que se acumulava na ponta, então o coloquei todo na boca e comecei a sugá-lo. Sua pele era lisa e eu podia sentir o vibrar de seu desejo nos meus lábios, junto ao seu sabor de banho misturado à sua masculinidade única, e quanto mais eu percebia que Lucas estava perdendo o controle, mais eu queria levá-lo à loucura.

— *Natalie*, se você não parar, eu vou gozar na sua boca.

Levantei os olhos e dei um sorriso ao lamber toda a extensão novamente.

— Eu quero provar o seu gosto.

— Caralho, *Natalie*... Oh, merda...

Com as mãos ainda mais agarradas ao meu cabelo, Lucas começou a ajudar no movimento, entrando e saindo enquanto seguia gemendo com a voz abafada. Eu grunhia junto e contrapunha o movimento da minha boca com uma das mãos na base de seu pau duro, até que ele urrou alto e despejou em mim seu jorro quente e grosso. Era tanta quantidade que me concentrei para não me engasgar, e mesmo assim um pouco do líquido acabou escorrendo pelos cantos da minha boca, então juntei o excesso com os dedos e os chupei.

— Humm... Que delícia.

Eu disse, lambendo os lábios e os dedos ao ver Lucas sorrindo satisfeito. Muito satisfeito.

— Caralho, mulher! Você que é uma delícia! E essa chupada foi simplesmente perfeita! – ele me levantou e me beijou, provando a si próprio na minha boca – Mas agora é a minha vez.

A mão do Lucas envolveu a minha como se fôssemos dois namorados passeando e eu fui levada até a borda da piscina. Ele entrou na água e me fez descalçar os sapatos e me sentar do lado de fora, apenas com as pernas para dentro. A temperatura estava perfeita e me deu muita vontade de me juntar a ele, mas suas intenções estavam bem claras e eu não quis "estragar a brincadeira".

Suas mãos másculas deslizaram pela parte interna dos meus tornozelos e subiram até meus joelhos, afastando completamente minhas pernas e as forçando para cima, para que eu apoiasse os pés na borda e ficasse totalmente aberta à sua frente.

Os dedos grossos do Lucas acariciavam despretensiosamente a parte interna das minhas coxas e seus olhos sensuais brilhavam, iluminando seus lábios, que sorriam ao me ver tão exposta, até que suas carícias chegaram lá, no centro do meu corpo, onde eu pegava fogo e implorava por atenção.

Uma mão cobriu meu sexo por inteiro e em seguida seus dedos deslizaram para cima e para baixo na minha pele encharcada. Lucas suspirou alto quando sentiu meu líquido e em seguida me invadiu com dois dedos, me fazendo gritar alto de prazer. Apoiei meu corpo nos antebraços, joguei a cabeça para trás, me entregando às sensações maravilhosas que ele me provocava, e senti sua respiração próxima à minha abertura faminta, me fazendo estremecer antes mesmo de sua língua circular meu clitóris, mas foi quando seus lábios o sugaram que eu comecei a implorar.

— LUCAS! Por favor... Por favor...

— Do que você precisa? Diga que eu faço. Qualquer coisa por essa bocetinha.

Ele sabia onde as minhas terminações nervosas precisavam de atenção, assim como sabia o ponto exato onde me tocar por dentro. Eu queria gozar, desesperadamente, mas também queria sentir mais daquela onda de prazer que vinha chegando e tomando conta de todo meu corpo. Quanto mais ele enfiava os dedos, me lambia e me chupava com vigor, mais eu gritava despudoradamente e empurrava o quadril em direção à sua boca.

Lucas me devorava e seus gemidos satisfeitos eram um elemento a mais me conduzindo ao êxtase absoluto. Eu estava tão envolvida pela situação que custei a perceber que com a mão livre ele me apertava cada vez mais forte no quadril, mas àquela altura nem que minha pele sangrasse eu sentiria algum tipo de desconforto, porque tudo que eu conseguia absorver era o prazer que seus dedos e sua língua me proporcionavam.

— Eu quero gozar, me faça gozar. Por favor!

Implorei com uma voz que nem eu mesma reconhecia, e aceitando meu comando, Lucas girou o pulso, acertando o ponto especial dentro de mim, provocando meus tremores a me tomarem da ponta dos pés até a raiz dos cabelos, e enquanto eu estremecia, eu gritava alto seu nome, sem me importar que alguém pudesse escutar. Eu estava apenas me rendendo ao orgasmo alucinante que Lucas estava me proporcionando, e não tinha como evitar toda aquela explosão.

Assim que meu corpo parou de convulsionar, Lucas me puxou para a água, me envolvendo carinhosamente em seus braços, e eu me apoiei em seus ombros e circundei sua cintura com minhas pernas.

— Minha moral deve estar em alta na vizinhança, depois de você ter gritado meu nome umas cem vezes da maneira mais sensual que existe!

CAPÍTULO 30

Senti meu rosto corar ao imaginar alguém escutando o show que eu proporcionei.
— Ai, meu Deus! Desculpa.
Eu disse, com a voz e os olhos baixos, sentindo de repente uma enorme vergonha.
— Desculpa? Tá louca? Para com essa mania. Foi tão excitante que me deixou ainda mais pronto. Você não imagina como me enche de tesão ver você gozar.

Sem argumentos, cheguei mais próxima dele e comecei a beijá-lo, me provando em sua boca inchada e ainda mais corada.

Lucas me pressionou contra os azulejos da borda da piscina e me mantendo no lugar com apenas uma mão, usou a outra para conduzir seu pau para dentro de mim, me penetrando lentamente.

— Caralho! - ele suspirou - Como é bom sentir você em volta de mim, sem nada entre nós. Quero muito fazer isso fora da água. Você é tão quente e tão apertada que eu vou precisar de todas minhas forças para não gozar em cinco segundos.

Sua testa estava encostada na minha e seus olhos estavam fechados em total concentração ao que ele sentia. Sem emitir som algum, Lucas saiu de mim e entrou novamente, até o fundo, onde parou dando um gemido longo e delicioso. Eu dei uma risadinha e ele cobriu meus lábios com os seus, quentes e provocantes, me tomando tanto em cima quanto em baixo.

Vagarosamente, a mão que me segurava pelo quadril passou a acariciar minha bunda e seus dedos subiam e desciam pela minha fenda, me provocando uma nova agitação interna. Aos poucos Lucas foi entrando em uma zona ainda desconhecida, mas ao invés de me deixar tensa, instigou minha curiosidade. A satisfação que já estava iminente foi elevada quando senti um dedo forçando a entrada, até me invadir lentamente, como se pedisse minha permissão para me apresentar a um prazer novo e arrebatador. Gemi alto quando fui completamente preenchida e ele começou a mover o dedo ao mesmo tempo em que seu pau me invadia. Se eu achava que sabia o que era um orgasmo intenso, eu não sabia de nada. Lucas entrava e saía na frente e atrás, a água balançava freneticamente ao nosso ritmo e seus lábios saíram da minha boca para encontrarem meus seios. Eu estava quase gozando com aquela sensação indescritível, e quando meu sexo se apertou ele percebeu que eu não demoraria muito mais.

— Eu quero gozar com você.
Lucas disse, ao soltar meu mamilo de seus dentes.
— Agora, por favor. Eu não aguento mais.

Ele intensificou ainda mais seus movimentos e uma avalanche de um contentamento destruidor tomou conta do meu corpo, me fazendo tremer inteira, gritando coisas incoerentes. Seu gozo veio quando ele sentiu meus espasmos começando, e seu gemido forte na estocada final me fez vibrar uma última vez.

Com o corpo enfraquecido, deitei a cabeça em seu ombro, mas não soltei as pernas. Lucas apoiou seus braços no piso fora da água ao enterrar a cabeça no meu pescoço, e ficamos assim até nossas respirações aceleradas e descompassadas voltarem ao normal.

— Lucas, eu preciso dizer que... - parei e levantei o rosto - Foi a experiência mais intensa de toda a minha vida!

Ele sorriu.
— Você nunca...
Antes que ele acabasse, respondi.
— Não.

— Que bom!

A voz dele soou propositalmente arrogante, como o sorriso em seu rosto, mas me deixou feliz, porque eu adorava ser só dele e dar-lhe coisas que nunca havia dado a ninguém.

Ficamos mais um tempo abraçados conversando na piscina, até que meu celular começou a tocar. Já era tarde, quem poderia querer falar comigo?

Relutante em me afastar, saí da água e caminhei nua até o sofá de couro branco onde estava minha bolsa. Pela primeira vez expus meu corpo na frente de alguém sem me importar com qualquer imperfeição que ele pudesse estar percebendo. Eu tinha certeza de que elas não seriam analisadas de maneira pejorativa, aliás, desconfiava que Lucas pudesse até achar pontos positivos no que eu considerava péssimo. Vi o número da casa dos meus pais no visor e então não ignorei a chamada.

— Alô?

— Esqueceu que tem família?

— Oi, mãe. Não, claro que não esqueci, só ando muito ocupada ultimamente.

Peguei uma toalha que estava em cima da espreguiçadeira e me enrolei, tentando conter o frio do corpo molhado no vento fresco da noite.

— Devem fazer uns dois meses que não falo com você!

Ela disse, brincando, mas eu sabia que tinha uma pontinha de reclamação verdadeira na colocação. Minha mãe sempre começava brincando o que queria falar sério.

— Nem começa, mãe. Semana passada eu liguei pra vocês.

— Mas foi muito rápido, não conta. Ei, sua irmã acabou de me dizer que você está namorando.

Eis o motivo da ligação.

— Hum... - tentei me afastar um pouco mais para que Lucas não me escutasse, mas seu olhar sacana me acompanhava caminhando pelo pátio – É.

— É? Só isso? Quem ele é? Onde vocês se conheceram? Conta tudo, filha!

— Mãe, a gente pode falar outra hora?

— Você está com ele?

— Sim.

— Tudo bem, mas se você não me ligar amanhã, terá problemas, mocinha!

Dei uma risada animada, lembrando que era exatamente assim que ela falava quando éramos crianças.

— Combinado, Dona Sandra Moore.

— Você está feliz?

Aquela voz de "mãe" me acarinhou a alma. Minha mãe sofreu comigo quando decidi me separar do Steve, e eu sabia que me ver feliz novamente era tudo que ela mais queria naquele momento.

— Sim, mãe. – olhei para o Lucas, que sorria debruçado na borda da piscina – Muito feliz!

Milagrosamente, consegui desligar o telefone com menos de dez minutos de conversa. Guardei meu celular na bolsa e lembrei de colocá-lo no silencioso para que não fôssemos interrompidos novamente. Soltei a toalha sobre a espreguiçadeira e caminhei de volta à piscina, tendo os olhos do meu homem fixos nos meus. Lucas me encarava tão intensamente que parecia me atravessar e enxergar direto minha alma, e isso me fazia sentir livre de amarras, entregue e docemente exposta.

CAPÍTULO 30

Parei ao lado da piscina, mas ao invés de me juntar a ele na água, apenas me sentei na borda com as pernas para dentro.
— Já está tarde. Preciso ir embora.
Lucas apoiou os braços nas minhas coxas e fez cara de pidão.
— Fica comigo esta noite!
Sorri e acariciei seu rosto e seus cabelos. Eu não podia acreditar em tamanha beleza. Tudo ali combinava perfeitamente. Naquele momento os cabelos molhados estavam deixando-o ainda mais sexy. Uma mecha caída no canto do olho direito fazia as gotas escorrerem pela bochecha bronzeada até morrerem na barba baixa e áspera, na altura do ângulo de seu maxilar acentuado. Os pelos escuros que também contornavam a boca carnuda a destacavam ainda mais, e ela, com aquele tom avermelhado, me fazia pensar que seus dentes perfeitamente alinhados pareciam ainda mais brancos do que já eram. Era muita coisa em um homem só. E, no acabamento, olhos escuros com cílios curvados e nariz reto extremamente másculo.
— A ideia é tentadora, – comecei a responder – mas amanhã meu dia começa às sete da manhã. Já não malhei hoje, amanhã preciso fazer alguma coisa. E às oito e meia quero estar no escritório, tenho uma audiência antes do meio-dia, então tenho que revisar tudo.
— Eu não estou pronto para deixar você ir, e tenho uma solução. Já que você não trouxe roupa para malhar, amanhã você pode nadar aqui.
— Mas eu não tenho biquíni.
— E precisa? Sério?
Ele riu e olhou meu corpo, me mostrando que eu estava nua e na piscina.
— Tudo bem, eu fico. – falei rindo alto, ao ser vencida – Mas não sei se terei coragem de nadar pelada na claridade do dia. Alguém na vizinhança poderá me ver. A penumbra da noite está me deixando corajosa agora.
— Não sei se você reparou, mas minha casa é virada para a baía e fica no terreno mais alto do bairro. O vizinho mais próximo teria que ter uma luneta para nos enxergar. – ele fez uma pausa e me avaliou com curiosidade – Você estava até agora achando que alguém poderia estar nos observando?
— Hum... Eu não fiquei pensando nisso.
— E você acha que eu iria expor minha mulher dessa maneira?
Sorri e o empurrei para trás, me agarrando ao seu pescoço e entrando na água com ele.
Quando já era meia-noite, Lucas saiu da piscina, enrolou na cintura a toalha úmida que eu tinha usado antes e me entregou uma seca. Envolvi meu corpo no tecido de algodão e comecei a recolher as louças do jantar.
— Deixe isso aí. Amanhã Guerta vem e arruma tudo.
— Vou ao menos colocar ali na pia, então se o tempo mudar durante a noite, não vai acabar com a louça.
Sorrindo, Lucas se aproximou, tirou duas taças das minhas mãos, as colocando novamente sobre a mesa, envolveu suas mãos no meu rosto e passeando seus olhos pelas minhas feições, disse:
— Você é inacreditável.
Sua voz carregava um certo fascínio, como se eu tivesse dito algo realmente fantástico.
— Por que eu recolho a mesa?
Dei uma risadinha implicante e bati meu ombro no braço dele para voltar a recolher a louça.

— Também!

Seus braços me abraçaram por trás quando eu passei, e ele beijou meu ombro antes de recolher outras taças.

Eu precisava da simplicidade da intimidade e da segurança do relacionamento, e era inegável como essas duas coisinhas aparentemente tão simples, mas de uma complexidade tão grande, pareciam inerentes a mim e ao Lucas como casal. Nossos movimentos eram leves no encaixe perfeito um do outro, mesmo em funções individuais, como recolher a louça da mesa. Nossa interação fluía com a naturalidade de uma velha amizade e nosso desejo nos aquecia com o rompante do nascimento de um novo amor. Éramos como uma narrativa amorosa. Éramos o que nos bastava e eu sentia segurança blindando meu coração.

Com nossas roupas nas mãos, demos boa-noite ao Pole, que estava há horas deitado em sua enorme cama, e seguimos para a área íntima.

Lembrei que Lucas havia dito que sua mãe o ajudara com a mesa, então me dei conta de que, de repente, ela pudesse estar em casa.

— Lucas, a sua mãe mora aqui?

Ele sorriu sem mostrar os dentes, percebendo que eu fiquei desconfortável com a perspectiva de que alguém estivesse em casa enquanto nadávamos nus na piscina.

— Espero que você não esteja pensando que eu pedi que ela ficasse trancada no quarto até que eu dissesse que ela poderia sair.

— Talvez.

Respondi, aliviada, dando de ombros.

— Ela mora em uma casa próxima daqui.

— Sozinha?

— Com dois irmãos do Pole, Nascar e Indy.

— Adoro os nomes que vocês dão aos cachorros!

— Achou "de acordo"?

Ele brincou, reproduzindo a expressão que eu usava para definir sua personalidade apaixonada por automobilismo.

— Sim!

Respondi, piscando um olho para ele.

31

Subimos as escadas para a imensidão de portas e lounges e entramos no que eu já sabia ser o quarto do Lucas, mas o que eu não sabia é que a peça era simplesmente colossal! Assim que ele abriu a porta de madeira escura, vislumbrei uma sala de estar com um sofá *chaise longe* de *chenille* cinza de dois lugares, que ficava em frente a uma parede com uma enorme televisão de *led* sobre uma lareira, ao lado de um aparador de laca branca, que comportava vários livros e revistas de automobilismo. O piso era coberto por um carpete claro muito macio, que dava vontade de deixar os pés descalços e seguia até o resto do cômodo, ultrapassando uma porta escura com recortes em vidro. Além daquele inusitado *hall* de entrada, ficava uma enorme cama com um lindo conjunto de colcha e almofadas em tons de branco, preto e cinza. Estava posicionada entre duas pequenas janelas verticais de frente à lareira, que então eu percebi ir de um lado ao outro da parede. Presa em um painel de pedra branca logo acima, ficava uma televisão ainda maior que a da sala anterior, e eu não entendi por que duas televisões estavam tão próximas uma da outra, mas nem quis perguntar. Ao lado da cama tinham duas mesinhas de cabeceira quadradas, um divã de couro branco ficava próximo à janela principal na parede lateral e à sua frente via-se uma abertura sem portas para o *closet*. Entrei sem ser convidada no espaço onde Lucas guardava suas roupas e observei como todas estavam arrumadas impecavelmente. O espaço era retangular, com roupas guardadas nas paredes do comprimento, e um espelho de corpo inteiro ficava na extremidade oposta à entrada. No centro da peça um móvel alto e quadrado com gavetas em toda a altura e um tampo de vidro deixava na vitrine uns mil relógios com todo perfil de serem caríssimos. Sobre ele ficava um carrinho vintage de ferro com o número vinte descascando no capô.

— Você não tem banheiro no quarto?

— Atrás do espelho.

Lucas respondeu, tirando as almofadas e a colcha da cama e as colocando cuidadosamente sobre o divã. Eu me aproximei do espelho, empurrei a moldura metálica e entrei em um banheiro grande demais para ser apenas um banheiro.

A peça seguia no mesmo formato retangular do *closet* e era quase completamente branco, tendo contraste apenas nas toalhas pretas penduradas em aquecedores elétricos e no verde do bambu que ficava ao lado de um banco de palha junto à porta de entrada. O vaso sanitário era escondido em uma cabine de vidro branco e ficava na parede oposta à pia, que tinha duas cubas retangulares sobrepostas abaixo de um espelho que ocupava toda aquela lateral do ambiente. O chuveiro ficava na extremidade distante à entrada, protegido por portas de correr em seus dois lados, dando entrada, além dele, a uma banheira para duas pessoas. Eu ainda estava parada junto à porta, absorvendo tudo aquilo, quando Lucas chegou ao meu lado.

— Quer tomar um banho?
— Você contratou alguém para decorar sua casa ou foi você, hum... Ou Camille, quem fez tudo?

A ideia de Camille ter decorado o lar do Lucas como se fosse "a casa deles" me desanimou, mas ele não pestanejou ao responder.

— Eu contratei uma decoradora. Você deve ter percebido que Camille é meio "exagerada". Minha cama teria estampa de onça e minha sala seria rosa pink!
— Mas ela tem muito bom gosto pra homens, talvez tivesse para decoração também.
— Você acha que ela sabe escolher homens?
— Bem... Só conheci um, mas que foi de um bom gosto in-con-tes-tá-vel!

Lucas riu meio sem jeito, me puxou para um abraço carinhoso e beijou o topo da minha cabeça.

— Não lembro da última vez em que me senti tão completo e tão feliz!

Em alguns momentos, ele deixava transparecer uma certa vulnerabilidade que eu não entendia de onde vinha. Naquele momento em que confessou estar muito feliz comigo, eu percebi essa fragilidade em suas palavras. Quase como se tivesse medo de dizê-las, correndo o risco de serem tiradas dele. Era uma característica que não se encaixava na imagem que ele demonstrava na maior parte do tempo, mas que eu sabia que perceberia em outras ocasiões, conforme fosse o conhecendo melhor, e então talvez eu também pudesse compreendê-lo melhor. Lucas era um homem com alguns mistérios, isso eu já tinha entendido.

Tomamos banho juntos e, ao sair, ele me entregou uma camiseta branca com uma insígnia de sua equipe e sua assinatura na altura do coração. Deitei na enorme cama com lençóis brancos muito macios e me aninhei em alguns dos seis travesseiros ao lado dele, que vestia apenas uma calça de algodão cinza caída no quadril. Minhas mãos deslizavam pelo lençol enquanto meus pensamentos viajavam, imaginando que, de repente, eu estava no quarto deles, e me senti desconfortável ao pensar que Camille já devia ter dormido naqueles mesmos lençóis que eu acariciava, assim como devia ter usado a mesma toalha que eu acabara de usar. Lucas estava certo em não querer me levar até sua casa, mas talvez tenha sido um erro ter achado que já era a hora de fazê-lo.

— São novos.

Ele interrompeu meus pensamentos como se eu estivesse falando em voz alta e colocou uma mão sobre a minha.

— Os lençóis?
— Sim! E as toalhas também. Comprei hoje quando saí do seu escritório.

Meus olhos sorriram antes que meus lábios se curvassem acompanhando e senti meu coração se encher com o carinho e cuidado dele.

— Ahh, Lucas, você é tão atencioso! Obrigada, faz eu me sentir especial.
— Você é especial! E quero que se sinta bem aqui. Quero que se sinta em casa. Se quiser mudar a decoração, quebrar uma parede, qualquer coisa, pode fazer.
— E se eu quiser uma colcha de onça e pintar a sala de rosa pink?

Perguntei, pestanejando.

— Você pode.

Eu me aproximei um pouco mais, deitei a cabeça em seu peito nu e entrelacei minhas pernas nas dele.

— Você me faz feliz.

Sussurrei e senti seu sorriso, quando ele beijou os meus cabelos.

— É bom saber que eu consigo fazer você se sentir da mesma maneira que você me faz.

32

Dei um beijinho na altura de seu coração e adormeci em seus braços.

No meio de um sonho maravilhoso, em que eu e Lucas estávamos em uma praia paradisíaca, eu acordei de sobressalto ouvindo um grito histérico que me deixou em pânico. Primeiro pensei que pudesse ter fogo na casa, depois que tivesse um assaltante nos rendendo. Meus olhos se forçaram a abrir e meu cérebro a registrar o que estava acontecendo, então percebi que a luz do quarto estava acesa e vi Camille parada ao pé da cama. Só podia ser um pesadelo!

Tudo aconteceu em uma fração de segundos, a luz acesa, o grito, Lucas tentando se desvencilhar de mim e do edredom que nos cobria para ir correndo na direção dela, antes que ela chegasse até mim.

— SUA VAGABUNDA! VÁ EMBORA DA MINHA CASA! VAGABUNDA! VAGABUNDA!

Camille gritava muito e estapeava Lucas, até que ele resolveu usar força para efetivamente segurá-la.

— PARE, CAMILLE! PARE COM ISSO! COMO VOCÊ ENTROU AQUI?

Ele perguntou irritado, mas ela não respondeu.

— Luke, eu não acredito que você está me traindo com essa vagabunda!

— VOCÊ ESTÁ LOUCA? Pare de chamá-la assim! Você sabe que eu estou namorando a Natalie! O que você está fazendo aqui? Como você entrou?

— Eu peguei a chave com a Guerta. – ela respondeu, se acalmando e se aninhando em seu peito, sua voz um sussurro – Luke, eu aceito que você tenha me traído, só não aceito que você me deixe!

Ela tentava passar as mãos no peito do meu namorado, mas ele a continha agarrando seus braços, impedindo seus movimentos. A cena era tão inacreditável que eu fiquei sentada na cama completamente sem reação por vários segundos. Ao dar uma olhada no relógio na mesa de cabeceira, vi que eram três e meia da manhã e uma secura na boca me fez precisar de água, então calmamente me levantei e caminhei em direção à porta, mas para sair tive que passar por eles dois e Camille tentou me chutar quando cruzei ao seu lado.

— Faz, Camille. Faz o que você está com vontade de fazer, que eu movo um processo contra você e juro que vou dar muita dor de cabeça.

Ameacei, e iniciou-se uma nova loucura de gritos e pernas agitadas, então fui me refugiar na cozinha que eu ainda não conhecia. O local era grande, tinha os móveis cinzas e os eletrodomésticos em aço escovado. Uma mesa que mais parecia um balcão era presa em uma extremidade da parede e fazia uma leve curva no meio, separando dois bancos altos, enquanto outros quatro estavam posicionados encostados na parede ao lado da porta.

    Procurei um copo nos armários sobre a pia e me servi da água que saía do *dispenser* da porta da geladeira, depois me sentei em um banco de frente à entrada e não demorou muito para Lucas aparecer vestindo uma calça de moletom preta e uma camiseta azul de mangas compridas com palavras escritas em branco na frente. Camille sorria ao seu lado e eu inclinei a cabeça, tentando analisar o que via.

    — Vou levar Camille até a casa dela e já volto.

Ou esse cara é burro ou está de brincadeira comigo.

Respirei fundo e assumi uma postura autoritária.

    — Não vai, não!

    — *Natalie*, eu juro que não vou demorar, Camille não está bem.

    Lá estava outra vez, aquela espécie de culpa que Lucas carregava, misturada a uma piedade esquisita. Eu precisava entender a origem daquilo tudo.

    — Qual é o seu problema, Lucas? – disparei, irritada – Essa situação é ridícula!

    — *Natalie*, eu só... É que...

Balancei a cabeça, os olhos arregalados, observando incrédula a maneira como Lucas tentava achar uma justificativa plausível para sua postura.

    — Tanto faz. – cortei sua explicação inexistente – O fato é que Camille estava bem o suficiente para chegar até aqui, então tenho certeza de que chegará sã e salva até sua casa novamente.

    Enquanto eu dava as cartas, via a expressão daquela mulher completamente desequilibrada mudar de irônica para raivosa, e delicadamente Lucas se aproximou de mim e falou baixinho.

    — Pequena, eu só vou deixar Camille em casa e volto. Tenho medo de que ela bata o carro no caminho. Quer ir junto?

    — Táxi, conhece? – eu disse, no mesmo tom de voz de antes, não me preocupando se ela ia ou não escutar – Eu não quero ir junto porque eu não tenho que controlar você, mas não quero que você perca seu sono por causa dessa louca!

    — Olha aqui, sua... – Camille ponderou o que ia dizer quando o olhar do Lucas a congelou – Ele só vai me fazer uma gentileza. Em nome dos bons anos que passamos juntos.

Nem me dei ao trabalho de responder, mas baixei a voz e dei um ultimato ao meu namorado caridoso demais.

    — Vá, e quando voltar não vai me encontrar aqui, e esqueça que eu existo! Não entendo e não aguento essa sua mania de ser bonzinho!

Levantei do banco e me virei para voltar ao quarto, mas Lucas envolveu um braço na minha cintura, juntando minhas costas ao seu peito.

    — Camille, eu vou chamar um táxi pra você.

Ela começou a chorar instantaneamente e implorar que ele a levasse, parecia uma criança mimada. Ok, talvez ela fosse mesmo uma criança mimada! Percebi que Lucas ficou tenso, então eu, sem mais paciência para aquele teatro todo, me intrometi na cena para ajudar com o claro problema de culpa que o ex-noivo daquela doida tinha.

    — Camille, você pode esperar na calçada, nós precisamos voltar pra cama.

    — Vagabunda! Eu vou acabar com a sua vida! E você, Luke, pode ir procurando outra equipe pra competir, porque na do meu pai você não corre mais!

Na mesma hora, fiquei preocupada com o que ela disse. Será que por uma mísera

CAPÍTULO 32

carona, que eu não deixei Lucas dar, eu ajudei a prejudicar sua carreira?

Ela saiu pisando duro depois de jogar as chaves da casa dele em seu peito e nós voltamos em silêncio até o quarto.

— Desculpa.

Eu disse, quando me deitei na cama e me cobri, virando o corpo de frente ao Lucas.

— Por que você está se desculpando? Acho que eu quem deveria estar falando isso, não é mesmo?

Ele afastou uma mecha de cabelo do meu rosto.

— Camille falou que vai tirar você da equipe do pai dela, e se você a tivesse levado até sua casa... – suspirei – Lucas, o fato é que eu não consigo entender você querer ser tão bonzinho com aquela mulher que já aprontou tanto. Você reconhece tudo que ela fez, mesmo assim tem algum tipo de complexo de culpa que não cabe a você. Eu... Eu realmente não entendo.

— Não pense mais nisso. É besteira minha. Só uma neurose sem sentido. – Lucas não conseguiu falar olhando nos meus olhos, mas parecia particularmente atento ao meu pescoço, o que me deixou ainda mais em alerta quanto àquela sua "neurose sem sentido" – Também não quero que você se sinta culpada por ter me trazido de volta à realidade. Você estava certa, Pequena. Eu não podia sair de casa no meio da madrugada, deixando minha mulher aqui, para mais uma vez ceder às chantagens emocionais da Camille. Eu saí desse ciclo vicioso e não vou mais voltar. Nós sabemos que ela tentaria de tudo no caminho e eu estaria magoando a pessoa mais importante pra mim, pra tentar acalmar quem menos importa. Não acho que Nicolas vá me tirar da equipe, sou o atual campeão e somos os líderes do campeonato, fora que somos muito amigos, seria muita estupidez da parte dele, mas se ele fizer isso, não se preocupe, eu arranjo fácil um novo time. Agora vamos dormir.

Concordei e ele me aninhou em seus braços até que, em meio a um turbilhão de pensamentos, peguei no sono.

De manhã cedo meu despertador soou, mas eu estava muito cansada para me levantar e ir nadar nua na piscina, então reprogramei para mais tarde e deitei a cabeça em um travesseiro de pena de ganso.

— Você já vai se levantar?

Lucas perguntou com a boca colada à minha nuca e uma adorável voz de sono.

— Não, só reprogramei o alarme.

— Que bom.

Seus braços me envolveram por trás, seu corpo se moldou ao meu e voltamos a dormir.

Dormir aconchegada a Luke Barum parecia um sonho de tão bom. Seu calor me aquecia, sua respiração me tranquilizava e as batidas de seu coração embalavam meu sono. O mundo poderia acabar que eu estava bem.

Faltavam dois minutos para as oito da manhã quando eu desliguei o alarme para não tocar e acabar acordando Lucas, que estava em um sono profundo. Escorreguei cuidadosamente da cama e observei o homem que dormiu enrolado a mim a noite inteira. Os cabelos bagunçados estavam cobrindo parcialmente um dos olhos e a boca estava entreaberta. Seus braços puxaram meu travesseiro assim que levantei e seu rosto afundou na maciez, dando uma longa inspirada, então ele relaxou novamente e seu peito começou a subir e descer calmamente. Fiquei mais algum tempo só o olhando... O abdome talhado estava levemente encoberto pelo travesseiro, mas as costas definidas eram como uma obra de arte à minha frente. Suas pernas estavam enroladas em outro travesseiro e as cobertas jogadas de lado. Precisei de muita força de vontade para ir direto ao banheiro e não deslizar as mãos por sua pele e sentir seu sabor com minha língua.

Tomei um banho rápido, cuidando para não molhar os cabelos que eu já havia lavado antes de dormir, peguei sobre a pia meu estojo de maquiagem e, depois de usar a escova de dentes, me arrumei observando os produtos que Lucas usava.

Sobre o granito branco ficava um secador já ligado na tomada, um leave-in para deixar os cabelos "macios e brilhantes", era o que dizia na embalagem, e o frasco prata do perfume Chanel Allure Sport que eu não me contive e acabei dando uma esborrifada no meu pulso. Aquele aroma combinava perfeitamente com aquele homem, masculino, elegante e sensual.

Peguei meus sapatos e me aproximei cuidadosamente da cama para cobrir Lucas apenas com o lençol. Ele se mexeu quando o tapei, mas não acordou.

Na sala, calcei os sapatos e fui pegar um copo de leite na cozinha ainda escura. Abri a geladeira lotada de iogurtes naturais e, antes que pudesse pegar a embalagem do leite, alguém falou comigo, me dando um susto histórico e quase me fazendo cair para dentro daquela fábrica da Nestlé antes de conseguir me virar, para dar de cara com uma mulher de uns quarenta anos de idade.

— Bom dia.
— Oi. Desculpe, eu só ia pegar um copo de leite.
— A senhora quer que eu prepare alguma coisa para comer?
— Você é a Guerta, certo?
— Sim, senhora.

Meu sangue ferveu de raiva, porque foi aquela mulher que havia dado a chave da casa do Lucas à Camille, mas não deixei que meus sentimentos transparecessem.

— Não. Obrigada. Eu já estou de saída.

Saí da cozinha sem tomar o leite e fui pegar minha bolsa na sala.

— Bom dia.

A voz rouca e amanhecida do Lucas, apesar de ser o som mais sensual do mundo, me deu outro susto e eu dei um pulo. Com a mão espalmada no coração, virei em sua direção e o encontrei sorrindo, com uma carinha de sono irresistível enquanto coçava a cabeça.

— Bom dia! – eu me apressei até ele para dar um abraço e um beijo – Dormiu bem?
— Sim, e você, conseguiu descansar?

Ele acariciava minhas costas com ambas as mãos.

— Sim! Eu tive um excelente travesseiro. – sorri e ele sorriu de volta – Mas infelizmente não tive condições de ir malhar.
— Vamos à noite. Eu troco meu horário e acompanho você.
— Combinado. Agora eu preciso ir, ainda preciso passar em casa e trocar de roupa.
— Como você pretende ir?
— De táxi.
— Pega um carro na garagem.
— Não!
— Por que não?
— Porque os seus carros são demais pra mim. Eu ia me matar se arranhasse algum deles.
— Só para deixar registrado, você já arranhou um deles.

CAPÍTULO 32

— Deixe de ser bobo.

Lucas riu, caminhou até a cozinha, pegou de um chaveiro preso junto à porta uma chave preta e jogou pra mim.

— Vá com a Mercedes.

— Você tem certeza disso? – analisei a chave – Baseado em como nos conhecemos, você não deveria me deixar chegar nem perto dos seus carros.

— Eu não ligo a mínima se você bater algum deles, desde que você não se machuque.

— Como é que você consegue sempre falar as coisas certas?

— Eu falo?

Ele deu um sorrisinho convencido.

— Bem... 90% das vezes.

Esfregando o olho como um garotinho faria, Lucas deu uma risada alta e me puxou pela mão.

— Agora você pode ficar mais alguns minutos.

— Sim. Mas não dá tempo de...

— Jesus! Você só pensa nisso, doutora? Eu só ia propor um café da manhã.

Entre risos, seguimos até a cozinha.

33

Depois que Lucas me passou todos os códigos de segurança de sua casa, segui em direção à garagem repleta de armários de inox presos às paredes laterais e entrei na maravilhosa Mercedes preta que estava estacionada ao lado da Ferrari amarela. Com as teclas de segurança destravadas, a porta de carbono se abriu à minha frente, revelando uma vista cinematográfica, como um cartão-postal da Califórnia, e saí em direção ao meu apartamento, sem nem ligar o rádio para não ter distração alguma.

Cheguei até minha casa sem muito tempo para me arrumar, e acabei vestindo uma calça de alfaiataria cinza e uma camisa branca sem nem me preocupar com os detalhes antes de sair apressada. Não querendo ser abusada, coloquei a camionete do Lucas na minha vaga na garagem, o que foi uma verdadeira aventura em meio àquele pequeno espaço cheio de pilares, e fui para o escritório no meu Focus. Eram nove e quinze, bem mais tarde do que eu esperava chegar, quando dei bom dia à Stephanie e me dirigi à minha sala, onde trabalhei freneticamente até as onze horas, então saí para fazer uma audiência.

Enquanto esperava meu cliente, peguei meu celular, que estava esquecido na bolsa até aquele momento, e vi que havia recebido algumas mensagens.

"Se você for dormir fora, pelo menos me avise! Estou preocupada, mas como eu sei que você foi jantar com Luke, dei um desconto, mas, da próxima vez, ao menos atenda ao telefone!"

Esqueci completamente da Lauren. Ela me ligou cinco vezes depois que deixei o aparelho no silencioso. Preciso dar sinal de vida.

"Desculpa! A noite foi empolgante demais que nem lembrei que você existia. Mas estive em casa agora pela manhã e não vi você. Saiu cedo? Ou dormiu no Michael?"

Ela respondeu apenas com um "Saí muito cedo. Argh!"

A outra mensagem era do Lucas.

"Já estou com saudades da minha namorada!"

Sorri para o telefone como se estivesse vendo uma foto e respondi:

"Obrigada por ser meu!"

Quase instantaneamente ele se manifestou:

"Para sempre!"

Para sempre?

Ai, meu Deus! O que eu poderia dizer depois disso? Será que as coisas não estavam indo rápido demais? Será que eu era neurótica demais?

Sem pensar muito sobre a profundidade que uma conversa por mensagens estava tomando, digitei uma resposta, sendo palavra por palavra corrigida pelo corretor automático, de tão atrapalhada que eu fiquei para escrever sem tremer os dedos.

"Não faça promessas que não possa cumprir!"

CAPÍTULO 33

Apertei enviar e fiquei olhando a tela, enquanto os três pontinhos indicavam que Lucas estava digitando uma resposta.

"Nunca!"

— Srta. Moore?

Meu cliente se aproximou, me dando um susto e me forçando a desviar os olhos do celular. Eu estava hipnotizada na única palavra que aparecia na tela, *nunca*, e assim que o cumprimentei, rapidamente digitei uma última mensagem ao Lucas, tendo que deixar para lá o que de repente seria o assunto mais profundo que nós já tivemos.

"Audiência. Vejo você mais tarde."

Enquanto falava sobre trabalho, minha cabeça simultaneamente analisava o que Lucas acabara de me escrever. *"Nunca"*? Ele nunca faria promessas que não poderia cumprir? Então estava dizendo que ficaríamos juntos para sempre? Era essa sua intenção? Mas nós mal nos conhecíamos... Minha mente viajou anos à frente e novamente me imaginei me casando com ele sob a parreira com a vista da baía naquela maravilhosa casa que ele nunca acabou de decorar em Sausalito. Também nos imaginei com um filho e senti uma alegria que chegava a transbordar meu coração. Eu era esse tipo de mulher, que fantasiava com uma vidinha de comercial de tevê, cheia de sorrisos e tardes ensolaradas, mas antes que pudesse ir ainda mais longe nas minhas projeções, voltei à terra e me foquei no trabalho que estava diante de mim.

Depois do expediente, passei para pegar Lucas em sua casa e levá-lo ao meu apartamento. Tínhamos combinado de malhar no meu prédio e depois pediríamos comida japonesa.

— Por que você não está na Mercedes?

Ele perguntou assim que se sentou no banco do carona.

— Porque eu não queria ser abusada.

— Eu gosto de você abusada!

Ele piscou e deu um tapinha de leve na minha coxa.

— Só às vezes.

Nem cinco minutos haviam passado desde que arranquei o carro em frente à sua casa e Lucas já estava tão inquieto que minha vontade era estacionar e deixá-lo ir dirigindo. Ele não dizia nada, mas praticamente fazia os movimentos dos pedais no assoalho ao meu lado e precisava controlar as mãos para não agarrar o volante.

— Ok. Pode falar.

Eu disse, sem olhar para o lado.

— Não tenho nada pra falar.

— Lucas, você está quase tendo um treco sentado aí. Eu dirijo tão mal assim?

A risadinha amiga que ele não segurou me disse que eu era péssima, mas não me abalei.

— Você é melhor no kart, mas como você mesma já disse, levando em consideração a maneira como nos conhecemos, eu já imaginava que você fosse um pouco "desatenta". Mas não é que você dirija mal, só não sabe otimizar seu tempo e espaço.

— Em primeiro lugar, no kart é mais fácil porque todo mundo dirige para o mesmo lado e está indo para o mesmo lugar.

— Ah! – ele me interrompeu, com uma surpresa engraçada – Obrigado por uma análise tão específica da minha profissão.

— Cala a boca, Lucas, você entendeu o que eu quis dizer.

— Bem... – ele riu, jogando a cabeça contra o encosto – Na verdade não, mas eu vou me esforçar ao máximo para não pensar que você vê como uma coisa tão simples eu quase me matar nas pistas. Isso atinge completamente minha masculinidade, garota.

— Você é tão pirralho. – eu já estava rindo junto com ele, e indo ainda mais devagar que antes – Agora, o que você quis dizer quando falou que eu não sei otimizar meu tempo e espaço?

Lucas limpou a garganta, parando de se divertir às minhas custas.

— Seria saber escolher a pista que está indo mais rápido, não ter medo de ultrapassar alguém, entrar entre um carro estacionado e uma fila que espera o sinal abrir, sem achar que no espaço onde passa um caminhão você vai bater dos dois lados... Essas coisas.

— Como você conseguiu ver tudo isso em três minutos e meio?

— Porque você deixou passar essas oportunidades em três minutos e meio.

Ele respondeu tão naturalmente que eu tive que gargalhar, chegando a lacrimejar e praticamente estacionar o carro no meio da faixa.

— Ok. Daqui até minha casa, me ensine.

Seus olhos se iluminaram. Era tudo que ele queria ouvir.

— Em primeiro lugar, você é capaz de andar um pouco mais rápido. Só um pouco. Não precisa ser tudo que é capaz de uma vez só, mas se continuarmos nesta velocidade, eu acho que vou descer e ir correndo a pé para chegar mais rápido.

— Ok, professor, também não precisa humilhar!

Lucas sorriu simpático e apertou minha coxa, antes de dar três tapinhas e começar a cuspir mais ordens.

— Nós vamos desta fila bem da direita para a última pista da esquerda. E você precisa chegar lá antes do próximo sinal.

Ele apontou à frente, mostrando o semáforo a uma quadra de distância.

— Tenho pouco espaço. Não vou conseguir!

— Tente.

Eu tentei ao máximo, mas a sinaleira do meu carro ficou piscando e piscando enquanto os carros passavam zunindo ao meu lado e quando cheguei na marca combinada eu tinha avançado apenas uma parte da meta.

— Sabe qual foi o problema? Você sinalizou muito cedo.

Ele perguntou e respondeu, instantaneamente, afinal, estava nítido que eu não sabia a resposta.

— Mas a lei manda que eu faça dessa maneira.

— Eu não pedi para você burlar a lei, só, de repente, achar uma brecha. Você vai sinalizar, mas não desde o instante em que teve a ideia de mudar de pista. Você nunca reparou que cada vez que a luz começa a piscar, indicando que você quer ir para o lado, muitos motoristas têm uma tendência inexplicável de acelerar e não dar entrada? A melhor solução é o "elemento-surpresa". Você não liga o sinal, e no instante em que começar a girar o volante para mudar de pista, sua mão bate na alavanca da sinaleira e você faz a manobra dentro da lei. É um movimento automático e funciona bem melhor.

— Não tenho muita certeza de que isso não está completamente fora da lei, mas vou tentar.

Dobrei uma esquina e entrei em uma rua que teria que percorrer por três quadras. Carros agitados depois de um dia longo de trabalho buzinavam e se prensavam por toda parte. Era o momento do elemento-surpresa.

— Vai, agora!

CAPÍTULO 33

Lucas disse, convicto.
— Meu carro não entra antes daquele vermelho que vem ali atrás!
— Meu Deus, Natalie. Isto é um Focus, não um caminhão! Entravam uns dois carros antes daquele!

Ele jogou as mãos para o alto e depois as soltou sobre as pernas assim que o carro passou por nós.

Quando mais uma brecha se abriu, ele me mandou ir, e sem desconfiar de sua noção de espaço, fiz exatamente como fui instruída; girei o volante e liguei o sinal ao mesmo tempo. E não é que deu certo? Muito mais certo do que quando eu tentava fazer da maneira tradicional e ainda assim ouvia várias buzinadas desrespeitosas.

— Eu consegui! Eu consegui!

Comemorei remexendo o corpo no assento, mas mantendo as mãos firmes no volante.

— Viu como é simples? Agora, volte para a outra extremidade.

Virei o rosto para ele, mas Lucas apenas apontou com o polegar o lado direito, e sem mais uma palavra, eu fiz a manobra outra vez.

"Elemento-surpresa" foi a lição do dia. Até chegarmos ao meu apartamento, executei mais passadas de um lado ao outro da pista do que já tinha feito na minha vida inteira, e era incrível como era fácil e como em poucos minutos eu já tinha 100% mais noção do espaço em que meu carro entraria quando vinha alguém mais atrás.

Lucas ordenou que eu praticasse mais antes de passarmos para o próximo item: "Costurar o trânsito sem medo de espaços apertados e sem parecer um babaca". Pelo que eu entendi, aprender a passar de um lado ao outro da rua era o primeiro passo para saber "costurar" o trânsito de maneira mais ousada, me levando a aprender a otimizar o tempo e a colaborar com o tráfego.

34

Eu estava tão contente quando cheguei à minha casa que malhei o mais forte que consegui para compensar minha negligência dos últimos dias, mas não deixei de perceber e me impressionar com a concentração do Lucas enquanto treinava. Sua força era surpreendente, mas o mais impressionante foi quando ele disse que iria para a parte final, que era uma série interminável de abdominais, e eu esperei vê-lo buscando um colchonete junto à janela, mas ele passou reto por ali e subiu nas barras de alongamento fixadas à parede e se pendurou pelos pés, deixando a cabeça cair até quase encostar no chão. Completamente atônita, o vi cruzar os braços sobre o peito e, desafiando a força da gravidade, passou a erguer e descer o tronco sem descanso.

Aquilo era demais para mim! Lucas tinha tirado a camiseta quando ainda estava na esteira e naquele momento o suor brilhando naquela pele bronzeada me desconcentrava completamente. Os músculos dos bíceps e do abdome se contraíam durante a execução dos movimentos e eu me peguei mudando a respiração para acompanhar a dele. Suas panturrilhas se destacavam conforme ele se movia, e eu podia ver a força que faziam para mantê-lo na posição invertida. Parei de contar no número cinquenta da minha série de trinta agachamentos. Àquela altura eu estava oficialmente desatenta ao meu próprio treino.

— Não tô conseguindo!
— O que foi?

Lucas perguntou, mantendo o corpo flexionado no meio do movimento.

— Porra, Lucas! Olhe para você! Como é que eu posso malhar direito com uma distração dessas à minha frente?

A porta da academia fez um barulho quando duas adolescentes entraram segurando suas garrafinhas de água e seus celulares, e nós interrompemos o assunto.

Confesso que senti até pena das meninas quando seus olhos avistaram aquele exemplo impecável da espécie masculina que era Luke Barum. No alto de seus dezesseis e dezoito anos, elas não conseguiram disfarçar a agradável surpresa que tiveram ao ver meu namorado malhando, suado e sem camisa.

— Boa noite.

Lucas disse, sorrindo, quando ficou chato demais o tempo que elas perderam caladas, olhando para ele pendurado nas barras da parede.

— Hum... Oi... – risinhos juvenis ecoaram pela sala e a menina mais velha seguiu falando – Você não é alguém conhecido? Um esportista, eu acho...

— Sou piloto de corrida.

Ele respondeu, apoiando novamente os pés no chão.

— CLARO! Você é o Luke Barum! – a mais nova lembrou – Oh, meu Deus, você mora aqui?

CAPÍTULO 34

Sorrindo amigavelmente, ele esclareceu:
— Não. Minha namorada mora.
— Ah... – ela soou desanimada – Oi, Nat! – a mesma garota me cumprimentou, não percebendo que eu era a namorada em questão – Tudo bem?
— Oi Reese. Eu estou bem, e vocês?
Lucas passou a mão nas minhas costas quando seguiu até o banco onde tínhamos deixado nossas águas e as meninas ficaram boquiabertas quando compreenderam quem era a namorada que ele havia mencionado.
— Hum... É... Nós estamos bem.
Fizemos os alongamentos finais sob os olhares curiosos das meninas e, quando saímos da academia, as ouvi comentarem:
— Meu Deus! Ele é lindo!
— Nós devíamos ter tirado uma foto! Ninguém vai acreditar se a gente apenas contar!
— Eu tirei várias fotos, sua idiota! Já falei pra você baixar esse aplicativo discreto!
Olhei para o Lucas, que me olhava espantado, e ri.
— Você ouviu o que elas falaram?
Ele perguntou, surpreso, apontando a porta que já havia fechado atrás de nós.
— Ouvi. E você já devia estar acostumado com o efeito que causa nas pessoas do sexo feminino!
— Eram duas crianças!
Ele exclamou, espantado.
— Adolescentes, Lucas. Cheias de hormônios e muito bem das vistas.
Era até charmoso ver que Lucas não entendia tanto fascínio sobre si. Ele já estava acostumado com reações femininas exageradas, mas quando falava a respeito parecia genuinamente não entender que ele fosse alguém que despertasse tanto desejo.
Empurrei suas costas para ele apressar o passo e subimos as escadas de dois em dois degraus até meu apartamento.
Em casa, encontramos Lauren e Michael na sala assistindo a um episódio de *Breaking Bad*. Eles nunca malhavam. No máximo uma caminhada ou uma pedalada no final de semana, e pela quantidade de comida deliciosa que faziam, não acho explicação para a magreza daqueles dois.
— Oi, casal! Querem jantar conosco? Vamos pedir comida japonesa.
Propus animadamente.
— Claro! Ótima ideia. Oi, Luke.
Os cumprimentos foram feitos, meia dúzia de palavras trocadas e puxei Lucas para o meu quarto. Tirei a roupa suada, deixando-a em um canto do banheiro, entrei no chuveiro e Lucas me seguiu. A ducha morna molhou nossos corpos e eu soltei um suspiro de alívio com a massagem que as gotas cheias de pressão faziam em meus ombros. Não sei bem por que, se era alívio pelo dia ter acabado, por ter conseguido malhar à noite, por não ter encontrado Camille outra vez, ou pelo fato de estarmos ali, nós dois, e sermos finalmente um do outro. Só sei que eu me sentia radiante.
— Cansada?
Lucas perguntou, com uma pitada de curiosidade a mais.
— Bastante, mas ao mesmo tempo me sinto muito disposta.
— Disposta, é?
Ele sorria, porque era exatamente o que ele queria ouvir.

Sem me dar chance de pensar, Lucas já me abraçava mais forte, me fazendo sentir cada parte de seu corpo. Sua mão envolveu meus cabelos ao redor de seus dedos e os puxou, forçando meu rosto para cima, facilitando o acesso à minha boca. A água estava caindo apenas sobre ele, massageando seu corpo como ele fazia com minha alma, e sua língua me explorava ao tempo que nos esfregávamos, fazendo crescer aquela fome que era incapaz de ser saciada entre nós dois. A mão que envolvia minha cintura me soltou e agarrou um dos meus seios, me fazendo gemer em seus lábios e me prensar ainda mais contra seu toque, em um claro apelo por mais. Lucas era uma incrível tortura, enfraquecendo meus músculos, me fazendo quase desmoronar à sua frente. Precisei abrir os braços e espalmar uma mão no vidro do box, e a outra agarrar a tranca da janela um pouco mais alta que eu para me manter em pé, permitindo que Lucas atacasse meus seios com uma agressividade que levava meu desejo ao topo, me fazendo perder o controle sobre meus gemidos e os movimentos ondulados do meu corpo. Eu nunca havia ficado tão excitada com carícias como aquela, mas nem me surpreendi com a descoberta, porque já havia assimilado que aquele homem tinha uma admirável capacidade de me fazer descobrir prazeres inimagináveis. Ele estava certo quando disse que eu me sentiria como uma virgem ao seu lado. Desde nossa primeira vez juntos, meus anos anteriores simplesmente viraram páginas em branco.

— Adoro como todo seu corpo responde rápido a mim.

— Ahhhh... – gemi alto pela milésima vez e puxei com força seus cabelos quando ele mordeu forte meu mamilo esquerdo, provocando uma dor aguda em uma linha muito tênue entre prazer e desconforto – Por favor, Lucas. – mexi o quadril mais sinuosamente, para ele entender o que eu queria – Agora!

— Sentindo minha falta?

— Sim!

Respondi com a cabeça jogada para trás, em um tom de voz que era mais que uma súplica, então ele me penetrou com dois dedos, me fazendo explodir em um orgasmo inesperado e reconfortante. Mas não parou por ali. De joelhos à minha frente, Lucas deslizou a língua entre minhas pernas e suas mãos cravavam forte na minha bunda, até que um dedo deslizou para dentro, daquele jeito. Seus movimentos eram precisos e cuidadosos, e quando as faíscas de prazer se apresentaram outra vez, eu o agarrei pelos cabelos enquanto implorava...

— Por favor, por favor... Eu vou... Eu... Lucas...

Ele deu um gemido longo repleto de satisfação e eu gozei pela segunda vez, emitindo sons que não diziam nada.

Fiquei completamente exausta. Malhação e dois orgasmos seguidos tinham acabado comigo, mas meu namorado atleta ainda não estava satisfeito, e eu me recusava a deixá-lo assim depois de ter me feito ver estrelas de tanto prazer, então virei de costas e o puxei para junto de mim, seus braços me enrolando pela cintura, sua cabeça descansando no meu ombro, mas ele quis se certificar que eu aguentaria mais um round.

— Posso?

— Deve!

Escutei sua risada abafada antes de ele se garantir que eu estava segurando com força na trava da janela, então minhas pernas foram afastadas e eu fui possuída com muita intensidade. A penetração rápida e profunda me pegou de surpresa e eu dei um grito.

— Aiii...

CAPÍTULO 34

— Machuquei você?
Lucas parou o movimento instantaneamente. Esse cuidado que ele tinha comigo fazia nossa conexão sexual ainda maior. Lucas não pensava apenas no próprio prazer. Era nítido que me dar prazer era tão satisfatório para ele quanto atingir o próprio clímax.
— Não, é que foi... Fundo, mas tá tudo bem.
Ele voltou a se mexer, devagar no começo, mas aos poucos passou a entrar e sair com força e rapidez. Eu tinha certeza de que não conseguiria gozar mais uma vez, mas quando Lucas pousou uma mão sobre meu sexo e me acariciou da maneira mais certeira do mundo, perdi essa convicção.
— Quero gozar com você.
Ele sussurrou no meu ouvido.
— E eu não sei se consigo.
— Consegue sim, você é insaciável.
Ele continuou entrando e saindo com tanta impetuosidade que meus braços já estavam doídos de tanta resistência que precisavam exercer para me manter no lugar.
— Goza, *Natalie*. Goza no meu pau que eu quero gozar junto, despejando toda minha porra dentro dessa sua bocetinha apertada.
Eu adorava quando ele falava daquele jeito.
Mais três estocadas e gozamos ao mesmo tempo. Eu pela terceira vez em menos de meia hora. Fato inédito na minha vida!
Quando Lucas saiu de mim e me virou de frente, eu não tinha forças nem para me mexer, logo, tomar banho seria uma tarefa quase impossível.
— Você acabou comigo.
Eu disse, e ele sorriu, me dando um selinho carinhoso.
— Venha, vou lavar seu cabelo.
Fui puxada completamente para debaixo da água e ele lavou meu cabelo e meu corpo inteiro, e apenas quando eu já estava me secando é que ele começou a tomar seu banho.
Dei uma observada em como Lucas limpava seu pau apetitoso, e ao analisar aquela mão grande e forte naquele comprimento largo e impressionante, fiquei excitada outra vez.
— Isso excita você?
Ele percebeu que meu olhar estava fixo em sua mão e seu pau, então começou a se estimular com vontade.
— Muito.
— Eu não disse que você é insaciável? Não existe alguém como você. Vou precisar de uns suplementos para dar conta de apagar esse fogo todo!
— Eu não era assim antes de um ninfomaníaco extremamente gostoso aparecer na minha vida.
Retruquei sem desviar o olhar da mão dele subindo e descendo naquele membro cada vez mais duro.
— E eu não era assim antes de uma mulher perfeita aparecer na minha vida, e isso definitivamente não é uma reclamação!
Abri a porta do box e me ajoelhei ao lado de fora.
— Deixa que eu acabo!
Tirei a mão dele do meu caminho e comecei a chupá-lo lentamente, até que ele segurou minha cabeça e empurrou ainda mais profundamente, fazendo suas estocadas me atingirem na garganta. Lucas metia enquanto eu gemia recebendo-o até o fundo, sentindo-o crescer cada vez mais, até que ele sibilou meu nome e se esvaziou na minha boca.

— Pronto! Pode continuar seu banho. Vou pedir o jantar.

Lambi os lábios e fechei a porta do box, o deixando parado lá dentro com um sorriso idiota no rosto enquanto me via sair do banheiro.

Eu estava deitada na cama, usando uma calça de ginástica cinza e uma regata azul longa e soltinha, quando Lucas saiu do banheiro vestindo uma bermuda *jeans* verde-oliva e uma camiseta básica branca.

— Pequena, você sabe que amanhã já tenho que ir para Indianápolis, porque tenho corrida no domingo, certo? – ele se deitou de costas ao meu lado e colocou as mãos debaixo da cabeça – E eu quero que você venha comigo.

— Você sabe se ainda tem uma equipe?

Meu tom era de brincadeira, mas a pergunta era séria.

— Tenho. Já falei com Nicolas. Ele sabe que tem uma "filha problema".

— E ele sabe sobre nós?

— Sim.

— E ele não se incomoda que eu vá com você?

— Não. Ele é um homem muito do bem, mas mesmo que se incomodasse, eu tenho dez credenciais para levar quem eu quiser.

— Camille estará lá?

— Provavelmente.

Fechei os olhos e os cobri com o antebraço, dando um longo suspiro ao imaginar o drama que o final de semana poderia ser, e considerei se seria mesmo uma boa ideia aparecer por lá.

— Pequena, eu sei que coloco você em situações horríveis e peço desculpas por isso, mas eu preciso de você ao meu lado. E quanto antes mostrarmos pra Camille e pra todo mundo que estamos juntos, mais cedo as pessoas irão se acostumar com a situação. E você não vai estar sozinha, minha mãe também vai. Ela está louca para conhecer a mulher que conseguiu me livrar da Camille.

Ele fez uma voz de narrador de *trailer* e nós rimos juntos, nos embolando na cama.

— Pelo jeito sua mãe não gostava muito dela.

— Nem a minha mãe, nem ninguém!

— Achei que seus amigos gostassem.

— Eles diziam que iam fazer promessa para que eu terminasse com ela, mas não sabiam tudo que acontecia. Quer dizer... – ele franziu o cenho e ficou pensativo – Tudo que não acontecia, mas que eu achava que acontecia.

— Ei, não fica com essa carinha.

Lucas suspirou pesadamente e virou de lado, apoiando o corpo sobre um braço para poder me olhar no rosto.

— Desperdicei a vida ao lado dela. Não no sentido de ter perdido a chance de namorar outras pessoas, mas... Eu não era feliz.

Fiquei com pena. Lucas teve a melhor das intenções em ajudar Camille. Queria que ela ficasse bem, passou por cima de si próprio pensando nela e recebeu em troca um belo

CAPÍTULO 34

balde de água fria. Impossível não pensar que havia desperdiçado a vida ao lado dela, mas eu não queria que ele ficasse se martirizando ainda mais com aqueles pensamentos que não o levariam a lugar algum.

— Eu sei. Mas pelo menos você teve um pouco de vida paralela, já que não foi 100% fiel a ela. Vou dizer que Camille mereceu ser traída.

— Não gosto de traição. Não me orgulho disso.

— Muito bom ouvir isso, mas ela pedia.

— E como!

Lucas deu uma risada forçada e acariciou meu rosto com uma mão, olhando nos meus olhos, na minha boca, de volta nos meus olhos...

— Eu vou fazer você muito feliz!

— Você já faz.

Montei em cima dele e lhe dei um beijo carinhoso.

— Casal! A comida chegou!

Lauren chamou através da porta fechada do meu quarto.

— Estou faminta. Vamos lá.

Levantei da cama, fazendo força para puxar Lucas pela mão, mas ele manteve a resistência, me fazendo cair de volta ao colchão e se virou sobre mim para me encher de beijos e cócegas, que me fizeram achar que eu morreria ali, rindo. Suas mãos não me poupavam, mas ao perceber que os meus "por favor, pare" eram verdadeiros, ele se ergueu e eu o segui, pulando em suas costas, e fui carregada assim até a sala.

Nós nos sentamos os quatro em volta da mesa baixa que ficava em frente ao sofá e comemos as deliciosas iguarias japonesas.

— Ei, Nat, um dia você vai ter que aprender a comer corretamente com palitinhos!

Lauren ria da minha cara ao me ver limpar o molho shoyu que escorria pelo meu queixo.

— Um dia você ainda vai me ver comer comida japonesa com garfo.

Rebati.

— Ou – Lucas pegou um niguiri com os dedos – você pode comer com a mão.

Ele sugestionou, levando a comida à minha boca e eu aceitei, chupando seus dedos ao final.

— Argh! Vocês estão naquela fase incrivelmente nojenta de início de relação, não sei se vou suportar.

Minha irmã exclamou dramática e nós rimos tranquilamente, até Michael levar um enorme temaki à boca dela, que deu uma mordida propositalmente nada sensual, elevando agressivamente os decibéis das gargalhadas daquele apartamento.

— Vou vomitar!

Resmunguei.

— Se eu aguento assistir aos programas de tevê que vocês gostam, sem nem passar mal, você aguenta um pouco de temaki escorrendo pela boca da Lauren também. Ela fica tão bonitinha quase se engasgando com tanta comida...

Meu cunhado brincou, roubando um pedaço de salmão que minha irmã não conseguia colocar para dentro e eu coloquei a língua para fora fingindo que estava passando mal.

— Que tipo de programa elas fazem você assistir, Michael? Não me diz que elas curtem *Glee*?!

Lucas perguntou bem-humorado.

— Antes fosse! *Glee* é o melhor programa do mundo, perto do que elas gostam! Elas são viciadas nas reprises das irmãs Kardashians!
— Oh, meu Deus! – Lucas riu, surpreso, jogando a cabeça para trás – Pequena, você não vai fazer isso comigo, vai?
— Calem a boca vocês dois! – exclamei, batendo no peito do Lucas – Elas são muito legais, engraçadas e *fashion*! Você vai assistir todas as temporadas comigo, pra ficar a par da história. Vamos fazer uma maratona noturna.
— Sua criatividade está baixa, linda, eu tenho ideias bem mais interessantes para maratonas noturnas.
— Cara! – Michael comemorou, fazendo um animado *hi-five* com Lucas – Eu precisava tanto de um cara no meu time! Seja bem-vindo à família, Luke.

Sensatamente, Lucas não perguntou se meu ex-marido não era o equilíbrio masculino naquele grupo apenas dois meses antes, mas deve ter entendido que Steve e Michael não tinham assim tanta proximidade. Steve vivia na rua, estava sempre com a galera e muitas vezes eu não tinha pique para acompanhar. E era quando eu ficava de bobeira com Lauren e Michael, deixando meu ex-marido fazer o que bem entendesse na rua, que aqueles momentos de comilanças e seriados se criaram entre nós três. E eu que, inocentemente, achava que liberdade fazia uma relação crescer saudável e com confiança. Bem, pode até ser, mas certamente não para pessoas sem vocação para monogamia.

Depois do jantar, assistimos *Keeping Up With The Kardashians* atirados no sofá, e Lauren desceu para se despedir de Michael uma hora mais tarde.
— Posso dormir aqui?
Lucas perguntou naturalmente.
— No sofá?
— Sim. No sofá, porque não pretendo dormir com você de novo e ter que aguentar aquele barulho de britadeira nos meus ouvidos a noite inteira.
— Eu não ronco!
— Quem disse?
— Quer que eu conte?
Pisquei os olhos e falei provocantemente.
— Você está querendo levar uns tapas?
Lucas questionou, arqueando as sobrancelhas.
— Capaz! Eu sou um anjo!
Brinquei, usando as mãos para fazer uma auréola sobre a cabeça e Lucas me puxou de bruços para seu colo e deu um tapa forte na minha bunda.
— Ai!
Gritei e dei um tapa em seu bíceps quando me recompus.
— Você ainda não viu nada.
Ele anunciou, antes de me jogar de costas no sofá e me beijar, com força.

35

Na manhã seguinte, mais uma vez acordei toda enrolada ao Lucas. Sentir os suaves movimentos do peito dele e o bater de seu coração quando o sol ia vagarosamente dando "bom dia" era o melhor despertador que eu poderia querer. No quarto silencioso com o ar-condicionado deixando a temperatura estável para que mal precisássemos de cobertas, estávamos completamente nus, como se fôssemos íntimos há muito tempo e já tivéssemos nossas características de casal.

Eu nunca tive o hábito de dormir despida, sempre me senti desconfortável nas vezes em que tentei, mas eu e Lucas vínhamos testando essa opção e eu concluí que pode ser algo delicioso.

Quando meus olhos se ajustaram à pouca luz do quarto, vi no relógio de cabeceira que já estava no horário em que eu normalmente levantaria para ir malhar, mas só de saber que no final da tarde precisaria levar Lucas ao aeroporto para ele ir a Indianápolis, meu coração se apertou. Eu decidi ir à corrida dele, mas só sairia de São Francisco na sexta-feira depois do trabalho, então, para contornar a carência que a ausência do meu namorado já me causava, mesmo que ainda estivéssemos deitados juntos na minha cama, decidi ficar mais uma hora aconchegada ao seu corpo, aproveitando seu cheiro e seu calor por um tempo a mais.

Dizer que aquele meu dia de trabalho não foi dos melhores é um eufemismo. Minha cabeça estava nas nuvens e eu estava um caco, sofrendo por antecipação porque passaria uma mísera noite longe do Lucas.

Aproveitando nossos últimos instantes juntos, tentamos ter um almoço de casal no restaurante em frente ao meu escritório, mas com os comerciais anunciando a corrida daquele final de semana passando incessantemente na tevê, nós mal pudemos conversar, porque o *frisson* dos fãs estava mais forte que o usual e a cada cinco minutos alguém chegava junto à nossa mesa pedindo para tirar uma foto com o atual campeão da *Pro Racing*.

Eu não podia reclamar, porque aquelas eram circunstâncias isoladas. Geralmente conseguíamos andar entre as pessoas como apenas outras delas, no limite que a presença natural do Lucas permitia, e na parte que envolvia a imprensa, as coisas também eram muito tranquilas. Como ele disse, na nossa cidade não temos o apelo de paparazzi atrás de celebridades, e pelo que eu fiquei sabendo, depois que Lucas começou a namorar Camille e parou de frequentar bares e boates em Los Angeles, sua vida íntima perdeu o interesse para os repórteres sensacionalistas. Graças a Deus, porque eu não suportaria aparecer na imprensa mundial em uma daquelas manchetes do gênero: "Luke Barum e loira misteriosa almoçam no Bobo's".

Depois que me deixou bem acomodada em frente ao meu computador, Lucas voltou para casa para fazer a mala e me esperar ao final do expediente. Mandei uma mensagem quando faltavam menos de cinco minutos para eu chegar e disse que ele poderia me esperar na calçada para não nos atrasarmos.

Ele insistiu que eu não precisava ir até o aeroporto naquele horário de bastante trânsito apenas para levá-lo, mas quando argumentei dizendo que não tinha a menor hipótese de desperdiçar minutos ao seu lado, ganhei a batalha.

Segui pela *freeway* e Lucas elogiou meu uso perfeito do "elemento-surpresa", e ainda disse que eu estava andando a uma velocidade aceitável e não mais corria o risco de causar acidentes por pouca velocidade no trânsito. Eu estava pronta para o módulo dois de suas aulas de direção.

Eu e ele nos abraçamos com muita força quando nos despedimos às seis e dezessete da noite, e eu senti um novíssimo aperto no peito. Mais um sintoma do quão afetada minha vida já estava pela presença tão imponente e tão única de Lucas Barum, mas percebi que a tristeza não estava apenas em mim. Lucas também estava estranho, apesar de ter sido mais bem-sucedido em seu disfarce.

— Ei, se você ficar com essa carinha eu não vou a lugar algum.

— Não sei por que estou com tanta saudade sua. Eu sei que vamos nos encontrar amanhã, mas vou me sentir muito sozinha dormindo sem você ao meu lado. Eu acho que já me acostumei com seu corpo.

Apesar de fazer poucos dias, já havia se tornado natural ficar com Lucas depois do trabalho, tomar banho, jantar e dormir junto com ele, e a espontaneidade daquela rotina era mais um fator que corroborava para a sensação de que não éramos um casal recente. Eu não tinha certeza se conseguiria dormir bem sem ter seu tronco como travesseiro, sem sentir sua respiração nos meus cabelos e sem as batidas de seu coração para me acalmar. A louca sensação que eu tinha era de que eu já não sabia mais viver sem o Lucas. Pela primeira vez, minha felicidade dependia de alguém. Meus dias não seriam completos se não pudesse dividi-los com ele, e apesar dos meus sentimentos me deixarem cada vez mais feliz, me davam medo também.

Nunca julguei saudável uma pessoa colocar sua vida toda nas mãos de outra, mas daquela vez eu simplesmente não conseguia fazer nada diferente, mesmo com a plena certeza de que se algo desse errado eu acabaria em mil pedaços.

— Eu queria muito que você pudesse viajar hoje, mas foi você quem não quis.

Lucas atirou.

— Como assim, não quis? Eu tenho duas audiências amanhã, não posso abandonar meus clientes. Agora vá embora, senão eu vou forçá-lo a voltar para casa comigo.

Nós nos despedimos e Lucas seguiu com um segurança que o levaria até a pista, onde um jatinho fretado o esperava, e no último minuto antes de perdê-lo de vista, ele virou para trás e piscou o olho para mim.

Cada minuto de sexta-feira levava uma hora para passar, e quanto mais próximo do horário do meu voo, mais ansiosa eu me tornava. Assim que minha segunda audiência acabou, antes das quatro da tarde, Dr. Peternesco me liberou e eu corri para casa e apro-

CAPÍTULO 35

veitei e tomei um banho antes de pegar meu avião, às seis e meia. Lauren me deixou no aeroporto e seguiu para um final de semana em Carmel com nossos pais, o que eu estaria fazendo com ela, se não estivesse tão envolvida com meu namorado.

Eu fazia o *check-in* quando Philip me ligou, dizendo para procurar Adam Stanford na sala de administração. Ele me conduziria até o jatinho particular que Lucas havia fretado para mim.

Incrédula, tentei argumentar, mas obviamente que meus motivos para não entrar naquele avião não foram nem registrados.

Lucas e sua ridícula quantidade de dinheiro!

Carregando minha mala de mão, entrei no avião com confortáveis poltronas e um serviço de bordo incomum, e assim que me serviram um Cosmopolitan, eu enviei uma mensagem ao Lucas.

"Já estou no maravilhoso jatinho que foi desnecessariamente fretado só pra mim. Obrigada pelo mimo. Louca pra ver você!"

Como se estivesse totalmente ciente dos meus horários e esperasse por aquela mensagem, Lucas levou menos de um minuto para me responder.

"Contando os segundos. Desligue o telefone."

Sorri e desliguei o aparelho sem escrever mais nada.

Meu voo chegou em Indianápolis depois da meia-noite, o que significava que eram mais de três da manhã no horário local. Lucas queria me buscar no aeroporto, mas eu o proibi terminantemente e ainda disse que se ele não estivesse dormindo quando eu chegasse no quarto, ele estaria encrencado comigo.

Saí com minha mala na mão e não me surpreendi ao encontrar um cara baixo e robusto me esperando ao lado de uma elegante BMW, e sem demoras eu estava em direção ao hotel.

Na recepção, o rapaz oriental que me atendeu foi muito solícito e prontamente me entregou a chave da suíte em que Lucas estava hospedado, no vigésimo terceiro andar, e mesmo eu insistindo que era desnecessário, ele pediu que um carregador subisse em outro elevador com minha mala e me aguardasse na entrada do quarto.

Abri a porta cuidadosamente depois de dar cinco dólares de gorjeta ao garoto prestativo, e contando apenas com a iluminação de um abajur na antessala, observei o quarto. O piso era um carpete macio como o da área íntima da casa do Lucas, no *hall* de entrada ficava uma sala de estar com dois sofás de veludo marrom e uma mesa de centro em frente a uma estante com livros e uma televisão. À minha direita, uma porta aberta me levava para o quarto, onde Lucas dormia atravessado na maior cama que eu já vi na vida. Ao pé daquela monstruosidade de madeira marrom escura ficava uma namoradeira de veludo cor de vinho, e em frente um armário de mogno com uma grande televisão ligada no mudo. Mais ao lado, uma mesa de escritório encostada na parede estava com a mala do Lucas aberta em cima, logo abaixo de uma enorme janela coberta por um espesso *blackout*.

Voltei ao *hall*, onde minha mala estava encostada em um dos sofás, e a coloquei sobre a mesa de centro para abrir cuidadosamente o zíper, tirando de lá minha *necessaire* e minha camisola de seda preta. Com isso em mãos, segui até o banheiro, que tinha um espelho enorme e duas cubas de frente à porta, ao lado de várias cabines ao longo de um corredor que acabava em uma banheira redonda para umas quatro pessoas se acomodarem confortavelmente. Curiosa, abri as portas dos reservados para me deparar com o vaso sanitário, o box e uma sauna. Voltei até a pia, lavei as mãos e o rosto, vesti meu pijama e escovei os dentes antes de ir para o quarto me deitar na cama ao lado do Lucas. Ele gemeu quando meu corpo encostou no dele e virou de frente a mim, piscando ao me olhar com um lindo sorriso sonolento.

— Ei! – ele ampliou o sorriso, enfiando o rosto no meu pescoço – Nem vi você chegar.
— Era essa a intenção.
— Senti sua falta.

Ele me puxou mais para perto de si, aninhando nossos corpos, e dormiu novamente.

De manhã cedo seu celular tocou, nos acordando antes do horário necessário, e ele passou uns vinte minutos caminhando dentro do quarto, discutindo alguma coisa sobre o acerto do seu carro com o engenheiro, enquanto eu, totalmente desperta, tomei uma garrafa de água quase inteira e fiquei zapeando os canais da televisão, alternando meus olhares da tela ao homem que desfilava sem camisa à minha frente. A certa altura da conversa, Lucas desapareceu no banheiro, e quando voltou a ligação estava encerrada. Ele caminhou em direção à cama secando a boca com uma toalha de rosto depois de ter escovado os dentes, e eu parei em algum canal qualquer e fiquei com o braço esticado no ar, com o controle apontado para a tevê, mas os olhos vidrados no meu namorado, que se movia elegantemente de volta para mim.

— Mas você é gostoso, hein? É até injusto uma pessoa ser assim: lindo, gostoso e adorável!
— Eu sou tudo isso?

Ele perguntou, em tom de brincadeira, coçando a cabeça depois de ter jogado a toalha de volta ao banheiro, fazendo-a aterrissar sobre a pia.

— Especialmente adorável!

Pisquei e ele sorriu.

Levantando o corpo, engatinhei na cama indo até a namoradeira, onde fiquei de joelhos e o tive ao meu alcance. Passei as mãos em seu peito, depois deslizei para o abdome e quando cheguei ao elástico da calça, Lucas me freou franzindo a testa.

— Não.

Não?

Meu coração deu uma acelerada nervosa e eu engoli em seco ao me afastar.

— Aconteceu alguma coisa? – minha voz saiu um pouco insegura, e eu me sentei sobre os pés – Eu fiz alguma coisa errada?

Ele relaxou visivelmente, ao dar uma risada juvenil.

— Claro que não! É que eu não "gasto energia" em finais de semana de corrida.

Lucas não fazia sexo antes das corridas? Eu não podia acreditar que ele levava uma bobagem daquelas tão a sério.

— Eu não acredito! Isso é mito, você sabe, não sabe? Inclusive, acho que já foi feita uma pesquisa que diz que o melhor é fazer exatamente o oposto.

— Ok. Mas já virou ritual, e não se mexe em time que está ganhando, não é mesmo? *No pain, no gain*[18]!

Ele ainda teve a ousadia de piscar um olho para mim, ao sorrir com aquele bordão ridículo!

---

18 Sem dor, sem ganho.

CAPÍTULO 35

— Isso quer dizer que vou dormir duas noites ao seu lado, sem nem poder tocar em você?
— Hum... Sim.
Ele respondeu, dando de ombros e sorrindo forçadamente, quase como se estivesse se desculpando.
— Vai ser impossível!
Exclamei completamente derrotada, e Lucas riu com vontade, esticou os braços para o alto com as mãos entrelaçadas e as palmas viradas para fora e deu um longo gemido ao se espreguiçar. Ficando novamente sobre os joelhos, deixei meus seios encostarem em seu peito rijo, observando suas pupilas dilatarem conforme sua respiração acelerava ao mínimo toque.
— Já percebi que vai ser bem difícil. – ele olhou para baixo, e quando fiz o mesmo, vi sua ereção marcando a calça do pijama – Mas eu pretendo conseguir.
Sorrindo, ele se curvou para me dar um beijinho seco e patético, e eu voltei frustrada para o meu lugar, onde me aninhei em meio aos travesseiros. Eu tinha até passado na minha depiladora antes da viagem! Estava louca para "matarmos as saudades", mas em vez disso, eu continuava trocando os canais na televisão até achar um episódio de *Friends* e parar por ali. Fiquei alguns minutos hipnotizada por Rachel e Ross, até tomar coragem de fazer a pergunta que estava na minha cabeça desde que Lucas embarcou para Indianápolis na quinta-feira.
— Camille está aqui?
— Está. – ele já tinha sentado ao meu lado na cama e olhava seus *e-mails* no celular – Mas não quero que você se preocupe com ela. Está tudo bem.
— Então me conta o que aconteceu.
Lucas parou o que estava fazendo ao entender que aquela era uma questão importante para mim, e me dando toda sua atenção, disse:
— Ela está hospedada neste hotel. Também chegou na quinta-feira. Nos encontramos na recepção, ela perguntou de você e se ofereceu para vir dormir comigo.
Ordinária!
— E você?
— Como assim "e eu"? Eu nada! Mandei ela para o quarto dela!
— Ela foi ao jantar de ontem?
— Foi.
— Hum...
— Pequena, – ele acariciou meu rosto – todo mundo já sabe que eu e Camille não estamos mais juntos. Se ela quer ficar me perseguindo, eu não posso evitar, pelo menos enquanto eu trabalhar para o pai dela, mas ela não vai conseguir reverter o jogo.
— Tudo bem. Eu vou ser mais racional.
Empurrei Lucas ao encontro dos travesseiros e deitei a cabeça em seu peito, mas sentir a firmeza daquele corpo e o perfume daquela pele lisa e quente me fez instintivamente roçar meu sexo na perna dele.
— Desculpe! – eu disse, congelando meus movimentos – Foi... impulso.
— Ahhh, *Natalie*! Acho que vou gastar mais energia tentando me controlar do que se metesse em você com toda força.
Se eu já estava com desejo, depois daquela frase tão despudorada passei a sentir um tesão fenomenal com as ideias que surgiram na minha cabeça. A umidade no meio das

minhas pernas aumentou e eu fiquei ainda mais frustrada por não me aliviar.

— Eu não quero "desvirtuar" você, mas... Eu estou em chamas! E... Se eu mesma me aliviar?

Lucas não disse nada, então apoiei o queixo em seu peito para olhar seu rosto e o que vi foram dois olhos negros arregalados queimando desejo em uma expressão de tesão e espanto.

— Você vai... vai... se tocar?

— Hum... Sim.

Senti meu rosto arder quando precisei responder.

— Na minha frente?

Sua voz saiu seca e rouca, e ele piscou tentando conter o querer febril que estampava seu rosto.

— Se você não se importar, sim.

— Eu me... me importar? – erguendo as sobrancelhas, Lucas passou as mãos nos cabelos – Isso é um sonho! Fique à vontade, doutora.

Sua feição ficou maliciosamente sexy e ele foi para os pés da cama se apoiar nos antebraços, deixando seu corpo voltado ao meu, ficando em uma posição onde teria uma "visão privilegiada" do que eu estava prestes a fazer.

Eu jamais faria algo desse tipo antes do Lucas aparecer na minha vida e enlouquecer meus hormônios, meus instintos, meus tudo. Mas o olhar dele me fez ficar sem a menor vergonha e imediatamente tirei a calcinha e sorri ao vê-lo engolir em seco quando dobrei os joelhos e afastei as pernas.

Lucas era excitação pura, mas ele não se tocava e nem me tocava. Deslizei uma mão pelo meu sexo, escorreguei dois dedos para dentro, suspirei. Fiquei me dando prazer com a cabeça atirada para trás e os olhos fechados, me massageando preguiçosamente.

— *Natalie*, você está me proporcionando uma visão e tanto.

O jeito como ele falava meu nome mexeu comigo desde o dia em que nos conhecemos, mas naquele momento, em que eu o tinha tão perto e ele não me tocava, me fez arder inteira. Abri os olhos e encarei seu rosto contorcido de tesão.

— Lucas, você não pode nem me "emprestar" sua mão?

Ele inspirou com força e se sentou mais próximo de mim, então pegou minha mão e, sem tirar os olhos dos meus, chupou meus dedos, saboreando cada gotícula que havia ficado impregnada neles. Minhas vísceras abdominais me apertaram por dentro e meu coração disparou.

— Já estava com saudade do seu gosto.

— Oh, Deus...

Uma de suas mãos passou pelo meu corpo, me apalpando toda, e quando chegou aonde eu estava esperando, ele enfiou dois dedos no meu interior e começou a movimentá-los para dentro e para fora. Gozei pressionando os dedos do Lucas dentro de mim, arqueando o corpo durante os espasmos libertadores.

Quando me satisfiz, Lucas retirou os dedos e os chupou.

— Obrigada pela ajuda. – eu disse, sorrindo – Espero que não tenha sido muito dispêndio de energia.

Ele riu em resposta e me deu um selinho rápido.

— Eu estou com um tesão do caralho. Minhas bolas estão doendo pra caralho. Preciso de uma ducha fria do caralho.

36

Depois que Lucas saiu do chuveiro eu tomei um banho e me arrumei para irmos até o autódromo. Fazia frio, então vesti uma calça *jeans* com botas pretas de cano alto, uma blusa cinza de mangas longas que seguia até um pouco abaixo do quadril e tinha um decote discreto tramado por tiras, e por cima coloquei uma jaqueta de couro preto. Com os cabelos soltos, me adornei com acessórios prateados e fiz minha maquiagem deixando meus olhos esfumados e lábios *nude*.

— Você está... Apetitosa!

Lucas parou de fechar o relógio ao me comer com os olhos assim que apareci pronta à sua frente.

— Você está exagerando. Acho que é tesão reprimido.

— Tenho certeza que não é este o caso.

Saímos do quarto abraçados, e rindo caminhamos até o elevador. Lucas apertou o botão para chamá-lo, e ao esperarmos que as portas abrissem no nosso andar, ele me apertou tão forte que era difícil até respirar, e quanto mais eu ria, implorando que ele aliviasse um pouco, mais difícil era inalar ar para levar aos meus pulmões. Eram momentos como aquele que me mostravam que o nosso relacionamento poderia funcionar. Lucas e eu não estávamos juntos apenas porque tínhamos uma química sexual inegável. Nós estávamos juntos porque sabíamos fazer um ao outro feliz.

Tentei me desvencilhar daquele carinho de urso fazendo cócegas na cintura dele para vencer a batalha, e conforme ria, ele ia enfraquecendo e se dobrando todo de tanto gargalhar, mas sem se entregar, Lucas tentava segurar minhas mãos ágeis para que eu parasse de torturá-lo, e foi no meio daquela brincadeira boba que fomos interrompidos.

— Bom dia, Luke.

Camille estava parada dentro do elevador, com os olhos tão injetados em nós dois que parecia capaz de nos deteriorar com a força do pensamento.

— Bom dia.

Ele respondeu, com uma voz seca e educada, ao me largar e se recompor. Ela me ignorou e eu a ignorei. Entramos no elevador e depois de conferir que o andar da cobertura onde serviam o café da manhã estava apertado no painel, Lucas se posicionou atrás de mim, me puxando ao encontro do seu corpo, deixando a cabeça encaixada sobre o meu ombro e as mãos espalmadas na minha barriga. Não tinha necessidade de ficarmos tão colados, mas tenho certeza de que ele o fez com a intenção de deixar as coisas bem claras para Camille e seguras para mim.

Quando chegamos ao andar do restaurante, Lucas me segurou por um passo ou dois, e deixou que Camille entrasse mais à frente, para podermos ver onde ela se sentaria e então irmos na direção oposta. Nós nos acomodamos em uma mesa ao lado da janela e aproveitamos a maravilha que é um café da manhã de hotel. Quer dizer, eu aproveitei, porque Lucas se controlou e ficou mais nas frutas e no páo integral, ao tempo que eu me atirei até em um delicioso bolo de chocolate.

— Pequena, com tudo que você come, era para você ser um balão!

— Mas olha tudo que eu malho! Aliás, vou pegar mais um pedaço de bolo, porque ultimamente ando malhando mais que o habitual – pisquei o olho para ele – e não quero começar a perder peso.

Quando terminamos de nos alimentar, fomos direto à recepção pedir que trouxessem nosso carro.

— Luke! - Camille apressou o passo quando nos viu ao lado de Philip, esperando o manobrista – Você me dá uma carona até o autódromo?

— Isso é até engraçado. – eu disse, antes que ele pudesse responder – Quando vocês estavam juntos, você se preocupava mais em passar seu tempo fazendo compras, mas agora quer ir absurdamente cedo pra pista? Arrisco dizer que você pretende ser a última a vir embora também, estou certa?

— Olha aqui, sua... – ela parou quando Lucas mandou um olhar gelado em sua direção – Você não sabe nada sobre a nossa relação e eu estou pedindo uma carona ao Luke, não estou falando com você!

Dei uma risada irônica.

— Acho que você ainda não entendeu que, se eu não quiser que ele dê essa carona, ele não vai dar, só para que eu não fique chateada.

— Luke!

Ela choramingou com aquela voz manhosa, e ele me olhou como quem perguntava o que fazer. Eu gostei da forma como fui respeitada, então apenas fiz sinal afirmativo com a cabeça duas vezes, rapidamente.

— Entre no carro, Camille.

O manobrista abriu a porta da frente para mim e Lucas se sentou atrás do volante, com Camille atrás de si e Philip atrás de mim.

Pensei em colocar a mão na perna do Lucas só para provocar, mas resolvi não fazer isso, porque não me sentia tão vítima assim naquela história toda. Odiava lembrar como nosso relacionamento tinha começado, mas seria algo que iria conviver conosco, então era bom eu me acostumar.

Liguei o rádio baixinho para não interromper a conversa profissional entre Lucas e Philip, e fiquei observando a cidade através do vidro da camionete. Indianápolis era uma cidade interessante e eu fiquei com vontade de conhecer seus pontos turísticos, mas certamente não teria oportunidade naquela viagem. Meus olhos vagavam entre um bistrô charmoso que passava pela minha vista e um prédio comercial elegante, quando Lucas apoiou sua mão direita na minha perna. Virei o rosto para olhá-lo de forma inquiridora e ganhei um sorriso lindo em resposta.

— Definitivamente está na trilha sonora.

Percebendo minha confusão, ele fez sinal com os olhos para o rádio.

Fiquei olhando para os números da sintonia do rádio, prestando atenção na deliciosa melodia de *"Again"*, lembrando a primeira vez em que nos entregamos um ao outro sem nenhum tipo de barreira emocional. Sim, aquela canção definitivamente estava na nossa trilha sonora.

CAPÍTULO 36

Levantei os olhos para observá-lo e contemplei seu perfil atento ao trânsito, então coloquei minha mão sobre a dele e entrelaçamos nossos dedos, mas como era comum conosco, a sensação era de que havíamos entrelaçado algo muito mais profundo.

Chegamos ao autódromo e Lucas não me largou até entrarmos na sala de estar onde ficavam os sofás, onde ele insistia que eu me acomodasse, como se estar no box com ele fosse algo cansativo. Larguei minha bolsa Louis Vuitton na sala conjugada, junto à mala com os apetrechos de corrida dele, e saí para a parte da frente, onde os dois carros estavam estacionados.

Cumprimentei a equipe e Nicolas, que devido às circunstâncias foi uma surpresa como foi simpático comigo, e fiquei ao redor.

Eu gostava de observar a movimentação no box e tentar entender o que o pessoal da equipe falava, e apesar de estar completamente sozinha, já que Lucas estava trabalhando e mal tinha tempo para mim, eu não me senti deslocada. O cheiro de gasolina misturado a pneu gasto não foi estranho, e nem os ruídos dos motores pareceram tão ensurdecedores.

Às dez da manhã, o engenheiro da equipe se aproximou do meu namorado, falou alguma coisa que eu não entendi e bateu com o indicador no marcador de seu relógio de pulso. Sem finalizar a conversa com um mecânico, que mostrava a ele algo nos pneus, Lucas caminhou até mim, me puxou para a sala de estar e fechou a porta quando constatou que estávamos sozinhos.

— Vou treinar agora. Você vai ficar bem?

— Ora, que pergunta, é claro que eu vou ficar bem! Por que não ficaria?

— Vou estar correndo e Camille pode vir importunar.

Ele colocou meus cabelos para trás dos meus ombros e aproveitou para acariciar os lóbulos das minhas orelhas.

— Lucas, mesmo que ela venha, você não precisa se preocupar com isso. Eu sei me livrar da sua ex.

— É. - ele sorriu – Você sabe mesmo.

Lucas pegou minha mão, me levou consigo até a sala conjugada, onde começou a tirar a roupa.

— Ah, vai ser assim agora? Só vou ver o senhor sem roupa, mas não vou poder fazer nada? Isso é provocação, sabia?

Seu rosto acomodou um ar zombeteiro e ele me respondeu, desenhando algo com o dedo no meu peito.

— Neste momento não é a minha intenção, mas gosto de saber que causo esse efeito em você, doutora.

Lucas estava só de calça *jeans*, e estávamos nos beijando quando Camille entrou.

— Luke. - ela interrompeu sem a menor educação – Posso desejar boa sorte?

Sem que ele tivesse tempo de responder, ela chegou perto e o puxou para um abraço apertado. Suas mãos deslizaram pelas costas musculosas do meu homem e ela lhe deu um beijo no pescoço e depois na bochecha.

— Boa sorte.

Sua voz saiu parecendo um miado enquanto ele a afastava.

— É só treino livre, Camille.

Ela saiu da sala com um sorriso afetado sem falar mais nada e Lucas me olhou parecendo um pouco nervoso, então fui eu que precisei acalmá-lo antes de entrar no carro.

— É foda ser gostoso, hein?

Ele se curvou e me abraçou, tirando meus pés do chão, e eu ri com o rosto enterrado em seu pescoço cheiroso.

Cheiros sempre criaram memórias para mim. Eu me lembro do cheiro de massa de modelar da sala de aula no jardim de infância, e isso me remete à doçura da minha primeira professora. Lembro do cheiro de bolo de milho que minha mãe fez durante anos seguidos em todos os finais de semana, e a lembrança me remete a dias em que eu me divertia muito junto à minha família. Lembro do cheiro asséptico de hospital de quando minha mãe precisou ficar um dia internada, depois que assaltaram nossa casa e a machucaram, e desde então hospitais e cheiro hospitalar me dão calafrios. E, acrescentando à minha lista, passei a ter o cheiro do Lucas, que me fazia sorrir e levava meus pensamentos a imagens das risadas quentes daquele homem que já me tinha inteira para si, embora talvez ainda não tivesse sido informado disso.

Lucas voltou ao trabalho e eu fui perguntar ao Philip de onde era bom assistir ao treino, e ele me conseguiu uma credencial para ficar junto ao pessoal da equipe no que eles chamavam de "barraca de tempo". Era uma cabine protegida de vento e chuva que ficava entre o box e a linha de chegada. Dali, eu enxergava basicamente uma longa reta, mas tinha acesso à televisão e à cronometragem. Apesar de preferir ficar mais no "miolo", reconheci que aquele era um ótimo lugar, porque poderia ouvir todos os comentários do pessoal da equipe e aprender melhor como as coisas funcionavam.

Lucas estava em quinto lugar e seu companheiro, Gregory, estava em primeiro. Ele parou diversas vezes no box para mexer em coisas que eu só entendi quando foram os pneus e a asa traseira, e quando faltavam apenas dez minutos para encerrar o treino, escutei o locutor falar: "Bandeira vermelha! Bandeira Vermelha!".

Todos no box ficaram agitados e então eu também me agitei, porque apesar de não fazer ideia do que queria dizer "bandeira vermelha", deu para perceber que não era coisa boa.

— ELE NÃO ESTÁ RESPONDENDO!

Nicolas gritou, dando socos nos enormes fones que estavam em seus ouvidos e mexendo no botão da sintonia do rádio que usava para conversar com os pilotos.

— Gregory está vindo para o box.

Outro homem que também usava aqueles fones falou com a voz bem alta, alertando toda a equipe, que prontamente se preparou com os instrumentos de sinalização para ajudar o piloto a reconhecer mais facilmente seu lugar.

— Alguém já sabe que merda está acontecendo? – Nicolas perguntou a todos enquanto olhava atentamente as várias telas com imagens e números, onde tudo indicava que o treino estava parado – Por que Luke não responde, porra?

Comecei a ficar muito nervosa. Minha respiração estava acelerada e o medo tomou conta. Onde estava o Lucas?

— Gregory passou por um acidente... É O LUKE! – gritou o mesmo homem que tinha acabado de avisar que o outro piloto voltaria ao box – Ele e Paul estão batidos antes da entrada do box.

Todo o diálogo, desde a dúvida até a confirmação de que Lucas estava envolvido em um acidente, aconteceu em uma fração de segundos, então começaram a mostrar na televisão as cenas da batida, me levando para um estado de completo pânico. Vi um carro azul à frente do Lucas abrir passagem para ele, que, pelo que escutei falarem, é o que fazem em treinos coletivos quando alguém vem mais rápido que você, mas quando estavam lado a lado o carro azul visivelmente perdeu o controle e empurrou Lucas para

CAPÍTULO 36

o muro, então ele ficou prensado entre o adversário e o concreto, e quando conseguiram se afastar a traseira do oponente bateu na parte da frente do carro do Lucas, o que fez com que ele saísse rodando e batendo repetidas vezes na contenção.

Quando aquela imagem horrível terminou, a câmera mostrou os dois carros batidos na pista. O outro piloto saiu de seu *cockpit*. Lucas não. O nó na minha garganta estava quase me estrangulando, enquanto meu coração parecia estar pulando visivelmente no meu peito. Eu não queria chorar, precisava prestar atenção em tudo que estava acontecendo, precisava saber se Lucas estava bem.

Voltei para a parte interna do box e acompanhei tudo pela televisão que os mecânicos e convidados assistiam.

— ALGUÉM CORRE LÁ, PORRA! LUKE ESTÁ DESMAIADO!

Nicolas berrou, fazendo sinais escandalosos com os braços para que os rapazes da equipe saíssem correndo para ver o que tinha acontecido.

Meu corpo estava rígido e trêmulo ao mesmo tempo, quando pela televisão vi Paul, o piloto que também estava envolvido no acidente, ir até o carro do Lucas, abrir a porta e tentar acordá-lo. Ele abriu sua viseira e o abanou para dar-lhe um pouco de ar, mas não mexeu em seu corpo. Eu implorava aos céus para que ele acordasse, mas nada acontecia, foi então que a equipe de resgate chegou e um cara começou a abrir o cinto de segurança do Lucas para tirá-lo dali. Muitos paramédicos estavam em volta e as imagens não ficaram claras, mas vi quando o colocaram em uma maca e, naquele instante, ele levantou e baixou um braço.

— Ele levantou o braço! Ele levantou o braço! Está tudo bem!

Não vi quem foi o anjo que deu aquela informação preciosa, mas meu alívio foi tão grande que uma lágrima escorreu em meu rosto e eu falei sozinha.

— Graças a Deus!

Fechei os olhos e segui agradecendo aos céus por Lucas estar vivo. Eu não estava preparada para viver sob aquela tensão. Lucas desafiava a morte constantemente e eu dirigia abaixo da velocidade permitida, com medo de me envolver em algum acidente. Não tinha um curso que pudesse me ensinar a conviver com o medo, mas eu definitivamente teria que aprender.

— Você só pode ser a Natalie.

Uma senhora de uns sessenta anos, com cabelos escuros curtos em estilo chanel, olhos esverdeados, magra e muito elegante em uma calça *jeans* clara, camisa branca e um cardigã rosa envelhecido, interrompeu minha reza e me olhava com atenção e preocupação.

— Sim.

— Sou Leonor Barum, mãe do Luke.

— Oh! – que momento para se conhecer a sogra! – Muito prazer. – eu estendi a mão, mas ela me puxou para um abraço e deu um beijo no meu rosto, e eu concluí que aquele era um gesto bastante comum na família Barum – Lucas me disse que a senhora viria, me desculpe, eu estou tão... tão...

Não consegui completar a frase e ela mesma me socorreu.

— O medo quando ele está na pista nunca desaparece, mas você se acostuma. Enquanto ele não se mexe, eu também não me mexo, depois que vejo que ele deu sinais de que está consciente, eu volto a viver. Infelizmente, esse não é o primeiro acidente que vejo do meu filho, e durante esses anos todos já aprendi a avaliar as situações. Na imensa maioria das vezes, os danos são apenas nos carros.

Ela era calma e eu podia sentir o carinho em sua voz. Algo que combinava com sua aparência delicada.

— Isso é tão angustiante! O mínimo que vai me acontecer é adquirir uma úlcera de tanto nervosismo!

Ela riu com uma doçura que já me era familiar e eu ri ainda nervosa e um pouco sem jeito.

— Eu preferia que ele tivesse optado por uma profissão mais segura, mas é o que ele gosta de fazer, e o faz muito bem até por sinal, então eu tenho que apoiá-lo para que seja feliz.

— A senhora está certa.

— Nada de senhora! Só me faz lembrar que já estou na casa dos sessenta, me chame apenas de Leonor.

Como se adivinhando o momento em que eu estava, Camille apareceu de repente para estragar tudo, e com sua usual simpatia forçada, chegou perto para cumprimentar a mãe do Lucas.

— Minha eterna sogrinha! Que bom ver você aqui. Não se preocupe, porque já me falaram que nosso Luke está bem e que não se machucou, então pode relaxar.

Pelo menos uma coisa boa aquela criatura falou.

— Olá, Camille, como você está?

Era nítida a frieza de Leonor com a ex-noiva de seu filho, o que fez meu eu interior comemorar em vitória.

— Não posso dizer que eu estou bem, mas... Vou indo...

Não aguentei ficar ali sendo feita de invisível e tendo que ouvir as baboseiras da Camille, então fui para a frente do box, onde o carro do Lucas já estava estacionado, todo destruído, e fiquei imaginando que ele estava dentro daquela lataria retorcida minutos atrás.

Pessoas de outras equipes passavam para ver como o carro tinha ficado e perguntavam sobre o Lucas, enquanto os mecânicos já começavam a desmontar a carenagem e avaliar os danos. Eu só queria ver meu namorado, para constatar que ele estava bem, mas a espera era longa e estava me matando.

Vozes altas se sobrepondo umas às outras chamaram minha atenção e olhei para dentro do box, percebendo que Lucas finalmente estava de volta, com um rosto abatido, mas aparentemente bem.

Fiquei parada no mesmo lugar enquanto ele respondia uma e outra pergunta, mas sem tirar os olhos de mim, e quando por fim conseguiu se aproximar, uma lágrima escorreu em meu rosto e eu tive que fazer força para segurar o choro que se aproximava.

— Belo show, hein?

Lucas debochou, ao apanhar minha lágrima gentilmente com o polegar, e eu o abracei com toda minha força.

— Ah, Lucas... Você quase me fez ter um ataque cardíaco!

Minha voz saiu estrangulada para conter o choro.

— Shhh... – ele beijou meus cabelos e acariciou minhas costas – Está tudo bem, Pequena. Você vai precisar se acostumar com isso.

— Eu nunca vou me acostumar a ver coisas ruins acontecerem com você!

Ele sorriu, segurando minha cabeça com as duas mãos, e me deu um longo beijo nos lábios.

— Eu preciso resolver umas coisas. Um suporte da abertura de porta quebrou e

CAPÍTULO 36

acertou meu capacete, por isso que eu acabei desmaiando. Esse tipo de coisa simplesmente não pode acontecer. Preciso conversar com a equipe.

Assenti em silêncio, mas eu não tinha a menor vontade de deixá-lo se afastar.

— Filho! Você está bem? Não machucou nada?

— Oi, mãe. – ele me soltou e a abraçou com um carinho que encheu meu coração – Estou bem, não se preocupe. Só sinto um pouco de dor nas costas, mas já me medicaram, daqui a pouco passa.

— Oi, Luke. Fiquei tão preocupada com você...

— Estou bem, Camille.

Ele respondeu, antes mesmo que ela terminasse o que ia dizer e virou de frente para mim.

— Pequena, você já conheceu minha mãe?

— Sim, inclusive eu e Leonor já estamos trocando confidências a seu respeito. – Lucas ergueu uma sobrancelha e um dos cantos de sua boca – Vai lá, campeão, nós estamos bem.

Ele me deu outro beijo e me deixou ali, com sua mãe e sua ex-noiva, que me olhava com repulsa.

Perto das quatro horas da tarde a movimentação no box ficou mais intensa. Camille não estava mais conosco, devia estar na área vip, e eu conversava tranquilamente com minha simpática sogra. Descobri que ela tinha uma vinícola em Sonoma County, que produzia os famosos vinhos B-One. Talvez se eu gostasse um pouco mais de vinho eu teria percebido e comentado algo quando vi as garrafas na casa do Lucas. Foi naquela vinícola que ela e o filho moraram desde que ele tinha cinco anos de idade, mas aos dezesseis a carreira automobilística já o levava a várias partes do mundo e eles resolveram se estabelecer em São Francisco, cidade natal de ambos. Durante nossas longas conversas, Lucas nunca falava de sua família, e muito menos de fatos anteriores à sua carreira no esporte, mas através de sua mãe fiquei sabendo de várias coisas, inclusive que, muito pequeno, ele aprendeu a montar a cavalo e galopava entre as videiras da vinícola.

Leonor contou também que, no começo, eram apenas eles dois e um casal de funcionários a lidar com as uvas, mas conforme o negócio foi expandindo, ela conseguiu contratar mais mão de obra para ajudá-los, até que a marca ficou consolidada e eles alcançaram um patamar que lhes permitia não estarem na lida todos os dias.

Depois de ouvir tudo o que ela contou tão naturalmente, tentei ligar alguns pontos, na intenção de entender o motivo de o Lucas nunca ter mencionado nada daquilo, mas nada me parecia razoável o suficiente. Pelo que eu entendi, ele e a mãe tiveram um começo difícil, mas que depois de um tempo se transformou em algo bem-sucedido. Qual era o problema nisso? Talvez tenha sido a morte do pai que os deixou em uma situação delicada e Lucas bloqueava aqueles acontecimentos...

Prestando muita atenção, registrei tudo que Leonor contou e fiquei morrendo de vontade de fazer mil perguntas, mas não achei adequado invadir a privacidade do Lucas tão cedo, e tampouco através de terceiros. Uma hora surgiria a oportunidade de conversarmos a respeito de tudo.

Um pouco depois de saber que Lucas quis ser piloto desde que se conhece por gente, e que brincava sempre com o número vinte nos seus carrinhos, o assunto deu uma guinada de cento e oitenta graus quando a mãe do homem por quem eu estava me apaixonando me observou gargalhar ao ouvir uma das peripécias do seu então projeto de esportista. Lágrimas escorriam dos meus olhos ao saber que Lucas fez um carrinho a motor com o cortador de grama, e que acabou atolado na entrada da vinícola depois de um dilúvio histórico. Eu não percebi quando Leonor parou de rir e ficou apenas me olhando, daquele jeito que só as mães têm, mas então ela chamou minha atenção com uma conversa inesperada.

— Obrigada, Natalie. – confusa, sequei as lágrimas e a encarei sem dizer nada, ainda dando umas últimas risadas – Desde que começou a me falar sobre você, eu vejo que Luke é um novo homem. Eu nunca vi meu filho tão feliz, e agora entendo o motivo.

Extremamente sem graça, dei um sorriso amarelo e tentei falar alguma coisa.

— Eu... Hum...

— Desculpe. Não quis deixá-la sem jeito, mas é que não existe nada melhor para uma mãe do que ver seus filhos felizes, e fazia tanto tempo que eu não via o meu menino gargalhando alegre, que quando o fez novamente chegou a comprimir meu coração.

Meus olhos transmitiam toda a emoção que suas palavras me causavam, mas eu não disse nada, apenas sorri em resposta, até que Lucas chegou ao nosso lado.

— Posso roubar minha namorada por um minutinho?

De forma muito simpática, sua mãe disse um suave "deve" e nós fomos de mãos dadas até a sala onde ele trocava de roupa.

— Já vai começar a classificação.

— Você vai correr?

Perguntei, agitada.

— Claro!

— Mas o carro estava tão... destruído!

— Eles conseguiram arrumar o mínimo necessário, mas o trabalho vai ser intenso esta noite para deixá-lo em condições pra amanhã.

— E é seguro você andar no carro assim?

— Pequena, não fique tão preocupada. – ele me abraçou apertado e eu descansei as mãos em seu peito – Os carros são feitos para suportar batidas, você viu como eu estou inteiro? Esses acidentes são normais. Lembra que você viu uma colisão enorme na corrida de Daytona?

—Sim, mas... Não era você!

— Que bom que se importa comigo, mas tire essa ruga de preocupação desse rosto lindo. O carro vai estar uma merda, então nem vou conseguir acelerar muito, mas preciso classificar para, pelo menos, tentar não largar em último.

Suspirei, cedendo os ombros.

— Bom, hoje eu acho que você vai precisar de "boa sorte", porque pelo visto a situação não está dependendo nem um pouquinho de você.

— Se eu largar entre os dez primeiros, pode comemorar como se fosse *pole position*.

— Se cuida, tá?

Olhamos intensamente um para o outro e a vontade de dizer "algo mais" foi quase incontrolável, mas o sentimento não proferido em palavras pairou entre nós dois de forma tão intensa que eu tenho certeza de que Lucas sentiu também.

— Não se preocupe, eu vou voltar inteirinho pra você.

Ele me beijou, fechou o macacão e saiu.

Voltei para o meu posto na barraca de tempo e comecei meus vinte minutos de nervosismo.

Lucas só entrou no box uma vez para trocar pneu. Ele estava muito mais lento que

CAPÍTULO 36

a maioria dos carros na pista, mas quando colocou os pneus novos melhorou bastante, conseguindo chegar na sétima posição entre os quarenta e dois carros, o que fez todos os membros da equipe vibrarem, mas depois não conseguiu manter a velocidade e acabou caindo para nona colocação, o que, pelo que ele me disse antes, considerei um bom resultado.

Quando desceu do carro, Lucas tinha um ar satisfeito, mas eu sabia que não era nem de longe o que ele esperava.

Nas horas seguintes, seu trabalho com a equipe foi incansável e eu apenas o observava. Leonor já tinha ido embora e Camille também não estava por perto para me tirar a atenção, então eu me sentei em uma cadeira de alumínio no canto do box e fiquei apreciando a cena de Lucas fazendo suas coisas. Era inspirador ver a paixão dele por sua profissão, e aos poucos aquilo foi me dando mais confiança, me fazendo entender que ele sabia o que estava fazendo. Lucas falava com o engenheiro, com os mecânicos, metia a cabeça no motor e embaixo do carro, conferia os pneus, analisava os gráficos... Ele era um profissional.

— Pequena, – ele se agachou na minha frente quando o sol já se punha e apoiou os braços nas minhas pernas – Vou ter que ficar aqui até mais tarde, se você quiser ir para o hotel, pode pegar o carro.

— Não, eu gosto de ver você trabalhar.

— Você não está entediada?

— Não.

— Nossa! – ele disse, arregalando os olhos e sorrindo – Isso é surpreendente! – depois de um beijinho rápido, seguiu falando – Nós temos um jantar mais tarde, mas acho que só vou me liberar quase na hora de sairmos, então se você quiser ir se arrumar, pode fazer seus horários.

— Tudo bem. Qualquer coisa eu me mando.

Naquela noite, acabamos indo dormir quase a uma da madrugada, e no dia seguinte, às sete horas já estávamos acordados. Eu jamais conseguiria guiar um carro em alta velocidade tendo descansado tão pouco. Na verdade, eu mal conseguia guiar um carro de qualquer forma, então preferi acreditar que Lucas simplesmente sabia lidar com a falta de sono.

37

Eu não posso considerar a paciência uma das minhas virtudes. Minha mãe sempre me criticou por ser imediatista demais, dizendo que "a pressa é inimiga da perfeição", mas eu juro que sempre tentei ser paciente. O problema é que algumas coisas precisam ser resolvidas logo e ficam torturando minha cabeça quando desnecessariamente demoram demais. Fui muito paciente com Lucas quando começamos a nos envolver, com ele ainda noivo da Camille, tentei entender a situação e me afastar enquanto ele se resolvia. Ok, acabei não conseguindo ficar longe, mas agi da maneira mais paciente que fui capaz, ao contrário do término do meu casamento com Steve. Ali não tive um segundo de paciência. Cinco minutos depois de vê-lo na cama com outra mulher, ele estava bem avisado que o nosso próximo passo era o divórcio. Não pude ter paciência naquela situação.

E, naquele momento em Indianápolis, esperar a corrida do Lucas acontecer para só depois podermos fazer sexo estava esgotando com todos os resquícios de paciência que eu tinha em mim!

Eu precisava daquele homem como do ar para respirar. Meu corpo ansiava seu toque e implorava para ser preenchido por ele. Dormir ao lado do Lucas não podendo tê-lo para mim era mil vezes pior do que dormir longe dele.

Durante a noite, com Lucas me abraçando por trás, tive um sonho tão erótico que, em um estado de semiconsciência, baixei a mão dele, que estava sobre a minha barriga, e a levei ao meio das minhas pernas. Meus quadris começaram a ondular, me esfregando nele, as imagens do meu inconsciente se misturando à realidade de sua mão no meu sexo, meus gemidos o despertaram. Lucas afastou minha calcinha e me aliviou com seus dedos. Seu pau duro junto à minha bunda, me enlouquecendo, seus dedos entrando e saindo... Eu gozei sem dizermos nada um ao outro, depois ele colocou minha calcinha de volta ao lugar, suspirou alto, me apertou com mais força contra si e voltamos a dormir.

Quando o despertador tocou, eu estava deitada no peito do meu homem. Nossas pernas entrelaçadas e a ereção matinal dele sob minha mão. Apertei de leve quando vibrou, mas ele afastou meus dedos e riu quando eu, sonolenta, resmunguei.

— Só mais algumas horinhas, Pequena.

Sua voz de sono junto à minha orelha só piorou a situação.

— Até minha alma tá vibrando de necessidade, Lucas. Talvez eu não sobreviva mais algumas horinhas.

— Você me enlouquece, garota. – cheio de disposição, Lucas ergueu o corpo e se posicionou entre as minhas pernas – E eu não vou deixar você morrer.

CAPÍTULO 37

Arregalei os olhos quando ele afastou minha calcinha e caiu de boca em mim.
— Oh, merda! Oh, meu Deus! Isso, Lucas!
Ele me chupou com o desejo que ele também tinha em si, e gemendo ao sentir meu sabor me elevou aos céus e me fez gozar com sua língua me fodendo avidamente.
— Pequena, eu vou foder você feito um louco quando chegarmos em casa.
— Isso é uma ameaça?
Perguntei brincalhona, ao sorrir tranquila após um orgasmo intenso.
— É uma promessa.

Lucas vestia calça *jeans* escura, camisa polo bordada com as marcas dos seus patrocinadores e pendurado em um ombro estava o casaco que também fazia parte de seu uniforme prioritariamente vermelho. Eu estava usando uma calça branca com estampas padronizadas em um tom azul royal, uma regata de algodão branco sobre outra mais fina no mesmo azul da calça e calçando um sapato *nude* de saltos altos.
— Essa calça deixa sua bunda ainda mais gostosa.
Fui informada, ao levar um tapinha de leve no meu traseiro enquanto, mais uma vez, eu e Lucas nos dirigíamos ao elevador rumo ao café da manhã.
— Bom saber!
Respondi, dando uma piscadinha de olho para ele, e apertei o botão para chamar o elevador.
— Aproveitando que a Srta. está tão bem-humorada, teremos outra aula de direção a caminho do autódromo.
— Não, Lucas. Eu não estou tão bem-humorada, eu só estou bem-humorada. Acho que não é o melhor momento para suas aulas. Você está indo trabalhar.
— E qual é o problema? Não estamos atrasados, e se você não me matar no caminho, não fará diferença alguma quem irá guiando o carro até lá.
Óbvio que ele venceu!
Depois de me empanturrar com mil tipos de pães e bolos, fomos até a recepção e Lucas pediu que trouxessem nosso carro, e no tempo em que esperávamos o manobrista, eu procurei, na bagunça que estava minha bolsa, alguma coisa para amarrar meus cabelos, e entre estojo de maquiagem, bolsa de apetrechos para fazer as unhas, *necessaire* de remédios, refil de perfume, carteira, estojo de óculos, celular, agenda, porta-canetas, pacote de chiclete e algumas notas fiscais perdidas, encontrei um elástico preto e aproveitei o efeito espelhado das portas do hotel para fazer um rabo bem no alto da cabeça, prendendo os fios de qualquer jeito para que nada pudesse me atrapalhar na minha segunda aula prática de direção com Luke Barum.
Sentei no carro, ocupando o lugar do motorista, e antes de qualquer coisa arrumei a posição do banco e dos espelhos para ficarem de acordo com minha altura. Eu não gostava de dirigir carros que não fossem o meu, e precisava ajeitar tudo para me sentir o mais confortável possível atrás do volante, mas então Lucas disse um suave "leve o tempo que quiser", querendo dizer "a qualquer hora ainda hoje seria bom!", e eu arranquei sem regular muito bem a elevação do assento.

Meio descoordenada, desci o terreno íngreme do hotel, ganhei as ruas e fui me sentindo confortável atrás do volante. Na segunda quadra, já comecei a acelerar e a pôr em prática meu primeiro e tão bem elogiado ensinamento. Pouco depois, eu já conseguia conversar e ouvir música ao mesmo tempo, e quanto mais eu me empolgava, mais Lucas ria de mim.

— Olha que babaca aquele cara! – eu disse, apontando para um carro mais à frente que estava usando duas faixas e espremendo outros carros só para virar uma esquina – Ele acha que está numa corrida, pelo jeito que fez a curva tão aberta.

Minha indignação era verdadeira, mas em vez de compartilhar minha ira, Lucas gargalhou com vontade, tremendo o corpo inteiro e chegando a lacrimejar.

— Caralho, Pequena. Você é perfeita!
— O que foi que eu fiz?
— Nasceu! – aproveitando o sinal fechado, ele envolveu meu rosto em suas mãos e me beijou entre risadas – Além de ser sexy pra caralho ver você falando sobre coisas do meu universo, me deixa feliz ver que você já enxerga esse tipo de situação. Você está dirigindo muito bem! Nem se compara com aquela tartaruga que era antes!
— Tartaruga, é? Você já ouviu a história da corrida entre a tartaruga e a lebre?
— Não se aplica neste caso, sabichona.

Minhas novas instruções sobre algo como "costurar o trânsito sem parecer um babaca e assim otimizar meu tempo" foram muito fáceis. Tirando que às vezes eu não conseguia pensar se entrava entre um carro e outro e ao mesmo tempo analisar uns trinta carros à frente para saber qual fila seria mais rápida, eu me saí muito bem.

— Você não pode se afobar. Só porque essa fila estava mais curta, não queria dizer que seria a mais rápida. Se você tivesse prestado atenção no semáforo lá na frente, veria que esta fila é opcional para dobrar à esquerda também.

— Pois é... Eu me empolguei juntando o elemento-surpresa e tentando fluir mais rapidamente no trânsito. Acabei não cuidando de todos os detalhes.

— Mas você está ótima.

Lucas elogiou, dando tapinhas na minha perna.

Assim que chegamos ao autódromo, ele foi vestir o macacão, porque precisava estar disponível para fotos, autógrafos e entrevistas em frente ao seu carro, e eu fiquei observando a movimentação ao redor. Aquelas mulheres vestidas com roupas justas e sensuais que ficavam coordenando os fãs já estavam ali, e todas cacarejaram e rebolaram provocantemente quando meu namorado se aproximou, mas eu fiquei prestando mais atenção às pessoas que passavam se divertindo com suas famílias e amigos. O público era muito heterogêneo. Via-se facilmente grupos de homens fanfarrões se deslumbrando com os carros, pais com filhos pequenos sentados sobre seus ombros, casais optando por um programa diferente no domingo e até mulheres sozinhas e idosos nostálgicos.

Já estava quase na hora da corrida e Camille ainda não tinha aparecido. Leonor estava acomodada na sala de estar com outros convidados e eu ficava na maior parte do tempo em um canto do box, só observando a movimentação da equipe.

Antes de entrar no carro, Lucas se despediu de sua mãe e foi me dar um beijo.

— Faça o que tem que ser feito, campeão. Deus o abençoe.
— Obrigado, Pequena.

Era muito sexy vê-lo se arrumando, ajeitando o capacete, fechando o cinto... Sua profissão, de um modo geral, era atraente demais, mas eu não sabia avaliar se era pelo

CAPÍTULO 37

perigo iminente que os tornavam corajosos e másculos, ou se pelo ambiente de tensão e competição. Talvez fosse tudo junto. Só sei que algo ali me deixava morrendo de vontade de fazer sexo com Lucas em um carro de corrida.

Assim que ele saiu do box, Camille chegou apressada, mas por sorte ele não pôde vê-la, e com isso saiu mais tranquilo.

Ignorando a presença dela, fui para o meu lugar junto à equipe e rezei mentalmente para que tudo desse certo e que ele se saísse bem.

Quando a luz verde acendeu, vi Lucas acelerar e colocar o carro em um dos lados da reta, e quando chegou à primeira curva, ele mergulhou para dentro e passou a ocupar a quinta posição. Em poucos minutos, vimos que seu tempo era muito mais rápido que os demais, e como um foguete ele se aproximava do quarto colocado.

Três voltas depois, com uma única ultrapassagem, Lucas deixou o quarto e o terceiro colocados para trás e seguiu sua busca por mais um adversário. Na metade da prova, eu já suava de tanto nervosismo e comecei a descascar os esmaltes das unhas quando avisaram que o box estava aberto para abastecimento. Naquele instante, Nicolas chamou seu piloto pelo rádio.

— Box, Luke. Box.

Mais uma volta e o carro vermelho e prata do Lucas apontou na reta do box e a equipe se agitou para atendê-lo rapidamente. Abasteceram e trocam os pneus em uma velocidade absurda, e nada deu errado. Nicolas seguia ao meu lado, mas falava com Lucas pelo rádio, e ele respondia olhando só para seu chefe, parecendo nem me enxergar, mas quando seu carro foi posto no chão novamente, ele ergueu uma mão, acenando para mim. Minha barriga gelou. Toda aquela função deve ter levado uns dez segundos no máximo e ele estava de volta à pista.

O adversário que ocupava a segunda posição demorou demais no box e Lucas o ultrapassou na saída do abastecimento, e logo na primeira volta, com os pneus novos, se aproximou o suficiente do primeiro colocado.

— Luke vai passar por cima dele na próxima curva!

Alguém falou quase gritando junto a mim, e quem quer que tenha sido estava certo, porque na curva seguinte Lucas o ultrapassou com facilidade e ficou na primeira posição. Mas ainda tinha muita corrida pela frente e meu coração ficou apertadinho e descompassado até ver meu campeão cruzar a linha de chegada em primeiro lugar.

Não me contendo de alegria, abracei Philip e em seguida Nicolas, que veio todo sorridente me estendendo os braços.

Depois de todo mundo se cumprimentar, a equipe em peso correu para o pódio, e quando nosso piloto chegou lá, alguns de seus mecânicos o jogaram para cima gritando empolgados e o elogiando à exaustão, e eu não discordava de nem uma vírgula do que berravam.

Quando foi posto novamente no chão, Lucas tirou o capacete, secou o rosto e os cabelos com uma toalha que lhe entregaram, bebeu um gole de água e, antes de subir para receber seu troféu, se aproximou de mim e me puxou para um beijo apaixonado. Todos ao redor assoviaram e aplaudiram, e eu quase morri de vergonha.

— Foi pra você!

— Um presente e tanto! Obrigada e parabéns, campeão!

Quando recebeu o troféu, Lucas apontou para mim e mais uma vez me senti corar. Devo ter aparecido em rede nacional beijando Luke Barum, e ao mesmo tempo em que me senti sortuda por aquele homem maravilhoso ser assumidamente meu, senti vergonha por essa exposição um pouco íntima demais para o meu gosto. Nunca fui adepta de muita exposição, nem de redes sociais eu participava porque não gostava de aparecer demais, e naquele momento lá estava eu, dando um beijo ardente no meu namorado no canal mais importante do país.

— Foi um final de semana e tanto, hein? – falei, quando já estava de banho tomado e esparramada na cama do Lucas na nossa charmosa e aconchegante cidade de São Francisco – Estou exausta.

Os últimos dias haviam sido bastante cansativos, mas por sorte encerramos as atividades na pista sem nenhum outro inconveniente da Camille e poucas horas após a corrida estávamos acomodados no avião particular que Lucas fretou para nos levar de volta para casa. Leonor viajou conosco, o que nos impediu de fazer o que queríamos fazer durante o voo, mas foi muito agradável ficar perto dela, escutando histórias sobre a infância do Lucas.

— Eu ainda tenho muita energia.

Lucas caminhava sem camisa na minha direção.

— Sério?

— Pode acreditar.

Ele engatinhou na cama e parou em cima de mim, sustentando o peso do corpo nos braços.

— E se agora eu disser que estou muito cansada?

Provoquei.

— Eu posso fazer você se sentir disposta.

Sim. Ele definitivamente poderia.

— Quando você não quis, eu não forcei.

— Isso não é muito verdade, mas você não quer? Ou está só querendo se vingar de mim?

Ele perguntou um pouco brincando, um pouco surpreso, e eu me perguntei que tipo de ninfomaníaca eu havia me tornado, porque eu sempre estava pronta para ele, não importando o quanto cansada estivesse.

— Eu não sei como não querer você! Embora você mereça uma vingança.

— Hum... Eu gosto da primeira parte!

Ele respondeu sorrindo, e logo começou a beijar meu pescoço e esfregar sua ereção no meu sexo. Eu já estava morrendo de tesão. Não sei como podia ser tão simples para ele me provocar em níveis tão altos.

Minhas roupas foram arrancadas com fúria e fizemos um sexo selvagem e barulhento. Lucas entrou com força enquanto mordia e chupava meu pescoço, deixando sua barba arranhar minha pele. Ele não foi nada carinhoso, ele estava desesperado, e eu adorei cada segundo.

— Eu não aguento mais, eu vou gozar.

Ele anunciou, e gozou imediatamente, gritando alto meu nome, mas eu ainda não estava pronta.

CAPÍTULO 37

— Só mais um pouco.

Forcei Lucas a continuar se mexendo, e ele obedeceu.

Estávamos suados e grudentos, mas Lucas seguia firme, colocando e tirando, até que eu consegui gozar apertando forte suas costas, quando o orgasmo fazia aqueles tremores de choque percorrerem meu corpo. Gritei arfando de prazer e Lucas gemia no meu ouvido, gozando pela segunda vez.

— Agora sim eu matei as saudades que estava de você.

Ele disse, dando um longo suspiro ao largar o peso do corpo sobre o meu, quase me esmagando.

— Era só isso que você queria de mim?

— Não, mas sua companhia eu já tive, estava faltando só voltar a sentir essa boceta gostosa.

— Você não vale nada! – demos um beijo e eu o empurrei – Preciso de outro banho.

— Eu também.

Depois de nos refrescarmos, dormimos abraçados, com um sentimento de felicidade verdadeira nos rodeando.

38

Apesar de ser uma das cidades mais populosas dos Estados Unidos e um inegável destino turístico internacional, São Francisco me acolhia de forma fraternal e tranquila, não como um organismo pulsante com trânsito intermitente de olhares curiosos e famintos, como é comum nos grandes centros. Suas charmosas colinas, com arquitetura oscilando entre vitoriana e moderna, a neblina fria no verão e o apelo familiar do Pier 39 ganharam meu coração desde o início. Eu estava em um enorme centro financeiro, me sentindo como se morasse em uma cidade pequena, e desde que havia assumido minha relação com Lucas, a vida andava parecendo ainda mais bela e convidativa aos meus olhos. Eu sentia que sorria mais para os bebês com os quais eu cruzasse pelo caminho, parava mais para acariciar os cachorros que passeavam com seus donos, me demorava propositalmente ao atravessar a rua quando um idoso andava vagarosamente ao meu lado... Mas eu também sentia que o tempo estava passando rápido demais. Parecia que eu mal havia embarcado no avião para encontrar com Lucas em Indianápolis e já era segunda-feira outra vez.

Dizem que quando estamos nos divertindo, o tempo passa mais depressa, era exatamente essa sensação que eu tinha desde que conheci Luke Barum. Meus momentos ao lado dele passavam em um piscar de olhos, me deixando com a sensação de que faltava tempo para fazer tudo que precisávamos fazer juntos. Em compensação, meus momentos, afastada dele, levavam um ano inteiro para terminar até que pudéssemos nos reencontrar.

Naquele dia eu acordei às seis da manhã, me vesti sem fazer barulho e fui embora, porque precisava chegar em casa para a minha aula com Sebastian. Porém, antes de sair da casa do Lucas, escrevi um recado com lápis de olho no espelho do banheiro.

"Amei... Tudo!"

A manhã fria me desanimou assim que senti o vento gelado no meu rosto enquanto esperava o táxi na calçada, apoiada na alça da minha mala vermelha de rodinhas. Fechei até em cima o zíper da minha jaqueta de couro e coloquei as mãos nos bolsos. O taxista chegou na hora marcada, e mais rápido que o necessário me deixou na porta do meu prédio. Dei bom dia ao zelador Wilson, que já empilhava os jornais para depois distribuí-los, e subi os primeiros degraus da escada, dando de cara com meu vizinho de porta com uma cara de sono impagável ao ser arrastado pelo seu cachorro Beagle, que estava amarrado a uma coleira verde fluorescente. Ruben, o vizinho, não era nada atraente, especialmente com aquela cara de sono, mas me fez imaginar Lucas acordando e levando Pole para dar uma volta na rua. Certamente seria um presente para qualquer vizinha o encontrar recém-acordado, com aquela carinha linda e a voz rouca dando-lhes bom dia. Sorrindo, segurei melhor a alça da minha mala, apressei o passo e ainda no meio

CAPÍTULO 38

do meu devaneio entrei em casa e fui me arrumar para malhar.

Como de costume, Sebastian irradiava bom humor, e daquela vez combinou com meu estado de espírito. Eu me empenhei ao máximo na nossa hora juntos, e por ter malhado com tanto afinco, ganhei de presente um maravilhoso alongamento passivo no final.

Depois de tomar um bom banho, preparei um café da manhã totalmente saudável para mim e minha irmã, e fui para o escritório usando um vestido cavado de sarja cinza, que era levemente rodado na altura dos joelhos, *peep toes* pretos, combinando com minha bolsa Miu Miu e o casaco que coloquei por cima.

Dirigi até meu trabalho empregando minhas recém-adquiridas táticas ao volante e fiquei com a certeza de que ainda iria aprimorar muito meu estilo de guiar.

Mal tinha posto os pés na minha sala quando meu celular tocou e eu vi na tela do aparelho uma imagem dos meus pais junto à nomenclatura "mãe". Só podia ser ela mesmo, querendo falar comigo naquela hora da manhã.

— Oi, mãe. Tudo bem?

— Comigo está tudo ótimo, e pelo que vi na televisão ontem, com você também.

Bem o que eu imaginava. Fui vista aos beijos com Lucas em rede nacional. Que vergonha!

— É. Eu não estou nada mal.

— Filha, que rapaz bonito! E pareceu bem apaixonado por você!

— Deu para perceber isso, é?

Perguntei, usando meu clássico tom de voz de ironia e fiquei olhando meu esmalte descascado e sem brilho enquanto conversava com dona Sandra Moore.

— Não seja debochada, Natalie! - ela fingiu uma repreenda – Estou ligando para informar que você virá nos visitar neste final de semana e adoraríamos que trouxesse seu namorado junto.

— Acho que Lucas estará livre, mas vou falar com ele. Qualquer coisa eu vou sozinha mesmo. Prometo!

— Estamos esperando. Já faz muito tempo que você não vem para casa.

Eu não morava na casa dos meus pais há muitos anos, já tinha até casado e tido minha própria casa, mas minha mãe sempre se referia à casa dela como "nossa casa". Ela mantinha nossos quartos exatamente como usávamos quando morávamos lá e parecia se negar a acreditar que nunca mais residiríamos sob o mesmo teto. – Vou trabalhar agora, mãe. Manda um beijo para o pai.

— Mando, sim. Um beijo, filha. Bom trabalho.

Assim que desliguei o telefone, ele tocou novamente, e o peguei tendo a certeza de que minha mãe tinha esquecido de falar alguma coisa, como não era de estranhar. Mas fui maravilhosamente surpreendida ao ver o nome do Lucas brilhando na tela à minha frente, junto a uma foto que Lauren tirou clandestinamente de nós dois nos beijando na Mimb, quando ficamos juntos na frente de todo mundo pela primeira vez.

— Bom dia!

— Bom dia, linda. Você me abandonou?

Ele estava com aquela voz de sono que eu amava, e eu podia imaginá-lo se espreguiçando esparramado na cama.

— Você dormia tão bem, não iria acordá-lo só para dar tchau. Ainda era muito cedo.

— Que horas você saiu?

— Às seis.

— Por que tão cedo?
Ele soou muito impressionado.
— Porque tinha aula com Sebastian.
— Hum... - ele fez uma pausa – Pegou um carro?
— Não, chamei um táxi.
Ouvi Lucas bufar, depois o farfalhar dos lençóis sendo arrancados com força.
— Eu já disse pra você pegar um carro. Não gosto de você andando de madrugada por aí com algum taxista que passou a noite inteira em claro. É perigoso!
— Desculpe! Eu só não quis pegar sem pedir.
— *Natalie*, – ele usou um tom de voz que parecia um pai explicando pela milésima vez alguma coisa ao filho – você não precisa pedir. Eu gosto que você use minhas coisas, me faz sentir que somos íntimos.
Adorei o que ele disse, e meu coração também.
— Tudo bem.
— Tenho que me arrumar para ir a uma reunião agora. Nos vemos à noite?
— Sim. Boa reunião.
— Obrigado.
Desligamos e eu fiquei esperando pela reação dele quando visse meu recadinho no espelho.
Será que eu inseri "aquela" palavra cedo demais? Será que ele vai achar que eu estou pressionando?
Meu telefone avisou o recebimento de uma nova mensagem.
"Eu não amei. Eu amo! O tempo todo!"
Ele falou AMO! No presente! Eu tentei disfarçar, mas ele foi mais direto; ele ama, o tempo todo. Sorri feliz com o rumo que minha vida estava tomando e me dediquei ao trabalho.

Bem pouco tempo antes, eu jurava que conhecia o amor e tinha certeza de que nunca mais voltaria a sentir por alguém o que ousei sentir pelo Steve. Quando aceitei me casar com ele, foi porque acreditava que nós nos completávamos e fazíamos um ao outro feliz. Eu jamais teria aceitado dar um passo tão importante se o que eu sentisse não fosse o suficiente para preencher meu coração. Eu dava valor demais à vida para jogá-la fora. Mas depois da revolução chamada "Lucas Barum", percebi como eu estava enganada. Eu não fazia ideia do que era amar! Em tão pouco tempo, Lucas despertou tantas coisas novas dentro de mim que fez minha história com Steve parecer completamente insignificante. Por mais que eu tenha saído machucada do meu casamento, eu ainda tinha carinho pelo meu ex-marido e não negava os momentos felizes que passamos juntos, mas eu já estava bem o suficiente para entender que minha antiga relação teria acabado daquela maneira ou de qualquer outra forma, porque chegaríamos a um ponto das nossas vidas em que perceberíamos que o que existia ali não era amor e precisaríamos ir em busca da felicidade.

Eu tive muita sorte por encontrar uma janela aberta assim que minha porta havia se fechado. Lucas me revolucionava a cada dia e eu só podia agradecer à chance de viver tudo aquilo.

CAPÍTULO 38

Na terça-feira, Stephanie me ligou da recepção dizendo que Steve estava à minha espera. Ele andava me cercando, mandando flores que eu já havia instruído o zelador a jogar fora sem nem me mostrar, caso o nome do meu ex-marido aparecesse na nota de entrega, enviando mensagens para meu celular pedindo um milhão de desculpas e mandando e-mails com fotos nossas do tempo em que éramos um casal feliz.

Eu tinha enviado a ele um e-mail em resposta, explicando que apesar de tudo ainda nutria algum tipo de carinho por ele e pelo passado que tivemos juntos, mas deixei bem claro que nossa história nunca seria retomada e pedi que ele parasse com todas aquelas coisas. Não adiantou, as investidas continuaram.

Eu evitava falar sobre isso com Lucas, porque estava certa dos meus sentimentos e não queria aborrecê-lo com bobagens, mas aquela insistência toda estava começando a me levar a níveis irritadiços.

— Oi, Nat.

Meu ex-marido me cumprimentou sorrindo quando fui recebê-lo na recepção.

— Oi, Steve, aconteceu alguma coisa?

— Não. Por quê? Eu não posso simplesmente querer visitar você?

Por que os homens em geral têm essa peculiaridade de realmente quererem uma mulher quando elas realmente não os querem?

— Hum... Na verdade, não. Nós não vamos brincar de amizade, Steve. O que não quer dizer que tenhamos que ser inimigos. Quando falei em manter a amizade, eu queria dizer socialmente, não intimamente.

Antes de dizer qualquer coisa, meu ex-marido deu uma olhada envergonhada para Stephanie, que observava a tudo de queixo caído.

— Direta como sempre. Podemos conversar em particular, só um minuto?

Revirei os olhos, mas cedi, fazendo um movimento com a cabeça para que ele me seguisse.

Depois que Steve entrou na minha sala, fechei a porta e perguntei se ele queria beber alguma coisa, como se ele fosse um cliente comum e eu precisasse ser formal, mas com um movimento de cabeça, ele recusou a oferta, mantendo-se em pé a minha frente, o que de repente me fez sentir o ar pesando entre nós. Havia algo estranho naquela proximidade e meus sinais de alerta soaram, mas eu os ignorei.

— Você está mesmo namorando aquele piloto?

Logo no primeiro segundo eu entendi a falta de motivo que o levou até meu escritório; meu beijo em rede nacional mostrou ao Steve que eu estava realmente fora da nossa antiga história, juntos.

Dei um longo suspiro antes de responder, e aliviando a tensão nos ombros, disse:

— Steve, eu acho que esse assunto não lhe diz respeito, mas sim, estou namorando o Lucas.

— Você foi rápida demais para quem só havia tido um homem na vida.

Eu ouvi direito?

Pisquei em choque e inspirei pela boca antes de formular o que dizer.

— Ah, por favor, eu não sou mais aquela adolescente que você conheceu!

— Vocês estão transando?

— O QUÊ? – ele só podia estar brincando! – Eu não tenho que falar da minha vida íntima com você! Por favor, vá embora. – um pouco distante da porta, eu apenas estiquei o braço indicando a saída – Foi uma péssima ideia aceitar ter esta conversa em particular.

Meus alertas soavam o mais alto possível, mas minha mania de educação tentou manter o mínimo decente aquele encontro.

— Não, Nat. Por favor, você não pode ficar com esse cara... Você é minha! Nós temos uma história juntos...

Ele foi se aproximando cada vez mais e eu caminhei de costas até ficar encurralada contra a parede, e pela primeira vez na vida senti medo de alguém que eu achava que conhecia como a palma da mão.

— Steve, vá embora, por favor, eu estou pedindo.

Minha voz vacilou e eu me recriminei por ter demonstrado fraqueza, mas ele se afastou o suficiente para me deixar livre.

— Seja minha outra vez e eu juro que faço você esquecer esse cara. Eu sinto tanto a sua falta...

Só então me permiti observá-lo atentamente. O cabelo estava muito crescido, a barba por fazer, mas sem o aspecto limpo de quem deixou propositalmente daquele tamanho, a calça *jeans* e a camisa polo preta que vestia estavam amassadas e nem de longe era traje de quem estava trabalhando em um escritório de advocacia. Definitivamente, aquele não era o Steve que eu conhecia.

— O que você faz com essa roupa em plena terça-feira? Você foi assim para o escritório?

— Eu saí do escritório.

— Por quê? Aquele era o emprego dos seus sonhos! O que está acontecendo?

Lembrei que ele estava fumando quando o encontrei na Mimb uns dias antes, e Steve sempre odiou cigarro. Tinha alguma coisa muito errada acontecendo com meu ex-marido e eu fiquei um pouco preocupada.

— Estou meio que reformulando minha vida, me dê uma nova chance, Nat.

Ele deu um passo resoluto em minha direção e me agarrou pelos braços, encostando minhas costas contra a parede ao lado da porta.

— Me solta, Steve.

— Não.

— Por favor, você está me assustando.

Forcei meus braços, mas ele não aliviou a pegada.

— Eu assusto você, querida? Eu só preciso fazer você lembrar. Eu preciso fazer você lembrar...

Ele me apertou ainda mais forte e grudou os lábios nos meus. Minha cabeça bateu na parede fazendo um som alto e eu me debati tentando afastá-lo, mas não tinha força suficiente. Comecei a gritar com a boca coberta pela dele e tentei dar uma joelhada no meio de suas pernas, mas Steve estava preparado e me impediu, então bati os calcanhares na parede, na esperança de que alguém escutasse e entrasse para tirá-lo de cima de mim. Por sorte, Theo escutou os barulhos, entrou de supetão na minha sala e em um segundo puxou meu ex-marido para longe, enquanto eu o xingava por ter me agarrado e o via me olhar de volta com olhos tristes e confusos. Então, ele pediu desculpas e saiu correndo, me deixando sozinha com Theo.

— Meu Deus! – fiz uma pausa, alisando minha roupa e limpando minha boca – Theo, me desculpa por este incidente no escritório. E... Muito obrigada por ter me ajudado.

CAPÍTULO 38

Meu corpo tremia com os efeitos colaterais do pavor que eu acabara de sentir, e eu não sabia nem o que pensar, quanto mais o que dizer ao filho do meu chefe.

Steve podia ter mil defeitos, mas nunca foi agressivo ou grosseiro comigo. Eu não esperava uma atitude daquela de sua parte e não sabia nem por onde começar para entender o que houve.

— Nat, ele está estranho... Ele machucou você? O que houve? Você está bem?

— Não sei o que está acontecendo com ele, mas pela primeira vez eu tive medo do Steve. Agora está tudo bem, eu estou bem, vamos voltar ao trabalho e esquecer este assunto, ok?

— Você devia começar a evitá-lo. E se ele insistir em ficar perseguindo, nós podemos tomar providências legais.

Eu só queria que Theo esquecesse o que viu e me deixasse quieta com minha humilhação. Providências legais... Eu não tomaria "providências legais", não seria necessário.

Passei o resto do dia meio "estranha", tentando entender o que estava acontecendo com meu ex-marido e o que tinha acontecido entre nós. Não comentei com Lucas o episódio desagradável, porque sua possessividade o faria ficar maluco se soubesse que outro homem havia me beijado, mas ele percebeu meu leve distanciamento.

Fomos dormir no meu apartamento e foi muito bom poder dividir um jantar com Lauren e Michael. Eu adorava nossas conversas descompromissadas e as risadas fáceis que sempre acabavam rolando, e eu realmente precisava desopilar antes de ficar a sós com meu namorado.

— O que é que você tem? – Lucas perguntou, quando entramos no meu quarto – Está diferente desde que chegou do trabalho.

— Nada. Está tudo bem.

Respondi desembaraçando os cabelos em frente ao espelho do banheiro.

— Eu já conheço você, *Natalie*.

Ele chegou atrás de mim e nossos olhares se cruzaram no reflexo à nossa frente.

— Só um processo chato que tomou grande parte do meu dia. Só isso.

Não sei se ele acreditou ou se apenas fingiu acreditar, mas consegui fazê-lo mudar de assunto.

— Pequena, eu sei que combinamos que iríamos sexta-feira para a casa dos seus pais, mas eu não lembrava de um compromisso.

— Você não vai comigo?

Larguei a escova sobre a pia e virei de frente a ele.

— Na verdade, eu esperava que você ficasse comigo e que pudéssemos ir para a casa dos seus pais no sábado. Tenho o jantar anual da federação de automobilismo. É um baile de gala e eu gostaria que você me acompanhasse.

— Um baile de gala? Eu nem tenho roupa para uma festa assim, e eu prometi pra minha mãe...

— Eu sei. Também quero muito ir conhecer seus pais, mas não posso deixar de ir a esse jantar. Vou receber um prêmio pelo meu desempenho no ano passado.

— Sério? – um sorriso orgulhoso estampou meu rosto – Que legal! Sendo assim, como posso deixá-lo desacompanhado? – dei-lhe um beijinho nos lábios carnudos, que ainda tinham gosto do mousse de chocolate que comemos de sobremesa – Tenho certeza de que meus pais vão entender. Mas podemos chegar antes do almoço de sábado?

— Claro. A hora que você quiser.

39

Quarta-feira eu estava saindo para almoçar com Theo, quando fui surpreendida por Lucas na recepção.
— Oi! Pensei que poderíamos almoçar juntos.

Ele disse sorrindo, e eu achei um pouco constrangedor, porque eu não queria misturar meu trabalho com minha vida pessoal, então não havia comentado com ninguém no escritório que eu e Lucas estávamos juntos, porque achei meio antiético aparecer namorando um cliente. Se alguém tinha visto nós dois aos beijos na tevê, também foi muito discreto a respeito.

— Oi, Lucas. Eu estava saindo para almoçar com Theo, você quer vir conosco?

Ele franziu a testa, entendendo que minha distância mostrava que ninguém sabia sobre nós dois. Eu só esperava que ele não ficasse magoado e entendesse meus motivos.

— Não, imagina, eu não quero atrapalhar nada.

Com o canto do olho, vi Stephanie bebendo um gole de água, e ao registrar meu diálogo com nosso cliente, ela se engasgou com o líquido. Ela sabia sobre nós. Eu podia jurar que sim.

Lucas estava irritado e ficou ainda mais tenso quando percebeu que Theo estava com a mão encostada delicadamente na minha lombar. Se olhar queimasse, eu certamente teria sido torrada ali mesmo, e o pobre Theo junto.

— Imagina, Luke. - meu amigo se inseriu na conversa – Venha conosco, assim duvido que Steve tente suas gracinhas novamente.

Eu não ouvi isso!

Meus olhos arregalaram e eu senti todo o sangue ser drenado do meu corpo.

Stephanie tossiu alto e escandalosamente, chamando atenção de todos nós, até sair correndo em direção ao banheiro. Ela definitivamente sabia!

Por que Theo havia de ser tão inconveniente? Teoricamente, Lucas era apenas mais um dos nossos clientes. Eu não podia imaginá-lo falando nada parecido para o Sr. Cooper, da empresa de fraldas, ou o Sr. Van Osten, do escritório de contabilidade, ou...

Pisquei os olhos, me sentindo um pouco aturdida, e vi Lucas fazer o mesmo.

— Duvida que Steve tente suas gracinhas novamente? Que gracinhas, exatamente?

Ele estava quase babando feito um cão raivoso quando inclinou a cabeça e ergueu as sobrancelhas.

— Que besteira, Theo. - tentei conter seus comentários – Vamos almoçar.

— Besteira nada, Nat. Se eu não chegasse a tempo no seu escritório, o beijo seria o menor dos problemas.

Deus do céu!

CAPÍTULO 39

— Beijo? – Lucas escureceu o olhar e eu achei que eu fosse desintegrar – Ele beijou você, doutora? – a raiva transbordava de seus poros. Será que Theo não reparava? – E você não entrou com uma liminar para que ele fique a uns mil quilômetros de distância da sua pessoa?

— Eu não quero mais falar sobre esse assunto, e se vocês me dão licença, eu vou para a minha sala. Perdi o apetite.

Virei as costas e deixei os dois plantados na recepção.

Passei todo meu horário de almoço trancada entre quatro paredes, e nem Lucas, nem Theo, nem ninguém apareceu. Desenhei uma coleção interminável de cubos em três dimensões e depois voltei aos meus afazeres. Às seis da tarde, fui para casa com meu orgulho brilhando feito novo e segui sem sinal do meu namorado. Eu não queria dar o braço a torcer e ir atrás dele, mas comecei a me perguntar se ele estava tão bravo a ponto de não querer nem falar comigo, e me irritei por ter tentado evitar uma briga e um mal-estar, e ter causado algo pior. Que merda!

Antes de dormir, não resisti e mandei uma mensagem.

"Estou me sentindo muito sozinha sem você na minha cama."

Quase uma hora depois, Lucas respondeu.

"Não sou boa companhia nem para mim mesmo hoje. Boa noite."

A resposta direta e fria me abalou profundamente. Eu não sabia que não contar o que Steve fez pudesse fazê-lo se afastar tanto assim. Senti um medo enorme de perdê-lo, então lágrimas começaram a rolar pelo meu rosto, aumentando meu desespero, até meu choro tornar-se compulsivo. Eu não sabia lidar com ciúme, e aquela forma tão própria do Lucas me ter para si e minha incapacidade de pensar com clareza estavam me destruindo.

Ouvindo meu pranto, Lauren entrou no meu quarto sem ser convidada.

— Nat, o que está acontecendo? Por que você está chorando?

— Eu acho que estraguei tudo! Ele não quer vir me ver.

— O que houve?

Minha irmã se sentou na beirada da minha cama e ainda com a cabeça no travesseiro contei tudo a ela, desde o ataque do Steve até a mensagem fria do Lucas.

— Nat, ele está com ciúmes. Você já notou que ele é possessivo. O coitado não deve estar sabendo como lidar com a raiva que está sentindo. Dê um tempo. As coisas vão se acertar, eu tenho certeza.

— Eu estou com tanto medo! Eu gosto dele, de verdade.

— E ele de você! Qualquer pessoa nota.

— Fica aqui comigo?

— Claro!

Como a mãe que era, minha irmã deitou ao meu lado, me puxou para seu abraço e eu adormeci ali, como quando éramos crianças e dormíamos juntas.

As horas durante o trabalho na quinta-feira pareciam não passar, e depois da resposta gélida que Lucas me mandou na noite anterior, eu estava decidida a não o procurar mais, porém, olhava meu telefone e verificava meu e-mail umas trinta vezes a cada hora, na esperança de que ele tivesse se acalmado e decidido falar comigo, mas nem sinal. Minha raiva virou medo e se transformou novamente em raiva umas mil vezes desde as nove da manhã até cinco da tarde, que foi quando não aguentei e novamente dei o braço a torcer, mandando uma mensagem.

"*Por que você está fazendo isso comigo?*"

Em alguns minutos recebi uma resposta, que novamente não foi o que eu esperava.

"*Foi você quem começou com isso, quando não confiou em mim, não me contando que aquele merda do seu ex-marido tinha atacado você! Ainda estou com muita raiva. Dele, de você e até de mim, porque vacilei de alguma forma e aquele filho da puta chegou até você. Nos falamos no fim de semana.*"

No fim de semana?

Ele não queria mais que eu fosse ao jantar com ele? Voltei a afundar em tristeza e antes mesmo de ligar o carro para ir para casa, eu já estava chorando. Eu não gostava de ser uma pessoa chorona e instável, e Lucas não podia coordenar nosso relacionamento da maneira que ele achava melhor. Não era justo!

Sem usar nenhuma tática especial na direção, resolvi ir até a casa dele.

Antes das seis da tarde, toquei a campainha e Lucas abriu a porta vestindo uma calça de moletom azul-escuro, uma camiseta branca e pés descalços.

— Entra.

Sua voz estava sem emoção alguma, como se eu fosse uma pessoa qualquer, ou pior, como se eu fosse a Camille!

Obedeci, larguei a bolsa em uma cadeira da sala e o encarei por alguns segundos antes de conseguir falar alguma coisa.

— Ou você está procurando uma desculpa para se afastar de mim, ou está sendo um grande filho da puta. – seus olhos se arregalaram em surpresa ao meu ataque – Eu só não contei o que Steve fez porque queria evitar uma briga e odiaria fazer você se sentir impotente perante uma situação. Desculpe, eu devia ter dito, mas também não foi nada tão grave assim. Pare com isso!

— NÃO FOI NADA TÃO GRAVE ASSIM? – ele já começou aos berros – Natalie, aquele filho da puta a coagiu... BEIJOU VOCÊ À FORÇA! – ele fechou os olhos, franziu a testa e cerrou os punhos ao lado do corpo – Não quero nem imaginar o que mais ele poderia ter feito. Não consegui nem dormir ontem à noite de tanta raiva que estava sentindo. Não existe outro homem com o poder de tocar em você, com o poder de beijar você, entende? Isso me tira do sério. Quase fui atrás dele, mas Phil estava aqui e me segurou em casa.

— Lucas, já passou. – me aproximei e encostei as mãos em seu peito ofegante – Volta para mim!

Ele ficou parado por um tempo, sem me tocar, só esperando sua respiração se acalmar, até que me abraçou com força, beijou meus cabelos e suspirou aliviado.

— Ele machucou você, Pequena?

Recorde em mudança de humor!

— Não. Está tudo bem.

— Fica comigo?

Concordei com a cabeça e fomos para o quarto, mas naquela ocasião lembrei de mandar uma mensagem para Lauren, avisando que não iria dormir em casa.

— Por que você não quis ir me ver?

CAPÍTULO 39

— Porque eu estava com muita raiva. Muita! E isso me deixa agressivo. Fiquei com medo de ser agressivo com você.
— Ficou com medo de me machucar?
— Sim.
— Lucas, você jamais me machucaria. Eu sei disso!
— Eu não quis arriscar.
— Você já bateu em alguma mulher?
Ele ficou de costas dentro do *closet* a caminho do banheiro, enquanto eu me despia logo atrás. Percebi o pesar que ele sentia quando demorou a responder, deixando bem claro o que seria a sua próxima colocação, mas eu me negava a acreditar. O meu Lucas jamais bateria em uma mulher.
— Sim.
Sim? Ele realmente disse isso?
Larguei minhas roupas de qualquer jeito sobre o gaveteiro no centro do ambiente e parei só de sutiã e calcinha à sua frente.
— Em quem?
Perguntei, erguendo seu rosto.
— Camille.
Ele bateu na Camille e ela, ainda assim, fazia tudo que fazia para continuar com ele? Eu jamais aceitaria que um homem encostasse um dedo de maneira violenta em mim. Mesmo que esse homem fosse o Lucas!
— Me conta.
Ele deu um longo suspiro.
— Nós estávamos brigando, ela me tirou do sério... – era claro como água o quão difícil era para Lucas dizer aquelas palavras – Eu a segurei com muita força pelos braços e a prensei contra a parede, mas me dei conta de que estava fora de mim e a joguei no sofá. - ele ficou quieto por vários segundos e voltou a olhar fixamente para os próprios pés – Mas ela não parava de falar. Vinha e me batia e gritava, até que eu a segurei com uma mão pelo rosto e ela cuspiu em mim, então a soltei, virei de costas e disse adeus, mas ela deu a porra de um golpe de misericórdia no meu autocontrole e eu voltei e dei um tapa no rosto dela. Um tapa forte. E ela caiu. - silêncio outra vez – Eu me arrependi no mesmo instante, mas era tarde, já havia feito.
Fiquei um tempo calada, imaginando a cena.
— Eu não concordo com sua atitude, mas também não acho que ela possa bater em você só porque é mulher. Vocês dois estavam errados. Não entendo como continuaram namorando depois disso.
— Nós não continuamos.
— N- não? – gaguejei – Então isso foi... agora?
— Sim. Naquele domingo em que fui até a casa dela para esclarecermos as coisas. - Lucas ficou nitidamente incomodado e pude ver em seu rosto que realmente não havia traços de orgulho pelo que havia feito – Ela me tirou muito do sério.
— Lucas, você não podia ter se deixado levar pelas loucuras daquela mulher.
— Não teve como.
— Você tinha que ter segurado!
— ELA AMEAÇOU VOCÊ!
Ele gritou dando uma leve estremecida e passou as mãos nos cabelos, enquanto

eu, parada feito uma estátua, apenas olhava para ele, tentando assimilar o que acabara de escutar.
— Ela me ameaçou? Como?
— Como se ameaça alguém, *Natalie*? Ameaçando!
— E você acreditou? Ela vive blefando!
— A questão não era acreditar ou não, foi a ousadia dela em falar, se bem que, neste caso, eu não tenho tanta certeza de que ela estava apenas provocando. Ela é louca e havia recém perdido seu próprio jogo.
— De qualquer forma, eu ainda não acredito que você fosse capaz de me fazer algum mal.
— Se eu fizesse, – sua voz era grossa e segura – pode saber que seria meu próprio carrasco depois.
— Para de falar merda!
Puxei Lucas para perto e ele me agarrou com força, nos beijamos como dois cúmplices e sem mais palavras ele me sentou sobre a cômoda alta no meio de seu *closet*, afastou minhas pernas e minha calcinha e me fez gozar com a destreza de sua língua. Depois, comigo mal conseguindo me manter em pé, Lucas arrancou minha *lingerie*, me fez espalmar as mãos no espelho da porta do banheiro, puxou meu quadril para trás e me levou com os olhos fixos nos meus através do reflexo à nossa frente. Meus seios balançavam e o barulho do choque entre nossos corpos era alto e sensual, e eu gozei perdendo a firmeza das pernas, sendo mantida no lugar pela força do braço do Lucas, que me envolvia pela cintura.

40

Minha mãe sempre fala que a maneira como nos apresentamos a algum evento demonstra a importância que damos ao local onde estamos sendo recebidos, e se for para pecar, que seja em excesso, nunca por estar aquém do esperado. Eu tento nunca pecar em excesso, mas também sempre presto atenção ao que devo vestir nos locais aonde vou, para não parecer fazer pouco caso do convite. A observação dela sempre me pareceu bastante razoável, mas em um dos momentos em que eu precisava estar mais bem-vestida, eu não tinha tido tempo de ir atrás da roupa perfeita. Acabei tirando do armário o vestido que usei na minha festa de formatura na faculdade e o deixei estendido sobre a cama. Se ele não estivesse tão bem quanto na única vez em que eu o havia usado, eu teria um problema gigantesco nas mãos, apenas algumas horas antes do jantar de gala no qual eu iria com Lucas.

Saí mais cedo do trabalho, passei em casa para tomar um banho e fui direto ao salão fazer o cabelo e a maquiagem com um profissional que eu sempre procurava para eventos especiais.

Às sete em ponto eu estava pronta, com meu vestido um pouquinho mais folgado que anos antes, mas nada que tirasse sua elegância. Lucas tocou o interfone, avisando que iria subir para me buscar, um verdadeiro cavalheiro, e eu calcei meus sapatos bronze ridiculamente altos, peguei minha bolsa no mesmo tom, e antes mesmo de a campainha tocar eu já estava parada sob o batente da porta esperando meu elegante acompanhante.

— Meu.Deus! – Lucas parou no último degrau da escada, que ficava bem em frente à minha porta, e não se mexeu mais quando me viu – Você está deslumbrante!

O sorriso no rosto dele era fascinado e seus olhos não tinham a pretensão de esconder o passeio visual pelo meu corpo.

O tecido *nude* com transparências do meu vestido bordado com cristais e pérolas, deixando apenas alguns pontos estratégicos de pele aparente na barriga e pernas, parecia ter hipnotizado Lucas. E o decote profundo do modelo frente única, destacado pelo pingente do meu colar, um cristal em formato de gota, parecia ser a cereja do bolo para meu namorado. Marquei um ponto na escolha daquele vestido.

— Você também está deslumbrante, sabia?

Eu disse, encarando um Lucas ainda atônito à minha frente, vestindo um *smoking* preto feito sob medida, que nele gritava sensualidade e poder.

— Nossa! – ele parecia nem ter escutado o que eu disse e avançou seus sapatos impecavelmente engraxados mais à frente, chegando próximo o suficiente de mim para me agitar internamente – Ninguém vai ser páreo para você!

— Hum... Que bom que você gostou. Vamos?

Ele assentiu uma vez e deu um passo atrás, para que eu pudesse passar pela porta e virar para chaveá-la, mas exatamente quando coloquei a chave na fechadura, Lucas me viu de costas.

Naquele vestido, minhas costas ficavam completamente à mostra, quase até o cóccix, então meus quadris acentuavam o bordado, que seguia até o chão, formando uma pequena cauda. Para dar ênfase a toda aquela quantidade de pele à mostra, meus cabelos estavam presos em um coque baixo, sexy e juvenil, no mesmo estilo da minha maquiagem, que destacava de forma ousada meus olhos azuis e clássica o tom *nude* dos meus lábios. Tudo pensado para uma combinação harmônica.

— Pare!
— O que foi?
— Entra em casa de novo. – sem questionar, fiz o que ele pediu – Sua irmã está aqui?
— Não, ela já foi para a casa dos nossos pais, por quê? Está acontecendo alguma coisa?
— Sim, está acontecendo alguma coisa. Eu preciso comer você, agora.

Não consegui evitar uma risadinha mansa, mas apesar de achar a ideia muito atraente, eu estava completamente pronta para uma festa elegante e eu sabia muito bem que se Lucas me comesse antes de sairmos, eu acabaria destruída.

— Não. Eu estou toda arrumada para uma festa de gala.
— Vai ser rápido. Você não vai nem precisar retocar a maquiagem, talvez só precise trocar a calcinha.

Lucas não valia nada.

— Tem só um detalhe... – eu disse, inocentemente, e ele franziu as sobrancelhas – Eu não estou usando calcinha.

No primeiro segundo ele ficou perplexo e eu ri de sua reação, depois ele ficou maravilhado e o brilho em seus olhos me disse que ele não poderia esperar mais. Então, tomado pela luxúria, ele me colocou sentada no sofá, ergueu meu vestido, abriu minhas pernas e quando seus dedos me acariciaram, eu me rendi. Sem demora, Lucas abriu sua calça e entrou em mim, gemendo longamente, como se nunca tivesse estado ali antes. Ele se segurava no encosto do sofá e seus lábios não chegavam nem perto dos meus. Era só sexo. Os movimentos foram ficando mais fortes e profundos, e quando o senti atingir o ponto certo bem lá no fundo, dei um grito alto, desestabilizando o resto de seu controle e o fazendo gozar, gemendo meu nome enquanto eu estremecia sem ar para respirar.

Assim que ambos estávamos de volta ao nosso juízo normal, Lucas saiu de mim e me olhou presunçosamente.

— Vamos?

Ele levantou todo sorridente e envolveu seu membro com a mão para que nada respingasse em nossas roupas.

— Agora vou precisar ir ao banheiro e, definitivamente, colocar uma calcinha. Estou toda lambuzada.

— Gosto de você lambuzada com a minha porra.
— Mas não no meio de um baile de gala! Espere aí campeão, eu já volto.

Levantei e fui em direção ao meu quarto, enquanto ele ia em direção ao lavabo.

Completamente relaxados pelo sexo e pelo CD da Adele que tocava no carro, chegamos ao local do evento, e Lucas me ajudou a descer do seu imponente Porsche 918 Spyder, dispensando a ajuda da equipe de manobristas.

— Gosto de apenas eu saber que acabei de foder você nesse vestido sexy.

CAPÍTULO 40

— Cala a boca, Lucas!
Apertei com força sua mão ao ranger os dentes, fingindo um sorriso, o que o fez rir livremente ao me levar em direção à entrada principal.
Entre *flashes* de câmeras, subimos os degraus da longa escadaria cercada por velas e buxos, e Lucas beijou meu pescoço antes de adentrarmos o enorme salão repleto de lustres de cristal, folhagens junto às paredes e arranjos de flores multicoloridas sobre as mesas.
Senti todos os olhares se voltarem a nós assim que passamos pela porta e por um instante me perguntei se tinha alguma coisa errada, mas logo me dei conta de que Lucas sempre atraía olhares por onde passava, e meu vestido nada discreto estava só aumentando o *frisson*.
Sentamos em uma mesa com mais dois casais, além de Leonor e Philip, e na mesa ao lado Camille acompanhava seu pai e uma senhora que devia ser sua madrasta.
— Não se preocupe com ela.
A voz tranquila do Lucas me acalmou quando viu nossa premente troca de olhares, e depois de ele cumprimentar as pessoas à mesa dela, por mais de uma hora pode-se dizer que a noite fluiu agradavelmente. Drinques eram servidos e risadas eram ouvidas até que Nicolas saiu pelo salão conversando com um amigo, então a ex-noiva do meu namorado decidiu aproveitar a pouca supervisão e se levantou para ir cumprimentar as pessoas sentadas à nossa mesa, fazendo minha tranquilidade esvair imediatamente.
Ela usava um lindo vestido vermelho liso e sem alças, combinando com seu batom e suas unhas. Via-se facilmente que ela estava acostumada àquele ambiente e a lidar com todas aquelas pessoas, apesar de não conter sua falta de educação quando o assunto era o Lucas.
— Boa noite, tudo bem?
Camille se dirigiu a cada pessoa na mesa para cumprimentar com um aperto de mãos, e quando chegou ao Lucas ela parou, me olhou e perguntou:
— Posso cumprimentar o seu namorado, Natalie?
Dei um sorriso amarelo e ele se levantou para cumprimentá-la, pela segunda vez naquela noite.
Descaradamente, Camille abusou do momento, como costumava fazer quando tinha a mínima oportunidade, e rapidamente passou uma mão pelo tórax do Lucas, antes de deslizá-la para o ombro, enquanto a outra envolvia suas costas e descia para o limite entre a lombar e a bunda. Ela inspirou seu perfume, deu um beijo leve no pescoço dele, deixando a pele marcada de vermelho, e depois sussurrou algo em seu ouvido, mas eu não consegui entender o que era.
Só a mim ela não cumprimentou. Claro.
— Vocês já foram apresentados à Srta. Moore? – ela perguntou com um tom de voz irritante – Ela é advogada do Luke. Aliás, muito boa advogada, consegue convencer as pessoas a fazer tudo que ela quer. Vejam o nosso caso, por exemplo...
Senti palpitações e um calor alastrando pelo corpo, mas antes que ela pudesse continuar seu plano de denegrir minha imagem, Lucas sorriu forçadamente e pediu licença às pessoas sentadas conosco, então a pegou pelo braço e a levou para fora do salão. Vi os dois se afastarem e fiquei sem saber como agir, e apesar de todos nossos acompanhantes terem se portado com naturalidade, porque talvez já estivessem acostumados com o jeito da Camille, eu não estava acostumada com aquele tipo de situação e fiquei constrangida.
Acabei indo me esconder no banheiro, e quando voltei vi Lucas caminhando pró-

ximo à nossa mesa, olhando para os lados com o rosto preocupado enquanto tentava se esquivar das pessoas que o abordavam. Assim que me viu entrando novamente no salão, sua tensão desapareceu visivelmente e ele caminhou até mim.

— Achei que você tinha ido embora!

Ele disse, envolvendo minhas mãos que estavam soltas ao lado do quadril. Será que Lucas já não tinha percebido que eu não iria a lugar algum?

— Por que eu faria isso?

Dei um passo para ficarmos mais próximos e soltei nossas mãos para tocar-lhe respeitosamente as lapelas do traje, e ele me envolveu delicadamente pela cintura.

— Desculpe mais uma vez pela Camille. Uma hora ela vai desistir.

— O que ela sussurrou em seu ouvido?

— Nem lembro.

— Lucas!

Ele revirou os olhos, mas respondeu.

— Ela disse que estava sem calcinha.

Que raiva!

— Tudo bem. Eu sei que não é sua culpa. Vamos voltar. A cerimônia já vai começar.

Eu sabia que lidar com Camille seria uma tarefa longa e difícil, mas não estava disposta a abrir mão do Lucas.

Em pouco tempo, um senhor de cabelos completamente brancos subiu ao palco e começou a falar sobre a história do automobilismo nacional e a importância dos nossos pilotos ao redor do mundo.

Era um discurso bonito, valorizando o esporte e mostrando como faz de seus profissionais pessoas disciplinadas, esforçadas e cheias de coragem, dando exemplo e estimulando os jovens a seguirem por um caminho onde a adrenalina é pulsante nas veias, como todo jovem almeja, mas sem se tornarem reféns de vícios destrutivos. Ao término, todos se levantaram para aplaudi-lo e reverenciá-lo.

— Obrigado! Obrigado! Agora, permitam-me chamar ao palco um homem que, apesar de jovem de idade, já é um velho conhecido nosso. Desde criança orgulha nosso país, se mostrando um piloto completo e honesto. Com diversos títulos nacionais e internacionais no currículo, ano passado sagrou-se campeão da *Pro Racing* e hoje sobe ao palco para receber seu merecido prêmio de melhor piloto do ano. Com vocês, Luke Barum!

Lucas se levantou ao som da salva de palmas, me deu um beijo delicado nos lábios e foi até o palco, caminhando com a mesma elegância e confiança de sempre.

— Boa noite. – ele disse, sorrindo, assim que lhe entregaram um lindo troféu em formato de capacete. Seus olhos analisaram o prêmio e ele o ergueu levemente, reverenciando a mesa com os chefões do automobilismo nacional – Em primeiro lugar, gostaria de agradecer à federação por este prêmio, me enche de orgulho ser considerado por vocês o melhor piloto do ano. Como todos aqui sabem, estou no automobilismo desde os dez anos de idade, mas nunca considerei já saber tudo. Procuro evoluir a cada corrida e proporcionar um grande espetáculo a quem assiste. Nem sempre o espetáculo é como a gente espera, mas pelo menos garante o entretenimento. – todos riram e ele continuou – Gostaria de agradecer a minha mãe, que sempre esteve ao meu lado, abrindo mão do que quer que fosse para que eu conseguisse prosperar. Philip, meu empresário e amigo, que torna todo sonho possível com suas incansáveis buscas por patrocinadores interessados no esporte. A todos os chefes de equipe com quem eu trabalhei e

CAPÍTULO 40

que muito me ensinaram, mas hoje em especial a Nicolas Concas, porque se eu fui campeão da *Pro Racing* no ano passado e hoje mereço esta homenagem, foi porque ele não mediu esforços para me dar o melhor carro. É nosso! – ele disse, esticando o braço com o troféu em direção ao pai da Camille, que sorria orgulhoso como se Lucas fosse seu próprio filho – Também quero dedicar este prêmio a uma pessoa que me inspira e me faz querer buscar este troféu novamente, porque me motiva a sempre procurar por mais, a nunca desanimar, e apesar de não ter me visto alcançar o título do ano passado, está me ensinando a ser um homem melhor e mais feliz, e isso reflete positivamente em todos os aspectos da minha vida, incluindo nas pistas. Natalie Moore, obrigado por estar ao meu lado. Eu te amo!

Natalie Moore... Eu te amo!
Natalie Moore... Eu te amo!
Natalie Moore... Eu te amo!

Tinha um eco na minha cabeça que parecia incapaz de cessar, e de repente todos os olhares estavam sobre mim, e eu achei que poderia derreter com o calor que sentia. Uma salva de palmas entoou no local e eu não consegui me mexer para acompanhar a saudação, porque ainda não tinha absorvido a última parte do discurso do Lucas. "Eu te amo!" As palavras que mudam tudo foram realmente ditas! E na frente de muitas pessoas! Meu coração quase não cabia em mim de tanta felicidade.

Quando voltou à mesa e sentou ao meu lado, Lucas nem parecia que tinha acabado de dizer tudo que eu queria escutar.

— Foi um belo discurso!
Eu disse.
— Foi de coração.

Lucas me olhou com carinho. Eu entendi o que ele quis dizer.

Quando a cerimônia encerrou, começaram a tocar músicas românticas e vários casais se dirigiram à pista de dança, mas nós seguimos conversando com as pessoas sentadas conosco, até que de repente Lucas se levantou e foi falar com o DJ. Olhei confusa para Philip que, assim como Leonor, apenas sorriu para mim.

Lucas estava caminhando de volta à nossa mesa, com os olhos fixos nos meus e o sorriso sexy ofuscando o mundo ao redor, quando iniciou a incontestavelmente romântica melodia de "I Don't Want To Miss A Thing", e com o olhar mais apaixonado do mundo, ele me estendeu a mão. Aceitei seu convite com meu sorriso refletindo o que eu guardava em meu coração e dançamos abraçados sem nos preocupar com a velocidade ideal dos passos, porque o que nos importava era apenas estar ali, juntos, nos sentindo.

Baixando levemente a cabeça, Lucas cantou baixinho os versos da música ao pé do meu ouvido, enquanto eu me entregava ao momento apenas desfrutando do contato de seu corpo junto ao meu, sentindo seu amor me fortalecer, me fazendo sentir verdadeiramente inteira.

— Eu te amo!

Sussurrei, beijando seu pescoço quando os acordes finais ainda tocavam, e Lucas se afastou um pouco para poder olhar para mim.

Seu rosto sustentava uma expressão de amor e alívio, com seus olhos brilhando e me entregando tudo que ele tinha, tudo que ele era.

— Você não sabe há quanto tempo eu quero ouvir isso.

Eu sorri. Ele não fazia ideia de há quanto tempo eu já queria ter dito isso.

— É de coração.
Lucas sorriu um sorriso que era só meu, e nós nos beijamos apaixonadamente, como se não houvesse pessoas nos observando.
Estávamos prestes a dançar nossa terceira música no instante em que Camille se aproximou.
— Será que você pode me conceder a honra de uma dança?
Ela perguntou, olhando Lucas com um enorme sorriso em seus lábios vermelhos já desbotados.
— Não.
Ele respondeu.
— Quanta falta de educação!
Ela reclamou, colocando as mãos na cintura.
— Se você acha, que pena, não tem nada que eu possa fazer, me desculpe. Agora me dê licença.
Lucas disse, de forma ríspida, e saímos da pista de dança, a deixando ali, sozinha.
— Não entendo o ânimo que Camille tem para passar vergonha! Ela sabe que você não vai ceder, mas continua forçando situações, e na frente de tanta gente!
— É que assim ela acha que vai parecer vítima nessa história toda.
— Me incomoda a forma atravessada como tudo aconteceu entre nós dois.
— Ei! – percebendo meu mal-estar, ele tentou me acalmar – Meu relacionamento não era forte para me manter com ela. Não se sinta culpada por nada.
— Você se incomodaria se já fôssemos embora?
Perguntei.
— Claro que não, Pequena! Vamos!
Fiquei parada, sorrindo para ele feito uma idiota. Ele me amava. Sim, ele me amava.
— O que foi?
— Nada. É só que... Eu te amo, Lucas.
Puxei seu rosto e nos beijamos.
Eu estava exausta quando me atirei no sofá da sala do meu apartamento e descalcei os sapatos. Lucas se sentou ao meu lado, puxou minhas pernas para seu colo e massageou meus pés doloridos. A vontade que eu tinha era de simplesmente fechar os olhos e dormir, mas eu ainda precisava arrumar minha mala para irmos visitar meus pais no dia seguinte, e não queria deixar para fazer isso antes de sair, demoraria muito para pegar a estrada. As coisas do Lucas já estavam no carro, porque combinamos de sair assim que acordássemos, então ele disse que me ajudaria com minhas tralhas.
Peguei meus sapatos com uma mão e a bolsa com a outra, e fui para o meu quarto antes que desistisse de me mexer até a manhã seguinte. Ainda de vestido, comecei a soltar meu cabelo em frente à porta de espelho do meu armário e meu namorado delicioso parou atrás de mim, já sem o casaco e com a gravata desamarrada pendendo em seu pescoço, ao lado dos primeiros botões abertos de sua camisa.
— Você é linda! – ele é que era lindo! E estava estupidamente deslumbrante daquele jeito – E este vestido só favoreceu este seu corpo gostoso. Você comprou agora?
— Não. Eu usei no meu baile de formatura da faculdade. Achei que nunca mais fosse usá-lo, mas que bom que resolvi guardar.
— Você usou com ele.
Lucas baixou os olhos e perdeu a empolgação na voz ao sair de trás de mim.

CAPÍTULO 40

— Quê?
— Você usou esse vestido para sair com seu ex-marido.
Virei o corpo de frente a ele, que já estava de costas para mim, e passei as mãos nos cabelos para desmanchar o embaraçado.
— Na verdade, não foi pra sair com ele. Foi pra me formar. Mas ele estava lá.
— Não gosto de pensar nisso... Em tudo que ele pôde aproveitar...
— Shhh... – abracei Lucas por trás e encostei o rosto em suas costas. Ele precisava parar com aqueles ciúmes descabidos – Então não pense. Eu sou sua e amo você como nunca amei alguém.

Ao virar de frente para mim, Lucas cravou as mãos com força na minha bunda, depois uma delas passeou pelas minhas costas até encontrar meus cabelos e enrolá-los em seu pulso para puxar minha cabeça, me forçando a levantar mais o rosto para que ele pudesse passar a língua nos meus lábios. O calor de seu hálito me atingiu e eu abri a boca para sentir seu gosto. Língua na língua, nos dentes, nos lábios, mordidas e sussurros despertavam nossa libido, nos fazendo intensificar nossos estímulos, nos deixando sedentos por tudo que o outro tinha a oferecer.

Com as duas mãos, puxei sua camisa para fora da calça.
— Eu quero você. – ele disse, com uma voz grave em meu ouvido – De quatro. Na cama.

Sem me soltar, Lucas me conduziu até lá. Meu vestido foi arrancado do corpo no caminho e, quando eu estava apenas de calcinha, ele me jogou de costas no colchão e ficou me observando por uns instantes. Sua camisa meio aberta, seus lábios úmidos, sua respiração acelerando. Ele era a porra de visão mais fantástica do mundo. Então ele se aproximou e trilhou um caminho com a língua desde minha lingerie até meus seios, depois deixou seus lábios fazerem o caminho de volta ao meu quadril, até encontrarem a renda rosa que cobria meu sexo.

Com os dentes, Lucas puxou minha calcinha e foi tirando a única peça de roupa que ainda cobria meu corpo, me deixando sem ter como descrever o que eu sentia ao ver aquele modelo de perfeição masculina removendo minha lingerie daquela forma. Levantei o quadril para ajudá-lo e quando voltou a me observar, ele estava com as pupilas dilatadas, e seu olhar queimava cada pequena célula do meu corpo.

Lucas tirou a camisa, afastou minhas pernas e se aproximou com uma lentidão agonizante. Eu podia sentir sua respiração na minha pele úmida, porém ele ainda não me tocava. Eu já estava quase implorando quando finalmente sua língua passou onde eu mais precisava, mas antes que pudesse intensificar sua tortura maravilhosa para que eu me perdesse, eu me afastei e fiquei de joelhos na cama.

Sem tirar os olhos das intensas íris castanhas do meu homem, abri o botão de sua calça e lentamente baixei o zíper, deixando meus dedos tocarem seu membro duro por cima da cueca. Em seguida, revelei sua ereção e, ainda mantendo contato visual, massageei de leve toda sua extensão, antes de fazê-lo se deitar de costas na cama e deixá-lo completamente nu, para que eu montasse em seu corpo com as costas voltadas para o seu rosto, fazendo-o entender imediatamente o que eu estava sugerindo.

Suas mãos me puxaram pelo quadril e novamente senti sua língua em mim. Lucas me lambia inteira enquanto eu o engolia ritmadamente. Era enlouquecedor.

Eu estava toda molhada quando seus dedos me invadiram, me fazendo gritar no mesmo instante em que a sua língua me lubrificou atrás, um segundo antes de ele me penetrar bem ali. Cheguei a me contorcer de tanto prazer, e conforme ele ia tornando os movimentos mais selvagens, eu precisava me concentrar para manter o mesmo ritmo enquanto o chupava.

— Isso, *Natalie*. Continua chupando assim que eu vou gozar nessa boca sacana.

Gemi com a boca cheia e Lucas soltou todo seu líquido delicioso e quente na minha garganta, e enquanto eu engolia, gozei na língua dele, vibrando de tanto prazer.

Meu coração martelava meu peito quando girei o corpo para me deitar com a cabeça em seu peito.

— Você é perfeita! Eu já disse isso alguma vez? – dei uma risadinha e ele beijou os meus cabelos – Mas ainda não me satisfiz. Eu disse que ia comer você de quatro na cama.

De repente eu estava virada de bruços, com o corpo apoiado nos joelhos e cotovelos, e Lucas me provocava de todas as maneiras possíveis por vários minutos, até que se sentiu recuperado e entrou em mim.

Com uma mão ele segurava meus cabelos e com a outra puxava meu quadril de encontro ao seu, deixando os movimentos mais fortes e mais profundos. Eu podia senti-lo no meu útero, mas exatamente quando a penetração começou a ficar desconfortável, Lucas deu uma desacelerada ao deslizar pelas minhas costas a mão que antes estava no meu quadril, depois a afastou, voltando em um tapa forte na minha bunda. Eu gritei e ele repetiu a ação mais três vezes, até eu implorar que ele voltasse a me foder impiedosamente.

O suor da minha pele fazia a mão do Lucas escorregar na minha cintura e, entre urros e gemidos, gozamos juntos, unindo nossos corpos o máximo que podíamos.

41

Às onze e meia, estacionamos em frente ao portão de acesso à vasta propriedade onde eu cresci, próxima à Carmel High School, local onde concluí os estudos antes de mudar para São Francisco e cursar direito na SFSU[19]. Lucas baixou a capota do Porsche quando entramos na cidade e eu logo senti o aroma inconfundível de praia e em seguida a mistura das árvores e flores do enorme jardim de entrada da casa dos meus pais, que seguia encosta abaixo até acabar na beirada cercada do morro, com uma vista espetacular para o Oceano Pacífico. Voltar ali sempre me deixava nostálgica, me fazendo relembrar minha infância naquela enorme casa branca com janelas de madeira escura, naquela pequena e romântica cidade. Algumas folhas de árvores estavam caídas na calçada quando desci do carro e eu pisei nas que estavam secas para ouvir o barulho craquelado, exatamente como adorava fazer quando era criança.

Fiquei feliz por não ter perdido o almoço, porque já fazia muito tempo que não comia o delicioso frango frito com purê de batatas que minha mãe faz tão bem, além de esse ser sempre o momento mais divertido de passar com minha família. Meus tios e primos estariam conosco, e as risadas certamente se estenderiam até a hora do café da tarde.

— Nat, meu anjo!

Com sua estatura baixa e roliça, e seus cabelos castanhos presos em um coque, minha mãe subiu correndo pela entrada dos carros em direção ao portão onde eu esperava ao lado do Lucas.

— Mãe! Que saudade!

Eu disse, ao nos envolvermos em um abraço saudoso assim que ela destrancou a grade que estava com um cadeado novo, porque ela achava o mundo muito perigoso de uns tempos para cá.

Ao nos afastarmos, ela pousou suas mãos de unhas curtas sempre pintadas de cores claras nas minhas bochechas e, como sempre, disse que eu estava muito magra e que certamente não devia estar me alimentando direito. Emendou baixando a pele debaixo dos meus olhos, informando que eu poderia estar anêmica, e arrematou ordenando que eu marcasse urgentemente uma consulta com o nosso médico de família, o que significava que eu teria que ficar na cidade até segunda-feira, porque o melhor médico do mundo era o dela, mas não trabalhava no final de semana.

Minha mãe sempre foi assim, cuidadosa demais e preocupada demais. Achava que não seríamos capazes de sobreviver longe dela, e talvez perceber que sobrevivíamos

---

19 Universidade do Estado de São Francisco.

a deixasse se sentindo um pouco desnecessária. Portanto, eu relevava seus exageros e seguia adiante. Concordei momentaneamente com a tal ida ao médico para não estender o assunto e me afastei para apresentá-la ao Lucas, mas antes abracei meu pai, que chegou apressado e se pôs ao meu lado.

— Mãe, pai, este é o Lucas, meu namorado.

— Sra. Moore. — Lucas estendeu a mão para minha mãe — *Natalie* fala muito afetuosamente da senhora. Estou muito contente em estar aqui hoje. — minha mãe agradeceu sorrindo e Lucas se voltou ao meu pai — Sr. Moore, é um prazer conhecê-lo.

— Digo o mesmo.

Meu pai, educado, respondeu, até que minha mãe entrou entre os dois.

— Ah, meu querido, — ela sorriu antes de abraçar Lucas — nada de Sr. e Sra. por aqui. Somos apenas Edward e Sandra. — Lucas a envolveu carinhosamente e em seguida se afastaram para dona Sandra começar seu número — Você, como é atleta, deve cuidar bastante da alimentação, não é mesmo? Precisa controlar mais a Nat, ela está muito magra...

E antes que ela começasse tudo outra vez, meu pai, que já estava babando no Porsche do Lucas, a interrompeu e abriu completamente o portão para que Lucas pudesse estacionar o carro na garagem.

Meus pais foram muito receptivos e meu coração parecia não ter espaço para mais nada, tamanha era a alegria ao vê-los tão abertos ao homem que me fazia tão feliz.

Quando "precisei" me separar do Steve, temi a reação de toda a minha família. Todos tinham pensamentos muito conservadores e eu não queria desapontá-los, mas ao contrário do que eu imaginava, e bem como eu esperava, eles ficaram ao meu lado, e é provável que eu jamais esqueça as palavras do meu pai: "Não sinta vergonha por ter se separado, sinta orgulho por ter tido coragem de buscar sua felicidade!". Era tudo que eu precisava escutar naquele momento.

Entramos em casa e antes de largarmos as malas no quarto, passamos pela aconchegante sala de tevê de sofás marrons e paredes *off-white*, onde Lauren e Michael assistiam a um programa qualquer enquanto folheavam os últimos exemplares das melhores revistas de decoração que existiam ao redor do mundo. Minha mãe sempre foi apaixonada por arquitetura e decoração de interiores, e apesar de não ter cursado nenhuma faculdade, é muito boa nisso. Foi ela quem projetou e decorou nosso apartamento, e sempre pedimos sua opinião antes de mudarmos qualquer coisa de lugar.

Assim que nos viram, minha irmã e seu namorado se levantaram para nos cumprimentar, e Lauren já começou a fazer seu inquérito sobre a noite anterior. Claro que eu não respondi nada entusiasmada demais, e muito menos contei que Lucas havia dito que me amava, mas com certeza seria a primeira coisa que diria a ela assim que tivéssemos um instante a sós.

Uma hora mais tarde, meus tios e primos chegaram e tomaram conta da casa, e como a boa família antiga que éramos, as mulheres acabaram indo para a enorme cozinha enquanto os homens ficaram falando de esportes na sala, mas desta vez com um entretenimento a mais. Luke Barum!

De longe eu ouvia o interrogatório que todos faziam ao meu namorado e percebia que o coitado parecia estar sendo entrevistado ou que estava contando toda sua vida profissional para algum jornalista escrever sua biografia. Quando eu já estava com pena demais, escutei ele gargalhar ao seguir até o pátio para mostrar o Porsche aos meus familiares deslumbrados, então relaxei novamente.

A mesa para quatorze lugares ficou cercada de gente que falava alto e não respeitava

CAPÍTULO 41

a etiqueta de esperar todos estarem servidos para começar a comer. O almoço da minha mãe, que parecia ter sido feito para um batalhão, acabou em minutos, e depois o doce especial e misterioso que minha tia sempre preparava para sobremesa foi ovacionado como de costume.

— Então, Luke, é verdade que minha priminha demoliu seu Aston Martin? Eu acho que não teria feito nada além de matá-la, se fosse você.

Meu primo mais velho certamente teria matado qualquer pessoa que tivesse tirado uma lasquinha que fosse de seu carro, caso seu carro fosse algo do gênero de um Aston Martin.

— Vou confessar, Brian, apesar de ela não ter demolido meu Aston Martin, eu também tive muita vontade de matar sua prima assim que ela bateu no meu carro, mas depois pensei que tentar convencê-la a sair comigo era uma ideia bem melhor.

Meus parentes caíram na risada e por algum motivo eu senti todo meu sangue emergir para meu rosto. Sei lá, eu não esperava nenhum tipo de comentário que parecesse tanto como um cara apaixonado falando.

— Convencê-la? Minha sobrinha dificultou as coisas para um rapaz tão bonito quanto você?

— Oh, Deus. Posso morrer agora?

Quase enfiei o rosto inteiro na minha taça de vinho, e Lucas deu um tapinha tranquilizador na minha perna.

— Olha, tia Kate, só sei que deu um trabalhão danado fazer sua sobrinha me aceitar.

Lambendo os lábios, levantei para pegar no bar da sala de estar uma nova garrafa de vinho na caixa que Lucas havia levado de presente para os meus pais.

Meu namorado estava tão inserido entre meus familiares que muitas vezes nem parecia lembrar da minha existência, preferia ficar contando piadas com meus primos e aceitando desafios de kart, enquanto eu me atualizava sobre os últimos acontecimentos da vida de todos os membros da família Moore com os relatos minuciosos de minha tia Kate.

Aquele tipo de tarde em família era algo que eu adorava, e Lucas parecia tão tranquilo a respeito que me fazia amá-lo ainda mais. Sua capacidade de se inserir entre meus tios e primos foi tão genuína que eu sentia vontade de agradecê-lo por ser tão especial.

No final do dia o levei para passear a pé pela cidade e lhe mostrei onde eu havia estudado e os lugares que costumava frequentar. Lucas se mostrava verdadeiramente entretido e curioso para conhecer todos os detalhes da minha infância e adolescência, fazendo perguntas e rindo das minhas memórias. Um pouco antes do pôr do sol, fomos até a praia, dobramos a barra das calças e caminhamos de mãos dadas, sentindo a água gelada do mar nos nossos pés enquanto eu contava a ele sobre os piqueniques em família e os castelos de areia, que meu pai certamente ainda construiria se fosse conosco até a praia.

— Queria ter tido uma infância assim.

Lucas disse, pela primeira vez falando sobre seus anos iniciais.

— Não tinha nada de mais na minha vida. Tenho certeza de que a sua foi muito mais interessante. – enquanto tentava diminuir a importância da minha história de vida, para que ele não se sentisse desconfortável, eu pensava em uma maneira de fazê-lo falar sobre si próprio – Você não gostava de morar em Sonoma?

— Gostava. Mas eu lembro da nossa primeira casa em São Francisco. Gostava muito mais de lá, mas quando ela foi vendida, minha mãe achou melhor mudarmos de cidade, e essa parte você já sabe, videiras e tudo mais...

— Sim, onde você aprendeu a cavalgar. Deve ter sido muito divertido ser criança com um jardim tão grande em casa.

— É, pode ser. – ele concordou em palavras, mas não na maneira de falar – Vamos voltar para a casa dos seus pais?

O assunto foi cortado e me deixou em alerta. Alguma coisa muito séria devia ter acontecido em sua vida e ele obviamente não estava querendo falar a respeito. Mas como eu poderia fazê-lo abrir seu coração para que eu pudesse tentar tirar aquele ar pesado que pairava sobre suas memórias de infância?

Estávamos ocupando meu antigo quarto, e assim que Lucas se fechou no banheiro adjacente, eu tratei de retirar os pôsteres de artistas que tinha colado atrás da porta, e que horas antes haviam servido de chacota por parte do meu namorado.

Meu quarto estava exatamente como eu havia deixado quando fui morar em São Francisco. Minha mãe só teve o cuidado de retirar as fotos do Steve do mural de cortiça que ficava sobre a escrivaninha, deixando alguns espaços vazios em meio às imagens e diversos tipos de souvenir que contavam parte da história da minha vida.

Naquela noite, saímos com algumas das minhas amigas que eu não via há bastante tempo e mais uma vez me surpreendi com a capacidade que Lucas tinha de se enturmar rapidamente.

De madrugada, fizemos amor no carpete felpudo do meu quarto, porque minha cama fazia muito barulho e não tínhamos a menor intenção de comunicar à casa toda as nossas ações. Depois dormimos bem abraçados sobre o colchão meio casal.

Na tarde de domingo, minha mãe teve a brilhante ideia de mostrar ao Lucas todas as fotos e vídeos da minha vida. Ele ria muito enquanto me via dançando vestida com as roupas dela na mesma sala onde estávamos naquele momento e babava com clipes de quando eu jogava tênis profissionalmente.

— Você era muito boa! Realmente não devia ter desistido da carreira esportiva.

— Já falamos sobre isso e chegamos à conclusão de que foi melhor assim, para que nós pudéssemos nos conhecer e eu ser sua advogada, lembra?

— Lembro. Mas nós nos conheceríamos de qualquer jeito, porque eu veria você na televisão e iria a todos os torneios até conseguir me aproximar.

Eu ri.

— Você é muito bobo.

— Não. Só muito apaixonado por você.

O que falar depois disso?

Sem palavras, vi minha mãe sorrindo encantada e me aproximei do Lucas, para carinhosamente beijar sua boca.

— Amo você.

Continuamos sentados no tapete estampado da sala de estar com as costas apoiadas no sofá, e em meio a centenas de álbuns de fotos enquanto assistíamos na tevê a vários registros que foram nada bem selecionados pela minha mãe, até que Lucas percebeu que ser advogada era a profissão certa para mim.

— Meu Deus! Você já era metida desde criança! Olha como argumentava com sua mãe sobre a mochila nova! Só podia ser advogada mesmo. Até eu já quero comprar a tal mochila que você está falando.

Uma risada leve e animada tomou conta do ambiente enquanto eu seguia sendo analisada de maneira nada cautelosa pelo meu excelentíssimo namorado.

CAPÍTULO 41

— Luke, você não viu nada, Nat era terrível! Eu tinha que ser muito firme para ela não me ganhar com seus argumentos.
Minha mãe, completamente encantada pelo charme de Luke Barum, dava mais força à sua tese.
— É que eu sempre fui uma pessoa de opinião. Só isso!
Me defendi, fazendo bico e dando de ombros.
— De muita opinião.
Completou meu pai, se sentando do outro lado do sofá com as pernas compridas esticadas sobre a mesinha de centro, ajeitando seus óculos de armação transparente para ler o jornal que estava em seu colo.
— Vocês estão tentando fazer o Lucas ir embora? Porque ele está prestes a levantar e sair correndo.
Brinquei, olhando minha mãe esconder uma risada entre as mãos e meu pai selecionar o caderno de esportes para começar a ler, já se tornando alheio ao resto do mundo.
— Nada me faria ir embora.
Lucas sussurrou com o rosto enfiado nos cabelos que caíam pelo meu pescoço e deu um beijinho no meu ombro.
— Olha Nat, o vídeo da sua formatura!
Arregalei os olhos para minha mãe, mas ela não percebeu. Desencostei do sofá e comecei desesperadamente a procurar algum DVD que ainda não tivéssemos assistido para sugerir a troca. Lucas estava prestes a me ver declarar amor ao Steve, o que seria nada bom, e minha mãe parecia ter deletado da memória alguns detalhes da noite da minha graduação.
— Acho melhor deixarmos este vídeo pra lá. – minha voz era tensa e nervosa e eu não conseguia achar outro vídeo para sugerir – Vamos dar uma volta na praia?
Lucas sabia que eu estava com Steve quando me formei, mas pelo meu nervosismo ele teve certeza de que aquele vídeo mostraria muito mais do que eu simplesmente recebendo meu diploma, então, ignorando minhas tentativas de distração, ele me encurralou.
— Eu adoraria ver o momento oficial em que você se tornou apta a me defender, doutora.
Seus lábios sorriram para mim, mas a tensão já estava instalada ao redor de seus olhos e eu o encarei boquiaberta, sem dizer nada, mas me fazendo entender completamente.
— Ela estava tão linda...
Minha mãe seguia sem perceber o que estava prestes a fazer e meu pai estava vidrado no jornal, o que significava que não estava mais escutando o que falávamos ao redor.
Onde estava Lauren naquele momento? Só ela saberia me tirar daquela situação.
O vídeo começou e eu fiquei ainda mais tensa. Minha mãe avançou algumas partes para mostrar só o que era interessante. Quando chamaram meu nome para receber o diploma, ela deu o play e vimos uma Natalie mais jovem, vestindo aquela roupa ridícula de formanda, se encaminhar à mesa dos professores para receber o diploma, e depois seguir em direção ao púlpito para fazer o discurso de agradecimento.
Por que minha turma insistiu naquela baboseira de discurso individual? E por que a direção da universidade permitiu que mudássemos o protocolo? Devíamos mesmo ser ótimos advogados!
— Podemos passar essa parte.
Tentei me salvar de alguma maneira, evitando a parte dos meus agradecimentos.

— Claro que não, Pequena. Quero ver você falando.
Já irritada com o que Lucas estava fazendo, o encarei furiosa.
— Quer ver o vídeo do meu casamento também?
Estreitei os olhos e perguntei com a voz seca e baixa saindo pela minha boca travada.
— Você tem?
Ele ironizou, desdenhando minha irritação. Parecia que eu o conhecia melhor que ele próprio. Lucas iria odiar o que estava prestes a assistir, seu ciúme provavelmente nos causaria outra briga e eu não estava com a menor disposição para tentar acalmá-lo, justificando que eu tive uma vida antes de conhecê-lo.
— Nat, minha menina, eu sempre me emociono quando vejo você falando sobre mim.
Ou a minha mãe ficava tão sensibilizada com o que eu lhe disse naquela noite e esquecia todo o resto, ou achava que Lucas fosse um cara um pouco mais normal, que entenderia tranquilamente que Steve existiu, mas que já era parte do passado.
Sem dizer mais nada, fixei os olhos na televisão.
"Gostaria de agradecer a todas as pessoas que me ajudaram, não somente nesses anos em que cursei a faculdade de direito, mas durante todo o trajeto que me trouxe até aqui. Mas como não tenho muito tempo, vou me ater às quatro pessoas mais importantes da minha vida; minha mãe – seu amor incondicional, sua paciência e abnegação fazem de você meu porto seguro, obrigada por estar sempre ao meu lado. Pai – você é meu modelo de força e coragem, meu exemplo para todo o sempre. Obrigada por me passar os valores certos e me estimular a dar o melhor de mim. Lauren – minha irmã gêmea, mais de alma que de corpo. Ninguém me conhece como você, obrigada pelos puxões de orelha e pelos abraços também. Steve – meu noivo, meu companheiro, você me ensinou muito sobre Direito, especialmente Direito Tributário, e mais ainda sobre o amor. Obrigada por fazer parte da minha vida. Obrigada por fazer parte de mim!"

Minha mãe virou em nossa direção, muito constrangida e nitidamente sem saber o que dizer.
— Desculpe Luke, eu... Eu nem lembrava que...
— Tudo bem, Sandra. Eu sei que ela estava com o ex-marido nessa época.
Ele falou, com a voz calma, mas com um timbre diferente. Bem feito, foi ele quem quis se torturar.
— Acho melhor escolhermos outro vídeo.
Minha mãe tentou consertar as coisas e começou a pegar as caixas de DVD espalhadas pelo chão.
— Mas antes, eu adoraria ver a Natalie usando aquele vestido da festa de formatura.
Ouvi direito? Ele ainda quer mais?
Eu nem pisquei, e minha mãe sem saber o que fazer foi passando as imagens até chegar à parte da festa.
Na tela, eu e Lauren entramos juntas no salão onde foi a nossa recepção, depois cumprimentamos nossos pais e em seguida Michael e Steve apareceram na imagem e minha mãe adiantou o vídeo novamente para que Lucas não tivesse que ver mais uma cena desagradável. Porém, sua tentativa de poupá-lo não deu certo, porque ela conseguiu fazer o vídeo rodar novamente em um momento muito pior, onde eu e meu ex-marido estávamos dançando, nos beijando e nos abraçando. Com uma mão, Steve deslizava os dedos nas minhas costas e com a outra me agarrava pela nuca, enquanto eu estava com as duas mãos descansando na bunda dele. A cena já era desnecessária de estar no vídeo,

CAPÍTULO 41

e mais ainda de ter sido vista pelo Lucas.

Óbvio que meu nada controlado namorado ficou todo contraído e sua tensão podia ser sentida na sala inteira; foi então que minha raiva explodiu e eu levantei furiosa.

— Tá bom ou quer mais?

Elevei bastante o tom de voz, sem me preocupar em tentar manter as aparências na frente dos meus pais, e saí a passos largos da sala em direção ao meu quarto.

Escutei Lucas pedindo licença e vindo apressadamente atrás de mim, entrando no quarto antes que eu fechasse a porta.

— Por que você está tão furiosa?

— Porque não tinha a menor necessidade de você ver aquelas coisas. Fazem parte do meu passado, nós nem nos conhecíamos, e agora você vai ficar pensando um monte de merda.

— Em parte você está certa, porque eu já estou pensando um monte de merda, mas fui eu quem quis assistir, você não precisa ficar irritada assim.

Ele estava parado de costas para a porta e eu caminhava da janela até a cama e da cama até a janela.

— O que você está pensando agora? – ele não respondeu – FALA!

Gritei, me exaltando ainda mais quando parei à sua frente e arregacei as mangas da fina camiseta branca de algodão que eu vestia sobre uma legging preta.

— No que você disse... Que ele fazia parte da sua vida e parte de você!

— EU SABIA! Eu sabia que você ia interpretar dessa maneira! Não foi o que eu quis dizer!

— Mas foi exatamente o que aparentou quando vocês estavam quase se comendo na pista de dança.

Ele já não conseguiu fingir tão bem sua calma.

— Você não pode ficar bravo porque eu estava beijando meu noivo! Quer saber, Lucas, você é louco! – falei, apontando o dedo na cara dele – Você fica se testando e me provocando como se fosse me pegar em flagrante. Flagrante do quê? Eu me casei com Steve. Eu achava que o amava. Sim! Eu fiz sexo com ele muitas e muitas vezes. – meus braços gesticulavam tanto que eu nem sabia mais o que estava fazendo – É isso que você quer ouvir?

— PARA, NATALIE! – ele gritou, visivelmente transtornado ao me agarrar pelos ombros, me dando umas sacudidas – Eu não sei por que eu quis ver aquilo.

— Lucas, nós dois temos um passado. - ele me soltou para começar a estalar os dedos – Nós dois já falamos "eu te amo" para outras pessoas, mas desde que você esteja comigo, está tudo bem. Você acha que eu não morro de ciúmes ao pensar que você já enlouqueceu outras mulheres na cama, da mesma maneira que você me enlouquece? Eu odeio pensar na sua boca percorrendo o corpo de alguém que não seja eu, mas isso não muda o fato de você já ter feito! Então, ou eu convivo com seu passado, ou eu vou embora e procuro um cara virgem!

— Você está certa... Desculpa. Eu vou tentar esquecer...

Ele me puxou e tentou me beijar, mas eu não estava com a menor vontade. Ele queria só se afirmar, me possuir de novo, me marcar como sua, e eu não estava com a menor vontade de ceder.

— Me solta. Eu não quero.

— Por quê?

Ele perguntou, ainda insistindo no beijo.

— Porque eu não estou no clima. – empurrei seu peito e ele aceitou a distância – Vou tomar um banho e vamos embora, amanhã eu acordo cedo.

Enquanto eu tirava a roupa ele me observava, o que me deixou ainda mais irritada, porque eu sabia exatamente o rumo de seus pensamentos.

— O que foi agora?

Lucas não disse nada de imediato, mas quando criou coragem despejou o que estava pensando.

— Vocês já fizeram sexo neste quarto?

— Claro, Lucas! Em cada pedacinho deste quarto! Como no quarto em que você dorme comigo em São Francisco e que você nunca se preocupou. E eu nem comprei lençóis novos.

Fechei a porta do banheiro para que ele não continuasse com aquela merda toda. Tomei um banho demorado, me arrumei e quando saí Lucas não estava mais lá.

Desci com nossas malas e quando me vi nos últimos degraus da escada, ele se apressou e foi pegar as bagagens das minhas mãos.

— Vocês já vão?

Minha mãe estava se sentindo culpada. Dava para notar. Mas ela não tinha culpa da reação exagerada do meu namorado, nem da minha explosão. Ela só se descuidou e poderia ter sido uma situação até engraçada, se o Lucas não fosse... o Lucas.

— Sim, já vamos embora. Amanhã eu acordo cedo e ainda tenho algumas coisas para fazer em casa.

— Desculpe, eu nem me lembrava...

Ela começou a falar baixinho comigo para ninguém escutar.

— Tudo bem, mãe, não foi proposital, eu sei.

— Ele ficou bravo com você?

— Claro que não! Eu é que estou irritada com ele!

Lucas chegou ao nosso lado e tratamos de nos despedir de todos para irmos embora logo.

— Nos esperem para jantar. – Lauren pediu ao me abraçar no portão da frente – Daqui a pouco nós já vamos. Michael bebeu muito vinho, então eu é que vou ter que ir dirigindo e não quero pegar a estrada à noite.

Concordei, porque era só o que eu poderia fazer naquele momento, e vi Lucas abraçando minha mãe.

— Luke, querido, mais uma vez, obrigada pelos vinhos. Nós adoramos.

Minha mãe realmente tinha adorado os vinhos que Lucas tinha levado. Meus pais já conheciam a vinícola de Leonor Barum, mas não as edições especiais de alguns vinhos, como as doze garrafas ultraexclusivas que meu namorado levou de presente aos novos sogros. Quando fomos embora, apenas três garrafas ainda seguiam intactas, o que deixou bastante evidente que todos os meus parentes também gostaram do presente.

Percorremos calados todo o trajeto até São Francisco, apenas ouvindo a voz afinada da Adele e depois o molejo tranquilo do Jack Johnson. Uma hora e meia depois, estacionamos em frente ao meu prédio.

— Obrigada por ter ido comigo visitar meus pais.

Eu disse, antes que Lucas fizesse menção em descer.

— Você não precisa me agradecer. – ele soltou o cinto e virou de frente para mim

CAPÍTULO 41

— Eu queria muito conhecê-los.
— Eles gostaram muito de você. Eu vou indo, – apontei com o polegar para a entrada do prédio – amanhã a gente se fala.
— Você não vai me deixar ficar aqui esta noite?
Por que às vezes ele tinha de ser tão direto?
— Acho melhor não. Estou muito cansada e amanhã...
— Não precisa inventar essa desculpa ferrada. Eu fiz merda, eu sei, mas o único prejudicado fui eu. Você podia tentar cooperar pra tudo ficar bem outra vez.
— Você não foi o único prejudicado, Lucas. Eu é que tenho que aguentar esse olhar no seu rosto. E enquanto for isso que você tem a oferecer, é melhor dormirmos separados.

Desci do carro e ele desceu atrás de mim. Peguei minha mala e antes de subir os poucos degraus até a porta principal, ele me puxou e beijou, sem empolgação.

Eu sabia! Eu sabia! Sua imaginação estava a mil e eu ainda o provoquei durante a briga. Por que eu fiz aquilo? Será que se eu apenas tivesse dito que o amava, as coisas não teriam ficado bem? Então ele poderia subir comigo para o meu apartamento e faríamos amor antes de dormir. Mas ao invés disso, um abismo enorme nos separava. Que porra! Lucas me deixou louca da vida com aquela merda de querer me ver com Steve. Não consegui me controlar.

Entrei sozinha em casa e fui direto para o meu quarto, onde coloquei a mala sobre um pufe branco, tirei minha roupa, vesti um robe de algodão sobre minha calcinha fúcsia e liguei para Lauren.

— Onde vocês estão?
— Em uns vinte minutos chegamos aí, podem ir pedindo a comida.
— Lucas não está aqui.
— Ainda por causa do vídeo da formatura? A mãe me contou...
— Sim. Conversamos quando vocês chegarem.
— Ok.

42

Desliguei o telefone e o deixei sobre a bancada da cozinha para atender a campainha que tocava insistentemente. Só podia ser o Lucas, que entrou no prédio com algum vizinho. Seu rosto era sua chave para muitos lugares.

Abri a porta meio desanimada, mas internamente feliz por ele não ter aceitado que eu não o tivesse deixado subir, e tive uma surpresa nada agradável com quem me esperava do outro lado.

— Steve?

— Nat... Eu preciso falar com você, tem uma coisa acontecendo... São só cinco minutos.

— Eu acho melhor não... Como você entrou aqui?

— Hum... Wilson, o porteiro, ele ainda me conhece. Nat, desculpa por aquele dia no seu escritório. Eu não queria assustar você. Vamos conversar, por favor!

Revirei os olhos, mas novamente cedi à sua súplica. Eu não conseguia negar uma chance de explicação a uma pessoa outra hora tão importante para mim, embora nada fosse me fazer menos furiosa com ele por ter me beijado à força. Foi exatamente assim quando conversamos pela primeira vez após uma briga histórica quando o peguei com uma vagabunda na nossa cama. Ele tentou se justificar, eu escutei, nada mudou minha opinião, mas ele pôde dizer que tentou.

— Entra.

Falei com uma voz desanimada, estendendo mais a palavra do que o necessário, e fechei a porta. Depois fui em direção ao sofá e o convidei a sentar-se, mas ele ficou em pé e não disse nada por alguns segundos. Foi então que eu percebi que ele estava estranho de uma nova maneira. Steve parecia meio bêbado, meio fora de si, muito magro, sujo e com a roupa amassada, mas estava calmo, quase zen. Realmente tinha alguma coisa acontecendo. Fiquei preocupada com ele e ao mesmo tempo aqueles avisos de "cuidado" e "atenção" começaram a piscar na minha cabeça.

Por que eu só percebia que ele estava diferente quando já tinha concordado em conversar em um local fechado?

Meu ex-marido voltou até a porta e a chaveou. Senti um frio na barriga e me levantei do sofá. Os alarmes não apenas piscavam como já soavam alto, então ele se aproximou com um olhar sensual e um sorriso malicioso, fazendo meu coração disparar em pânico.

— Quer beber alguma coisa?

Perguntei para tentar me afastar e ter um pouco mais de tempo para pensar no que fazer.

— Uma cerveja, se você tiver.

CAPÍTULO 42

Entrei na cozinha, passando a mão no celular, e enquanto abria a geladeira e fingia procurar a bebida, digitei uma mensagem para Lauren.
"Steve. S.O.S!"
Quando meu telefone começou a tocar e vi que minha irmã estava me ligando, senti os braços do meu ex-marido me envolvendo por trás e suas mãos ligeiras arrancaram o telefone de mim.
— Não vamos precisar disto agora.
Ele informou, antes de recusar a chamada e colocar o aparelho no balcão da cozinha.
— Steve, – tentei parecer tranquila – eu acho melhor a gente conversar outra hora.
— Concordo plenamente, Nat.
Então ele me virou para si e me beijou com força, me empurrando contra a geladeira, fazendo tudo que estava lá dentro chacoalhar em repulsa. Tentei empurrá-lo, mas não tive forças suficientes, então mordi seu lábio inferior e ele me soltou, dando um grito.
— CARALHO! VOCÊ ESTÁ LOUCA?
Desesperada e com o único pensamento de que eu precisava sair daquele apartamento ocupando a minha mente, corri em direção à porta, mas Steve me alcançou antes que eu conseguisse destrancá-la e, com violência, fui agarrada pelos cabelos e empurrada de volta à sala, perdendo o equilíbrio no caminho, batendo com o abdome no braço do sofá, a ponto de ficar sem ar. O impacto ainda me fez rolar para o chão e na queda bati o rosto na mesinha de centro, fazendo sangrar meu supercílio.
Meu corpo suava e tremia ao mesmo tempo em que meus batimentos cardíacos disparavam, acelerando também minha respiração. Eu estava entrando em pânico e pensamentos coerentes pareciam não cruzar meu cérebro. Como eu poderia sair dali?
Enquanto me recuperava, vi Steve tirando a chave da porta, a guardando no bolso detrás de sua calça *jeans* preta e colocando uma mão nos lábios, para ver se sangrava.
— Steve, por que você está fazendo isso?
Perguntei, com pavor evidente na minha fala e no meu rosto.
— Nat, você é o meu amor, e hoje eu vi uma foto sua em um programa de fofoca na televisão. Você estava tão linda com aquele vestido da sua formatura... Lembra como eu fiquei de pau duro a noite inteira por causa daquela roupa? Mas na foto você estava com aquele cara. Por que, querida? Por que você está fazendo isso comigo?
A pessoa à minha frente não se parecia com o Steve que eu conhecia, ou que eu achava que conhecia... Eu já não sabia de mais nada!
— Eu não estou fazendo nada com você.
— Não, não está mesmo, está fazendo com ele! Mas hoje você vai lembrar como era bom... Era tão bom, Nat...
Ele se aproximou do aparelho de som, sem me perder de vista, conectou seu telefone com o volume no máximo, e uma versão do 30 Seconds to Mars para "Bad Romance" tomou conta do apartamento inteiro.
Eu precisava sair dali. Por que não deixei o Lucas subir comigo?
O medo me atingiu até os ossos. Pensei em correr para o meu quarto, mas Steve estava próximo o suficiente da porta da área íntima e em frente à porta do lavabo. Eu não tinha como me trancar em lugar algum, então a solução mais óbvia que me ocorreu foi correr para a janela da sala a fim de gritar por socorro. Meu organismo inteiro focado nas ações de luta ou fuga, adrenalina pulsando nas veias, coração acelerado, boca seca. Corri até a janela sem trancas, esperando que eu pudesse abri-la rapidamente, mas pela

segunda vez não fui rápida o suficiente e Steve me prensou contra os vidros gelados antes que eu pudesse abri-los, e passou as mãos no meu corpo enquanto beijava meu pescoço. Meus olhos embaçados não me permitiam ver se alguém passava pela rua, para eu tentar gritar mesmo com a janela fechada, e rapidamente meu corpo foi virado de frente ao meu ex-marido e minhas mãos presas acima da cabeça, enquanto ele seguia me beijando, deslizando os lábios por todo pedaço de pele que encontrasse pelo caminho. Nada que nunca tivéssemos feito juntos, mas de uma maneira que nunca imaginei que faríamos um dia. Seu hálito me incomodava, a umidade de sua língua causava repulsa e o toque de sua pele me dava nojo de mim mesma. Raiva, frustração, medo e vergonha protagonizavam o meu cataclismo.

Eu tentava me desvencilhar usando uma força que eu nem sabia que tinha, mesmo assim não era páreo para a força dele. Com pernas e quadril, fui pressionada para que não pudesse chutá-lo, e aliada à intensidade com que Steve mantinha minhas mãos imóveis, eu estava completamente indefesa.

Um pequeno momento de sorte aconteceu quando ele soltou uma das mãos para abrir meu robe, e eu consegui desvencilhar ambos os braços e o agarrei com força pelos cabelos, afastando sua boca do meu corpo e gritando desesperadamente, sentindo minha garganta arranhar, machucando minhas cordas vocais. Mas só o que consegui foi deixá-lo muito irritado, então com as costas da mão ele me bateu no rosto, fazendo minha cabeça virar para o lado e começar a latejar. Depois fui puxada pelos cabelos e arrastada até o meu quarto.

— É aqui que você fode com aquele otário?

Eu chorava copiosamente, rastejando pelo chão, implorando por misericórdia e torcendo para que o zelador ou algum vizinho tivesse me escutado berrar e aparecesse para me acudir.

— Steve, por favor, você não está bem, eu sei que você não é assim, me solta, por favor, pelo amor de Deus, você vai se arrepender disso, você é uma boa pessoa. Por favor, eu imploro.

— Desde que você me pediu para sair de casa, minha saudade vem aumentado... – ele falava, com calma, mas com uma expressão descontrolada no rosto. Parecia louco. Então, devagar ele pegou a tira de corda ressecada que amarrava meu robe e começou a amarrá-la nos meus pulsos, me fazendo chorar cada vez mais e ficar cada vez mais fraca para me debater e tentar impedi-lo de continuar – Eu tentei matar as saudades da maneira tradicional, mas você não me dava bola! Só quer saber de foder com aquele piloto filho da puta, não é?

Ele me puxou para a cama, eu me debati, mas ele conseguiu amarrar meus braços na cabeceira e eu comecei a rezar para que Lauren chegasse logo e me salvasse daquela tortura. Enquanto isso, aquela música ia me deixando ainda mais nervosa e parecia conturbar meus pensamentos.

— Você me odeia?

Perguntei.

— Claro que não! Eu te amo! Amo muito!

— Então me solta e vamos fazer isso da maneira certa.

Steve riu e enxugou um pouco das minhas lágrimas com a mesma mão que um minuto antes havia me batido.

— Ah, não, Nat. Eu não sou imbecil.

CAPÍTULO 42

— Você está sendo imbecil agora, me solta, por favor, Steve!
Eu chorava e soluçava tanto que mal conseguia falar.
Ele abriu o resto do meu chambre e deu um sorriso satisfeito.
— Gostosa! Bem como eu lembrava!
Eu me senti exposta da maneira mais terrível e degradante possível e gritei entre lágrimas e soluços.

Steve apoiou o peso do corpo nas minhas pernas, me deixando completamente imóvel, depois tirou a camisa e agarrou meus seios nas mãos, ao mesmo tempo em que começou a se esfregar em mim e a chupar meu corpo inteiro.

Aquele contato era áspero e estranho. Não parecia que algum dia eu já havia sido feliz com aquele homem, e a sensação de impotência e humilhação que crescia dentro de mim era avassaladora, como eu jamais poderia ter imaginado.

Como eu chorava alto e gritava a plenos pulmões, Steve se interrompeu para cobrir minha boca com sua camisa, abafando o barulho das minhas súplicas, e eu senti tanta falta de ar que comecei a ver vultos escuros anunciando um possível desmaio. Tentei fazer cálculos para saber quanto tempo já havia passado, mas meu raciocínio prejudicado pelo estresse me confundia e, naquele momento, se alguém dissesse que tinham se passado poucos minutos ou muitas horas, eu acreditaria.

Onde estão as pessoas que moram neste prédio? Impossível que não tenham escutado nada!

Steve saiu de cima de mim, tirou o restante de sua roupa e quando voltou, percebendo que eu ainda estava de calcinha, a puxou para rasgá-la. A tira fina com detalhes de metal cravou fundo na minha pele no lado em que ele imprimiu mais força e me machucou a ponto de sangrar, mas ele conseguiu se livrar da lingerie e eu fiquei completamente nua embaixo de seu corpo.

Sua língua foi descendo dos meus seios até meu centro, mas antes de me provar, ele afastou agressivamente minhas pernas, porque eu ainda tentava me retorcer ao máximo para impedi-lo de continuar, e assim que fiquei completamente rendida, senti o calor de sua boca no meu sexo, ouvi seus gemidos de prazer, e um enjoo forte subiu pela minha garganta e eu achei que fosse vomitar.

Isso não está acontecendo! Isso não está acontecendo! É só um pesadelo e eu vou acordar logo.

Sua língua pegajosa deslizou dentro e fora de mim por alguns instantes, até ele se afastar e dizer:

— Quero fazer você gozar, meu amor.

Eu nunca iria gozar naquelas circunstâncias.

Então, sem forças nem para tentar me contorcer, assisti calada e meio inconsciente Steve se ajeitando sobre mim e metendo seu pau na minha abertura seca, me machucando com o golpe. Os movimentos começaram a repetir e o atrito da pele dele na minha parecia estar me rasgando conforme seu ritmo ficava mais acelerado.

— Ah, que saudade dessa boceta!

Meu corpo parecia estar saindo de mim. Eu chorava, sentia minha garganta ardendo e meus músculos completamente flácidos e sem vida. Meus pensamentos me levaram ao Lucas. Eu o amava tanto... Ele me amava também, mas eu estava morrendo, de alguma maneira eu estava morrendo. Lucas nunca poderia ficar sabendo daquilo, porque se soubesse ele nunca mais me veria da mesma maneira. Bastava que só eu soubesse da minha morte.

Como eu continuaria minha vida? Como eu continuaria sendo eu?

Steve gozou rápido e saiu de dentro de mim ainda gemendo, para me lambuzar inteira com o resto do seu líquido viscoso e quente.
— Eu vou foder você mais uma vez.
Ele falou, suspirando de satisfação.
O quê?
Ele nunca conseguia duas vezes seguidas!
— Tomei um remedinho que vai me fazer aguentar a noite inteira!
Ai meu Deus, mais? Não, por favor...
Não demorou nada e ele me invadiu novamente, com força e sem parar, mantendo as mãos e a boca nos meus seios. Eu fechei os olhos, deixando minhas lágrimas escorrerem para as têmporas, até que escutei um grito familiar.
— SEU FILHO DA PUTA, EU VOU MATAR VOCÊ!
Meus olhos arregalaram e meu coração disparou ainda mais, até doer no meu peito.
Lucas!
Ele puxou Steve de cima de mim, que, ao tentar se segurar, caiu no chão enrolado à manta que ficava ao pé da cama. Aquele monstro que havia me agredido não conseguia nem pensar em se defender dos golpes violentos que Lucas desferia em seu rosto, e eu mais escutava do que enxergava o massacre que estava acontecendo no meu quarto.
— ELA É SUA, É? EU ACABEI DE FODER A NAT, SEU MERDA!
Steve berrava, entre socos.
— EU VOU MATAR VOCÊ! EU VOU MATAR VOCÊ!
Barulho de osso batendo em osso, cartilagem molhada de sangue sendo golpeada novamente, entre gemidos de dor e ira, era algo que eu preferia nunca ter escutado. Meu estômago ficou ainda mais embrulhado e eu tentei abstrair tudo que estava acontecendo ao fechar os olhos e encolher as pernas.
Não sei quanto tempo passou até que Michael entrou no quarto e foi direto até mim, para com toda educação que conseguia, desamarrar minha boca e depois meus pulsos, sem olhar para meu corpo nu. Quando finalmente fiquei livre, fechei meu chambre e fui aos tropeços até o banheiro.
Lucas continuava soqueando e chutando Steve, que estava atirado no chão sem falar mais nada e sem demonstrar reação alguma, então escutei a voz do Michael soar mais alto que a música que ainda tocava.
— PARA, LUKE! VOCÊ VAI MATAR ELE!
— É exatamente o que eu pretendo fazer!
Ouvi a confirmação e só soube se tratar do Lucas porque sabia que não tinha mais ninguém no apartamento. Sua voz estava irreconhecível. Muito mais grave e assustadora.
Meu sangue gelou, o vômito subiu até a garganta e eu precisei me debruçar sobre a privada para colocar toda aquela repulsa para fora.
— CHEGA! ELA PRECISA DE VOCÊ! AGORA!
Nunca tinha escutado Michael falar com tanta autoridade e, pelo visto, funcionou, porque quando eu estava vomitando pela segunda vez Lucas se ajoelhou ao meu lado e segurou meus cabelos.
Debruçada sobre o vaso sanitário, eu seguia chorando sem parar quando nada mais saía de mim. Permaneci com o olhar baixo, soluçando e tremendo todo o corpo quando me afastei do Lucas, mas continuei sentada no chão do banheiro, sem coragem de encarar meu namorado.

CAPÍTULO 42

— Pequena...
A voz dele estava familiar outra vez e era repleta de carinho, preocupação e amor, o que me fez chorar ainda mais.
Lucas fez menção de me abraçar e eu recuei, me encostando no ângulo entre a parede e o box, e vi com o canto do olho como ele se contraiu, fechou os punhos e soltou o ar com força.
— Eu vou chamar a polícia.
— NÃO!
Gritei e levantei o olhar para nos encararmos pela primeira vez.
Ficamos em silêncio alguns segundos, mas pude ler seus pensamentos raivosos. Lucas não sabia o que fazer e fechou os olhos, deu uma longa inspirada e quando os abriu novamente avaliou meu rosto machucado e tentou estudar meu corpo. Fechei ainda mais o chambre em volta de mim para que ele não pudesse me ver e seus olhos subiram de volta ao encontro dos meus.
— O que ele fez com você... - ele tentou parecer calmo, mas eu sabia que era falso – Eu preciso chamar a polícia.
— Não!
A voz da Lauren ecoou no banheiro e me acalmou. Ela passou pelo Lucas e se abaixou para me abraçar forte. Retribuí seu carinho e meu choro apertou quando encostei o rosto em seu peito.
— Lauren... Por que isso? Por que isso aconteceu comigo?
Ela se afastou para me olhar com confiança.
— Vai passar, Nat. Tudo vai ficar bem.
— Não. - minhas palavras mal eram compreendidas, tamanho era meu desespero em meio às lágrimas – Eu morri.
— Nat...
Minha irmã chorou comigo, me abraçando carinhosamente, e naquele instante eu vi Lucas transtornado parado junto à porta do banheiro. Ele quase arrancou os cabelos da cabeça quando constatou minha devastação. Nunca o vi tão irritado e tão perdido ao mesmo tempo. Na verdade, nunca vi ninguém com aquele tipo de expressão. Seus olhos estavam muito escuros, seu maxilar apertado e sua postura toda tensa. Ele não parava de mexer as mãos e vi sangue em seus dedos. Precisei vomitar outra vez.
Lauren segurou os meus cabelos e pegou o celular do bolso para digitar alguma coisa, então chamou Michael, que devia estar esperando no quarto.
— Vá à farmácia e compre este remédio, por favor.
Ele pegou o celular e franziu a testa, como se não entendesse o que estava escrito?
— Pílula do dia seguinte?
Ela estreitou os olhos para ele. Era óbvio que minha irmã não queria que Lucas soubesse da sua precaução, para evitar que ele "pensasse demais", e ela estava certa, porque assim que ouviu o que Michael disse, meu namorado saiu do banheiro e deu um grito abafado antes de esmurrar alguma coisa. Meu cunhado se desculpou e virou as costas para sair.
— Michael, – seus olhos voltaram até mim – liga pro Bennett.
Pedi, sem conseguir sustentar o olhar no dele. Nunca senti tanta vergonha na vida.
— Já liguei.
— Obrigada.

Ele saiu e Lucas apareceu outra vez.
— Quem é Bennett?
— O irmão médico do Steve.
Lauren respondeu, olhando para mim.
— Vocês não querem ligar pra polícia pra prender esse filho da puta, mas querem ligar pro irmão médico dele? QUAL É A PORRA DE PROBLEMA DE VOCÊS?
— Agora não, Luke. – minha irmã falou, com a voz firme, e ele não contestou – Nos dê licença. Vou dar um banho na Nat.
Assentindo, ele me olhou antes de sair do banheiro.
Lauren levantou para ligar a água do chuveiro, mas eu a segurei por um punho com toda força que tinha naquele momento.
— Ela não pode saber. - meus olhos imploravam – Nós não podemos ir à polícia porque ela ficaria sabendo, Lauren...
— Eu sei, Nat.
Minha irmã pousou a mão sobre a minha em seu braço e me encarou séria e tão determinada quanto eu estava.
— Ela não vai aguentar.
Eu sentia meu corpo estremecendo inteiro.
— Ninguém mais vai saber de nada, ok? Não fica nervosa.
— Lauren, me diz que isso não tá acontecendo de novo... Foi minha culpa. Ele queria falar comigo, ele tentou vir atrás de mim da maneira correta, mas eu ignorei, eu repudiei, eu o incitei a fazer isso. – de repente eu gritava e chorava, enquanto uma enxurrada de pensamentos me invadia – Eu não podia estar namorando tão logo me separei, eu não dei tempo ao Steve. É tudo minha culpa... E agora eu não sei como viver, e eu...
— CHEGA! – Só percebi que minha irmã falava algo em cima do meu devaneio neurótico quando ela gritou comigo segurando meu rosto em suas mãos – Para de falar essas merdas! Você não tem culpa de nada! Steve está completamente louco! Eu não vou deixar você se acabar assim, tá entendendo? Você não tem culpa de nada, Natalie! De nada! Você foi vítima, mas você não será nunca mais, porque você é uma mulher forte e cercada de pessoas que a amam! Você vai superar o que acabou de acontecer e eu vou estar do seu lado durante todo o trajeto até você se encontrar novamente!
Chorei até perder o fôlego, e quando me senti mais calma, Lauren me pediu dois minutos para pegar alguma coisa, e eu fiquei sozinha diante do espelho. Abri o chambre para olhar meu corpo e novas lágrimas rolaram ardentes pelo meu rosto quando vi meu reflexo. Eu tinha marcas de chupões no pescoço, nos seios, na barriga e na virilha. O sangue no quadril estava seco e percebi hematomas se formando nas pernas, braços e na lateral do tronco. Eu estava inchada de tanto chorar, o corte no supercílio ainda estava molhado e um sombreado escurecido se formava ao redor. Meu rosto estava todo sujo de sangue, como parte do meu cabelo, e uma marca vermelha estava aparente em cada pulso, onde eu havia sido amarrada.
Quando meus olhos pararam de analisar o estrago, vi Lucas parado junto à porta, então me cobri rapidamente, mas percebi que ele já tinha visto tudo o que eu não queria que ele visse.
— Pequena... – ele tentou se aproximar, mas eu me esquivei. Simplesmente não conseguia deixar que ele me tocasse – Por que você está me torturando assim?
— Eu... Não sei.

CAPÍTULO 42

Respondi em um sussurro, o encarando por mais de três segundos pela primeira vez desde que ele me deixou na porta do meu prédio.
— Ok.
Seus olhos se encheram de lágrimas, mas eu não podia lidar com aquilo também, então fechei a porta do banheiro, deixando Lucas do lado de fora, e entrei no chuveiro.
Minha cabeça era um turbilhão confuso de ideias e emoções. Eu sentia um alívio tremendo por não estar mais sendo estuprada pelo meu ex-marido, mas a dor do ato parecia não sair de mim. Eu queria que Lucas o tivesse matado, e ao mesmo tempo me apavorava com a ideia de desejar transformar o homem que eu amava em um assassino. Eu precisava do Lucas como jamais pensei que precisaria. Eu precisava que ele me amasse. Eu precisava sentir o amor, mas eu não podia nem conceber a ideia do toque, da intimidade e de nada que ele estava querendo me dar.
A água escorria pelas minhas costas e meu corpo inteiro tremia como se eu estivesse convulsionando.
Minha irmã me deu um remédio e me fez ficar debaixo da ducha quente até que eu estivesse mais calma, e certamente para dar tempo até que Bennett tirasse Steve do meu quarto. Quando saí do banheiro, não apenas o corpo inerte do meu violentador não estava mais lá, como tudo estava novamente em ordem. As roupas de cama já haviam sido trocadas e tudo parecia em paz. Lucas devia ter arrumado tudo para mim, mas apesar de não ter aparência de inferno, eu não queria ficar ali. Então, Lauren me acompanhou até a sala, onde meu namorado me esperava impaciente, sentado no sofá com os braços apoiados sobre as pernas e estalando as juntas dos dedos. Michael não estava em lugar algum, devia ter ido embora para me deixar mais à vontade.
Sentei no sofá na extremidade oposta ao Lucas e não virei o rosto em sua direção. Lauren disse que precisávamos conversar, então concordei. Ela me amparou até a sala e me deu um beijo na testa antes de nos deixar sozinhos.
Quando ousei olhar para o Lucas, percebi que ele havia chorado, e aquilo partiu meu coração. Aqueles olhos que eu já amava tanto... Sofrendo por minha causa, tomados pela dor que tomou minha alma, procurando força em mim, quando tudo que eu precisava era sua força para me manter firme. Lucas estava tão perdido quanto eu, e conosco tão sem rumo, ficava mais difícil encontrar o curso natural novamente.
— Lucas, - minha voz estava rouca de tanto gritar e minha garganta doía quando eu tentava falar – obrigada pelo que você fez, eu nem sei como conseguiu entrar aqui...
— Eu entrei pela janela.
Sua voz era tão baixa que era quase um sussurro.
— Pela janela? - perguntei espantada, com a voz forte outra vez, e acabei tossindo – E como você soube?
Ele respeitava a distância que eu impunha, mas mexia nervosamente as mãos, precisando de mim, tanto quanto meu coração precisava dele.
— Eu estava indo pra casa quando Lauren me ligou e apenas disse para eu voltar correndo porque, aparentemente, Steve estava aqui com você. Eu percebi pelo tom de voz dela que algo muito sério estava acontecendo. Quando cheguei na esquina, vi vocês dois na janela. - ele se engasgou, e eu achei que fosse chorar novamente, mas se conteve – A primeira impressão era de que a situação era consensual, mas aí ele bateu no seu rosto... – Lucas fechou os olhos, respirou fundo, cerrou os punhos com força ao soltar o ar pela boca. Eu podia sentir que ele estava

no limite de seus sentimentos mais perversos — Nunca senti tanto ódio na minha vida! – ele disse, entre dentes – Enquanto descia do carro, liguei pra sua irmã e perguntei como faria para entrar no apartamento, e quando ela percebeu que eu não tinha chave, mas faria qualquer coisa para chegar aqui, ela disse que a janela da sala não tinha tranca. Wilson liberou minha entrada. Na verdade, ele já estava bastante preocupado com a música alta vinda do seu apartamento e queria subir para pedir que baixasse o som, mas eu disse que resolveria o problema e corri pelas escadas até o andar da sua vizinha de baixo. Pedi licença e, sem explicações, entrei em seu apartamento, indo direto para a escada de incêndio, então pulei até a janela certa.

— Oh, meu Deus! Que perigo, Lucas! – a escada de incêndio não ficava abaixo da janela sem tranca. Ele teve que se dependurar do lado de fora do prédio para chegar ao local certo. Ele poderia ter caído! Meu Deus! – Você podia ter... – não quis dizer o que realmente pensei – se machucado!

— Pequena, você estava sendo machucada e eu não estava aqui para fazer alguma coisa. Você acha mesmo que teria algo que eu não fosse capaz de fazer para poder ajudar?

— Você me salvou.

— Não. – Ele disse, arrasado, olhando para os próprios pés – Eu só evitei que ele continuasse. Eu cheguei tarde demais. Eu não devia ter ido embora e ter deixado você sozinha aqui...

— Lucas, você não tem que assumir essa culpa. Você não tem responsabilidade nenhuma nessa história.

Ele escondeu a cabeça entre as mãos.

— Eu vi ele... Eu vi... – Lucas engasgou e eu deixei minhas lágrimas voltarem – Eu não pude fazer nada para evitar! – ele voltou a chorar, mas não parou de falar ao virar o rosto na minha direção – E agora você está sofrendo, está machucada e eu continuo sem poder ajudar. Eu queria apagar este trauma, eu queria que você pelo menos me deixasse tentar confortá-la. É só a porra que eu tenho pra fazer agora.

Eu me aproximei e coloquei uma mão de leve na perna dele. Lucas a cobriu com a sua e passou o polegar pela linha vermelha que mostrava onde eu estava amarrada. A aproximação não foi forçada e eu sabia que tudo que ele queria e precisava era de um pouco de carinho e que eu lhe dissesse que nós iríamos ficar bem, apesar de eu mesma não estar tão certa disso. Então, apesar de estar em lágrimas, eu tinha certeza de que só havia amor naquela sala, assim, me levantei e me aninhei em seu colo. Lucas me abraçou com carinho e cuidado e beijou meus cabelos até que eu comecei a me acalmar.

— Durante aqueles momentos terríveis, eu só pensava que você nunca poderia saber de nada, e apesar de você ter me socorrido, eu estou péssima, porque eu sei que isso nunca mais vai sair da sua cabeça e eu não vou suportar que você mude comigo.

— Calma, Natalie! – ele falou, afundando ainda mais o rosto nos meus cabelos – Me dá um tempo para digerir essa história. Eu te amo e o que aconteceu aqui não muda isso em nada, mas não tem como esquecer isso de uma hora pra outra. Eu ainda quero matar aquele filho da puta. Se é que já não matei.

Uma sensação estranha percorreu meu corpo e deixou um gosto amargo na minha boca. Arregalei os olhos, surpresa com a convicção em sua voz e saí do colo dele para ir em direção à cozinha pegar um copo de água.

— Por que vocês não quiseram chamar a polícia?

CAPÍTULO 42

Ele ainda não tinha desistido do assunto.
— Isso é outra história, e que faz parte do passado. Eu não quero falar a respeito.
— Você já tinha passado por algo assim antes?
Sua voz vacilou com o medo, mas ele não voltou atrás.
— Não.
— Mas, então...
— Eu não quero falar sobre isso e eu acho melhor você ir embora.
— Ir embora? – Lucas levantou e caminhou até mim do outro lado do balcão da cozinha – Você está me mandando embora outra vez? Eu não quero ir embora! Eu quero ficar com você!
— Lucas, – estiquei um braço para tocar-lhe o peito, mas por algum motivo congelei meu movimento e recolhi minha mão. Ele percebeu minha retração e a dor em seus olhos era quase física – eu preciso ficar sozinha.
— Você ainda está brava pela briga que tivemos na casa dos seus pais? – não respondi e ele continuou – Mas que porra, Natalie! Esse merda desse Steve está me tirando muito do sério! – foi a primeira vez que Lucas chamou Steve pelo nome, e não apenas de "ex-marido" ou por algum insulto – Eu não estou mais pensando naquela briga e naquelas merdas de vídeos, me desculpe! Por favor!
— Claro que não está mais pensando naquela briga, Lucas! – passei por ele e voltei à sala – Por que imaginar coisas quando se pode apenas lembrar de coisas, não é?
Eu me voltei a ele. Nós dois em pé, com um caminhão inteiro de problemas entre a gente.
— Não fala assim.
Ele tentou se acalmar, porque sabia que brigar era a última coisa que nós dois precisávamos naquele momento.
— Quem nós estamos tentando enganar? Eu não quero que você me olhe assim! Eu vejo meu sofrimento no seu olhar! Eu sei que você está remoendo o que viu e o que não viu. E meu rosto e meu corpo só ficam gritando pra você que alguém mais esteve em um lugar que era para ser só seu, para sempre! – minhas lágrimas escorriam pelo rosto e eu nem perdia tempo as secando – Nem eu quero olhar pra mim mesma, eu sinto nojo de mim, eu só quero dormir até esquecer tudo que aconteceu!
Lucas chorava em silêncio e me doía tanto vê-lo daquele jeito...
— Pequena... Eu não quero que você se sinta assim... Você entende que eu te amo?
— Por favor, – eu não podia mais ouvir aquilo – vamos só dar um tempo, Eu...
— DAR UM TEMPO? – ele gritou assustado e me assustou também – Você está terminando comigo?
Aquele rosto lindo era pura devastação. Lágrimas escorreram feito um dilúvio por suas bochechas e aquilo partiu outra parte do meu coração.
— Só um tempo, Lucas. Até eu me recuperar.
— Você está querendo me punir?
— Claro que não! Mas eu não vou conseguir... ser tocada. E eu não quero que você fique vendo estas marcas.
— Eu não toco você até que me diga que posso, eu só fico por perto, para amá-la. Por favor, Pequena, não me afaste agora.
— Você não vê que assim o processo vai ser muito mais sofrido? Eu vou saber que você estará querendo mais e que eu não conseguirei ser o que você precisa.

Isso vai acabar nos travando e eu tenho até medo de onde podemos parar. Se dermos um tempo, podemos nos reencontrar daqui a pouco e... Tentar outra vez.

— Tentar outra vez? *Natalie*, eu acho que é você quem está colocando coisas na cabeça no meu lugar. Você está tão preocupada com o que eu possa estar pensando, que está optando por me afastar pra não correr riscos hipotéticos. Eu te amo! Não faça isso comigo. Não faça isso com a gente! Nada é mais forte do que os meus sentimentos por você. Eu entendo que seja difícil pra você agora, mas sozinha é pior, me deixe amar você! Para de pensar merda e me deixe cuidar de você!

Quando ele tentou me abraçar, eu me afastei e tive meu espaço respeitado.

— Eu sinto muito, mas não consigo explicar como estou me sentindo agora. Em primeiro lugar, eu preciso pensar em me curar. Eu preciso me olhar no espelho e ver a mim mesma no reflexo, e neste momento eu não sei quem é a garota que eu vejo lá. Eu preciso ser eu mesma novamente. Você consegue entender o que eu quero dizer?

Lucas me olhou com tanto amor que até restabeleceu um pouco da minha confiança.

— Eu entendo que não se trata de nós dois, apesar de estarmos sendo afetados por isso, e mesmo não podendo nem imaginar o que você está sentindo agora, eu acredito no que você diz. É por isso que eu respeito sua decisão, mas nunca esqueça que eu estou aqui por você. Só por você. Eu não sou como ele. Eu nunca vou fazer algo para machucar você.

Com três passos ele me alcançou e, sem erguer as mãos para encostar em mim, ele apenas aproximou o rosto e beijou minha testa. Senti seus lábios tremerem e, sem dizer mais nada, Lucas deu as costas, abriu a porta e saiu sem voltar os olhos aos meus, e meu coração dilacerado doeu ainda mais quando eu afundei novamente em um rio de lágrimas.

Ouvindo meu desespero, Lauren se aproximou.

— Nat, calma, tudo vai se acertar outra vez. Vamos nos deitar na minha cama.

Ela me pegou pela mão, me conduziu até seu quarto e quando finalmente consegui me acalmar o suficiente para conversar, eu quis saber como tudo aconteceu, pelo seu ponto de vista.

— Quando você me ligou, eu achei que seria mais rápido Luke voltar, porque eu ainda estava na estrada. Eu achava que ele tinha a chave do apartamento, mas quando ele disse que não, quase me arrependi por ter pedido ajuda, porque percebi que ele faria qualquer coisa para entrar aqui. Fui pega numa blitz a duas quadras de casa e o vi pendurado pelo lado de fora do prédio, então Michael entrou em pânico e saiu correndo antes que o policial visse que tinha mais alguém comigo no carro. Quando cheguei ao quarto, achei que Steve estivesse morto, mas Michael disse que ele ainda respirava. Luke desfigurou seu ex-marido. Mas não consegui sentir a mínima pena daquele cretino. O resto você já sabe.

Eu não sei nem avaliar o que senti ouvindo aquela história.

Minha irmã apavorada, Lucas dependurado do lado de fora do prédio, Michael fugindo da polícia, Steve praticamente morto...

Eu estava tão desconectada da realidade que parecia que nada daquilo fazia parte da minha vida.

— Lucas está tão estranho...

E depois de ouvir tudo aquilo, a atitude do Lucas era sobre o que eu estava pensando.

CAPÍTULO 42

— Nat, não é de se admirar que ele esteja um pouco estranho. Todos nós estamos um pouco estranhos agora. Não o culpe! Ele já é um cara possessivo, o que faz toda a raiva se potencializar dentro dele, e você fica exigindo que ele aja como se nada tivesse acontecido. Ele chorou muito. Michael me ligou agora há pouco e disse que enquanto nós estávamos no banheiro, Luke chorou tão descontroladamente que ele nem sabia como agir.

Minhas lágrimas voltaram a cair intensamente e minha irmã me abraçou.

Epílogo

A dor de se sentir incapaz de ajudar quem você mais ama é tão devastadora quanto a morte.

Por uma briga idiota, e por questão de minutos, Natalie ficou sozinha em casa e teve a infeliz ideia de abrir a porta para seu ex-marido de merda. Não tenho como explicar em palavras o que senti quando o vi a agredindo na janela da sala, mas todos meus instintos primais vieram à tona e eu só conseguia pensar que tinha que chegar até ela.

Sra. Davies, vizinha do apartamento de baixo, foi muito solícita ao me deixar entrar em sua casa, mesmo sem entender que eu não queria apenas "olhar" pela janela de seu quarto, mas sim "sair" por ali. Talvez eu tenha sido um pouco egoísta, não me preocupando com o coração de uma senhora de uns oitenta anos ao ver alguém se pendurando do lado externo do prédio, mas naquelas circunstâncias, eu não conseguia me preocupar com ninguém que não fosse a minha Pequena.

A brisa noturna me acertou o rosto e eu questionei se conseguiria fazer aquilo, então a música silenciou por um segundo e eu ouvi um grito abafado, mostrando que Natalie certamente estava amordaçada, e sem analisar possíveis consequências, comecei a me mover. Subi pela escada de incêndio que dava na porra de uma janela de quarto, e no apartamento das garotas era no quarto da Lauren, que sempre estava com os vidros trancados. Apoiei os pés na beirada da grade de proteção para me esticar até a janela certa, mas eu não alcançava. O próximo passo seria saltar e rezar, ou rezar e saltar, não sei em qual ordem, até porque não deu tempo de pensar.

Depois de uma inspirada, impulsionei meu corpo e minhas mãos agarraram a borda da construção abaixo da janela da sala do apartamento delas. Senti um medo do caralho com o corpo todo balançando na altura do terceiro andar. Podia não ser muito alto, mas eu ia me quebrar inteiro se caísse dali. Consegui impulsionar as pernas, me segurar no batente da parte inferior até ficar em pé na borda estreita para abrir o vidro e pular para dentro da sala.

A música alta havia reiniciado e vibrava até o piso, criando um clima tenso. Meus olhos observaram rapidamente ao redor e meu estômago revirou quando vi sangue na mesa em frente ao sofá. Saí correndo pelo apartamento e ao cruzar a porta aberta do quarto da Natalie senti meu coração parar de bater e o ar escapar dos pulmões.

Nem no meu pior pesadelo eu imaginaria o que vi. Mesmo sem tempo para pensar, devido à loucura que foram os minutos desde a ligação da Lauren até a

EPÍLOGO

entrada naquele quarto, eu não tinha cogitado a ideia de que aquele merda de ex-marido pudesse ter conseguido macular a Natalie, mas ele conseguiu.

Minha Pequena estava com os braços amarrados à cabeceira da cama e a boca amordaçada com uma camisa, enquanto aquele monstro se aproveitava de seu corpo e gemia de prazer ao penetrá-la violentamente.

Nos dois segundos que levei entre ver o que estava acontecendo e avançar sobre aquela escória humana, um único pensamento tomou conta de mim: eu vou matar esse filho da puta!

Arranquei o cara de cima dela e desferi socos e mais socos no rosto, na cabeça e no corpo daquele marginal, usando toda minha raiva, como se alguma coisa pudesse apagar o que tinha acabado de acontecer. Eu fiquei tão cego que nem lembrei de desamarrar minha garota. Só pensava em vingá-la de alguma maneira. Nunca imaginei que pudesse sentir um ódio tão doentio por alguém. Meu coração bombeava meu sangue com impulsos potentes e eu achava que nunca cansaria de bater naquele merda. Só parei de agredir o canalha quando Michael, que eu nem tinha visto entrar, me disse que Natalie precisava de mim. Foi aquilo que me trouxe de volta à razão. A minha garota precisava de mim.

Ele deve tê-la soltado, porque ela não estava mais na cama. Logo, ele deve tê-la visto nua, e só de pensar nisso me senti nauseado. Eu era muito possessivo com a Natalie, mas não podia me preocupar com o mínimo, quando o pior já tinha acontecido.

Entrei no banheiro a tempo de segurar seus cabelos antes que ela vomitasse na privada, e entre soluços e gemidos eu tentava imaginar como ela devia estar se sentindo suja e ultrajada, mas meus pensamentos não previam que ela fosse querer se afastar de mim também.

O vazio de seus olhos acabou comigo, e depois, quando vi as marcas por todo seu corpo, me senti morrer pela terceira vez naquele dia.

Eu não estava com ela. Por um ciúme doentio eu provoquei uma briga e fui o responsável por ela ter ficado sozinha em casa. A responsabilidade era minha. Ninguém conseguiria tirar aquele peso de merda dos meus ombros.

Fiquei do lado de fora do banheiro enquanto Lauren a ajudava a tomar banho. Ouvi seus lamentos e sua irmã tentando acalmá-la. Steve tinha destruído uma parte da alma da mulher que um dia ele jurou amar. Como pôde fazer uma coisa daquelas com a Natalie? Seu corpo seguia jogado aos pés da cama, desacordado. Parecia morto. Talvez morresse mesmo, e eu não sentiria a mínima culpa. Quando o tal Bennett chegou, Michael o fez trabalhar depressa para tirar o irmão dali, antes que eu quisesse bater nele também. Eu ainda não aceitava que Natalie quisesse chamar um médico para o criminoso, e não a polícia.

Assim que o quarto ficou vazio, arranquei as cobertas de cama, coloquei tudo em um saco de lixo e joguei na lixeira do prédio, depois lavei o piso, aromatizei o ambiente e arrumei a cama com lençóis limpos. Michael me esperava na sala, e quando acabei de ajeitar tudo, me sentei ao seu lado no sofá.

— Cara, ela vai ficar bem.

Ele disse, percebendo meu completo desolamento.

— Por que elas não querem chamar a polícia?

— Não sei, e não vou dizer que concordo. É um absurdo elas acobertarem esse crime, mas vamos deixar que elas conduzam isso da maneira que acharem melhor. Tudo já é muito traumático para piorarmos as coisas.

— Cara, eu...
Tentei parecer controlado, mas falhei majestosamente ao deixar que minhas lágrimas rolassem soltas. Escondi o rosto entre as mãos e me atirei no abismo que era a dor que me destruía por dentro desde que vi Natalie com o ex-marido na janela.

Michael se levantou, foi até a cozinha e eu ouvi quando ele pegou um copo e abriu a geladeira, depois ele voltou e me estendeu uma água gelada.

— Beba isso. Vai ajudar a acalmar.

Aceitei e bebi tudo em um gole só, mas não me acalmei tanto quanto eu precisava. Nada era capaz de me acalmar. Parecia que um túnel negro se anunciava depois de uma curva sinuosa.

Ele ficou em silêncio por um tempo, até que eu estivesse refeito, e perguntou se eu precisava de alguma coisa. Com minha resposta negativa, ele disse que iria embora para que Natalie ficasse mais à vontade quando saísse do banho. Eu concordei e ele saiu.

Naquele ano, eu descobri o amor quando o enxerguei no fundo dos olhos azuis mais intensos que já me encararam. Natalie entrou na minha vida no momento mais inesperado e da maneira mais esquisita possível, mas parecendo um toque divino para não me deixar dar um grande passo na direção errada. Tenho a sensação de que fui a mesma coisa para ela, como sua tábua de salvação. Um norte em uma mata cerrada. Uma janela aberta depois de uma porta fechada. Nós só precisávamos saber manter o que havia se criado.

Não precisamos de muito tempo para que a forte ligação entre nós dois aflorasse e passasse a ser nosso guia. O que sentíamos ia muito além da atração física ou do poder do sexo. Era mais do que sentir-se bem e superava nossa amizade. Era o sentimento de necessidade em cuidar do outro, de preservar um bem sagrado, de estreitar laços que aumentassem a intimidade para que nos fundíssemos em um só. Não íamos na contramão. Natalie já completava cada espaço do meu coração e eu estava certo de já fazer o mesmo com o dela, mas naquele momento traumático, minha garota não estava conseguindo chegar perto de mim, então me pediu para ir embora.

Saí de seu apartamento sem olhar para trás, porque senão seria impossível concordar em dar-lhe espaço. Entrei no meu carro e dirigi sem rumo durante horas. Eu precisava pensar, eu precisava falar com alguém, eu precisava ficar sozinho e eu precisava parar de pensar no assunto.

Sem perceber para onde estava indo, estacionei em frente à casa da minha mãe.

Eu achava que a dor mais intensa que sentiria na vida era sofrer todos os dias a ausência do meu pai, mas eu estava enganado. Trocaria até meus únicos cinco anos na presença dele para que a Natalie não precisasse passar pelo que passou.

Girei a chave na fechadura da porta de entrada e ao mesmo tempo minha mãe a abriu, como se soubesse que eu estava ali. Seus olhos aguçados me analisaram, e assim que ela perguntou o que houve, eu desabei de joelhos à sua frente, chorando feito um menino. Ela fechou a porta, se ajoelhou comigo no chão encerado, envolvendo meu corpo grande em seu peito pequeno, e acariciou meus cabelos como tantas vezes já havia feito.

— Calma, meu amor. O que houve? Conversa comigo.

— É a Natalie, mãe.

— Ah, meu Deus! O que houve com a Natalie?

— Não. Calma. Ela tá bem, quer dizer, – me afastei para olhar para ela – ela não tá bem, mas tá viva, tá em casa, não é esse o problema.

EPÍLOGO

Um alívio iluminou seu rosto e seus dedos acariciaram minhas bochechas para secarem minhas lágrimas.

— Então vocês brigaram?

Ela perguntou, estudando cada sinal que eu mandava.

— Mãe, aconteceu uma coisa muito ruim com ela. Não me envolve, mesmo assim ela não tá conseguindo ficar perto de mim.

— Ela terminou o namoro?

— Não. Não exatamente. – disse, fungando – Ela pediu um tempo. Mas não é assim que a maioria das pessoas terminam suas relações? Pedindo "um tempo"? Eu não vou conseguir, mãe. Não consigo mais ficar longe dela. Quando estamos juntos, nada mais importa. A gente se completa de verdade. Nem meu pai me vem mais à cabeça. Eu só quero cuidar dela, fazê-la feliz, mas hoje ela tá sofrendo e eu podia ter evitado. Eu não tenho o que fazer pra ajudar. Eu só quero que ela fique bem de novo.

Chorei novamente e minha mãe me puxou até o sofá da sala, se sentou em uma ponta e me fez deitar em seu comprimento, deixando minha cabeça apoiada em seu colo.

— Filho, talvez você não devesse interpretar tanto as palavras da Natalie. Eu entendo que você não queira me contar o que houve porque é algo que só pertence a ela, mas Natalie pode mesmo ter apenas pedido um tempo. Um tempo pra se restabelecer emocionalmente do que quer que seja, pra que não acabe contaminando a relação de vocês com algo que esteja sendo difícil para ela lidar.

— Eu não ajudei, mãe. Eu não pude ser o cara que ela precisa...

— Pare com isso, Luke. Não tente ser um super-herói. Você é um ser humano. Sua percepção não está clara porque você está sofrendo. Tenho certeza de que você é um excelente namorado e duvido que Natalie me daria uma resposta diferente desta.

— Eu a amo. Amo de verdade mesmo. Eu quero ficar com ela para o resto da vida.

— Então dê-lhe espaço. Essa moça também ama você. É só uma questão de algumas coisas serem ajustadas.

Deitado no colo da minha mãe, adormeci.

Continua...

Comentário final da autora

UM conclui sua participação na *Trilogia Infinito*, deixando nossas respirações suspensas e dúvidas pairando no ar. É compreensível que um milhão de emoções estejam em uma espiral dando voltas no seu peito, mas respire fundo e acredite no amor entre Natalie e Lucas.

Abordar a temática do estupro de forma tão crua e fazer da vítima incapaz de buscar por justiça foram colocados desta maneira na história para chamar atenção a essa situação.

De acordo com pesquisas, quase 70% das vítimas de estupro não prestam queixa na polícia, porque quase 100% dos criminosos denunciados não passam nem uma única noite na prisão. Essa é uma triste realidade global, que alivia a culpa do agressor com base na cultura do estupro, que impõe a responsabilidade pelo ato ao comportamento da vítima.

Muitas pessoas que sofreram esse crime acabam encontrando sua cura de forma independente, como você verá a personagem fazer em *MOMENTO*, porém esse assunto não será amplamente abordado, então, se você não gosta de ler sobre esta temática, saiba que não será um personagem da história, mas se você se sente tão revoltado quanto eu com este assunto, ajude a difundir essa inconcebível impunidade e, talvez aos poucos, as autoridades possam encarar esse crime com mais atenção.

Peço desculpas às reais vítimas de estupro, se por acaso se sentiram de alguma forma atingidas pela cena descrita em *UM*.

Espero nos encontrarmos nas páginas cheias de amor, intrigas, ameaças e decisões extremas de *MOMENTO*.

Com amor,

Lucia F. Moro